后现代主义小说的多元建构

《法国中尉的女人》的形式研究与文化批评

任红红 著

中国社会科学出版社

图书在版编目(CIP)数据

后现代主义小说的多元建构:《法国中尉的女人》的形式研究与文化批评/任红红著.—北京:中国社会科学出版社,2013.2
ISBN 978-7-5161-2150-4

Ⅰ.①后… Ⅱ.①任… Ⅲ.①长篇小说-小说研究-英国-现代 Ⅳ.①I561.074

中国版本图书馆CIP数据核字(2013)第039697号

出版人 赳剑英
责任编辑 曲弘梅
责任校对 张玉霞
责任印制 李 建

出版 中国社会科学出版社
社址 北京鼓楼西大街甲158号(邮编100720)
网址 http://www.csspw.cn
中文域名:中国社科网 010-64070619
发行部 010-84083685
门市部 010-84029450
经销 新华书店及其他书店

印刷 北京奥隆印刷厂
装订 北京市兴怀印刷厂
版次 2013年2月第1版
印次 2013年2月第1次印刷

开本 710×1000 1/16
印张 18.25
插页 2
字数 287千字
定价 49.00元

目　　录

第三部分 《法国中尉的女人》的形式研究

第四部分 文化研究

第五部分 影响与比较

前　言

1966年，德里达发表了题为“结构、符号与游戏”的演说[①]，并在《边缘：论哲学》一书中写了题为“人的目的”的文章。德里达说，在以上两个文本中“我试图分析法国这个时期的思想局限，同时质疑结构主义。尽管我对结构主义名下的很多工作满怀敬意，但我还是对它的那些哲学预设提出了质疑……”[②] 德里达自己说，在“结构、符号与游戏”的演说中“提出的问题在美国打开了所谓‘后结构主义之路’。也可以说‘后结构主义’就是从那里开始的”[③]。罗兰·巴特在雅克·德里达之后，于1968年到1969年在法国高等研究实验学院给研讨班的学生上课时，开始思考并质疑结构主义理论，他此时的思考所“形成的工作印迹”，即《S／Z》，于1970年结集出版。在这部论著中，巴特通过对巴尔扎克的现实主义小说《萨拉辛》的符号式解读，解构了“自然叙事”文本中转喻结构与隐喻结构的二元神话，以及这两种结构在文本中的“整一性”特征。《S／Z》是巴特的后结构主义之路开始的标志。

在1969年的文学界，现实主义创作原则虽然在某些作家的创作中还在使用，但在现代主义和其他“为艺术而艺术”的创作原则的包围与夹击之下早已失去锋芒，如西山的落日光芒黯淡。现代主义文学因过于追求“纯文学”精致的审美追求，在巴特“作者死了”的骇人叹息中如骑着瘦马的堂·吉诃德式的“骑士”，时已过境已迁，却还试图从

---

① 就是著名的《人文科学话语中的结构、符号与游戏》，该文中文版见《书写与差异》（下册），[法] 雅克·德里达：《书写与差异》（上），张宁译，生活·读书·新知三联书店2001年版，第502—525页。

② 同上书，“访谈代序”第3页。

③ 同上书，第4页。

坠落中追回昔日的辉煌，但却处处遭遇把风车当巨人的尴尬。正在这样的关节点上，约翰·福尔斯乘着20世纪的火车，穿越时空，驶过19世纪的桥梁和隧道，带着20世纪的读者进入了维多利亚时代，创造出了当代世界文学史上一部奇特的“穿越小说”——《法国中尉的女人》。昆德拉说：“堂吉诃德启程前往一个在他面前敞开的世界。他可以自由地进入，又可以随时退出。最早的欧洲小说讲的都是一些穿越的旅行，而这个世界似乎是无限的。”① 查尔斯在小说快要结尾的时候，也启程前往美国旅行，但对他来讲，他像是一只风筝，他的线牵在福尔斯的手里，他的世界并非无限，且旅行的路上充满的了神秘与不确定性。牵着查尔斯这个人物之线的作者既不愿做上帝又如上帝般审视着他的人物，作为自明的作者他不想被存在遗忘，他不想以自己的“死”和不在场，换来人物形象的“生”和在场，他打破了小说文本和作者之间生与死、在场与不在场的二元对立，自己理所当然地暴露在小说故事的进程中，使文本与作者都以在场的形式出现。1967年的大胡子福尔斯坐在1867年的查尔斯对面，冷静对视。福尔斯以这种形式证明“作者没死”，作者是小说得以存在的此在，不可被遗忘。因此，这部小说以这样的形式，驶入欧洲小说历史的列车，给作者本人带来巨大的商业成功和收益的同时，给西方小说界带来了巨大冲击。

至此，已有两三百年历史的欧洲小说，在超越与沿袭中一路颠簸，在古希腊先哲“模仿论”的宏大叙事机制的指引下，从遵循到颠覆，走到了福尔斯的生活时代。我们看到进行穿越旅行的奥德修斯，一路走来在文艺复兴时期成了堂·吉诃德和小拉散路，到了19世纪则是拉斯蒂涅和拉斯科涅科夫、奥涅金、恰尔德·哈罗德和唐璜，走到20世纪的现代主义文学中就成了土地测量员K、斯蒂芬、布鲁姆以及斯万。他们从文本中走出，以自己的在场让荷马等伟大的作者们一直隐没在幕后，他们“从隐没的‘我’中保留专断的诉说，虽然是寂静的。……在作品内部捍卫着自己……”② 然而，等他旅行到20世纪70年代的小说中，就是查尔斯，他的“造物主”约翰·福尔斯却不甘于隐没在幕

① ［法］米兰·昆德拉：《小说的艺术》，董强译，上海译文出版社2004年版，第9页。

② ［法］莫里斯·布朗肖：《文学空间》，顾嘉琛译，商务印书馆2005年版，第9页。

后，和他以及萨拉、法国中尉等其他虚构人物一起，坐在小说的历史列车上，一起穿越旅行。这种旅行的独特习惯，将一直以来作家们在“自然叙事”文本中刻意隐没的“存在”前置。在这趟列车上，福尔斯重新思考文学虚构与现实、作者与文本的关系，思考小说作为具有自足性纸上世界的文本，能否真的如现实主义作家们追求的，用文学叙事的“纸媒”客观反映现实？小说虚构与真实的二元结构，能否由小说家自己在文本这个自足的模拟现实的构造中自我拆解？他思考的结果就是在小说中不告诉读者怎样如看历史一样看小说，而是不断提醒读者你看的故事不是真的，它除了在作者的大脑中存在过以外，不是真的，千万不要陷入其中去追求现实的“影子”。

如果说现代主义作家努力追求内在心理的真实，寻求深刻与被阐释，如《尤利西斯》的作者自己呼告读者，像阐释《圣经》一样阅读《尤利西斯》。福尔斯却通过《法国中尉的女人》告诉读者，不要试图解释，如果想追寻深层的意义你将一无所获。《法国中尉的女人》一方面肢解了古希腊以来的“模仿论”规定的文学与现实的二元关系，彻底打破了文学反映现实的“自然叙事”“拟真”的神话；另一方面，小说将长期以来在小说文本中隐蔽起来的作者一下子暴露出来，袒露他对读者正在观看的小说的虚构过程，并对人物的构思和情节进程的设置评头论足，很明确地告诉读者，你看的小说就是虚构的，就是这样被构造出来的，它并不是现实的反映，“文本之外别无其他”。

这种被称为“元小说”式的自报家门，一反传统小说的叙事模式，以“不自然叙事”的策略彻底颠覆了现实主义小说追求客观再现世界的神话，小说本身不是什么仿真的神话，它的故事从来都是“假的”，没有真过。纳博科夫说：“我们将尽最大的努力避免在小说里寻找所谓的‘现实生活’这样的后果严重的错误。我们也不要试图去调和事实的虚构与虚构的事实。”① 如果你要看真的维多利亚时代的现实生活，那时的现实主义小说不会告诉历史事实。为了弥补这一缺憾，并告诉读者，现实主义小说真的没有反映真实世界，福尔斯通过《法国中尉的女

① ［美］弗拉基米尔·纳博科夫：《堂·吉诃德讲稿》，金绍禹译，三联书店2007年版，“引论”第3页。

人》揭示许多被官方历史和其他文本，包括现实主义小说未曾揭示出来，被遮蔽的历史事实，以非陌生化处理的历史真相的还原，以别样的、陌生的“不自然叙事”的“非小说虚构”的真实重现真的历史。这种笔法彻底颠覆了欧洲小说的仿真化寓言，揭开了欧洲乃至世界小说叙事新的一页。这一页，便是后来被称为“后现代主义小说”多元化叙事的一页。

追根溯源，欧洲小说的叙事传统根深叶茂，甚至欧洲的诗歌都打上了叙事的烙印，天才的诗人动辄动用宏阔的叙事，通过自己的游历见闻抒情言志。拜伦的诗歌，从《恰尔德·哈罗德游记》到《唐璜》、歌德的《浮士德》、海涅的《德国，一个冬天的童话》、普希金的《叶普盖尼·奥涅金》等，都有小说的宏阔叙事，有个性丰满的主人公的冒险与回归。这些欧洲小说的根基都是荷马史诗，它开创的“流浪—冒险”的结构模式在文艺复兴时期在东西方文化的交融中，在具有巨人式想象力的巨人式作家们“道德被悬置”的世界里，开始了史诗向小说的变迁。尽管伊恩·P. 瓦特在《小说的兴起》一书中指出，西方人所用的“小说”这一术语一直到18世纪才得以确认①，但是文艺复兴时期，薄伽丘的《十日谈》、西班牙流浪汉小说《小赖子》、塞万提斯的《堂吉诃德》、拉伯雷的《巨人传》，以及英国作家杰弗里·乔叟的《坎特伯雷故事集》等小说夹裹着“冒险—回归”的结构模式，使小说这一文体在欧洲大陆生根发芽。当然就英国而言，一直到18世纪，小说这一文体和“冒险—回归”的基本叙事格局在亨利·菲尔丁的“散文滑稽史诗”、约翰·斯威夫特的讽刺小说《格列佛游记》以及理查逊、笛福的小说创作中日趋完善。

19世纪欧洲现实主义思潮更是将小说这一文体的“自然叙事”结构模式推向了高潮。在英国，维多利亚时代众多知名作家的巨大阴影虽然在20世纪现代主义意识流小说家乔伊斯、弗吉尼亚·尔夫等小说家追求“潜意识”真实意识的“冒险—回归”的流动中开始暗淡，但是，作为有着恒久生命力的民族文学资源，英国维多利亚时代的现实主义文

---

① ［美］伊恩·P. 瓦特：《小说的兴起》，高原等译，生活·读书·新知三联书店1992年版，第2页。

学在福尔斯生活的时代仍然占据着重要的地位。《法国中尉的女人》[①]是在这样的时期，在作者对法国的存在主义哲学深刻思考的基础上，在希腊文化的根基之上[②]，是福尔斯本人的智性思考和诗意想象的结晶。因此，这部小说既有哲理性的深思，也有在超越传统的同时给传统以应有的敬意，又有希腊文化强烈的人本意识。

后现代主义小说既非虚幻的表征，亦不像“自然叙事”的文本与现实世界的秩序、时序、理性一一对应，只是将文学作为文学，以其虚构世界无限多元的图景和叙事技巧，建构人类文化的多元视野。在文化领域，后现代主义小说对一切挥舞着真理话语大旗的“中心主义”的有效抵抗，对长期以来被压制、被遮蔽的少数性别、少数群体文化等边缘文化的身份合法性建构作出了巨大的努力，即通过文学这一艺术门类对少数性别、少数族裔文化等少数实践进行独特表达与思考，在某种程度上支持了解构主义理论思潮所倡导的一系列“反二元观”的多元倡导。从近十多年来世界范围内的文化理念的变化、对人类族群多元文化的认同来看，欧洲中心主义的殖民文化意识的被质疑和削弱，使得世界政治、经济、文化从趋同性向差异性变迁。《法国中尉的女人》作为20世纪70年代这一文化理念变革初期有代表意义的一部文学作品，文本内外所彰显的文化意蕴是多重的、丰富的，因此对这一文本的文化研究具有重要意义。

德里达、巴特、福尔斯在20世纪70年代末期的不期相遇，似乎传递了这样的一个音讯，一场思想与文学的巨大变迁即将到来。福尔斯自己虽然坦言“我对后结构主义和结构主义确实知之甚少”[③]，但他又指出他对巴特等后结构主义大师有部分了解，且这种了解曾经引导他的创作方向。当然历史的发展也验证了这样一个事实，就西方思想界而言，德里达的“解构主义”理论冲击了统治西方思想界几千年的“逻各斯

① ［英］约翰·福尔斯：《法国中尉的女人》，陈安全译，上海译文出版社2002年版。本书所引《法国中尉的女人》均出自此版本，后文只注明书名和页码。

② 福尔斯自己曾经说过，他的文化根基既有英国的，也有希腊的、法国的，见 Sharon R. Gunton, *Contemporary Literary Criticism*, Vol. 4, Detroit: Gale Cengage, 1975, p. 184，引言。

③ ［美］狄安娜·维庞德：《福尔斯访谈录》，转引自张和龙《后现代语境中的自我——约翰·福尔斯小说研究》，上海外语教育出版社2007年版，第200页。

中心主义”，迎来了文化理论的特殊时期。就小说界而言，《法国中尉的女人》继法国“新小说”之后，动摇了西方小说“冒险—回归”的叙事神话。此后，一种名叫“后现代主义小说”的文学现象从欧洲蔓延，遍及全球，在罗兰·巴特高呼“作者死了”的同时，以奇异的风格和技巧回应“作者没死”，他就坐在人物的对面，使欧洲再次迎来了小说文体的繁荣。正如英国学者特里·伊格尔顿在2003年所言：“雅克·拉康、列维·斯特劳斯、阿尔都赛、巴特、福柯的开创性著作远离我们有了几十年，R. 威廉斯、L. 伊利格瑞、皮埃尔·布迪厄、茱莉亚·克里斯蒂娃、雅克·德里达、H. 西克苏、F. 杰姆逊、E. 赛义德早期的开创性创作也成明日黄花。”① 但是，这些学者和作家们留下的丰厚理论和文学遗产仍然放射着耀眼的光芒，他们的倡导和实践仍如空谷回音，响彻耳畔。在这样的时间，对《法国中尉的女人》这部被奉为后现代主义代表作品的小说的再解读，似乎意义非同寻常。虽然大多数大师早已倒下，福尔斯本人也在2005年驾鹤西去，但是后现代主义小说作为世界文学在特定发展阶段的一个特定现象，它的价值和意义值得我们重新思考和阐释。

① ［英］特里·伊格尔顿：《理论之后》，商正译，商务印书馆2009年版，第3页。

第一部分

后现代主义小说的“不自然叙事”和多元文化建构

第一章

“不自然叙事”和后现代主义小说

第一节 “不自然叙事”相关问题

自20世纪末21世纪以来，当经典叙事遭遇后结构主义叙事、修辞叙事、后现代叙事理论之时，叙事学不断拓宽其理论视野，“不自然叙事”成为当代叙事学研究的两大前沿课题之一。① “不自然叙事”的主要阵地在美国，代表学者是布莱恩·理查森、H. 波特·阿博特、扬·阿尔贝等。近几年来，欧美学者多次召开“非自然叙事”的研讨会，“2008年11月，扬·阿尔贝和鲁迪格·海因策在德国弗莱堡大学‘弗莱堡高级研究所’组织了‘非自然叙事’的研讨会；2009年在英国伯明翰大学召开的国际叙事学会议上，有两个小组专门讨论非自然叙事理论。2009年在费城召开的现代语言协会年会上，国际叙事学研究协会有一个题为‘后现代和非自然叙事’的特别论坛（由扬·阿尔贝组织）”②。

国内叙事学界自2010年以来开始关注这一新的叙事理论，在2010年《叙事》（中国版）第二辑中，刊登了查特曼的《逆向叙述》，这是第一篇国内翻译的研究“不自然叙事”的论文。2011年《叙事》（中国版）第三辑出版，在这一辑中收录了三篇国外新近发表的“非自然

---

① 另一前沿课题是“非虚构叙事”，非虚构叙事的主要研究对象是传记和自传，代表学者有多丽特·科恩（Dorrit Cohn）、保罗·约翰·依金（Paul John Eakin）等。“非虚构叙事”主要研究自传和传记中的叙事问题，如叙事与“自我”的关系、传记叙事与自我的建构等问题。当然“非虚构叙事”也涉及伦理批评，并非单纯的形式研究。

② 唐伟胜：《叙事》（中国版）第三辑，暨南大学出版社2011年版，第3页注释①。

叙事”相关论文，包括：《不自然叙事，不自然叙事学：超越模仿模式》[1]、《论第一人称叙事小说对模仿认知的违背》[2]、《反阐释的认知升华》[3]。

一、“自然叙事”和“不自然叙事”

“自然叙事”（natural narrative）“指的是自发的故事讲述形式，即是拉波夫所指的自然发生的或日常的故事讲述”。[4] 它的叙事特征是作家在“模仿论”创作理念的指导下，理所应当地把文学文本当做真实世界的反映和参照，叙事逻辑符合现实生活的物理时间和空间观念，虚构人物以假定的故事和心理等同于真人，是以真实世界为叙事原型进行创作的叙事。经典叙事理论的研究对象也是“自然叙事”。在传统叙事文本中，被投射的故事世界的时间和空间是协调一致的，里面的人物以及产生叙事的行为都同真实世界的“认知草案”（scripts）和“图式”（schemata）紧密关联。“很多叙事都聚焦于人类或类似人类的存在物，无论他是一个被完全塑造出来的人物或仅仅是一个声音，这些叙事都告诉我们一个或数个在类似真实世界的场景中经历时间变化的心理。”[5] 阿尔贝等学者指出：“很多关于‘叙事’（narrative）的定义都带有明显的模仿偏见，都把日常的现实主义文本或‘自然’叙事看做是叙事原型的表现。”[6] 传统叙事文本的“模仿论”机制使得传统叙事学把自然叙事当做所有叙事的模型，叙事范式是文学作品的故事世界和真实世界的参数互为参照，前者必须以某种叙事逻辑表征后者。[7]

现实主义小说是典型的“自然叙事”，它将自古希腊以来的文学

---

① 这篇论文是几位著名的“不自然叙事”学者扬·阿尔贝、亨里克·斯科夫·尼尔森、斯特凡·伊威尔森、布莱恩·理查森合写的一篇论文。

② 作者是德国“不自然叙事”理论家鲁迪格·海因策。

③ 作者是美国“不自然叙事”理论家 H. 波特·阿博特。

④ 唐伟胜：《叙事》（中国版）第三辑，暨南大学出版社 2011 年版，第 4 页注释②。

⑤ 同上书，第 4 页。

⑥ 同上。

⑦ ［美］戴维·赫尔曼：《新叙事学》，马海良译，北京大学出版社 2002 年版，第 6 页。

“模仿论”演绎到了极致，在文学世界与现实世界的关系问题上设定了宏大而又专断的预设，即“文学是现实世界的反映”，文学应该模仿自然现实、社会现实以及心理现实。这种“模仿”的真理论长期以来主导作者的写作、读者的阅读、评论家的批评，对小说文本的阅读和研究都以现实为参照。现实主义及其之前的小说，衡量其成功与否的标准主要看其表征现实是否逼真，是否是现实中典型的事件和人物，是否反映现实的真实。而在这一过程中，作者虚构小说的建构过程不能暴露，不能露出任何破绽，让读者阅读时仿佛在经历现实生活。“很多叙事都聚焦于人类或类似人类的存在物，无论它是一个被完全塑造出来的人物或仅仅是一个声音，这些叙事都在告诉我们一个或数个在类似真实世界的场景中经历时间变化的心理。”① 这便是以真实世界为参数的“自然叙事”机制。

在国内，“不自然叙事”还是一个全新的领域，学者们关于“不自然叙事”的语词翻译仍存在分歧，申丹把 unnatural narratology 译为“非理性叙事学”，尚必武译为“非自然叙事”，唐伟胜译为“不自然叙事”。唐伟胜认为“不自然叙事”更能体现该术语的原意，因为 unnatural narratology 的“研究对象要么反现实逻辑，要么反叙事规约，读者因此而难以自然化的叙事，也就是‘不自然叙事’”②。

“不自然叙事”就自然叙事而言强调这样一个事实，“即叙事中充满了非自然因素。很多叙事违背、游戏、嘲弄、戏耍或者实验一些（或者所有的）关于叙事的核心假设。更具体地说，他们有可能彻底解构了‘拟人化的叙述者’（authropomorphic narrator）、传统的人类叙述者以及同其他相关的心理，或许他们超越了关于时空的真实世界的概念，并由此将我们带入了概念可能性的最遥远之境”③。理查森将“不自然叙事”定义为“违背传统现实主义参数的反模仿文本，或者是超越自然叙事规约的反模仿文本，也就是破坏读者‘模仿’感觉的文本”④。阿尔贝等学者认为，不自然叙事研究的共同意图，强调叙事的两个特征：第一，

① 唐伟胜：《叙事》（中国版）第三辑，暨南大学出版社 2011 年版，第 4 页。

② 同上书，第 3 页注释②。

③ 同上书，第 4 页。

④ 同上书，“代前言”第 3 页。

奇特的、创新的叙事挑战我们对叙事模仿性理解的方式；二是，这些叙事的存在对“叙事是什么”[①] 的一般概念以及“叙事能做什么”[②] 所可能产生的影响。

戴维·洛奇曾经对现实主义小说和后现代主义小说[③]作过区分，认为“现实主义小说的典型特征是将自己的再现程式隐藏起来，把自身的建构性放在背景位置，转换成一扇面对世界的透明窗户，试图创造一种身临其境的体验。与此相对照，实验小说则突出自身的叙事建构和作为被建构的故事的地位”。现实主义小说作为“自然叙事”的典型文本，一方面在建构故事世界及其中的人物、场景、时空秩序等要素时，严格依循现实世界的运行逻辑；另一方面，正如洛奇所说，在叙事过程中，叙述者在建构故事的过程中，其叙述行为尽量合乎现实逻辑，让故事世界像现实世界中的人、事一样自然流动，故事内外的因果逻辑、时序安排、人物活动的空间场景、人物的心理变迁，都努力模仿现实生活的自然逻辑。而后现代主义小说则不然，因为它们首先解构的是虚构的故事世界对现实世界里“自然”的人、事的模仿，反讽现代主义之前的小说将话语建构的不存在的子虚乌有的文本世界等同于人类的现实生活。其次，颠覆模仿的叙事逻辑，提出叙事文本是作者建构的，文本之外别无其他，叙事文本就是对现实世界“自然叙事”逻辑的颠覆与反叛。最后，在文本内部，作者可以将其对世界的思考、文化的关注，以话语自身的逻辑以多种建构方式，建构纸上的文本世界。后现代主义小说对“自然叙事”强调的时空秩序、人物心理变迁与布局、叙述者叙事相关要素等随意设置，不以现实世界为参照。因此，后现代主义小说是典型的“不自然叙事”。

二、不自然叙事的三个层面

“不自然叙事”与“自然叙事”相对立，是用叙事抵制以真实世界为参数的传统叙事模式。“非自然叙事的研究直接对立于可能被人称为

① 原注：What a narrative is。

② 原注：What it can do。

③ 洛奇称其为“实验小说”。

‘模仿还原论’[①] 的东西，即叙事的每个方面都能够以我们对真实世界的了解和所获得的认知参数为基础而得到解释。”[②]“当我们把自然叙事作为所有叙事的模型，假定虚构的心理等同于那些真人的时候，我们看不到叙事的具体特征与形式。同样的，假定所有故事都存在与真实生活类似的叙事交际语境中的话，就有可能忽视个别可能的非自然叙事。”[③]

扬·阿尔贝等学者认为“不自然叙事”的不自然主要强调这样一个事实，即叙事中充满不自然的因素。这些不自然元素，根据阿尔贝等学者在《不自然叙事，不自然叙事学：超越模仿模式》一文中的总结，体现在以下三个方面，即“不自然的故事世界”、“不自然的心理”、“不自然的叙述行为”。就“不自然的故事世界”而言，“一个非自然的故事世界包含关于再现世界的时空组织在物理上和逻辑上的不可能性”[④]。“一个物理上不可能的故事世界可以创造出非自然的情景”[⑤]，这些情景的发生可以是反物理时间与空间的，它没有稳定的故事时空，也不符合现实世界的模仿框架，后现代主义小说的故事世界都具有这样的特征。在博尔赫斯、马尔克斯、胡安·鲁尔弗、卡萨塔尔、略萨、若热·亚马多、普伊格、拉什迪、昆德拉、卡尔维诺、杜拉斯、约翰·福尔斯、汤婷婷、莫里森、阿兰达蒂·洛依等作家的后现代主义叙事文本中，故事世界都是奇特的。人物故事的过去、现在、未来并置（《公羊的节日》、《微物之神》、《午夜的孩子》），时空穿越（《法国中尉的女人》），活着的人和死去的人一起生活（《弗洛尔和她的两个丈夫》、《宠儿》），死去的人也像活着的人一样成长，由小姑娘变成妙龄女郎（《宠儿》），故事世界里死去的几代交替出现（《佩特罗·巴拉莫》），多个不相关人物的故事多声部呈现（《笑忘录》）等。总之，在这些后现代小说中，故事世界支离破碎、逻辑荒诞，梦境、幻想、真人真事相互混合在一起，时间的因果逻辑、空间的有序组合等“自然叙事”逻辑已经被“不自然叙事”创新性认知参数所取代。

---

① 原注：mimetic reductionism。

② 唐伟胜：《叙事》（中国版）第三辑，暨南大学出版社 2011 年版，第 5 页。

③ 同上。

④ 同上书，第 6 页。

⑤ 同上。

其次，“不自然叙事”的人物心理也是“不自然的心理”，是无法用心理学理论和术语描述，也无法和现实世界中人的“自然心理”相互参照的。故事中的人物心理不同寻常，“自然叙事”连贯的心理机制、思维模式被奇特的、杂乱的、变动不居的心理和思维机制所取代，“空白”、“不连续性意识”、心理的“碎片化效果”，人物、叙述者、读者意识的并置、混合、交替等彻底颠覆了现实世界中人类正常的“自然”心理和意识。阿尔贝等学者认为，在叙事小说中被叙述的心理抵制按照我们日常的心理阅读活动的逻辑建构的心理意识，“非自然的心理要求读者反抗连续性的意识框架来建构意识”[①]。在《寒冬夜行人》、《宠儿》、《女勇士》、《孙行者》等经典后现代主义小说中，“不自然心理”的描写不胜枚举。

最后，不管是“不自然的故事世界”还是“不自然的心理”都源于作者“不自然的叙事行为”。“非自然的叙述行为包括在物理上、逻辑上、记忆上或者心理上不可能的话语。”[②]“不自然叙事的叙事行为”是带来叙事文本“不自然叙事”的最基本元素。“叙述主体的不在场”，作者、叙述者、人物身份的模糊、混乱，叙述者心理意识的碎片化，叙述时间的重复、融合、前后矛盾等，是“不自然叙述行为”的具体表现。如果用“自然叙事”的话语系统分析后现代主义小说的叙事机制，几乎所有的叙事要素都是不可解释、难以理解的。但是如果用与以上“不自然叙事”三个方面相关的“不自然阅读行为”进行阅读，不以现实世界作参照，对后现代主义小说文本进行非模仿阅读的话，一种全新的阅读视野会向我们敞开。后现代主义小说将不会再因难以理解或晦涩难懂而受到误读或批判，这样，其中所包含的人类多元化话语模式与文化的多元性特征才会被真正的理解。

在《法国中尉的女人》中，福尔斯打破了物理时间的线性机制和“自然”的空间秩序，作者本人站在20世纪60年代审视19世纪60年代维多利亚时代的人和事、意识形态和价值观念等文化内蕴。“不自然的心理”的最好例证，便是小说中的人物萨拉的独特设置以及小说中随

---

① 唐伟胜：《叙事》（中国版）第三辑，暨南大学出版社2011年版，第14页。

② 同上。

意出入故事内外对人物心理进行跨时空比较的议论。这些和“不自然的叙述行为”密不可分，其中的叙述者不再是“拟人化的叙述者”，不再像傀儡一样被作者操纵，作者不用隐身幕后故作客观的表征真实世界，而是以自己独特的“介入”和“非陌生化”与“陌生化”并存的叙事机制演绎“不自然叙事”的叙事策略。“不自然叙事”彻底解构了“拟人化的叙述者”、传统的故事内叙述者以及他们在小说中的作用和心理机制，他们超越了物理时空的真实世界与小说虚构世界的参照式思维，将我们带入了叙事多元化与可能性的遥远之境。因此，对“不自然叙事”理论的引入，对研究人类叙事的多元图景有重要意义。

第二节　“不自然叙事”与后现代主义小说的“反对解释”

在后现代主义叙事文本中，诸如很多学者已经认识到的，其故事世界已经不再是传统叙事作品努力建构的符合“自然”的真实世界逻辑的叙事文本，它的故事世界、叙述行为是“反模仿”、“反自然的”。“不自然叙事”理论的提出，适应了后现代主义文本的叙事逻辑，依照传统叙事理论的研究成果，后现代主义叙事是没法解释的，因为这些文本的叙事基本上都是“不自然叙事”，它们不具有统一的结构、视角，或者明晰的叙述者与作者的二元区分，叙事时序、故事序列也是杂乱无章、无章可循的。

因此，当传统叙事学遭遇后现代主义叙事文本时，其一系列理论话语失去了用武之地。荷兰叙事学理论家米克·巴尔曾经指出：“在后现代文学中，描写的发生条件有时被以一种发生条件的疯狂性夸大为达到了崩溃点，或者是极为明显的不合逻辑。”① 在后现代主义叙事文本中，事件描写的不合逻辑，时空的杂乱无章，过去、现在、未来的跨界共存，文本内外故事、议论、描写的无序性，读者与叙述者和作者、人物身份的混淆和并置等“不自然叙事”，打破了自古希腊以来叙事文学结

① ［荷］米克·巴尔：《叙述学：叙事理论导论》，谭君强译，中国社会科学出版社 2003 年版，第 46 页。

构的整一性、叙事时间和空间的有序性、叙述者的权威性、故事文本模仿现实的幻觉等。后现代主义叙事文本的这些不合逻辑和反因果二元律的叙事策略带来的“不自然”，在很大程度上给包括传统叙事学理论在内的传统文学批评造成了“解释障碍”。因此，除了不确定性和内倾性这两个被哈桑认定为后现代主义叙事文本所具有的主要倾向之外，“反对解释”也是其最重要的特征之一，直接造成阐释困境的原因则是“不自然叙事”。笔者曾在《后现代主义特征下的“反对解释”》[①] 一文中详细探讨过后现代主义叙事的“反对解释”性。

“解释”用苏珊·桑塔格的说法就是“一种思想上有意识的活动，它说明某种法规，某种‘释义’的规则。面对艺术时，释义意味着从整个作品中摘取一套因素（X、Y、Z 等）。释义的任务实际上就是一种翻译的任务”[②]。“‘反对解释’不仅是后现代主义理论者们的争论焦点，也是后现代主义作家在作品中有意追求的艺术效果。就像乔伊斯吁请《尤利西斯》的多重解释一样，许多后现代主义作家在作品的前言或直接在作品中‘恳请’或‘警告’读者不要解释。罗伯·格里耶在《在迷宫里》的前言中警告读者不要做超越严格意义上的人身正统性的解释：‘读者只需观察作品所描写的各种事物、动作、言语和结局，毋须寻找超出或少于他原有生活和死亡中的意义’，他断定意义是他唯一的、永久的、不共戴天的敌人。同样，巴塞尔姆也通过他的《雪白》中的一个人物警告读者‘以物读物……不要管那些物。它表达什么意思就是什么意思’。伯恩哈特在其作品《改正》中，也拒斥在其文本中试图发现一种深层意义的尝试：‘我们不能走得太远，这样会致使我们去猜测，一切事物中以及其背后都隐藏着一种现象，一切谜一般的富有意义的东西。其实这只是一朵黄色的纸玫瑰，别无其他意义。一切不过是它本来的样子而已。我想，如果我们总是把我们觉察到即看到的一切，把我们当中所发生的一切同含义和谜相联系的话，那我们早晚会发病的。我们只能看见我们看得见的事物，它不是别的什么东西，只是我们所看见的

① 《后现代主义特征下的“反对解释”》，《河西学院学报》2007 年第 1 期。

② 王予霞：《反对释义与错位的感受——桑塔格批评理论探索之三》，《湛江师范学院学报》（社会科学版）1998 年第 4 期。

东西而已。’这种反解释的警告体现在文本中就是作家们采用的不确定以及内倾性的文本策略，这也是后现代主义作家们对后现代理论倡导的直接回应，是对传统解释机制的最有效的直接解构，在这种情况下任何解释的企图都显得苍白无力。传统文学艺术之所以被无休止的解释，根本原因是它们对于现实‘拟真’的模仿，因为这样它才能被认为是有艺术价值的。”①

因此，后现代主义叙事文本的“不自然叙事”造成的阅读困境，使传统文学批评的解释机制遭遇障碍。H. 波特·阿博特的“不自然叙事”相关论文《反阐释的认知升华——简论加西亚·马尔克斯和贝克特文本外未知因素的文本体验》② 中，结合具体的文本实践探讨了反解释的文本叙事机制之一的“认知升华”（“摈弃阐释范式或相应冲动后全身心浸入”）理论，从另一角度研究了后现代主义小说“反对解释”的重要特征。在论文中，阿博特指出介于“陌生化”与“遮蔽”之间的文本阻力“认知升华”，是“作者通过违背语法规则叙事、随意替换‘指称代词’等策略营造出的抵制理解的状态，文本因此无从得到确切阐释”。他接着指出：“阅读此类抵制性文本时需要放下一切阐释范式与冲动等审查者阅读态势，全身心投入，直接体验与叙事文本的交流。”因此，这种由“不自然叙事”带来的“反对解释”的文本策略不是反对批评、反对解读的意思，它所反对的只是包括传统叙事学在内的传统文学批评的审查式阅读范式以及试图寻求用文学来表征真实世界的主题阐释。

莫妮卡·弗鲁德尼克认为在叙事抵制以真实世界的真实参数来被自然化的时候，“我们暂时停下来，开始认真对待非自然的虚构”。扬·阿尔贝认为叙事“不仅像我们所知道的那样模仿性地再生产世界，很多叙事都使我们面对奇特的故事世界，这些故事世界很少受到与我们周围的真实世界相关的原则的控制”③。“不自然叙事”理论专门研究打破“模仿论”神话的“反模仿”叙事文本，这不仅丰富和发展了叙事学理

---

① 《后现代主义特征下的“反对解释”》，《河西学院学报》2007 年第 1 期，第 27 页。

② 见唐伟胜《叙事》（中国版）第三辑，暨南大学出版社 2011 年版，第 45—56 页。

③ 同上书，第 5 页。

论，同时为研究后现代主义叙事文本的叙事机制开辟了广阔的空间，从理论角度肯定了后现代主义特殊的叙事范式。当我们回过头重新冷静、客观地审视后现代主义小说时，才发觉这些叙事文本的“不自然叙事”的确为人类文学语言的多元发展做出了巨大的贡献。但是，诸如阿尔贝等学者所看到的，其实大多数叙事具有一个非常重要的挑战性特征，即“虚构与模仿或自然与非自然通常是相互配合的”①。

任何一位作家的创作都不是在真空的情况下进行的，文学创作永远离不开人类生存的大地与现实，但是文学叙事的方法是多元的，我们既可以有“模仿”真实世界的“自然叙事”，也可以有“反模仿”真实世界的“不自然叙事”。当然，学者们也指出，在对待“不自然叙事时”，“我们必须考虑：作者与读者之间在何种程度上存在有文化差异呢？在什么是自然，什么是非自然的时候是否有可能不把文化和历史的差异纳入考虑的范围呢？当发送者关于自然的概念与接收者关于自然的概念有很大差异时，情况又会怎样呢？”②

人类学家指出，每个个体都是文化个体，即自由存在又具体表现出其置身其中的文化类型。③ 每一种文化类型并不是悬浮在真空中，它是由社会的每一个个体通过多种表现得以持续稳定下来的。每一个民族的作家都有一套自己民族独有的叙事模式。就拿叙事时间而言，每一个民族有其独特的时间文化机制，白种人、黄种人和黑人，他们的时间文化并不一样。时间并非都是线性的、按照一定的物理逻辑顺时发展的。莫里森小说中的时间观、拉美魔幻现实主义作家小说中的时间观，不能同欧美人的物理时间观进行片面的一对一比较。因此“自然”与“不自然”的叙事机制还有许多领域值得深入研究与探讨。

正如唐伟胜所言，历经50年的发展，叙事学“早已洗尽了铅华和稚嫩，以不可阻挡之势进入社会的各个领域”④。叙事学已不再是束之高阁的一种艰深理论，不再是只关注文本形式研究的教条，它已经作为

① 唐伟胜：《叙事》（中国版）第三辑，暨南大学出版社2011年版，第21页。

② 同上书，第22页。

③ ［美］詹姆斯·皮科克：《人类学透镜》，汪丽华译，北京大学出版社2009年版，第53页。

④ 唐伟胜：《叙事》（中国版）第三辑，暨南大学出版社2011年版，“代前言”第5页。

一种思维方式渗透到文学研究的各个层面。

第三节　后现代主义小说“不自然叙事”的成因分析

后现代主义小说以其反模仿的“不自然叙事”的多元叙事机制以及人类多元文化建构，丰富并建构了人类文化的多元特征。原因有二：第一，语言论转向；第二，因果二元对立模式的消解。

一、语言论转向之后

20世纪六七十年代西方文论的“语言论转向”，给西方诗学带来很大冲击的同时，同样在很大程度上给西方叙事艺术注入了全新的创作理念。在此之前，对语言的重视也是存在主义的哲学的一个重要的理论出发点。雅斯贝尔斯、海德格尔、萨特等存在主义的代表人物几乎都认为艺术语言对“存在”的探索有重要作用，通过艺术去追寻存在，“语言既可以揭示存在者的存在，也可以揭示非存在者”。文学就是通过语言对存在者真理的揭示，在文学作品中同在其他艺术中一样，存在者的真理被自行置入。而这里存在着的“真理”不是传统意义上的“客观真理”，而是把存在者的存在从隐蔽的状态中显现出来。比如，海德格尔从梵·高的油画《农鞋》中看到了农妇生活的整个世界。正是梵·高画的农鞋将农妇的世界存在从隐在的状态揭示了出来。所以，在存在主义者这里，语言的是先在的，而现实世界的存在是通过语言揭示出来的。而传统文学观则认为，现实世界的存在具有优先性，语言只是反映世界的一种手段，是工具。索绪尔又一次提升了语言的地位，语言的工具论观点再次受到冲击。这在某种程度上促发了西方文论的“语言论转向”。同时，在文学创作领域，现实主义与自然主义小说强调的文学对现实、生活、历史的反映功能也受到质疑，甚至许多学者断言，现实世界是由语言建构的，这句话也应了海德格尔“语言是存在的家园”的观点。

萨特的“想象论”进一步发展了语言艺术与现实世界的关系问题，萨特认为想象始终是以现实世界为基础的，但它可以脱离现实世界而进行任意的幻想。文学作品是想象性意识对现实世界的显现，而对于现实世界的想象虚构并不是现实世界本身，对椅子的想象并不就是现实中的椅子，“无论想象怎样生动，怎样令人动情或怎样有力量，它所展示出的对象都是不存在的”①。萨特的想象论进一步打破了现实主义小说表征现实的神话，文学艺术的想象不能反映现实的本真状态，文学中的世界不能与现实中的真实世界相提并论。在《法国中尉的女人》中福尔斯表达了类似的观点：“我们希望创造出尽可能真实的世界，但不是现实生活中的那个世界，也不是过去的现实生活中曾经存在的那个世界。”而对于现代主义以前的文学中所谓的真实，在《恶心》中萨特通过其人物之口说出了他的观点：“十八世纪所认为的真实，如今已无人相信。”②

对语言功能的重新认知，使文学作品的虚构性被坦诚地揭示了出来。现代主义小说观已经把小说看成是一种虚构，是人工制作，是小说家想象与虚构的产物。文学语言在获得了自我认证的机会之后，其对现实的表征功能在某种程度上就丧失殆尽了。“在罗蒂（理查德·罗蒂）看来，传统形而上学视语言为反映自然的一面镜子，而‘语言学转向’的一个最基本，也是最重要的结果，就是使这面镜子不可回复的破碎了，换句话说，使人们对于作为外部世界的‘再现’和‘表征’的语言永远失去了信任”③。但是在现代主义小说家那里，由语言构筑的文本虽然不可能反映现实世界的真实状态，但却能揭示人的存在状态，甚至揭示人的混乱与无序的潜意识。在他们的笔下，人的这种意识机制的杂乱无章的存在特性，通过语言文字的秩序性被揭示了出来，意识流小说家们的小说便是很好的证明。而且现实主义小说中在现实世界/语言文本的二元对立中处于中心地位的现实世界，在现代主义小说中被语言所替换，语言的修辞作用发挥到了极致，隐喻、象征、通感、暗示等等，语言成了构筑文学作品文本的中心。由于对比喻的诗性方式的强调，在现实主义文学中由表征关系决定的对社会学意识形态意义的深度

---

① ［法］萨特：《想象心理学》，光明日报出版社 1988 年版，第 35 页。

② ［法］萨特：《萨特文集》（小说卷 1），人民文学出版社 2000 年版，第 132 页。

③ 盛宁：《人文困惑与反思——西方后现代主义思潮批判》，生活·读书·新知三联书店 1997 年版，第 40—41 页。

模式的追求，在现代主义小说中被追求文学语言自身的意义的深度神话所代替。现代主义小说解释的无可穷尽性及其难以被阅读的美学特征，在很大程度上源于其对语言的诗学特征的贵族化追求。

语言论文论关注“语言自身”，叙事作品不再是模仿，而成了建构，消解了叙事文学指涉和表征真实世界的绝对权利，作品的语言构造作品自身，小说叙事具有“自我指涉性”。虚构与现实之间的薄纸被捅破，语言模仿现实的伦理功能就自然被消解，语言也就存在于自身内部。写作本身也就不再将再现作为目标，而是将字词、语言、符号作为目标，而对文学创作虚构性与虚假性的揭示，是后现代主义小说叙事机制的一个主要突破。后现代主义小说中由语言构筑的文学作品文本/现实世界的二元对立关系消解了，语言不是叙事文本关注的中心，他们更关心叙事自身。为了叙事的需要，真实与虚构的界限被打破了。在博尔赫斯的小说中，他自己的名字频频出现，而其他的人物也大多是他生活中的朋友，这些真实的人与他小说中的虚构世界自成一体①。《法国中尉的女人》再现了一些维多利亚时代的历史事实，虽然这些历史事实本身由于新历史主义关于“历史是虚构”的说法变得不可靠，但对于当时的人物以及历史事件的直接引用不失为一种陌生化的叙事策略②。

后现代主义小说以多元的叙事形式，打破了模仿论、表现论的传统叙事机制，在摧毁语言表征现实世界以及揭示人的存在状态的神话的同时，暗示了语言自身的内省性。“后现代主义之所以包括自反性或元虚构小说，是因为它反映了一切语言都是自我指涉的这一认识观。”③ 当代叙事理论也普遍认为“叙事只是构筑了关于事件的一种说法，而不是描述它们的真实状况；叙事是施为的而不是陈述的，是创造性的而不是描述性的”。因此，在后现代主义小说中，文学追求意义深度的神话被消解，“写作既是构筑一个空的没有指令、没有管制、没有独裁的符号

---

① 博尔赫斯的小说《阿莱夫》能够体现其叙事的这种特征。

② 盛宁在《文本的虚构性与历史的重构》一文中认为，《法国中尉的女人》中插入大量的历史事实，是因为福尔斯“试图通过小说文本的这种形式，对维多利亚时期的英国历史现实进行新的阐释，重构一种历史文本”。

③ ［荷］佛克马、伯顿斯：《走向后现代主义》，王宁等译，北京大学出版社 1991 年版，第 37 页。

帝国”①。

因此，在语言论转向之后，文学语言的反映功能、表征世界的功能以及再现功能被抛弃之后，对文学自身语言的自足自律的潜力的关注显得更为主要。这种关注交叉着文学叙事虚构过程的自我暴露，从而显示了后现代主义叙事作品的元语言性、内在性与自我指涉性等“不自然叙事”特征。正如约翰·福尔斯在1973年出版的《诗集》中所言：“小说是一种游戏，是一种允许作品与读者玩捉迷藏游戏的巧计，所以它的过错是它的形式所固有的。严格地说，小说大体上是个很巧妙而且能令人信服的假设——也就是说它与谎言是最亲密的表亲。小说家因为意识到自己在说谎而感到不安，所以大部分小说孜孜不倦地描摹现实；这也是为什么揭穿这个游戏、在作品中让谎言即小说创作过程的虚构本质凸现出来，成为当代小说的特色之一。”在《巫术师》中福尔斯曾借康奇斯之口表达过这样的观点，即“小说已经死了，就像炼丹术一样”。这种预言很显然与约翰·巴思在《文学的枯竭》中的小说已经死亡的观点有某种契合。但是在另一篇文章中巴思重新阐释了他的观点，即“小说的死亡——如果能够死亡的话——不会标志着叙事文学或者讲述故事的末日。……因此，假定我不仅是个小说家，也是个喃喃地说过小说可能枯竭的小说家，那么，我就把施予这种显然已经枯竭的形式以人为的复兴，看做自己文学职责的一部分”②。可见，虽然后现代主义小说家们普遍认为传统小说已经面临着形式枯竭的威胁，但凭着小说家的良知，他们在预言旧的形式枯竭或死亡的同时，也在努力开拓新的艺术形式，以此来拓展小说叙事的新领域，从而展示人类言语叙事的多元景观。

二、因果二元对立模式的消解

在传统叙事文学中，故事情节的整一与完整，取决于叙事过程逻辑的缜密性，即事件因果二元对立关系的明晰性。如在《伊利亚特》中，

---

① 汪民安等：《后现代性的哲学话语——从福柯到赛义德》，浙江人民出版社2000年版，“后现代性的谱系”第6页。

② ［美］约翰·巴思：《我在沉思与推理》，转引自《“冰山”理论：对话与潜对话》，工人出版社1987年版，第162页。

阿喀琉斯愤怒的“原因”，以及由于其愤怒不参战而导致希腊联军战局的失利的“结果”都很清晰，事件间的逻辑关系也因为有明晰的因果关系而显得紧凑、有条有理。《包法利夫人》中围绕爱玛建构的一系列事件都有清晰的因果关系，小说不但写出了爱玛悲剧的社会原因，而且分析了其深层的社会基础。事实上，正是事件之间严密的因果关系，才确立了《包法利夫人》结构的整一性。但是在后现代主义小说中“因”与“果”的二元关系被彻底消解，事件之间因果关系的严重脱节与模糊，影响了小说内在机制的整一性、和谐性与总体性。当然，“整一性”叙事规范的消解为多元叙事艺术共存的局面奠定了基础。

杜威·佛克马认为后现代主义者“否认以正义和理性的形而上学概念、以对好与坏的陈腐划分或以简单地因果逻辑关系为基础的正统性”。尼采对传统道德体系“好与坏”、“善与恶”的批判与质疑①，对因果关系合乎逻辑的质疑与解构哲学对中心与边缘二元观的消解似乎有某种契合。

尼采在《善恶之彼岸》中曾说过：“在‘自在’中没有‘因果联系’，没有‘必然性’，没有‘心理学上的不自由’，在这里‘对原因的影响’没有发生，而且也没有‘法则’的统治。原因、先后、彼此、相对、强制、数量、法则、自由、根基和目的都是我们主观臆造出来的。”尼采认为，“我们所意识到的外部世界片断是果的相关物，它从外部抵达我们，而后作为其因而投射为由果推因”②。尼采的发难为解构主义哲学家们提供了切入点，保罗·德曼发展了尼采所谓“由果推因”的“因”与“果”倒置的观点。早在尼采那里，因果的二元律已经出现了分裂，因与果的绝对界限已经被动摇。经过德里达的再次解构以及德曼的发展，它们的对立关系彻底消失了。德曼认为，“世界的外部客观事件决定了内心意识事件，正犹如因之决定果。然而，假定为客观的、内在之因的东西，其本身却原来是内部之某种果所产生的结果。

① 在《论道德的谱系》中，尼采对这些旧的道德体系的起源及其发展进行多重解释的同时，给它们的产生赋予更多人为的虚假色彩，见［德］尼采《论道德的谱系·善恶之彼岸》，谢地坤等译，漓江出版社2000年版。

② 转引自［美］保罗·德曼《解构之图》，李自修等译，中国社会科学出版社1998年版，第149页。

而是为某种果的东西，实际上似乎又反过来发挥了它自己的因之因的作用”①。

尼采首先破除了“因果关系”的权威性，指出它的主观臆造的人为特性。而德曼显然在尼采的基础上，在打破因果关系二元对立的封闭性之后，将两者置于随意交换与替代的地位。德里达认为哲学自身的发展就是中心的各种概念的置换的历史。虽然海德格尔把尼采定位为“最后一位形而上学家”，但是德里达在其解构哲学中选择尼采，却是因为他“对形而上学的批判和存在及真理概念的批判，因为这些概念被游戏、解释和符号（即无在场真理的符号概念）所代替……”② 对因果关系的二元对立观的质疑，无疑最终破坏了传统哲学始终强调的逻辑关系的明晰性。因此，以德里达为代表的解构哲学事实上继承了尼采的衣钵，对形而上学及其真理观进行了更为彻底的批判与颠覆。后现代主义小说在很大程度上破除了结构整一性的神话，肢解了原因与结果的二元对立关系的关系模式。

《法国中尉的女人》从题名来看，“法国中尉”的存在是“女人”的因。按照传统的叙事逻辑，看到小说的题目，读者首先想到故事的主人公定是“法国中尉”和他的“女人”，而且两人肯定有某种确定的关系。但是，在阅读小说的过程中，“法国中尉”和“女人”萨拉的故事始终是不确定的。“法国中尉”始终没有出现在故事中，他仅仅存在于其他人物的言说中。并且随着萨拉和查尔斯关系的发展，读者和查尔斯都发现萨拉和“法国中尉”的关系原来并不像之前别的人物和萨拉自己说的那样，至于他们的关系究竟如何确实没有确定的版本。因此，题目暗含的故事内部的因果逻辑是不确定的，它因“法国中尉”的不在场而虚设。此外，就“法国中尉的女人”萨拉而言，她在故事中的行为、性格等传统小说中的人物所具有的逻辑链条都是断裂的，都是有因无果或是有果无因的，查尔斯无法解释，格罗根无法解释，就她本人也不能解释。总之，《法国中尉的女人》的故事逻辑是无因果逻辑可言

① 转引自［美］保罗·德曼《解构之图》，李自修等译，中国社会科学出版社 1998 年版，第 149 页。

② ［法］雅克·德里达：《书写与差异》，张宁译，生活·读书·新知三联书店 2001 年版，第 505 页。

的，正是这种特征使小说在各个层面失却了传统小说的明晰性和确定性。

《法国中尉的女人》的叙事逻辑是很多后现代主义小说所共有的“不自然叙事”逻辑，杜拉斯的《副领事》、《直布罗陀水手》，略萨的《公羊的节日》，胡安·鲁尔福的《佩特罗·巴拉莫》，博尔赫斯的《小径交叉的花园》、《神的文字》等。这些小说内部的叙事链条都是断裂的，或者有联系，但那种联系打破了传统叙事的时空秩序，事件之间的因果关系毫无逻辑性可言。

人类文化本是多元的，西方理性思维对因果关系、逻辑推理等理性原则的强调，以及西方“中心主义话语”自近代以来的文化扩张，使得除此之外的多元思维理念被搁置。每个民族都有自己的思维方式，而这些思维方式和世界的众多种族捆绑在一起，被西方理性话语视为“非理性”而备受歧视。真理观、因果关系、二元思维模式等西方理性思维是“逻各斯中心主义”的主要哲学理念，德里达等东方学者的解构主义哲学思潮及其影响下的后殖民、女权、生态批评等理论话语以及后现代主义小说创作从叙事模式和文化理念等实践层面多方位破解了西方理性思维的神话。而后现代主义小说多元叙事策略的文本实践，在语言论转向与传统思维方式因果关系二元关系消解之后，摧毁了传统小说的叙事机制和思维方式，走出“整一性”与“宏大叙事”的机制规约，以个性化的、民族化的叙事立场建构了多元叙事的文化空间。

第二章

后现代主义小说的多元文化建构

《法国中尉的女人》作为经典的后现代主义小说，既有形式上的创新，同时又具有后现代主义小说对边缘文化建构的特征。在后现代主义小说出现之初，学者们关注最多的是其形式上的“先锋”性，对这些小说形式层面叙事艺术的研究可谓盛极一时。因迥异于现代主义及其之前小说的叙事特征，以及在阅读时遭遇的种种障碍，很少有学者进入小说的文本内部解读其内蕴。进入21世纪以来，很多学者开始重新审视后现代主义小说，认为这些小说除了形式方面的推陈出新外，内蕴层面有其独特的文化价值和意识形态关照。在国内，很多学者开始关注后现代主义小说的内蕴研究，叶舒宪最早从文学人类学角度对拉美后现代主义作家博尔赫斯等作家的小说中呈现的拉美民族的文化进行研究，赵毅衡毫不讳言后现代主义文学家都是饱学之士。因此，后现代主义小说的文化研究还是一块有待深入开垦的处女地，研究者应该透过文本表层独特的叙事技巧，探析文本内部丰厚的文化内蕴。

后现代主义小说不但在形式层面抵制“自然叙事”的陈旧技巧，形成独特的“不自然叙事”的文本特征，而且在这种“不自然叙事”的框架内部蕴涵着作家们对人类文化的深入理解和思考。一方面，在小说文本建构社会规范编码的意识形态层面，“不自然叙事”的策略摧毁了现实主义和现代主义小说试图反映与再现现实生活的“镜面观”，以反对解释的姿态拒绝意义的过分阐释。另一方面，在这种多元混合的“不自然叙事”模式之下，潜藏着多元文化建构的宏伟蓝图。俄罗斯当代文论家库里岑认为，后现代主义小说可以理解为一种新出现的原始文化。他说：“旧的原始文化是随着能够直接反映自身的物质形式的出现，即随着人的出现而产生的。‘新的’原始文化产生于文化开始反映自身的时候……文化正在向内转。文化本身正向自身返回。”①

在后现代主义多元叙事的机制之下，各国、各民族的作家与具有流散背景的少数族裔作家一起，依据各自的文化立场与民族身份，打破了传统小说“自然叙事”的宏大机制与强调二元对立的“西方中心主义”的现代理念，超越了西方文学的单一评判视野，在各自的文化视野中以文学表达激活、重塑、反思本民族文化。他们以反西方中心主义、反霸权文化为契机，将文学的笔触深入自己民族的文化深层，书写并反思各自民族的文化传统，重构人类远古时代奠定的多元洲际文化与民族文化景观。而且，后现代主义小说书写以往西方主流话语构建的二元世界中精英文学不屑表现的边缘群体，如乞丐、单身母亲、自由女性、同性恋、精神病人、囚犯等，深入这些群体特有的文化视阈和精神世界内部，站在他们的立场用后现代主义特有的文学表达，关注并书写他们。

第一节　建构多民族文化

文化是一个地区的软件的综合，各民族文化都有自身的特性。文化又是一个特定地区一种价值观、世界观的表现，为了减少不同地区之间人们的误会、误解，增加信息的流动，人们也有必要增加不同文化之间的交流。这种趋势促成了全球文化的传播，文化认知成了了解“他者”的突破口。而长久以来形成的西方中心主义文化霸权，忽略了各地区、各民族文化异质性多元视野。“西方文化中心论”认为世界上的所有高级文化都是经由古埃及王国再经克里特岛、古希腊和古罗马传播到世界各个地方去的。随着西方国家殖民化统治的兴起，这种民族沙文主义立场制约了其他民族文化独特的话语立场。西方中心主义认为西方文化优于、高于非西方文化，认为人类历史围绕西方文化展开，认为具有“现代性”特征的西方文化，以及其价值和理念是人类的普世价值，是非西方世界愚昧文化的拯救者，是人类文明进程的楷模。在此基础上，西方人将本民族、本群体的文化模式作为中心和标准，以此来衡量和评价其

① ［俄］维·库里岑：《后现代主义：一种新的原始文化》，吴晓都译，《后现代主义》，社会科学文献出版社1993年版，第213页。

他文化，敌视或怀疑自己所不熟悉的文化模式。哈维兰指出：“任何正在充分起作用的文化都认为自己的方法是唯一合适的方法，这反映了我们称之为种族中心主义现象的一种观点。”①

正是这种文化上的种族中心主义制约了世界文学，尤其是近代以来世界文学的审美取向与价值观念，世界文学循着欧洲人文主义、古典主义、浪漫主义、现实主义等文学思潮与创作规范，以此作为衡量艺术水平高低的标准，判定作品的成败与优劣。这种创作理念上的依附与向度，使各民族文学过多地应和所谓欧洲标准的文学价值观，往往忽略了本民族文化的独特资源。然而，“在真理、逻各斯、宏大叙事和‘同’的信念相继解体之后，保持和培育对‘异’的具体真实的敏锐感和领悟能力，成为后现代状态下特别需要的一种智力水准和道德水准”②。后现代主义小说家对“异”的追求，打破了文化上的“欧洲中心主义”对文学的制约。各个民族的后现代主义小说家以各自的文化立场，以各自民族特有的认知视野、价值观念、文化传统和社会现实状况为表征对象，在各自民族文化视阈的影响下，以不同的叙事技巧以及后现代主义小说特有的多元化叙事理念和方法，从20世纪60年代开始，在世界文学的舞台上展演了各民族文学异彩纷呈的文化图景，呈现了人类多元文化并存的壮阔景象。王阳在其论文《一种形式化的文本意义理论是否可能》中谈及在文学范式中文本的价值时指出：“文本的价值在很大程度上关联于不同民族的心理特征、思维习惯、文化传统和社会现实状况，作品和相关文论都是对不同文化传统的差异性因子的强化而非超越。”③

一、拉美魔幻现实主义小说：幽灵与奇幻建构拉美多元文化

在20世纪七八十年代，拉美魔幻现实主义小说曾以其独特的文化显现与叙事技巧傲视文坛，形成了一股强劲的“拉美文学风暴”。这些

① ［美］威廉·A. 哈维兰：《文化人类学》（第10版），瞿铁鹏等译，上海社会科学院出版社2006年版，第55页。

② 叶舒宪：《文学与人类学——知识全球化时代的文学研究》，社会科学文献出版社2003年版，第27页。

③ 祖国颂：《叙事学的中国之路——全国首届叙事学学术研讨会论文集》，中国社会科学出版社2006年版，第73页。

作家的名字直到现在还响彻耳畔，马尔克斯、博尔赫斯、科塔萨尔、卡彭铁尔、胡安·鲁尔福、略萨等，不但影响了中国20世纪80年代之后的文学，而且在“西方中心主义”统摄全球意识形态和文化领域的时候，以其独特的“魔幻”叙事技法以及独特的文化视野，呈现了异于西方理性思维的文化理念。正如略萨所言：“讲故事的方式是感受另一种文化的核心并生活在其中，洞穿它的本质，取得它的历史和神话的精华，使它的禁忌、意象、祖先的愿望以及恐惧具体化。”①

拉美作家创作使用的语言本身就显示了多元文化融合的特征，印第安语、黑人的语言与西班牙语混合，在语音、语调、句法等方面，形成了比西班牙本土语言丰富、灵活得多的拉美语言。拉美的这些被纳入后现代主义创作视阈的魔幻现实主义作家，没有现代主义或超现实主义等文学流派的文学纲领与宣言，也没有活动的固定舞台和刊物，没有核心人物，他们的性格各异，创作风格各异。博尔赫斯的小说叙事技巧多变，小说中虚构与真实、故事与梦境的无规则杂乱呈现，时空错位、因果颠倒，文体混杂、思想模糊。鲁尔福的小说《佩特罗·巴拉莫》，死人横空出世作为叙述者和人物以电影似的镜头变换述说过去的历史，演绎了一个男人和多位女人、私生子的故事。这部小说里的人物超越了死的界限，打破了物理时空距离和理性思维，将墨西哥民间文化的生死观念以“不自然叙事”的方式呈现给读者。略萨的小说《公羊的节日》在形式层面以多视角叙事的方式，讲了多个不断让读者进行整合的多位人物的故事。故事中过去与未来相交织，多位人物打破了时空界限，生理年龄被肢解，在不同的年龄阶段出现在不同的故事中自说自话。但在这种奇特的“不自然叙事”深层，呈现的却是略萨独特的“政治介入”，以近距离的视觉关照再现了秘鲁独裁的政治文化背后的各种复杂关系以及在这种体制下小人物的悲剧命运。这部小说因此被称作“独裁、权势、腐败和性神秘关系的解密史实和虚构非理性纠结缠绕的文学杰作”②。

---

① ［加拿大］阿尔维托·曼古埃尔：《恋爱中的博尔赫斯》，王海萌译，华东师范大学出版社2007年版，第110页。

② ［秘鲁］马里奥·巴尔加斯·略萨：《公羊的节日》，赵德明译，上海译文出版社2009年版，扉页。

正如马尔克斯所言，拉美人是“混血”儿，他们具有多种文化视角，“魔幻”便是拉丁美洲印第安人和黑人认识世界的根本方式，其意识形态是非理性的。在他们看来，世界是人鬼同居的，神奇、魔怪的事物现象和可理解的事物是同样存在的。马尔克斯从拉美本地文化的角度出发，认为自己描写的都是“现实”，其小说中包含了大量被西方的理性思维排斥的现实。在拉美，人类相信有法力的神和有魔力的鬼怪的时间远远超过信仰无神的时间，“魔幻”意识作为原始初民认知世界、建构艺术的远古记忆仍然沉淀在现代人的心理深处。这些作家以各自不同的文学表达传递了一个共同的目标，就是摆脱地区性的禁锢，用国际化的语言向全西班牙、美洲乃至全世界讲话，重塑前殖民地人的价值理念，挖掘被殖民社会所遮蔽的民间传统文化，向世界喊出拉美文化的独特音符。拉美的魔幻现实主义小说，重新找回失落在西方文化霸权事业中的拉美各民族文化的声音，给我们展示了拉美别样的、奇幻的文化景观与民族风情。正如加拿大学者阿尔维托·曼古埃尔认为的，正是通过拉美的这些成功的小说家，“我们了解了西方文化教我们否认的人民的生存状况，这些人的历史被局限在充满杀戮的游牧部落故事、野蛮的习俗以及在胜利的征服者下蒙尘的失落的文明。……他们一直为人忽视，直到一页页的文学作品提醒我们他们的存在”①。

二、以汤婷婷为代表的华裔小说家在中西文化夹缝中建构的独特文化景观

著名的后现代主义小说家、华裔美国作家汤婷婷在其小说《女勇士》、《中国佬》、《孙行者》中，以轻松幽默的笔调，闲适、随手拈来的互文与戏仿技巧，以后现代主义的随意与“不自然叙事”，书写并反思中国传统文化。在《女勇士》中，作者以一系列母亲睡前讲的中国民间故事、历史传说如“木兰替父从军”、“岳母刺字”、民间拜师习武的故事等为依托，把这些在自己似醒非醒时听的亦真亦幻的所有故事中的人物杂糅在一起，以花木兰这个在中国男权文化语境中产生的巾帼英

① ［加拿大］阿尔维托·曼古埃尔：《恋爱中的博尔赫斯》，王海萌译，华东师范大学出版社2007年版，第104页。

雄的故事为契机，以自己华裔家庭中的“重男轻女”思想的歧视者、受害者的立场，声讨并反思中国古老文化中“重男轻女”的痼疾和观念。同时，将自己平时在家里和弟弟不一样的境遇，以美国文化中“人生来就是平等”的观念作参照，书写故事，以此反思中国传统文化对女性的规约与轻视，并用西方的文化价值观念评判中国传统文化对女性地压制与伤害。

在《中国佬》中，作者描写了华裔美国男人的经历。作者通过想象重新建构来美国的祖父辈、父辈华人以及父亲的种种经历，写了从19世纪中叶到20世纪60年代移居美国的华人的遭遇。作者用后现代的笔法，将历史与现实、真实与虚构融为一体，在叙述中除了对历史文献的非陌生化的实录以外，运用中国传统题材和民间故事，以互文的手法重写这些传说和故事，以中美文化夹缝中变异了的文化理念建构别样的中国传统文化。另一作品《孙行者》则以后现代的方式拼贴出了华人后裔的特有心态。书中以中外不同的幽默口吻充满了对种族主义的辛辣嘲讽。作者在这部小说中运用了多种创作手法，尤其是对语言的成熟运用和滑稽模仿，使美国的华人文学在整体上跃上了一个新的台阶的同时，再次书写了中国传统文化对美国华裔青年根深蒂固的影响。

汤婷婷既是接受美式学院教育和社会教育的美国人，同时又是受中国文化家庭教育的华裔，她以夹缝中的文化视角与语言，建构中国的民间、民俗文化，彰显了作者理解的中国文化元素，并用别样的方式解构了中国传统文化中不合乎人性的文化痼疾。虽然作者站在“他者”的文化立场使中国的传统文化失却了正统、庄严的意味，但作者“旨在运用她的移民先辈们会按照他们的实情讲故事和发表评论的方式讲述故事”，用在中美文化夹缝中形成的文化视角审视中国文化，并“打破了关于女子属性和华裔美国女子属性的极度沉默，在出于民间传说、家史和个人沉思所想象出来的历史和神话的‘他者’之中，重新排列了民族和性别的位置”。作为以双重视角在作品中书写中国文化的女性作家，汤婷婷不但为中国儒家文化体制下失语的无名女子争取了话语权，而且使中国女子与男性有了平等对话的话语场。此外，她也为在白人主流文化中处于弱势与边缘的华人群体翻案，揭示他们在美国社会文明进程中的辛劳与无奈，消除白人主流社会对华人的歧视性刻板印象，以其人文精神和历史理性揭示不合理的社会现实，重塑中国文化。同时，作家借用这种叙事立场与文化反思机制，书写男性华裔在美国文化与经济繁荣中所作的努力，以打破“种族歧视”给华人罩上的耻辱罗网。

三、印裔后现代主义小说家拉什迪建构的印度多元文化景观

拉什迪是后现代主义小说家中有着印度血统的一位作家，他虽然出生于孟买这个印度教占主导地位的城市，但他的家族却是伊斯兰教的信仰者，此外他的父母又保持着英国绅士的生活方式，他自己接受的西方学院教育使他身上同时具有西方文化的因子。因此，在拉什迪本人身上体现的多元文化景观，证明了印度文化在近代以来的多元性。拉什迪的小说中混合着印度民族文化和英国文化的多重视角。他的创作在多种文化的交融中，浸透了本民族文化与民间文学的滋养，但是他又以超然的态度，以后现代主义“不自然叙事”的机制反思并重新激活自己的民族文化中被殖民地文化遮蔽的文化视阈。

拉什迪在被称为后现代主义小说代表作的《午夜的孩子》一书中，一方面以典型的“不自然叙事”，以开放的、不确定的文本结构，再现了支离破碎的历史，将历史变成了无中心、四处流散的碎片，在宏大叙事的表层历史视野之下，消解了尼赫鲁、甘地等人的“自传”性宏大叙事。另一方面，小说从印度神话、史诗、传说、街市文化、腌咸菜的习俗、奇迹、星象、算命、语言、占卜、妖术、驯猴等印度本地民情民俗中吸取各种历史文化意象，构建了一个多元混杂的奇特文化景观。在小说中，作者将人物的命运糅合在印度由殖民地变为独立国家的历史事件当中，将印度文化中的宇宙观和传统精神融入其中，在虚构与想象、真实与虚假之中以怪异的方式讲述奇特的故事。小说中人物形象设置的多元文化特征，对印度民间故事的戏仿和改编，对印度的两大古代史诗之一的《罗摩衍那》中人物的引用与戏仿，以及这部小说所体现出来的印度民间传统文化与宗教的理念，无疑给人传达了一种变异了的混合着西方文化关照的独特文化视角。虽然作者站在旁观者的文化立场，参透并审视着本民族的文化与民间传统，但是小说的民间神话故事的处理方式深刻地反映出印度古代文化与文学对拉什迪文学创作的影响。

拉什迪的后现代主义小说以自己独特的文化立场，重写和反思印度

民族的宗教与文化，在继承本土作家关注现实与历史，关注小人物命运书写的同时，借鉴并运用后现代主义的“不自然叙事”的创作理念，再现了印度民族文化的众多侧面。这不但丰富了印度的叙事文化机制，并向世界传达了印度文化独特的声音，同时也繁荣和建构了人类文化的多元视野。

四、非裔美国作家托尼·莫里森的后现代主义小说重塑非洲文化景观

托尼·莫里森虽然生活在美国多元文化语境中，但她深刻理解自己民族古老而又悠久的文化与语言。正是在这种理解中，莫里森试图创作具有深刻的民族文化元素的作品，虽然这些元素已经在这种多元的文化背景中发生了变异，但她仍以深沉的文化历史感书写黑人族裔的心史。她以女性的特有身份与体验，以后现代主义的叙事技巧，用她所谓的仅有的26个字母，“使读者看到颜色，听到声音”。她的小说以强烈的种族意识，思考黑人的过去与现实，书写黑人在美国社会中的生存困境，揭示蓄奴制和种族歧视对黑人的精神摧残，写白人的文化价值观念对黑人人性的扭曲，也写黑人社会内部对自己同胞的排斥与伤害，写他们内心的创痛、骚动与渴求，写他们对自我的寻求和对自己的文化之根的追寻。

莫里森深爱自己的民族语言，认为它“含而不露，同时又撩人心扉。它是黑人们如此喜爱的东西——说话时，文字在舌尖上逗留、揣摩、玩味，它是一种爱，一种激情”①，认为“世界上最可怕的事情便是失去那种语言”②。莫里森想通过她的小说，“让黑人语言恢复她原有的力量”。因此她以独特的创作方式，抱着“为俗套抹去灰尘，为语言抹去灰尘”的文学理想重写黑人文化。因此她在小说创作中会不时地回到自己的民族语言中去，否则她会“无法表达”。尽管黑人种族在美国主流社会遭到歧视，但是莫里森有一种语言文化上的优越感，自豪地以

---

① ［美］托尼·莫里森：《语言不能流汗》，少况译，转引自宋兆霖《诺贝尔文学奖获奖作家访谈录》，浙江文艺出版社2005年版，第335页。

② 同上。

为，正是自己民族古老语言中的字母影响了欧洲语言的创立，但是一贯以优越感自居的白人却“永远无法知道他们的语言中来自非洲文化的成分”。

身处西方文化占统治地位的美国社会中，无时无刻不在感受到它的影响和侵蚀，和汤婷婷、拉什迪一样，莫里森的身上也有深刻的西方文化的烙印。但非洲身份和非洲文化传统又决定了她的小说不可能走与美国主流文化和文学完全相同的道路。她的种族在政治、经济、文化领域遭排斥、受压制的地位，使他们在希求白人文化认同的过程中，过分依附于白人的价值观与审美观，这使很多黑人的心理变得扭曲。虽然莫里森的小说中关注黑人妇女、儿童以及他们生存的现实困境，但是她的作品中更重要的是以一种独特的方式建构并重写自己民族文化的深层视野。她的小说《最蓝的眼睛》、《秀拉》、《所罗门之歌》、《沥青娃娃》等，书写并再现她自己民族神秘的神话历史以及非洲文化中的巫术与泛灵论观念等，以文学的方式理解并反思自己民族的民间文化。

美国黑人女权主义作家爱丽斯·沃克认为，黑人民族要生存下来除了拥有政治权力和经济独立以外，必须保留住黑人文化。黑人自己民族的文化“就像路标，像向导，像旋泊用的锚，使该民族的人们坚强，不至于在外来力量的冲击下迷失方向”①。莫里森虽然觉得黑人的民间神话在美国这样一个多元的文化世界中已被遗忘，但她仍然以她自己的方式再现黑人民间文化，坚持自己民族的文化立场，保护这一古老的文化景观，使人类文化在全球化语境下显示出多元并存的重要特征。

第二节　书写边缘群体，建构边缘文化

博尔赫斯说：“独裁扶植了压迫、奴役和残暴，更可恨的是复制了愚蠢”，阿尔维托·曼古埃尔因此说：“不宽容是愚蠢的一种形式，因为它无法看到个人的丰富而只能经营固定的模式。它和偏见属于一类，其中理智被老调，一种广为接受的观点所取代。”“然而不宽容，如同

① 王守仁、吴新云：《性别·种族·文化》，北京大学出版社1999年版，第46页。

妖怪的反应，来自黔驴技穷的人。”[①] 正是不宽容，男权社会以霸权的规范，规约了“排他性”，“掌权的人仿佛遗忘的是为着排他性而建立的任何群体——黑人、女人、犹太人、同性恋者……”[②] 后现代主义文化“在对倒置常规定位和权力分配的可能性进行探索的文化／批评框架中”，在边缘上呼吁人们注意“普遍系统”所忽视的东西与领域。这种文化机制为后现代主义小说的边缘性虚构提供了支撑。而对女乞丐、女性意识、单身母亲以及同性恋，甚至妓女等被歧视的边缘领域的书写，同样支持了这种理论及其人类多元文化属性的想象性虚构。埃莱娜·梅尔兰·卡日芒认为：“如果说，在整个社会，存在对群体的一部分人的不公，他们因此无处栖息，无足轻重，没有话语权，那么当这些被漠视的群体声讨要求得到认同和他们的权利的时候政治就开始了。”[③]

女权批评家们认为，在 19 世纪前包括 19 世纪的作家笔下，甚至女性作家笔下，女人都被视为男性的附庸，她们自己的个性、人格、思想意识等被遮蔽，成了在场中的不在场。还有一些处于边缘的女性群体和女人的生理特征则直接放置在文学表现的视野之外，被以另类的眼光审视、贬抑并歧视，比如单身妈妈、“堕落”的女乞丐等。但是在后现代主义小说家的笔下，这些被遮蔽的，或者从强势男权文化视角体认与塑造的女性弱势群体及女性意识，一改往日的失语与不在场，出现在作家的书写范围之内，以立体的、多样化的姿态出现。这些小说主要包括玛格丽特·杜拉斯的印度系列之一的《副领事》，多丽丝·莱辛的《金色笔记》等。

在《副领事》中，杜拉斯给予边缘个体——未婚先孕、被赶出家门、堕落而又肮脏的女乞丐以故事的优先权，并以大量的篇幅在故事一开始就将读者带入这个女流浪者的世界。小说将一个睡在麻风病人中间并在恒河游泳的秃顶的小女孩变成主人公，这看似颠倒了社会价值的习惯秩序的书写，恰好体现了作者对这一类群体的深刻关注。同时，小说真实再现了乞丐这一边缘群体的生活情状，解构了主流文化倡导的所谓

① ［加拿大］阿尔维托·曼古埃尔：《恋爱中的博尔赫斯》，王海萌译，华东师范大学出版社 2007 年版，第 179 页。

② 同上书，第 180 页。

③ ［法］贝尔纳·阿拉泽：《解读杜拉斯》，黄荭等译，作家出版社 2007 年版，第 71 页。

光明、进步等表象，见证了人类生活的深重苦难。在加尔各答，流浪很久漫游到此的乞丐女来到了外交官夫人的“光明”世界，而代表“白人”主流文化的外交官夫人则在女乞丐卖孩子的残酷一幕中，失去了名字，成了虚构人物，即“白衣女人”的女儿。而作为书名的“副领事”，则一直被悬置，直到女乞丐的故事讲了二十多页后，他才在寓所的阳台上出现。这种结构方式与人物的设置次序，倾注了作者血的记忆。在加尔各答短暂的停留，给作者留下刻骨记忆的不是那些处于主流社会上层的法国领事、大使及其夫人等白人群体，而是那些流落在城市的各个角落，被主流文化遮蔽的流浪者、乞丐与麻风病人。正是这种刻骨的印象，当作者提笔书写这些沉重的、她始终无法书写的印度时，她将她所看到的千千万万的边缘人编织在女乞丐这个女性弱者身上，深刻地揭示人类文化、文明在演进过程中所忽略的暗角。“恒河边上，麻风病人和野狗组成了一重围墙。”就这样，作者笔下的印度成了“痛苦中的印度”。

女乞丐引发了写作，但同时又隐没在语言的无法言说之中。杜拉斯说：“我让这个街头女乞丐遍布了整个城市。所有城里的、田里的女乞丐，所有暹罗小路边的女乞丐，所有湄公河畔的女乞丐身上，都有着她的影子，那个曾是我害怕的人。”这个女乞丐成了印度的象征，外交官夫人的反面。杜拉斯以一种“不可能叙事的痛苦”，细致书写乞丐女流亡、苟活、生育、卖女的历程，以无法回避的姿态向读者展现了这一边缘群体的真实存在性。从女乞丐身上，我们追寻到世界各地形形色色的流浪者、白痴和疯子以及成千上万遭到遗弃、赤身裸体行走在大路上的苦行者，还有遭到了主流文化压制的边缘人。杜拉斯第一次以这些人的视角再现了他们的世界，以及这一群体身上体现的挥之不去的文化阴影，再现了人类文化的多元性。

在《金色笔记》中，莱辛以“一次突破形式的尝试，一次突破某些意识观念并予以超越的尝试”① 探讨了单身离异的母亲是否是自由女性的问题。小说思考和讨论了女性写作和女权解放的关系问题，质疑并解构了

① 见［英］多丽丝·莱辛《金色笔记》，陈才宇译，译林出版社 2000 年版，“译序”第 3 页。

某些女性主义者提出的女性写作是对女人自身的解放的女权主义观点；思考了女性关于“性”的态度问题，建构了性属文化的独特景观。作者深入单身女性家庭内部，思考了单身母亲普遍面临的沉重话题，即在女人和母亲的双重身份中的尴尬与人格分裂所造成的极度痛苦和艰辛。虽然这两部小说中的人物和他们的故事都支离破碎，没有完整、连贯的叙事，体现了后现代主义小说“不自然叙事”的创作理念，是作者关于写作形式的创新与突破，但是小说通过人物的设置故意嵌套多个互相独立的故事，解构了西方主流意识形态，建构了边缘群体及他们的文化理念。

虽然人类学家哈维兰认为，“在人类那里，同性恋行为也并非不同寻常”[①]，而且在世界上的某些民族中，同性恋行为并不被认为是不自然的[②]，但是长期以来，主流正统文化对同性恋者的偏见使他们被排除在人类阶级、政治解放运动之外。当然，随着妇女解放运动的展开，解构主义、后现代主义思潮的影响，人们对同性恋者的态度已有所改变。同性恋解放阵线的形成便是这方面的明证。后现代主义小说以其反抗人类正统文化的姿态，重现二元世界中被遮蔽的领域，以此建构人类文化的多元性。同性恋者作为其中边缘的边缘受到关注。后现代主义小说中的同性恋形象，对自身的异类恋爱观和性心理开始认同，不再像普鲁斯特在《追忆逝水年华》中那样遮遮掩掩，代表作品如普伊格的《蜘蛛女之吻》、莱辛的《金色笔记》、伊萨贝尔·阿连德的《幽灵之家》等。

普伊格的《蜘蛛女之吻》对同性恋者进行了书写。小说名称“蜘蛛女之吻”意思为——同性恋者之间的接吻，小说的名称本来就是关于同性恋者的隐喻。小说通过人物形象莫利纳之口，探讨了同性恋心理形成的原因，通过两位人物形象的对话逼真地揭示了同性恋者对“爱”与“性”问题的看法，表现了同性恋者对异性恋者的性爱与婚恋观的否认态度。书中的同性恋者莫利纳，自始至终感觉自己是个女人。小说以平等的姿态而非歧视的心理，以同性恋者的视角书写并精细描绘同性恋的情感、心理。因此，《蜘蛛女之吻》激活了被压制在社会边缘，不

---

① ［美］威廉·A. 哈维兰：《文化人类学》（第 10 版），瞿铁鹏译，上海社会科学院出版社 2006 年版，第 229 页。

② 在《文化人类学》中，哈维兰对此有较细致的描述。同上书，具体见第 229、253 页“同性婚姻”。

被正统道德文化承认的恋者心态，解构了性别文化男人/女人的二元对立，呈现了人类情感的丰富性与多元性。

智利女作家伊莎贝尔·阿连德被称为“穿裙子的马尔克斯”，她在后现代主义小说《幽灵之家》中，以对异性之爱的质疑与批判，写出了逃避这种折磨人的异性之爱的女性形象克拉腊，在与大姑子菲鲁拉的长期密切接触中产生的同性爱倾向。克拉腊在记事本详细地记着她和大姑姐的奇妙感情：“菲鲁拉给予我的爱远远超过我应得到的爱，远远超过我能回报给她的爱。”作为大姑姐的菲鲁拉从未品尝过男女之爱，“和克拉腊在一起度过的岁月可能是她一生中仅有的幸福时刻，因为她只能对克拉腊讲知心话。她可以向克拉腊讲述最细腻的情愫，为她作出重大牺牲，对她表示高度崇敬”。小说对克拉腊和菲鲁拉之间纯净的同性之爱的描写，戏仿了古希腊女抒情诗人萨福和她的女弟子之间的微妙之爱，可以说是隔代跨民族对人类文学的古老遗产的互文性再现。小说中毫不隐讳地肯定并高度赞扬这种纯净的女人间的同性之爱，并将其和埃斯特万与多个女人之间的有性无爱的异性之爱相对比，昭显了作者鲜明的情感取向。

后现代主义小说以其独特的视角与人性关怀释放被主流、正统文化遮蔽在死角的边缘群体与意识，向世人展示了同性之爱。以毫不避讳的后现代视角揭示了人类性别文化的多样性。除了以上几部小说对同性恋者进行书写以外，和《蜘蛛女之吻》一样，波多黎各小说家玛依拉桑托斯·费布莱斯在其2000年写的小说《塞壬那/萨琳娜》中也书写了同性恋问题，而且视角更为独特，写了男人女性同性恋者通过手术成了女人，但上半身是女人，下半身仍是男人的跨性别人具有的身份焦虑。作者在质疑人类男女之爱的正统婚恋观的同时，建构了多元性别身份，从而实现了作者建构性别文化多元性的理想。

卡尔维诺曾经说过，当我们快要在现实生活中变得沉重时，“我应该改变方法，从另一个角度去观察这个世界，以另外一种逻辑、另外一种认识与检验的方法去看待这个世界”①。卡尔维诺本人、杜拉斯、莱

① ［意］卡尔维诺：《美国讲稿》，见《卡尔维诺文集·寒冬夜行人》，译林出版社2001年版，第322页。

辛，以及许许多多的后现代主义小说家都是以这种“避重就轻”的写作理念，站在各自的立场和视角关注各自视野中的各种文化，然后以其独特的“不自然”叙事的机制，颠覆传统小说叙事的同时，解构、质疑各种主流文化，从而建构人类文化的多元视野。和以上谈及的后现代主义小说一样，《法国中尉的女人》以其独特的“不自然叙事”技巧，书写了维多利亚时代被压制在边缘的女性、劳工阶层，以及被正统历史忽视了的历史事实、意识形态等，建构了维多利亚时代文化的多元图景。

因此，后现代主义小说以反传统小说“自然叙事”的表征规范，以“不自然叙事”的叙事逻辑将压制在边缘的西方二元化思维体系中被压抑的一元进行书写，这种表现不是站在正统文化的角度斜视或俯视，或去压制、贬抑，而是站在这些群体的话语立场叙事，呈现给我们的是一个多元的、开放的、五颜六色的世界。桑塔格说“我们不能通过生活来阐释作品，但是我们可以通过作品来阐释生活”。

第二部分

《法国中尉的女人》的研究背景、叙事策略、价值和意义

第一章

研究背景

《法国中尉的女人》因其奇特的叙事和迥异于此前小说的创作技法，最先在美国文学批评界引起强烈反响。兰·瓦特最早在《纽约时报书评》上发表评论，认为《法国中尉的女人》继福尔斯的前两部小说《收藏家》和《巫术师》，在很大程度上证实了一个观点，即约翰·福尔斯的创作“既具有英国文学特征又具有法国存在主义的特点”①。早在 1970 年，詹姆斯·阿农松就对福尔斯以很高评价，认为福尔斯像乔伊斯·凯瑞，其创作技法错综复杂，充满神秘性；也像 E. M. 福斯特，诙谐幽默、机智、不保守。“《法国中尉的女人》更让他成为与乔伊斯·格瑞和 E. M. 福斯特同样伟大的小说家，这部小说对此前的小说具有很大冲击。”② 同年，保罗·爱德华·格瑞在《耶鲁评论》上发文评价《法国中尉的女人》，认为这是一部“用一种时髦的形式模仿维多利亚时代的小说，且就这种模仿技巧而言成就是突出的……然而，小说因为自我意识的流动表现出前卫派的特征，但正如叙述者一直坚持的，这部小说不仅仅是一部一流的小说，而且也是一部在虚构事实界限的引导下调查文化混乱现象的文本”③。

从 20 世纪 70 年代开始，对《法国中尉的女人》的研究日趋增多，主要的研究领域有：与维多利亚时代文学的关系研究、存在主义研究、

① Ian Watt, in *The New York Times Book Reviews*, N. K.: The New York Times Company: Reprinted by permission, November 9, 1969, pp. 174 – 175.

② James Aronson, "Reservations", United States: *The Antioch Review*, 1970, Vol. XXIX, No. 4; Reprinted by permission of the editors, in *The Antioch Review*, Winter, 1969—1970, pp. 587 – 588.

③ Paul Edward Gray, *Yale Review*, by Yale University, 1970; Reprinted by permission of the editors, Spring, 1970, p. 430.

新历史主义批评、女权主义研究，以及形式研究（后现代主义文学叙事特征研究、元小说、互文性）等。

第一节 与维多利亚时代及其文学的关系研究

在国外，20世纪70年代初，有关《法国中尉的女人》的研究，大多是将这部小说放置在维多利亚时代的审美批评领域，从反映论角度审视这部小说的成就与得失。1970年，瓦尔特·艾伦在《约翰·福尔斯的成就》① 一文中指出《法国中尉的女人》是一部非常有趣的小说，它显示了作者天才的成就，“它首先是一部历史小说，……是一部旧式的历史小说”，它的主题不仅仅是维多利亚时代的性史，“它给我们一种维多利亚时代后马尔库塞的观点”。艾伦还指出这部小说给接受者提供了有关维多利亚时代的“英雄”的两性生活，而且作为一部历史小说，这部小说给一百年前的英国生活，知识分子与阶级、权力的更替带来了巨大的冲击。

普瑞斯科特·爱瓦特在《福尔斯：作为悲剧的〈法国中尉的女人〉》② 一文中认为，《法国中尉的女人》是放置在维多利亚时代的矫揉造作的悲剧，是维多利亚时代的一个怪胎，在小说中，福尔斯在遵循维多利亚时代的社会风俗的同时，使这些风俗习惯变得模糊、混乱以及缺乏逻辑。此外，瓦尔特·艾伦认为，福尔斯在维多利亚时代的文学体式中，毫不犹豫地完全采用当代人的观点与叙事技巧写他的罗曼史，显示了他无可置疑的天赋。而小说中的两个女人和一个男人虽然被置于古代的程式（一百年前英国的道德行为规范）之中，但并没有依附于那种模式，并且随着作者以他本人一个当代人的身份不时强行插入叙事进程中，使传统与当代分离开来。

麦尔科姆·博瑞德在《作为舞台监督的小说家：约翰·福尔斯和他

---

① Walter Allen, *The Achievement of John Fowles*, UK: Encounter, August, 1970, pp. 64 - 67.

② Prescott Evart, *Jr. Fowles's The French Lieutenant's Woman as Tragedy*, United States: Studies in Modern Fiction, Vol. XIII, No. 3, 1972, pp. 57 - 69.

的〈巫术师〉》[①] 一文中指出，福尔斯的小说既有传统现实主义小说的线性的严密的情节设置、全知全能的叙述者，又倾向于具有现代性的讽刺的、非人性的人物场景设置。福尔斯知道他所具有的作为意识的深层结构的现代性与组织性，“他的基本主题在与他的具有可怕自由观的英雄遭遇后，将我们抛出了历史，而这支持他更自负的炫耀他的美学”。然而，麦尔科姆·博瑞德认为，虽然《法国中尉的女人》中的萨拉具有现代意识允许的不可预知性和偶然性，但就《法国中尉的女人》而言，使福尔斯获得真正成功的仍然是对维多利亚式的现实主义小说模式的极好控制。萨德·萨卢特福在《纽约时报书评》[②] 中谈到《法国中尉的女人》时，认为这部小说用19世纪传统浪漫主义小说的模式，不仅对维多利亚时代的道德行为与人的精神进行了精彩的研究，而且做了一些有趣的、有难度的事，即描述了从未来刮到蒸汽时代的微风，并且在他的三个人物身上播下了我们叫做现代意识的种子。《当代文学评论》第15卷在福尔斯相关研究资料的引言中，编者指出：“他的作品是古典和虚构性映射当代意识的混合物。比如《法国中尉的女人》是维多利亚时代的故事，具有那个时代小说的风格，但是却有叙事技巧方面的革新和通过小说审视时间观念层面的革新。福尔斯在其小说中始终坚持对历史重要性的细微观察，通过小说探索研究如何在过去的历史中呈现现在。”[③] 在第33卷的综述中，编者指出在《法国中尉的女人》中作者用“当代意识审视维多利亚时代的人们的行为与道德”[④]。

以上的各种反映论批评将《法国中尉的女人》放置在维多利亚时期小说的框架内，从维多利亚时代传统文学的角度，在认可维多利亚时代价值体系与生活观念的基础上审视这部小说。

---

① Malcolm Bradbury, *The Novelist as Impresario*: *John Fowles and His Possibilities*: *Essays on the State of the Novel*, Reprinted by permission of Oxford University Press, Inc., Oxford University Press, 1973, pp. 256 – 271.

② Theodore Solotaroff, in *The New York Times Book Review*, by The New York Times Company; Reprinted by permission, November 10, 1974.

③ Sharon Gunton, *Contemporary Literary Criticism*, Detroit: Gale Cengage, 1980, Vol. 15, p. 231 引言（黑体字部分）。

④ Jean Stine, Daniel G. Marowski, *Contemporary Literary Criticism*, Detroit: Gale Cengage, 1985, Vol. 33, p. 158 综述（黑体字部分）。

20世纪80年代之后，有关《法国中尉的女人》与维多利亚时代文学之间关系的研究仍在继续，但此时的研究已经深入到两种文学现象内部，深入地探讨其叙事的独特性。皮特·科瑞迪虽然批评《法国中尉的女人》是一部把自己的传统作为试验，在对公众的欺骗中证明自己的矫揉造作的艺术，但他也承认该小说给经典现实主义的典范模式——封闭性和专制的叙事视角带来的挑战。他认为这种挑战表现在：对专断讲述的叙事视角的突破，设置几种开放的结局等。此外他还认为，福尔斯的小说由于对不完整性的独特追求，使作品获得了阅读的多样性，同时这种不完整性对小说发展的前景来说，是一种勇敢的构思逻辑的尝试。这种研究已经将《法国中尉的女人》看做是一种不同于传统现实主义小说的独特文本，在处理它与历史的关系上有较深入的研究。此外，皮特·科瑞迪的研究已经渗透到《法国中尉的女人》的主题的神秘性与不确定性、历史的不完整性、反权威的结尾设置等领域，为此后的关于《法国中尉的女人》的后现代主义特征的研究奠定了基础。

在20世纪90年代初，有关《法国中尉的女人》与维多利亚时代的历史关系被重新思考。弗雷德里克·M. 郝默思在其文章《历史、小说，想象力的对话：约翰·福尔斯的〈狂想〉》① 中，以福尔斯的另一部小说《狂想》中的历史意识为切入点，从新历史主义批评视角对《法国中尉的女人》进行研究。他认为这部小说是一部反传统历史小说的小说，“在其中引入了明显的与过去有关联的当代权威意识，而不是（像传统历史主义小说）假装故事发生在历史上的某一时期”，这种叙事策略使这部小说用具有“人情味的话语建构来重新批判的审视历史，而不是简单的重现历史细节（尽管这些历史具有客观的、无可置疑的本体地位）”。同时，他也指出这部小说印证了琳达·哈琴在《后现代主义理论的开始》中提出的“历史书写的元虚构”，即“小说在自反和证明有关历史事件和人物两个方面进行了扩展”。同时，郝默思还指出《法国中尉的女人》验证了新历史主义的“历史叙事”观，因为在小说中，福尔斯试图解释的历史并不是完全可靠的，相反它具有易推翻的暂时性

---

① Frederick M. Holmes, “History, and the Dialogic Imagination: John Fowles's A maggot”, in *Contemporary Literature*, Vol. 32, No, 2, Summer, 1991, pp. 229 - 243.

特征，并且它仍在继续不断地被重新解释。

在国内，有很多学者也从社会历史角度、时代语境等层面，将《法国中尉的女人》放置在维多利亚时代的历史、文化语境中进行研究与解读。盛宁早在《文本的虚构性与历史的重构——从〈法国中尉的女人〉的删节谈起》一文中，从花城出版社1985年5月出版的《法国中尉的女人》中译本的部分删节谈起，指出了这些删节的重要性，认为恰是这些删节体现了小说的"'先锋性'的姿态"[①]，通过这些删节作者在"关注社会和历史规范"，通过文学形式小说重构了维多利亚时代的历史。当然在这部论文中，盛宁以严谨的学术态度，从比较文学译介学角度对《法国中尉的女人》的英文原著和以上所提及的1985年的中译本进行研究，向国内学人介绍了后现代主义小说"重构历史"、建构边缘的历史维度。总之，盛宁的这篇文章奠定了国内对《法国中尉的女人》的后现代主义文学艺术新的研究视角，即在国内学人大多将关注点聚焦于西方后现代主义小说的"奇异"的艺术手法的时候，以自己深刻的学术见解肯定了后现代主义小说的文化内蕴，为国内后现代主义小说的历史、文化建构层面的研究提供了独特而又宝贵的研究视角。

阮伟在其文章《从社会和历史的视角读〈法国中尉的女人〉》[②] 中指出，这部小说是一部历史小说，也是一部戏拟作为原型的维多利亚时代小说的小说。陈静在其论文《从维多利亚时代看〈法国中尉的女人〉中的女主人公形象》[③] 中，结合福尔斯的生存观和文学观，从维多利亚时代的英国等级制度、男尊女卑的社会观念以及虚伪的道德价值观入手，从社会历史和时代语境层面分析了将萨拉逼入绝境的社会环境，以及在这种环境中萨拉为了保持特性、实现自我而采取的生存策略和抗争手段。

---

① 盛宁：《文本的虚构性与历史的重构——从〈法国中尉的女人〉的删节谈起》，引自陆建德《现代主义之后：写实与实验1945》，中国社会科学出版社1997年版，第198页。

② 阮炜：《从社会和历史的视角读〈法国中尉的女人〉》，见其论著《社会语境中的文本二战后英国小说研究》，社会科学文献出版社1998年版，第146—159页。

③ 陈静：《从维多利亚时代看〈法国中尉的女人〉中的女主人公形象》，《甘肃社会科学》2009年第1期，第113—116页。

第二节 有关存在主义及其“自由”观的解读

对《法国中尉的女人》的存在主义和其中“自由”观念的研究，是前人对其研究的一个重要领域。

20世纪70年代初期，杰夫·阮克汉姆在《约翰·福尔斯：存在主义的迷宫》[1]中从存在主义角度对福尔斯的三部小说《巫术师》、《收藏家》、《法国中尉的女人》进行了综合研究。首先杰夫·阮克汉姆认为，应该把福尔斯作为一个严肃的艺术家进行严肃的对待，肯定了他的小说所具有的“精彩的构思、复杂的情节以及激情的焦虑”等特征。同时，他认为《法国中尉的女人》和《巫术师》、《收藏家》一样，在将他的人物放置在一个非理性的迷宫的同时，对存在主义进行了隐喻性的探险，进而指出，在小说中，主人公萨拉和查尔斯企图逃离维多利亚时代的道德行为规范，主要目的是实现“自我”。朱爱特·艾登斯在《约翰·福尔斯：作者的存在》[2]中认为，《收藏家》、《巫术师》和《法国中尉的女人》三部小说，证实了从斯特恩到巴思的小说中一直关注的中心观念，即每个人的生活都是小说，每个人都是小说家。艾登斯认为小说中的女主人公萨拉具有开放意识，因为她和“未来”的存在主义哲学的关系，使她在个人自由的名义下打破了维多利亚时代的传统，以20世纪的主体身份超越了历史。因此，萨拉更像是一个具有存在主义思想的女作家。贝瑞·欧尔申认为：“福尔斯的小说创作的根据是个人自由意志的猜想和自我实现的观念。”这一阶段对《法国中尉的女人》中的存在主义自由理念进行系统阐释的是杰·萨利。他的博士论文《约翰·福尔斯小说

---

① Jeff Rackham, “John Fowles: The Existential Labyrinth”, in *Critique Studies in Modern Fiction*, Vol. XIII, No. 3, 1972, pp. 89 - 103.

② Dwight Eddins, “John Fowles: Existence as Authorship”, in *Contemporary Literature*, by the Board of Regents of the University of Wisconsin System, Vol. 17, No. 2, Spring, 1976, pp. 204 - 222.

中的自由与非我》[1] 以福尔斯的《智者》中的自由理念为参照，专题论述了《收藏家》、《巫术师》、《法国中尉的女人》三部小说中的自由主题。

1977 年，约翰·戈登在《真实的维护》[2] 一文中指出福尔斯通过《法国中尉的女人》质疑存在主义的观点。戈登认为小说告诉我们“存在主义告诉了一半的真理，说它正确是因为我们必须进行选择，必须改变我们的生活；说它不正确是因为，我们不能忽视那些会把我们带向其他地方的一切惰性力量”。戈登旨在论证，福尔斯是通过小说审视并质疑存在主义哲学观点的。类似的观点在《法国中尉的女人》与存在主义关系的早期研究中并不多见。此外，也有一些评论家将《法国中尉的女人》中体现出来的悲观主义意识与萨特、加缪的存在主义小说中的悲观主义色彩进行对比研究，认为后者对前者有根源性的影响。

1979 年，凯若·M. 雷沃在其文章《约翰·福尔斯的教育》[3] 一文中指出《法国中尉的女人》和福尔斯之前的作品不一样，作者赋予小说中人物自由与责任的存在主义思想，并非是作者的突发奇想，而是有意为之。在小说中，叙述者通过让作者作为故事中的一个角色在作品中现身，不断打断故事的进程并给予他的人物以自由这一方式，证明作者的存在主义观念，坚持“要让我自由”，必须“给人物以自由”的主张。

20 世纪 80 年代，《法国中尉的女人》中的存在主义及其“自由”思想的研究仍然是其研究的主要领域，一些学者将《法国中尉的女人》和《收藏家》、《巫术师》等小说一起研究，探寻其中的存在主义的“自由”观念。皮特·柯若迪在他的《约翰·福尔斯》（1982）中指出，

① Jon Howard Sarri, *Freedom and Nemo in the Fiction of John Fowles*, Ph. D. Dissertation, Bowling Green State University, 1974. Nemo 也被译为“逆某”，它是在弗洛伊德关于人的心理结构本我、自我、超我三维结构分类基础上，约翰·福尔斯自己在《智者》中提出来的一个心理学新术语，他认为在人的心理结构中存在着反自我（antiego）的可能性，他称其为“逆某”（nemo）。

② John Gardner, “In Defense of the Real”, in *Saturday Review*, by Saturday Review Magazine Corp, Reprinted with permission, October 1, 1977, pp. 22 – 24.

③ Karen. M. Lever, “The Education of John Fowels”, in *Critique: Studies in Modern Fiction*, by James Dean Young, Vol. XXI, No. 2, 1979, pp. 85 – 100.

福尔斯的小说是“为了寻求个体的真实性”，在阅读福尔斯的每部小说时，“最好看做是作者追求自己独特的不完整的真实来阅读。也就是说他通过前置虚构和想象的过程，而勇敢的尝试一种新的虚构逻辑。然而却是不确定的，也必须是不真实的”。苏珊·奥格娜对小说中的自由观作了较全面的总结，认为“自由”在福尔斯的“小说中主要体现在两个方面：一是从人的孤立的行为看，自由表现为获得自我的过程；二是，从人与社会的关系看，自由表现在一种权力的奴役关系中”[①]。

20 世纪 90 年代以后，有些研究仍然从存在主义相关视角对《法国中尉的女人》进行研究，肯定其中的相关理念。另一些研究则从其他视角对小说的存在主义相关研究进行质疑，代表学者是约翰·巴特勒。他从后现代主义角度对小说有关存在主义的自由思想的研究提出了相异的看法，质疑对《法国中尉的女人》进行存在主义式的自由解读。他在《约翰·福尔斯和小说的自由》[②] 一文中集中讨论了福尔斯小说中的自由、存在主义、后结构主义以及互文性，他认同皮特·科瑞迪的观点，即认为，“将福尔斯的每部小说看做是对小说自身不完整性的独特的真实地追求，才是最好的解读……”接着他指出“这种解释的获得，从存在主义转向了后现代主义，它要比单纯坚持认为在福尔斯小说中的主要题旨是‘自由’的解读更为确切……”此外，巴特勒在这篇文章中将福尔斯和巴特、福柯、德里达等后解构主义大师们放在一起，认为福尔斯给《法国中尉的女人》设置双重[③]结尾，是因为作者试图把读者放在和小说中的男主角查尔斯·斯密斯、作者福尔斯同等的地位。但在这个看似给读者以自由的文本中，“自由”二字的内蕴和萨特以及加缪等存在主义大师们的自由观念有了质的不同。巴特勒指出：“换句话说，20 世纪 60 年代末的福尔斯不再生活在加缪生活的相对单纯的世界里，在那个世界具有英雄主义色彩的年轻人们和自然关系的真实性是确定的，且在那个世界他们能够公然蔑视必然，并且在荒诞的世界里坚持自

① 笔者转译自 Christopher Giroux, *Contemporary Literary Criticism*, Detroit: Gale Cengage, 1995, Vol. 87, p. 159，黑体字部分。

② Lance St John Butler, “John Fowles and the Fiction of Freedom”, in *the British and Irish Novel since 1960*, edited by James Acheson, Macmillan Academic and Profession Ltd., 1991, pp. 62 – 67.

③ 巴特勒原注：确切地说应该是三重。

由的主张。"然而，"福尔斯生活的世界是巴特、福柯、德里达生活的世界，在这个世界里大家都主张文字、符号、临时性和修辞。对萨特和早期的福尔斯式的人，因为自由的主张而遭受严厉谴责。而对于巴特和后期福尔斯式的人，受谴责的是自由游戏。真实性和确定性被证明是不存在的，因此后者的自由是建立在不确定性的'游戏'之中"。这一观点否定了对《法国中尉的女人》进行存在主义自由的解读，从后结构主义的视角研究小说的后现代主义特征。

在国内，可以说对《法国中尉的女人》的存在主义自由观的研究开了国内对这部小说研究的先河。这就是1985年刘宪之与蔺延梓的中译本译后记中对这部小说的介绍中所提及的存在主义自由观。两位译者在向国内读者介绍这部书时，就谈到了《法国中尉的女人》的存在主义自由观的问题，指出作品设置的两种不同的结局（现在我们都知道是三种结局）是源于作者"给人物以自由"的存在主义哲学观。这是国内对《法国中尉的女人》的存在主义主题的最早研究。在此后的研究中，国内的许多学者大多从这一主题出发研究这部作品，从1999年到2012年，有二十多篇硕士学位论文从这一角度对这部作品进行解读，如孟海英的《〈法国中尉的女人〉存在主义特征解读》[①]、吉燕飞的《〈法国中尉的女人〉中人物的存在主义解读》[②] 等。

此外，陈静的论文《〈法国中尉的女人〉的存在主义解读》[③] 从"孤独而神秘的个体"、"个体与他者"、"个体的存在与自由"三个方面对文本中的存在主义因素进行了分析。

2009年，王卫新在其博士论文的基础上出版了国内有关福尔斯小说研究的第二本专著——《福尔斯小说的艺术自由》[④]。在这部专著的第四章"《法国中尉的女人》：叙述自由的追寻"中，从"萨拉的隐身

① 孟海英：《〈法国中尉的女人〉存在主义特征解读》，硕士学位论文，河北师范大学，2005年。

② 吉燕飞：《〈法国中尉的女人〉中人物的存在主义解读》，硕士学位论文，郑州大学，2011年。

③ 陈静：《〈法国中尉的女人〉的存在主义解读》，《外国文学研究》2007年第5期。

④ 国内第一本研究约翰·福尔斯小说的专著是2007年上海外语教育出版社出版的张和龙的《后现代语境中的自我——约翰·福尔斯小说研究》。

与现身”、“小说的人物自由”、“叙述者与作者的自由”三个层面探寻了小说内部艺术自由的命题。这部专著中有关《法国中尉的女人》的艺术自由的研究，通过文本内部叙述层面的研究，完成了国内有关该小说“自由”命题研究的视角转换。

第三节 女性主义解读

1988年，福尔斯在和凯瑟瑞·塔博克斯的一次访谈中谈及他的女性主义观点时曾说过：“就历史和社会而言，我一直对女性主义寄予很大的同情，我不能很准确地用当代意识来谈女性主义，但是在生活中我有我的女性原则。这和当代的女性主义关系不大。我的妻子会直截了当的否认我是一个彻底的女性主义者。但是因为很多难以说清的个人原因，我厌恶男权主义观点，这就是为什么我在美国南方和北方都难以忍受的主要原因。我发现那真的令人讨厌。”① 此外，福尔斯在《法国中尉的女人》的中译本前言中指出：“我的小说的主题就是写在这样一个毫无自由的社会里，一个地位卑贱的女子是怎样获得自由的。”以上福尔斯自己有关其是否是女权主义者和小说主题的女性主义言说，在很大程度上为《法国中尉的女人》的女权主义批评提供了话语支持。

有关萨拉的女权主义解读是《法国中尉的女人》研究的一个主要领域，很多学者认为这部小说体现了作者的女权主义意识。狄波拉·比雅德在其文章《作为女性主义小说的〈法国中尉的女人〉：萨拉·伍德尔夫的进化与解放》② 中指出，萨拉的解放是小说的主旨，福尔斯的工作就是把萨拉描述成一个逐渐具有女性主义意识的女性人物，作者在小说中提供了丰富的有关萨拉这个人物的个性特征、价值观以及经历等的信息，让人在完成阅读的同时了解她的特征和那个时期的历史。比雅德认

① John Fowles, “In an Interview with Katherine Tarbox”, in her *The Art of John Fowles*, University of Georgia Press, 1988. 笔者转译自 Christopher Giroux, *Contemporary Literary Criticism*, Detroit: Gale Cengage, 1995, Vol. 87, p. 158。

② Deborah Byrd, “The Evolution And Emancipation of Sarah Woodruff: The French Lieutenant's Woman as a Feminist Novel”, *International Journal of Women's Studies*, September–October, 1984.

为应该将《法国中尉的女人》当做一部女权主义小说来阅读。

除了以上有关小说的女权主义观点之外，也有学者认为这部小说不是一部真正意义上的女权主义小说。泰瑞·拉薇儿认为在一个由男人建构的充满男性中心神话的文化体系中，萨拉代表了女性，她具有女人作为女人所拥有的永恒的、不变的、神秘的特征，而这些女性特征都是男权文化强加于女人的[①]。1984 年，伍德考克在其文章《男性神话：约翰·福尔斯和男子气》[②] 中指出，在查尔斯和格罗根医生生活的“那个严肃的男性化世界里”，妇女只是一个被观察和讨论的对象。因此，伍德考克认为对萨拉的塑造受限于男性主义理想，认为该小说是一部女性主义小说显然是不恰当的。伍德考克的这一观点后来遭到了麦格林·柯妮尔·米歇尔的批评，她在 1987 年发表的文章《“谁是萨拉?”:〈法国中尉的女人〉的女权主义批评》[③] 中，以十多页的篇幅，详细论证了《法国中尉的女人》并不是一部真正意义上的女权主义小说。

米歇尔首先指出:“在《法国中尉的女人》的研究中对萨拉的解读是多重的：女权主义者（尤其是女性自由的象征）、神秘人物、妖姬等，以及以上所有角色的混合。在以上所有解释中，最公开的对立观点是：一些批评认为萨拉是女权主义者，而另外一些则认为她不是。”米歇尔认为这两种观点都有其正确之处，但她接着指出尽管所有的解释都有其事实依据和合理之处，然而作为一个角色，萨拉虽然参与到了情节的建构中，但她一直是模糊的、多义的、不确定的。因此，她认为对《法国中尉的女人》的女权主义的主题解读“陷入了一个怪圈，即认为萨拉是一个完整的人物，并讨论她的情感、动机以及信仰”。其次，米歇尔对在她之前有关《法国中尉的女人》女权主义

① Terry Lovell, “Feminism and Form in the Literary Adaptation: The French Lieutenant's Woman”, in *Criticism and Critical Theory*, edited by Jeremy Hawthorn, 1984.

② Bruce Woodcock, *Male Mythologies: John Fowles and Masculinity*, Sussex, NK: Harvester, 1984.

③ Magali Cornier Michael, “‘Who is Sarah?’: A Critique of The French Lieutenant's Woman's Feminism”, in *Critique Studies in Modern Fiction*, Vol. XXVIII, No. 4, Summer, 1987, pp. 225 – 236.

研究的多位学者的多种观点进行质疑。其中包括对前面所提及的伍德考克的观点的批评。她一方面肯定了伍德考克的一些观点，但另一方面她又指出，前者的观点试图对福尔斯男性化的理想主义进行批评的尝试并不成功，原因是伍德考克本人也无力超越其男性主义的理想和视角，他最终得出小说是一部具有男性化视角的神话的结论和他自身的男性主义理想是相矛盾的。不过她也指出，对这部小说那么多的女权主义批评可以作为充分的证据证明小说的女权主义主题应该是其研究的主要关注点。随后，米歇尔通过文本细读，对男性叙述者、查尔斯、格罗根医生等男性角色进行分析，解读了福尔斯本人的男权主义立场，指出："尽管，如我所坚持的，女权主义主题是《法国中尉的女人》的中心议题，但小说并不是'理想的女性主义作品'。小说通过萨拉这一形象恰好抵制了有关女权主义的主题。因为萨拉的观点在文本中是不在场的。萨拉的一切都是通过男性主义视角的男性角色来显现的。"她认为由于文中对萨拉的各种不同的评价和萨拉自己的观点在文本中的缺失，以及作者福尔斯在刻画萨拉时始终处在男权主导文化立场，虽然小说试图坚持所谓女性主义的主题，但最终没有达到女权主义小说的目标。"尽管叙述者指出萨拉是小说的主角，但事实上查尔斯才是主角。"最后，米歇尔得出结论，认为在小说中萨拉只是一个功能体，她是作为"既是男人的幻想又是男人救赎的催化剂的神秘女人"，她具有潜在的救赎功能。因此，由于福尔斯的男权主义视角，女权主义的主题目标在小说中并没有完成。

在国内，1989 年刘若端在外国文学评论上发表《神秘的萨拉——评福尔斯的女权主义思想》① 一文，对《法国中尉的女人》进行女权主义解读。该论文认为福尔斯在这部小说中虽然试图坚持女权主义思想，但是小说并未冲破父权思想的规约，萨拉在男性叙述者、男主人公查尔斯以及男性作者的多重男性视角中，并未达到作者想要通过她来表现其女性主义立场的目的。刘若端的观点和米歇尔的观点一脉相承，代表了国内学者在《法国中尉的女人》的女权主义研究中的另一

① 刘若端：《神秘的莎拉——评福尔斯的女权主义思想》，《外国文学评论》1989 年第 3 期。

种声音。陈榕在其论文《萨拉是自由的吗？——解读〈法国中尉的女人〉最后一个结尾》[①]中通过对小说最后一个结尾的详细解读，认为对萨拉的女权主义的研究是站不住脚的。她指出，虽然评论家普遍认为在《法国中尉的女人》的最后一个结尾中，萨拉超越了维多利亚时代狭隘的性别话语的束缚，获得了自由，但在这个结尾中，始终徘徊着但丁·罗塞蒂这个父权主义者的身影。福尔斯一边让萨拉在和查尔斯的关系中颠覆了女性作为欲望客体的被动柔弱角色，一边又建构起她与罗塞蒂之间女性无助者、欲望客体、追随者与男性救赎者、艺术家、导师的传统二元对立。因此，陈榕认为，在小说中萨拉看似是走在时代之前的新女性，但她并没有能够摆脱父权话语的枷锁，获得真正意义上的自由。

张和龙在其专著《后现代语境中的自我——约翰·福尔斯的小说研究》中，对《法国中尉的女人》进行了女权主义研究。在该书的第八章《女性自我：遮蔽与反抗》中，张和龙一方面认同了米歇尔等学者有关该小说是一部"失败的女权主义小说的观点"；另一方面，他又指出小说作者的"女权主义意图和人物的行动又表明：小说文本内部存在着反抗的支点，男权意识形态的内部遭遇了顽强的抵制"[②]。因此，张和龙通过文本分析，对遮蔽与反抗在萨拉身上构成的复杂的对立统一特征进行了研究。

除此以外，国内还有多篇硕士学位论文，如《〈法国中尉的女人〉的女性主义解读：析福尔斯笔下不平等的两性关系》[③]、《反抗、颠覆与重构——透过〈收藏家〉和〈法国中尉的女人〉用福柯的理论阐释福尔斯的女权思想》[④]、《萨拉：受争议的女性形象》[⑤]、《女性主体性悖

---

① 陈榕：《莎拉是自由的吗？——解读〈法国中尉的女人〉最后一个结尾》，《外国文学评论》2006年第3期。

② 张和龙：《后现代语境中的自我——约翰·福尔斯的小说研究》，上海外语教育出版社2007年版，第108页。

③ 李燕秋：《〈法国中尉的女人〉的女性主义解读：析福尔斯笔下不平等的两性关系》，硕士学位论文，上海交通大学，2007年。

④ 白爱娃：《反抗、颠覆与重构——透过〈收藏家〉和〈法国中尉的女人〉用福柯的理论阐释福尔斯的女权思想》，硕士学位论文，南昌大学，2008年。

⑤ 孙雯：《萨拉：受争议的女性形象》，硕士学位论文，上海师范大学，2008年。

论——〈法国中尉的女人〉中萨拉形象之解读》[①]、《〈法国中尉的女人〉：一部非女性主义小说》[②]、《约翰·福尔斯〈法国中尉的女人〉的生态女性主义解读》[③] 等，从各自的研究视角对《法国中尉的女人》进行了女性主义解读。

第四节 叙事艺术研究

许多评论家认为福尔斯作品的特色是强烈的叙事。“关键的、足智多谋的人物面对复杂的情形，过分丰富的背景知识弥漫着相关的历史事件、神话以及艺术。除此之外，他的小说值得一提的另外两个特征包括：对全能的叙事者的拒斥，以及模棱两可的不确定性的开放的结局的设置。”[④] 纵观国内外有关研究，学者们的研究方向可总结为以下几个方面：后现代主义叙事总体特征、元小说（历史编撰元小说）、互文性等。

一、后现代主义特征的研究

后现代主义叙事特征的研究是《法国中尉的女人》叙事艺术研究的重要领域。1991 年，巴特勒在批判有关《法国中尉的女人》的存在主义自由观研究的基础上，从后结构主义的视角详细论证了小说的后现代主义特征[⑤]。

在国内，盛宁在其论文《文本的虚构性与历史的重构——从〈法

---

① 乔雪冬：《女性主体性悖论——〈法国中尉的女人〉中萨拉形象之解读》，硕士学位论文，对外经济贸易大学，2009 年。

② 刘婷婷：《〈法国中尉的女人〉：一部非女性主义小说》，硕士学位论文，云南师范大学，2009 年。

③ 王晓丽：《约翰·福尔斯〈法国中尉的女人〉的生态女性主义解读》，硕士学位论文，哈尔滨工程大学，2010 年。

④ Christopher Giroux, *Contemporary Literary Criticism*, Vol. 87, Detroit: Gale Cengage, 1995, p. 134（引言部分）.

⑤ 详见 Lance St John Butler, “John Fowles and the Fiction of Freedom”, in *the British and Irish Novel since 1960*, edited by James Acheson, Macmillan Academic and Profession Ltd., 1991, pp. 62 – 67。

国中尉的女人〉的删节谈起》[①]中，从1985年翻译的《法国中尉的女人》的中译本对小说中一些内容的删减谈起，通过翔实的论证与研究指出正是这些在翻译中被删减的内容彰显了这部小说的后现代主义特征，“从今天的批评眼光来看，福尔斯在这部小说中故意采用维多利亚时期的小说惯例，包括叙事结构、叙述视角、语汇和语气等，显然并不是为了嘲讽这种传统形式的可笑，而纯粹是一种中性的借用。从这个意义上说，《法国中尉的女人》应划入‘后现代主义小说’的范畴”[②]。苏宏斌在其论著《现代小说的伟大传统：从卡夫卡到卡尔维诺》[③]中“约翰·福尔斯和他的《法国中尉的女人》”一节，对《法国中尉的女人》从小说的叙事视角、情节、互文性三个方面进行了研究。

在360多篇《法国中尉的女人》的研究论文中，此类研究比较多，如王松林的论文《别有洞天的叙述——谈〈法国中尉的女人〉的叙述结构》[④]、蒋海鹰的论文《解构与颠覆——浅析〈法国中尉的女人〉的叙事艺术》[⑤]、邱国红的论文《多重视角的虚构与解构——试析〈法国中尉的女人〉的后现代主义特色》[⑥]。在94篇硕士学位论文中（1999—2012年4月），有多篇是从这一领域研究的，其中有赵小勇的《〈法国中尉的女人〉中的后现代叙事》[⑦]、笔者的《双重走向的叙事图景——

① 见陆建德主编《现代主义之后：写实与实验》，中国社会科学出版社1997年版，第197—210页。

② 见陆建德《现代主义之后：写实与实验1945》，中国社会科学出版社1997年版，第208页注释①。

③ 苏宏斌：《现代小说的伟大传统：从卡夫卡到卡尔维诺》，浙江文艺出版社2004年版，第374—392页。

④ 王松林：《别有洞天的叙述——谈〈法国中尉的女人〉的叙述结构》，《江西师大学报》（哲学社会科学版）2000年第8期。

⑤ 蒋海鹰：《解构与颠覆——浅析〈法国中尉的女人〉的叙事艺术》，《安徽文学》2007年10期。

⑥ 邱国红：《多重视角的虚构与解构——试析〈法国中尉的女人〉的后现代主义特色》，《新教师教学》2010年11期。

⑦ 赵小勇：《〈法国中尉的女人〉中的后现代叙事》，硕士学位论文，江西师范大学，2003年。

〈法国中尉的女人〉的叙事艺术研究》[1]、张琳的《试论〈法国中尉的女人〉的叙事艺术》[2]、王海辉的《后现代主义视角下的〈法国中尉的女人〉》[3]、李春的《消费时代的文学经典——〈法国中尉的女人〉的后现代主义特质》[4]、刘晓旭的《〈法国中尉的女人〉的叙事策略》[5]、靳丽丽的《〈法国中尉的女人〉叙事的空间形式》[6] 等。

以上论文从各自的视角，对小说的后现代主义特征进行解读。其中笔者在《双重走向的叙事图景——〈法国中尉的女人〉的叙事艺术研究》中，从解构主义的视角，以文本细读的方式，从叙事视角和叙事结构传统与后现代的双重特征，以及小说对维多利亚时代历史事实的陌生化与非陌生化处理三个层面，对小说的后现代主义叙事艺术进行了研究。

二、元小说（历史编撰元小说）

有关《法国中尉的女人》后现代主义小说的元小说性的研究，是其研究的一个重要领域。如前面提到的，在国外批评界，早在 20 世纪 70 年代初，罗纳德·宾斯就指出应该将《法国中尉的女人》界定为“反小说”[7]。1976 年，朱爱特·艾登斯认为这是一部和约翰·巴思的小说一样的“元小说”。琳达·哈琴在其文章《“后现代主义理论的开始”：文本的实践》中认为《法国中尉的女人》的文本实践标志着后现代主义理论的开始，认为这是一部有着后现代主义典型特征

① 《双重走向的叙事图景——〈法国中尉的女人〉的叙事艺术研究》，硕士学位论文，西北师范大学，2005 年。

② 张琳：《试论〈法国中尉的女人〉的叙事艺术》，硕士学位论文，吉林大学，2007 年。

③ 王海辉：《后现代主义视角下的〈法国中尉的女人〉》，硕士学位论文，河南大学，2007 年。

④ 李春：《消费时代的文学经典——〈法国中尉的女人〉的后现代主义特质》，硕士学位论文，山东师范大学，2009 年。

⑤ 刘晓旭：《〈法国中尉的女人〉的叙事策略》，硕士学位论文，黑龙江大学，2010 年。

⑥ 靳丽丽：《〈法国中尉的女人〉叙事的空间形式》，硕士学位论文，河北大学，2011 年。

⑦ Ronald Binns, "John Fowles Romancer", in *Critical Quarterly*, Winter, 1973, pp. 317-334.

的“历史编撰元小说”[①]。1988 年，哈琴在《后现代主义诗学》[②] 中对“历史编撰元小说”的概念进行了详细界定，认为这是一种“众所周知的通俗小说，它们既具有强烈的自我反射性，同时又悖论式地主张拥有历史事件和真实的人物”[③]。随后，哈琴对纯粹“自指”式的元小说和以一种悖谬的方式关注历史和社会的元小说作了区分，分为“晚期现代主义激进元小说”和“历史编撰元小说”。《法国中尉的女人》具有“历史编撰元小说”的特征。哈琴指出，“历史编撰元小说”采用历史题材，以自揭虚构等元小说的形式技巧写出了新历史主义关于历史叙事的看法，它在将历史作为故事来讲的过程中凸显了历史的虚构性和叙述性，并揭露虚构背后的权力话语和意识形态。哈琴认为《法国中尉的女人》把维多利亚时代同 20 世纪 60 年代相提并论，“显然是为了防止读者忽略现代尤其是维多利亚时代的社会、美学背景”[④]，并指出在小说中，“过去与现在总是处于一种批判关系，而不是怀旧关系”[⑤]。

在国内，很多学者认为《法国中尉的女人》是后现代主义元小说的典型代表作品。罗刚在其选编的《后现代主义文学作品选》的“前言”部分，以《法国中尉的女人》为例，界定后现代主义“元小说”的内涵和外延，并以它为例来说明元小说的文本策略。[⑥] 谭青松在其硕士学位论文《元小说与〈法国中尉的女人〉的后现代性》[⑦] 中，在对“元小说”概念探析的理论基础上，从文本的开放形式、反讽戏拟、拼盘杂烩、任意时空，以及文本虚构性和对维多利亚历史的重构等层面，详细

---

① Frederick M. Holmes, “The History, Fiction, and the Dialogic Imagination: John Fowles's A Maggot”, in *Contemporary Literature*, Vol. 32, No. 2, Summer, 1991, p. 229.

② Hutcheon, Linda, *A Poetics of Postmodernism*, New York and London: Routledge, 1988.

③ Hutcheon, Linda, *A Poetics of Postmodernism*, New York and London: Routledge, 1988. p. 5.

④ 同上书，第 45 页。

⑤ 同上。

⑥ 罗刚：《后现代主义文学作品选》，高等教育出版社 2002 年版，“前言”第 6 页。

⑦ 谭青松：《元小说与〈法国中尉的女人〉的后现代性》，硕士学位论文，湖南师范大学，2003 年。

探讨了这部小说的后现代“元小说”的特征。朱经伟的硕士学位论文《约翰·福尔斯小说〈法国中尉的女人〉中的多重对话》① 以巴赫金的对话理论为基础，对《法国中尉的女人》中的元小说性进行了研究。

李丹的论文《从“历史编撰元小说”的角度看〈法国中尉的女人〉》②，从“历史编撰元小说”的角度解读《法国中尉的女人》，作者在对琳达·哈琴“历史编撰元小说”概念界定的基础上，认为《法国中尉的女人》既具有元小说自我指涉的特征，又悖谬地指向了外在的历史现实，而其“自指性”不仅没有削弱，反倒增强了文本对社会历史的“它指”功能。并指出作为“历史编撰元小说”，《法国中尉的女人》不再是激进元小说式的自我指涉、自我沉醉、脱离历史、无关现实，而是在自我意识的掩盖下强烈地指向了社会权力话语的运作和意识形态对话。

此外，对小说“元小说”叙事特征的研究，国内研究《法国中尉的女人》的第一部学术专著，梁晓辉的《叙述者的元小说操控——〈法国中尉的女人〉的认知诗学研究》③，从认知诗学的理论角度，研究了小说“元小说”特征下的语言及文本机制，并探讨了小说中叙述者对元小说的操控。

三、“互文性”相关问题的研究

此类研究主要有以下几个方面：

1. 与维多利亚时代现实主义文学的互文关系，主要研究视角是互文性、戏仿。此类研究将《法国中尉的女人》置于维多利亚时代现实主义文学与后现代主义文学的两种文学现象之中，以后者为本体，认为《法国中尉的女人》在叙事艺术上是典型的戏仿现实主义文学的后现代主义小说，作者“故意在较大程度上满足了一般读者的现实主义欣赏欲

① 朱经伟：《约翰·福尔斯小说〈法国中尉的女人〉中的多重对话》，硕士学位论文，扬州大学，2007 年。

② 李丹：《从“历史编撰元小说”的角度看〈法国中尉的女人〉》，《外国文学研究》2010 年第 2 期。

③ 梁晓辉：《叙述者的元小说操控——〈法国中尉的女人〉的认知诗学研究》，北京大学出版社 2012 年版。

求，他们表面上似乎得到了一个动人的故事和一个极为奇异的角色”，但在这种表面的与现实主义文学相似的假象背后，却是谜一样的人物的“未完成性”特征。威廉·帕尔默姆认为《法国中尉的女人》采用“时代误置”和戏拟的手法，“试图把逝去的维多利亚时代和20世纪中叶的现代带到一起，以便为将来确立一个道德和存在的坐标；……试图把自己无法抛弃的传统影响和自己无法忽略的新的虚构形式联结起来”①，是对维多利亚时代现实主义小说以及以斯特恩为代表的西方历史小说的戏仿，这种说法从《法国中尉的女人》诞生至今一直被许多学者所认同。但是罗伯特·哈弗科却认为，这部小说对过去艺术形式的使用不是简单平庸的模仿，也不是纯粹的戏拟和拼盘，而是“对旧的传统形式的有独创性的现代扩展”②。

在国内，也有一些学者就具体小说的比较研究来探析《法国中尉的女人》和维多利亚时代现实主义小说之间的互文关系。陈瑞红的硕士学位论文《论〈法国中尉的女人〉和〈德伯家的苔丝〉的互文关系》③，认为两部小说在情节和人物模式层面有互文关系，但是二者的风格又有差异。

2. 对小说内部引文和正文的互文关系的研究。苏宏斌在其论著《现代小说的伟大传统：从卡夫卡到卡尔维诺》④ 中“约翰·福尔斯和他的《法国中尉的女人》”一节，详细研究了《法国中尉的女人》的后现代主义艺术特征。其中在第三部分“文体丛林中的穿梭与游移”中，苏宏斌着重从三个方面研究了这部小说的“互文性”艺术特征。这三个方面分别是：正文和引文的互文性；与维多利亚时代的小说、历史史料以及其他社会学方面的资料的互文性；在文体方面，与维多利亚时代小说文体的互文性。李玲玲在其硕士学位论文《引文与正文的对话——

① William Palmer, *The Fiction of John Fowles*, Columbia: University of Missouri Press, 1974, p. 4.

② Robert Huffaker, *John Fowles*, Boston: G. K. Hall, 1980, p. 98.

③ 陈瑞红：《论〈法国中尉的女人〉和〈德伯家的苔丝〉的互文关系》，硕士学位论文，山东师范大学，2007 年。

④ 苏宏斌：《现代小说的伟大传统：从卡夫卡到卡尔维诺》，浙江文艺出版社 2004 年版，第 388—392 页。

从互文性看〈法国中尉的女人〉中引文与正文的关系》[①] 中，结合小说中的三类引文，并选取了她认为最具代表性的三类引文——哲学、科学、文学，探讨《法国中尉的女人》中引文和正文的关系，并发现福尔斯通过正文中对人物的刻画以及情节的描述对引文中所体现的哲学、科学和文学思想或赞成，或反对，或对其进行了补充。

四、对小说开放式结尾的研究

《法国中尉的女人》中几种可能性结局的设置，从其问世至今一直是许多评论关注的焦点。在国外，1980 年曼斯菲尔德·伊丽莎白在其文章《一连串结尾：〈法国中尉的女人〉的手稿》[②] 中，专门就小说的结尾问题进行了研究，围绕小说的多重结尾重点研究小说的创作过程。1988 年，弗雷德里克·N. 斯密斯写了《对手稿的另一种思考：〈法国中尉的女人〉的结尾》的文章，再次专门对小说的多重结尾进行研究。斯密斯指出福尔斯最初给小说只设置了一个愉快的结尾，但是后来，在他的妻子的建议之下，又给小说加了另一个不愉快的结局。国外的学者除了专门就小说的结尾研究之外，还有一些学者从存在主义自由观入手，对小说的多重结尾所表现出来的自由或非自由主题进行研究。苏珊·奥纳格在其文章《约翰·福尔斯小说中的形式和意义——"结局"》[③] 中研究了福尔斯的小说中的主要主题和结构技巧，认为《法国中尉的女人》中"叙事的三种不同结局（一种是查尔斯的幻想，另两种是叙述者的选择）的功能是加强存在主义信仰……"

在国内，对小说多重结尾的研究比较多。侯维瑞等学者认为："由于三种结局的设置，'文本世界对一个完整的现实世界的指涉被彻底阻隔了，文学的虚构性彻底暴露在读者的面前。'这种多重开放式的结尾表明，作者企图通过对全知全能的视角的刻意模拟和抄袭来告知读者，

① 李玲玲：《引文与正文的对话——从互文性看〈法国中尉的女人〉中引文与正文的关系》，硕士学位论文，华中科技大学，2010 年。

② Mansfield Elizabeth, "A Sequence of Ending: The Manuscripts of The French Lieutenant's Woman", *Journal of Modern Literature 8*, No. 2, 1980—1981, pp. 275 - 286.

③ Susana Onega, "Conclusion", in *Form and Meaning in the Novels of John Fowles*, Michigan-Ann Arbor: UMI Research Press, 1989, pp. 165 - 174.

作家并不总是主宰一切和掌握生死的唯一的万能上帝，读者也可以自由自在地进入虚构的文本而参与对虚构世界的营建。"[①] 王松林认为福尔斯这样做的目的是给读者自由，放弃了对读者的控制权，将人物与情节交给读者，使它们在读者那里获得新生。[②] 有一些学者从后现代主义的典型特征——不确定性为切入点研究小说的多重结尾，并探寻其中的元小说性特征。前面提及的朱经伟的硕士论文的第四部分专门就小说设置的三种迥然不同的结尾进行研究，认为"这反映了后现代主义倡导的不确定性，同时三种结尾所代表的不同价值取向之间的平等对话也为元小说要求的读者参与提供了最大的可能"。

五、其他研究

除了以上的各类研究之外，在国内外的研究成果中，还有原型批评、比较研究、生态批评等。

在国外，前面提及的麦格林·柯妮尔·米歇尔在其论文《"谁是萨拉?"：〈法国中尉的女人〉的女权主义批评》中，在分析研究该小说不是一部真正意义上的女权主义小说的过程中，在分析小说并未打破男权神话时，从原型批评角度指出，小说设置的萨拉与查尔斯见面的"安德悬崖"，在小说中此地被称为"英国的伊甸园"，并以此证明萨拉和查尔斯在此影射亚当和夏娃，而萨拉被写成了一位如夏娃一样的引诱者，而作为引诱者的萨拉，则被查尔斯当做"最具危险性的女人"，就如基督教"原罪"观中对夏娃的男性主义解释一样。在国内，曾燕冰的硕士学位论文《〈法国中尉的女人〉的原型解读》[③] 和吕迎迎的硕士学位论文《追寻自由之路——神话原型视域下的〈法国中尉的女人〉中的男主人公形象》[④] 借鉴原型批评理论，从各自的角度对小说中的主人公萨拉和查尔斯分别进行了解读。

---

① 侯维瑞、张和龙：《论约翰福尔斯的小说创作》，《国外文学》1998 年第 4 期。

② 王松林：《别有洞天的叙述——谈〈法国中尉的女人〉的叙述结构》，《江西师大学报》（哲学社会科学版）2000 年第 8 期。

③ 曾燕冰：《〈法国中尉的女人〉的原型解读》，硕士学位论文，江西师范大学，2006 年。

④ 吕迎迎：《追寻自由之路——神话原型视域下的〈法国中尉的女人〉中的男主人公形象》，硕士学位论文，曲阜师范大学，2010 年。

玛丽·安·维姆萨特的文章《〈法国中尉的女人〉与〈童真时代〉面对面》[①] 从比较文学影响研究的角度，对《法国中尉的女人》和1921年获得普利策奖的爱德森·沃顿的小说《童真时代》进行比较研究，认为后者对前者的影响是广泛的，在情节结构上两部小说一脉相承，在角色类型、人物关系和两部书的结局等方面，两部小说也非常相似。在国内，姜玮的硕士学位论文《女性自我与自由的追寻——〈觉醒〉与〈法国中尉的女人〉的对比研究》[②]，以女性主义理论为基础，对美国作家凯特·肖邦创作的《觉醒》和《法国中尉的女人》进行比较文学的平行研究。论文指出这两部小说都是以女性的自我发现和自由追求为主题的经典文学著作，两部作品分别来自不同性别的作者之手，并且在创作年代和写作风格方面都具有较大的差异。但是，经过仔细分析之后我们仍然可以找到这两部作品的共同之处。论文通过对两部作品中的两位女性主人公艾德娜和萨拉的女性主义解读，通过对比研究得出结论，认为女性在自我追求和自我解放过程中使用的途径和方法是相同的。

台湾学者吴政义在其硕士学位论文《朝向"纯粹的独特"：约翰·福尔斯〈法国中尉的女人〉中的自然》[③] 中，对小说中的自然进行解读。吴政义一方面肯定小说的后现代主义特征，另一方面又站在反后现代主义的立场，认为小说中的后现代主义特征并没有学者们认为的那么强烈。他认为小说中的自然和华兹华斯、爱默生的自然不一样，是一个已超越了人类建构体系、拒绝被超越石化的自然，但也代表着内在的自然，即狂野的、神秘的、无可预知的人性。因此，他得出结论，认为在《法国中尉的女人》中，自然表现在两个方面：外在的自然环境和人类内在的自然，且这两者在文本中是互相联系的。这种对小说的生态批评，在国内还有从生态女性主义角度研究的，也有对其中的自然意象进

① Mary Ann Wimsatt, *The French Lieutenant's Woman Confronts the Age of Innocence: John Fowles's Response to Edith Wharton*, Papers from the 1988 PAC Conference, Edited by Debra C. Boyd, Winthrop University, pp. 31 – 38.

② 姜玮:《女性自我与自由的追寻——〈觉醒〉与〈法国中尉的女人〉的对比研究》，硕士学位论文，华东师范大学，2011年。

③ 吴政义:《朝向"纯粹的独特"：约翰·福尔斯〈法国中尉的女人〉中的自然》，硕士学位论文，国立成功大学（台湾），2007年。

行研究的。

国内外学者对《法国中尉的女人》的学术研究的文献资料众多，各种研究都卓有成效，为后人学习并研究这部小说提供了多种视角。每位学者都是在特定的时代、特定的文化语境与文学语境中解读这部小说，各有所长。每种研究视角都以文本为参照，解释小说的同时也在论证自己的合法性，通过各自的自圆其说，为后来者的研究提供了研究该小说的各种前提。正如艾柯承认的逻辑循环一样“被证明的东西成为证明的前提”。① 作为后来者中间的一位，笔者的研究站在这些巨人的肩上，面对如此浩繁的研究资料，不免有些不安。因此在梳理前人研究现状的过程中，笔者尽量在自己占有资料的基础上，详细阐述前人已有的研究成果，尽量通过学者们自己的话阐述他们的观点，这样会更为中肯一些。文中应用的95%以上的英文资料，都是笔者自己翻译的，因为水平有限，可能不太“雅”，还望各位学者批评指正。

① ［法］艾柯：《诠释与过度诠释》，生活·读书·新知三联书店1997年版，第78页。

第二章

《法国中尉的女人》叙事策略及其价值和意义

第一节　叙事策略：以“非自然叙事”抵制“自然叙事”

福尔斯在《法国中尉的女人》一书中，一方面尝试新的叙事技巧，并以自己的创作实践努力开拓小说创作的未来之路；另一方面，站在20世纪70年代，用小说的文学表达重新审视维多利亚时代的政治、历史和文化。正如保罗·爱德华·格瑞在《耶鲁评论》评价的，这部小说“用一种时髦的形式模仿维多利亚时代的小说，且就这种模仿技巧而言成就是突出的……然而，小说因为自我意识的流动表现出前卫派的特征，但正如叙述者一直坚持的，这部小说不仅仅是一部一流的小说，而且也是一部在虚构事实界限的引导下调查文化混乱现象的文本”①。英国在维多利亚时代，文学领域出现了多位现实主义文学大家如勃朗特姐妹、萨科雷、狄更斯、奥斯汀、哈代等，这是英国文学继文艺复兴时的莎士比亚和18世纪的塞缪尔·理查逊、斯威夫特、亨利·菲尔丁，以及19世纪初期华兹华斯、柯勒律治、雪莱、拜伦等天才作家和诗人的辉煌成就之后的又一次辉煌。因此，对英国本土作家而言，维多利亚时代的文学是一个无法轻松超越的“前文本”。约翰·福尔斯的小说创作受到当时众多哲学理念和社会思潮的影响，《法国中尉的女人》是作者以其特有的姿态所做的尝试，他既反对并质疑“全知全能”的上帝似的叙事视角和传统小说整一且宏阔的线性叙事结构，反思狄更斯等现实

---

① Paul Edward Gray, in *Yale Review*, by Yale University; Reprinted by permission of the editors, Spring, 1970, p. 430.

主义作家在小说中“自然叙事”对现实世界的虚构性建构；同时，在思想内蕴层面，福尔斯一反现实主义小说在现实基础上的“典型化”叙事机制，在小说中融入维多利亚时代社会的真实历史，思考当时的政治、社会问题，关注边缘群体，真正走近底层，关注女性、雇工等劳工阶层。小说文本内部包含了丰富的人类学资料，如宗教、服饰、性观念等，为读者深刻认知和理解英国维多利亚时代的历史、政治、文化提供了丰富的史料。小说思考并质疑存在主义所谓自由与责任的哲学理念，以主要角色的行动和选择，深入思考存在主义哲学，并以小说的形式实践萨特的“政治介入”观念。

琳达·哈琴认为，《法国中尉的女人》的文本实践标志着后现代主义理论的开始，认为这是一部有着后现代主义典型特征的“历史主义元小说”。约翰·巴特勒在其文章《约翰·福尔斯和小说的自由》中认为福尔斯和德里达、巴特、福柯等后结构主义大师们有共同的追求，福尔斯在文学创作实践领域从存在主义转向了后结构主义。雷蒙德·J. 威尔逊Ⅲ也指出，福尔斯对以德里达、巴特、福柯、拉康等为代表的后结构主义理论很熟悉，创作《法国中尉的女人》时的福尔斯明显受到了这些思想者的深刻影响。因此，笔者认为福尔斯以其敏锐的洞见与文学的叙事革命意识，与德里达、罗兰·巴特等学者几乎同时质疑文本中心主义设置的结构“整一性”原则。在《法国中尉的女人》中福尔斯也毫不讳言，说他生活在罗伯·格里耶和罗兰·巴特的时代。福尔斯和德里达一样，对结构与“传统”的解构，采取的是迂回的“战术”，即在重复中逃逸。德里达在《文学行动》中谈到“文学是什么”时，指出“文学作为历史性建制有自己的惯例、规则，等等，但这种虚构的建制还给予原则上讲述一切的权利，允许摆脱规则、置换规则……”

《法国中尉的女人》刻意重复19世纪现实主义小说的“自然”叙事模式，在结构层面遵循转喻结构与隐喻结构“整一性”的惯例与规则的同时，试图摆脱规则、置换规则，从而怀疑并逃逸根深蒂固地存在于“自然叙事”文学作品中的结构“整一性”原则。《法国中尉的女人》的叙事不但具有现实主义小说的“自然叙事”的特征，也有后现代主义小说的“非自然叙事”特征。正如福尔斯在为哈罗德·品特改编的电影剧本所写的序言中承认的，他是从维多利亚中期和当代两种观点来创作这部小说的，“试图把逝去的维多利亚时代和20世纪中叶的现代带到一起，以便为将来确立一个道德和存在的坐标，……试图把自己无法抛弃的传统影响和自己无法忽略的新的虚构形式联结起来”①。在《一部未完稿小说的笔记》中福尔斯这样问自己：“在旧传统中写作使我在多大程度上沦为懦夫？我又在多大程度上惊惶失措地跌入先锋派？”严厉的自我盘问表明福尔斯企图在文学的“传统”和“先锋”两极之间寻求突破和超越，从而奠定小说叙事的“非自然叙事”赖以建构的新根基。这部小说“对旧的传统形式的有独创性的现代扩展”所显示的哲学理念与德里达解构思想有某种契合。德里达在其《书写与差异》的中文译本的“访谈代序”中谈到他的解构思想时说过，他的解构主义哲学始终处于“思考哲学的某种关闭范围，但不放弃哲学”的两极之间，“我既没有放弃对哲学的解构也没有放弃哲学”，他“想试着一方面强调瓦解形而上学的那种必要性，另一方面强调无需否定哲学，也无需去说哲学已经过时”。

约翰·福尔斯说过：“所有的杰出著作都是经验的结晶……我认为，严肃作家对文学的目的必须有一个绝对明确的认识。如果对文学和人生的认识没有一种哲学作为支柱，你就不可能进行严肃的创作。”作为站在小说创作转折时期的小说家，约翰·福尔斯的小说创作是严肃的，他和米兰·昆德拉、卡尔维诺、约翰·巴思、罗兰·巴特、戴维·洛奇、罗伯·格利耶、玛格丽特·杜拉斯等欧洲大陆的小说家和学者一样，一方面思考小说创作何去何从的问题，并在叙事技法上尝试新的写作技巧，抵制“自然叙事”用纸和语言符号反映“真实世界”的神话，具有“非自然叙事”的叙事策略。另一方面在进行小说叙事革新的过程中，受到了存在主义、解构主义、女性主义、马克思主义等理论思潮的深刻影响，通过“非自然叙事”的叙事机制在小说中故事世界和故事外世界两个层面，重新思考和审视维多利亚时代英国的历史、文化、政治。

《法国中尉的女人》对传统文学“自然”叙事模式的超越，首先是

---

① William Palmer, *The Fiction of John Fowles*, Columbia: University of Missouri Press, 1974, p. 4.

从传统文学内部开始的，因为这些评判模式存在的潜在性与稳定性使小说家无法用新的、完全陌生的“非自然”的叙事模式去作纯粹替代。“自然叙事”以一种“前理解结构”的潜在影响，作为“往昔之井”在冥冥中遥控着小说家，如果想彻底颠覆传统，“我们就将只是没有实体的影子，没有词语的推理者，精神上的无国籍者”。[①] 既然这样，只有像胡塞尔在现象学还原中所做的，暂时将传统这一“事件”谨慎地放在括号里，使其失去作用。但切记“被置入括号者并未从现象学的黑板上抹消，而是被加上括号，因此被提供了一个标记”。“而且由于这种记号的变化，被改变价值者再次被置入现象学范围之内。”[②]《法国中尉的女人》在处理传统与革新两极间的关系时，事实上遵循了这一哲学理念。德里达在解构传统哲学时谨慎地将现在的结构概念和历史上发生的“事件”置入括号，而且他认识到：“不用形而上学的概念去动摇形而上学是没有任何意义的；我们没有对这种历史全然陌生的语言——任何句法和词汇；因为一切我们所表述的瓦解性命题都应当已滑入了它们所要质疑的形式、逻辑及不言明的命题之中。”[③] 他的“解构理论既没有放弃对终极和原点的思考与探索，但同时又否定事物或世界有某种固定的一成不变的本源、本质，否定任何形式的终极和原点”[④]。

因此，福尔斯在他的小说创作中，尤其是《法国中尉的女人》中，对传统的认知与超越是同步的。事实上，要彻底地摆脱维多利亚时代现实主义小说创作的辉煌成就，以及自古希腊以来在西方文学创作领域占据着主导地位的“模仿论”的“自然叙事”并非易事。创作者只有借用这一光圈下的资源作为冲破这一光圈的手段，新的超越才会被世人关注。在小说中，福尔斯在很多章节中要么将哈代、丁尼生等人的诗作为题首语，要么直接探讨哈代小说与诗歌的题材来源与写作缘由。而在其

---

① ［捷克］米兰·昆德拉：《被背叛的遗嘱》，余中先译，上海译文出版社 2003 年版，第 11 页。

② ［法］胡塞尔：《纯粹现象学通论》（节选本），倪梁康选编，李幼蒸译，商务印书馆 2002 年版，第 95 页。

③ ［法］雅克·德里达：《书写与差异》（上），张宁译，生活·读书·新知三联书店 2001 年版，第 506 页。

④ 肖锦龙：《德里达的解构理论思想性质论》，中国社会科学出版社 2004 年版，第 53 页。

女主人公萨拉身上无疑也可以看出简·爱与苔丝的影子，但作者故意让她们的关系变得很模糊。此外，他一边在大加挞伐传统小说“自然叙事”的“全知全能”的叙事视角，一边又在塑造人物，如查尔斯、欧内斯蒂娜、波尔坦尼太太等形象时，几乎全用了这种视角，显然这里的重复与传统的现实主义小说有本质的不同，但至少他并没有完全拒斥它。而对自史诗叙事以来就已形成，以人物的经历或事件的发展为结构的“自然叙事”模式，尽管也是他要超越的，但至少在表层，却为小说虚设了一个看似完整的转喻结构。诸如此类，在《法国中尉的女人》中始终存在的游移于传统与后现代间的叙事理念，在对给定的、已存的、在场的叙事原则的替换与质疑中，在对缺失的、边缘的、不在场的叙事原则的利用与重构中共同构筑《法国中尉的女人》的叙事模式。

如果福尔斯仅仅站在传统的立场试图如前人那样，作一些叙事艺术内部的调整，那《法国中尉的女人》可能就不是今天出现在我们面前的文本，只能是一本有着作者独创性的维多利亚时代现实主义小说文本的延续。正如德里达所说的，如果他在清醒地认识到彻底抛弃传统哲学是不可能的同时，仍囿于其中，在形而上学的封闭之中进行他的解构活动，那他同样会跌入他试图颠覆的传统之中，陷入尼采、海德格尔等人的尴尬境地。但是德里达的解构哲学呈现出的是一种有记忆的解构，而这却转变了传统哲学理论的霸权地位，从传统哲学的根部清算、转移关注视野，从而质疑并颠覆权威。同样，《法国中尉的女人》也是在认知传统的同时超越传统，使传统产生巨大的裂变。在所谓后现代主义的“不自然叙事”的话语语境中“使小说的构造变得更为自由；为离题的神聊重新赢得权力；为小说注入非严肃的与游戏的精神；通过创造无意与社会身份相竞争（以巴尔扎克的方式）的人物来拒绝心理现实主义的教条；尤其他们不想硬塞给读者一个真实的幻觉……”[①] 后现代主义文学对现实主义与现代主义认知体系的怀疑，对文学的总体性、统一性的“自然叙事”构思技巧与叙事策略的有意颠覆破除了宏大叙事的虚构权威。正是这种信奉差异与多元性的创作语境激励了福尔斯小说创作

① ［捷克］米兰·昆德拉：《被背叛的遗嘱》，余中先译，上海译文出版社2003年版，第78页。

的实验与求新。

昆德拉说过，拉伯雷的《巨人传》是“道德审判被悬置的疆域”，这是因为拉伯雷是真正幽默的发明家，而“悬置道德审判并非小说不道德，而是它的道德”。这种道德之所以是道德，是因为它创造了一个“道德审判被悬置的想象领域，是一项巨大的伟绩”。这种特殊的想象领域在18世纪之后，现实主义文学的艺术体系中产生了巨大的断层，堂·吉诃德式的疯癫已经被理性所排挤。而《法国中尉的女人》却在叙事形式领域焊接了这个断层，想象的奇特与无序，作者亦真亦幻的现身说法①，这种看似游戏文学的做法同样具有深刻的道德意识。艺术想象的回归，不同于现代主义艺术的哗众取宠，而是真正艺术想象力的回归，表面的游戏之下潜藏着深刻的批判意识——对现实主义以及此前的叙事文学“自然叙事”策略进行质疑。但是就批判本身而言问题并不简单，传统文学规则所构建的“自然叙事”的“前理解结构”是支配创新的某种资源，而正是借助于它们创新才会拓展。《法国中尉的女人》的叙事艺术就是传统“自然叙事”与后现代“非自然叙事”视阈融合的产物。

尽管福尔斯在小说创作过程中也遭遇过处理对话的尴尬，并和玛格丽特·杜拉斯一样，用人物对话的叙事机制反对“自然叙事”专断的模仿，为如何将“专断的模仿”从大脑中驱赶出去而绞尽脑汁，但他最终是怎样处理这种教条式的构思呢？在《法国中尉的女人》的第44章结尾，当读者沉浸在圆满的人物设置的喜悦中，对波尔坦尼太太堕入地狱而喜形于色时，怪事出现了。在第45章的开头，“作者式”的人开始发话了：“在给这部小说安排了一个彻头彻尾的传统结局之后，我最好再做一个解释：我在最后面的两章所描写的一切的确都发生过，但是发生的方式未必和你想象的一致。……你在前面读到的最后几页并非真实发生过的事情，而是他（查尔斯，笔者注）从伦敦前往埃克赛特途中几个小时里想象可能发生的情景。可以肯定，他的想象不像我运用的

① 这区别于菲尔丁式的现身，在后面将会谈到，实际上自菲尔丁始，小说艺术的“想象”就开始被限制在大写的括号之中，这个大写的括号就是“现实世界”的标准，表征现实世界的“自然叙事”使命。

叙事手法那样详尽和连贯。"[①] 这种模棱两可的有意显现，很显然不是追求真实、客观、冷静的现实主义文学的"自然叙事"设计，是明显的"不自然叙事"。因为，对叙事过程统一性的人为破坏，只有在后现代不再信奉规则、标准、原理的文学语境中才会出现，对"自然叙事"神话权威的破除，有如神性的上帝变成了肉体性的上帝，回归了希腊神话中宙斯的欲望载体。

《法国中尉的女人》采用的叙事策略在传统叙事艺术和后现代主义间游移，这种叙事模式的转换，在增强审美联想与想象自由的同时，加强了对"他者"的录入，增强了文本叙事要素的异质性与不可确定性的开放状态，具有"非自然叙事"的叙事机制。当然和解构哲学一样，虽然要完全破除附着于绝对逻各斯之上的封闭的、统一的理性外表是不可想象的，这种历史也永远不会完结，但至少已经动摇了理性时代的系统历史、宏大叙事的神话。然而这种过渡姿态似乎比彻底决绝的姿态更为可贵。《法国中尉的女人》叙事的独特性，即以其人之道还治其人之身的叙事策略，以"非自然叙事"抵制"自然叙事"的"模仿论"神话，这恰好区别于想彻底脱离传统叙事的某些后现代主义叙事文学（事实上这些作品在某种程度上仍未脱离传统，至少他们的创新是以以前的文学系统为参照系的）。

综上所述，《法国中尉的女人》的叙事理念类似于德里达哲学的解构策略。德里达曾经这样描述"解构的一个主要策略"，认为："传统哲学的一个二元对立命题中，除了森严的等级高低，绝无两个对项的和平共处，一个单项在价值、逻辑等方面统治着另一个单项，高居发号施令的地位。解构这个命题归根结底，便是在特定时机，把它的等级秩序颠倒过来。"[②] 在小说中福尔斯将两个看似互相压制的对项放置在一起，传统的"自然"叙事模式、官方文化宣扬的文化理念和历史共识与后现代的"不自然"叙事理念和被遮蔽的边缘历史观一起在文本中彰显，且颠倒了等级秩序，后者不再以被尊崇的典范的身份压制后者，反而成

① 《法国中尉的女人》，第363—364页。

② 转引自［美］乔纳森·卡勒《论解构》，卢扬译，中国社会科学出版社1998年版，第69页。

了后者时而戏谑调侃，时而严肃思考、质疑的对象。因此，从这一层面来看，福尔斯与德里达、福柯、罗兰·巴特等人有某种思维上的联系，而他的被西方评论界称作文论小说的《尾数》可以作证。正是对德里达、巴特、福柯等人理论的兴趣与广泛涉猎，才会有进一步的理解和批判，才会有“攻击后结构主义理论的寓言”①。

第二节 《法国中尉的女人》“不自然叙事”的价值和意义

《法国中尉的女人》的叙事形式是独特的，作者将文本内故事世界的时间设置在维多利亚时代，在表面上假装以维多利亚时代的现实主义的视角建构小说中的部分人物，叙事有着维多利亚时代现实主义小说“自然叙事”的特征。但是另一方面，在故事世界之外的话语层面，作者福尔斯则时常让自己的代言人现身说法，站在20世纪70年代，评点小说叙事的方式和作者构思小说的过程中的某些片段，以及在构思中福尔斯自己的选择和对小说艺术技巧探索与创新的困惑与思考。

《法国中尉的女人》作为产生较早，又具有明显的后现代主义元素的小说，它的重要价值体现在两个方面：一方面，小说重复中逃逸的“不自然叙事”艺术对西方文学叙事策略的改变是非常重要的，它破除了西方现代主义及其之前的“自然叙事”文学文本建构的“整一性”、“模仿论”的神话。这种解构叙事话语霸权的尝试，对后现代主义“不自然叙事”叙事机制的多元化叙事实验开了先河。“整一性”的建构规则，在人类各门学科的各个层面控制人们的思维意识，结构主义叙事学理论对所有叙事文学结构“整一性”的归纳与总结，在忽略了人类思维与文化多元性的同时，将文学创作这一极具个人化特色的活动变得僵化。《法国中尉的女人》的叙事策略从实践层面以怀疑的姿态为后结构主义倡导“平等”、“对话”、“多元”的理论视角提供实践支持，为破除一系列统摄人类多个世纪的“中心主义”范式作出了巨大贡献。

---

① Christopher Giroux, *Contemporary Literary Criticism*, Vol. 87, Detroit: Gale Cengage, 1995, p. 163.

小说直接质疑的是“自然叙事”模仿机制规约下的“总体性”、“整一性”的叙事规则，而反模仿的“不自然叙事”的叙事策略，在文学实践领域验证了德里达等后结构主义者的解构策略。德里达说：“我一直尝试公平对待两种可能看起来相互矛盾或不兼容的必要性：解构哲学，及思考哲学的某种关闭范围，但不放弃哲学。我承认这么做很困难，但无论在写作中还是在授课中，我总是始终尝试尽可能地同时采取两种姿态。”① 福尔斯在《法国中尉的女人》中使用的叙事策略，实际上也是对“过去”、“前人文本”、“传统”采取的两种姿态，即解构叙事文学过时的叙事规则，同时又不关闭其范围。

另一方面，就英国小说而言，福尔斯的“实验性”叙事革命对英国20世纪后期以马丁·艾米斯、朱利安·巴恩斯、A.S.拜厄特等为代表的英国小说家产生了深刻影响。马丁·艾米斯的小说《伦敦旷野》（1989）显示了作者自身深刻的文学素养，其精妙的文采、奇特的想象，使他的叙事技巧的创新显得尤为独特。但仔细阅读小说，无论其叙事时间的设置、叙事结构的断裂、尼古拉的骗局设计，还是叙事过程中书写尼古拉命运故事的叙述者的小说家身份的故意暴露、故事虚构过程的暴露、结尾的出乎意料等，在显示出叙事结构的“整一性”在重复中逃逸的同时，均彰显了“不自然叙事”的艺术探索。朱利安·巴恩斯的小说《福楼拜的鹦鹉》（1984）是他的代表作。这部小说显示了作者后现代主义的叙事技巧，其中虚构与史实的交织、“互文性”、转喻结构中的隐喻结构的巧妙设计、过去与现在的来回跳跃等，使小说叙事呈现“不自然叙事”的特征。

拜厄特在1990年创作的小说《占有》，在题首语、人物形象、叙事时间、叙事结构的设置等各个层面显示了《法国中尉的女人》的深刻影响。小说故事在维多利亚时代和现代（1986）两个时间段中展开，过去与现在交融。就叙事手法而言，在写19世纪的故事时，作者刻意模仿维多利亚时代的风格，强调结构的整一性，写现代的故事，作者则用后现代主义的“不自然叙事”技巧，甚至在小说第2章的第1段出现

① ［法］雅克·德里达：《书写与差异》（上），张宁译，生活·读书·新知三联书店2001年版，“访谈代序”，第4—5页。

了“后结构主义者”的字眼。小说在转喻性结构主体框架中潜藏着隐喻性结构，具有重复与逃逸的结构策略。此外，女性人物之一的阿什的形象设计与萨拉很相似，她有和萨拉一样的独立意识，同样莫名的离开情人，怀孕，生有一女。因此，这部小说的创作受到《法国中尉的女人》的叙事理念的深刻影响。总之，福尔斯自《法国中尉的女人》时开创的叙事策略，为英国后现代主义作家的多元化叙事策略的尝试提供了先例。

当然，《法国中尉的女人》在叙事艺术层面“不自然叙事”的后结构主义视角，对福尔斯本人而言同样重要。首先，在创作这部小说时福尔斯撇开羁绊，大胆挑战在英国文学史上占据主要地位的维多利亚时代现实主义小说“自然叙事”的叙事规范，从此真正走向挑战传统“模仿论”规约下的“自然叙事”的神话。在德里达、巴特等后结构主义大师的理论建构之后，福尔斯在文学创作实践领域以反模仿的“不自然叙事”的叙事策略挑战“总体性”、“整一性”的理论话语。其次，这部小说“不自然叙事”的叙事策略，彰显了后现代主义文学的“先锋”技巧，为福尔斯奠定了后现代主义小说创作先行者的文学地位。虽然这部小说出版已经有四十多年，但几十年来它对世界文学创作与人类思维方式的影响，无论在叙事领域还是理论领域都是巨大的。

第三部分

《法国中尉的女人》的形式研究

第一章

叙事视角的“不自然叙事”特征

第一节　叙事视角相关研究探析

视角问题对叙事文学的“自然叙事”而言，它所包含的事件都是以某种方式描写出来的，从两种不同的观察点关注同一个事件会产生两种截然不同的事实，小说中呈现出来的故事都是作者编排的叙述者采取不同的视角进行编排的结果。

一、传统叙事学理论对“自然叙事”中叙事视角的相关研究

虽然厄尔·迈纳认为对视角的最早思考可以追溯到古希腊时期有关“模仿与叙述”的区分性研究，但是真正提出“叙事视角”的是法国的结构主义叙事学家。布洛克斯和瓦伦在1943年最早①使用“叙事视角”一词，明确地把它看做是“观察点”的同义词，从而提出了著名的四层分类法②。杰拉尔·日奈特在这种分法的基础上重新分类，将其分为无焦点或零度焦点、内在式焦点、外在式焦点。他指出古典叙事文一般都属于第一类，作者的观察点应是全知全能的，即叙述者不作为情节中的人物出现，也就是布斯所说的“早期故事中专断的‘讲述’”。内在式焦点，他认为在文学中的存在也很普遍，在这种情况下，叙述者就是人物，他所知道的和人物一样多。这种焦点可以是固定的（在整部作品中一切都通过一个固定人物观察，如《大使们》中通过斯特雷德；《麦

---

① 对于“叙述视角”的提法及其相关内涵研究的初始时间的不同提法，苏畅曾在《对视点问题的重新认识——关于乌斯宾斯基的〈结构诗学〉》一文中有梳理。具体见祖国颂主编《叙事学的中国之路——全国首届叙事学学术研讨会论文集》，中国社会科学出版社2006年版，第166—167页。

② 张寅德：《叙述学研究》，中国社会科学出版社1989年版，第240页。

吉所知道的》通过小姑娘）；也可以是变化的（如《包法利夫人》中，视角在查理与爱玛间转换）；还可以是多元的（如在有些书信体小说中，同一事件由若干个通信人物根据他们各自的观察点叙述好几遍）。外在式视角则意味着“客观或行为主义式的叙述”，叙述者只以故事人物式的旁观者的身份出现，仅仅向我们描写他看到的、听到的，而没有进入任何人物的任何意识，即人物的思想与感情。[①]

巴特在谈及外在式叙事视角时，指出这是一种有关叙述的最新的观点，在亨利·詹姆斯与萨特的小说（如《卧室》）中使用比较普遍。这种叙事视角“规定叙述者必须把叙述限制在人物能够观察到和了解到的范围之内”[②]，即不站在全知全能的叙事角度来俯视作品。这种焦点也正是亨利·詹姆斯所倡导的“描写艺术”，即“显示”的叙述（专断的“讲述”的对立面）。

其实在1946年，在日奈特分类之前，让·布庸在其著作《时间与小说》中就提出“从后面”观察、“同时”观察、“从外部”观察的三分法。其中“从后面”观察即日奈特的无焦点或零度焦点的观察方式。有学者对布庸的分法提出质疑，认为：“根据布庸的术语来谈什么‘从后面’来的视点，实际上是滥用术语，无事不知的叙述者不是站在后面，而是处于各个方位，这至少是叙述者看破高墙的理想的观察点。”[③] 而“同时”观察、“从外部”观察又与内在式焦点、外在式焦点一一对应。托多罗夫的分类也与以上的三分法相似，只不过他将其定义为：叙述者 > 人物（“从后面”观察或无焦点）；叙述者 = 人物 < “同时”观察或内在式焦点；叙述者 < 人物（“从外部”观察或外在式焦点）。[④] 综上各种分类的比较，尽管名称各异，但他们的分类依据却是一致的，都是有关叙述者在叙事中所取的观察点的问题的研究，也是有关叙述者与人物之间的关系研究，他们所分的各类在内涵上也极其相似。

关于视角问题的研究者及文章还有：佩尔希·卢伯克的专著《小说

① 张寅德：《叙述学研究》，中国社会科学出版社1989年版，第241页。

② 同上书，第29页。

③ 同上书，第413页。

④ 同上书，第298—299页。

之技巧》；W. C. 布斯的《小说修辞学》；乌斯宾斯基的《写作的诗学》；罗兰·巴特的文章《叙事作品结构分析导论》；里蒙·凯南的《叙事虚构作品》；米克·巴尔的《叙述学——叙事理论导论》（第二版）；西摩·查特曼的《叙事术语评论：小说和电影的叙事修辞学》；厄尔·迈纳的《比较诗学》；马克·柯里的《后现代叙事理论》等。其中米克·巴尔在其《叙述学》中不但对叙事文学作品中的“聚焦”问题进行研究，同时也涉及电影叙事中存在的视角问题，并在章节末尾对日奈特、布斯等学者有关“视角”问题研究的成果进行了简要评述[①]。

虽然传统叙事学理论在叙事视角问题的研究中取得了骄人的成绩，从20世纪60年代以来对叙事文本的形式研究具有主要指导意义，然而，众所周知，传统叙事理论关于叙事视角的分类和研究，是建立在对传统叙事作品“自然叙事”研究的基础之上的。布斯驻足于荷马史诗、《十日谈》、现实主义文学，如《汤姆·琼斯》、《爱玛》、《包法利夫人》等以及现代主义一些代表作，如乔伊斯的《青年艺术家的肖像》。日奈特与布斯一样，在关注古典叙事文学与经典现实主义文学的同时，虽然研究的笔触伸向罗伯·格里耶的“新小说”。但是，对“新小说”的试验性叙事，他在很大程度上是以批判的眼光审视的，对“新小说”中设置“讲故事世界与所讲述的世界”的某种界限表示担心，认为这是一种违反常规的现象。因此，传统叙事理论只关注“自然叙事”，后现代主义叙事文学的“不自然叙事”并没有纳入他们的研究视野，故在运用这些理论进行后现代主义文学研究的时候不能简单地对号入座。

当然，在以上的叙事视角的研究理论中，里蒙·凯南的《叙事虚构作品》、米克·巴尔的《叙述学》、马克·柯里的《后现代叙事理论》，都在某种程度上将后现代主义文学作品纳入其研究的框架之中，这些研究对笔者研究《法国中尉的女人》有很多启发。马克·柯里在《后现代叙事理论》一书中论及“视点”时，突破了经典叙事学有关视角的叙事学观点，他认为“视点”“一词有一种潜在的误导作用，暗示着有

---

① ［荷］米克·巴尔：《叙述学》（第二版），谭君强译，中国社会科学出版社2003年版，第167—190页。

关某一话题所持的观点和立场"[①]。接着他指出经典叙事学意义上的"视点"理解为视角隐喻会更准确，即在叙事中，叙述者似乎真的从视觉上由一个视点去观察小说中的人物和事件，就像拍电影时的摄像机一样，"叙事中的视角总是处于某个地方，或于事件之上，或于事件之中，或于所涉及的一人或多人之后。叙事声音亦可四处移动，从一个视角转向其他视角，常于不知不觉中由外观而转为内视，这一点也与拍电影时的摄像机相同"[②]。但紧接着柯里指出，"阅读中唯一的真实视角就是印刷出来的词语引起的视觉"，因此，在这个意义上，源于视角分析的术语很多是视觉隐喻，"话语叙事中的视觉比电影中的视觉更明显地是一种幻觉"。[③] 在叙事过程中，不管叙事怎样努力，话语叙事中营构的世界更加虚幻。因此，以马克·柯里为代表的许多后现代叙事理论家认为，小说中的视角的各层次都受作者支配，为其观点服务，对小说中的视角分析事实上是对作者控制的揭示。"小说是作者的一种口技，而口技表演者自己的论争则在傀儡的假声音中藏了起来。"[④]

由此可见，传统叙事理论中关于"视角"的界定在后现代叙事理论中有了新的机制，这为研究后现代主义小说的叙事视角提供了理论依据，对它的研究仍然具有重要意义。正如马克·柯里所言"对视角的分析并没有像别的一些多余的范式那样消失，也从来没有被新的时髦的语言学路向的批评方法所取代……"[⑤] "视角具有根本的重要性，它已被用来分析主体性的形成。"[⑥] 其实在分析小说文本内部的叙事视角时，要分析作者对人物的道德预设和立场，以及表达话语和思想的各种形式，而这些被"看成是描述作者与人物、作者与叙述者、叙述距离与揭示人物内心世界的动力与方法"。[⑦] 而对这些问题的研究，已经不自然地深入到文本的道德、思想意识等层面，不单纯是文本叙事形式的研

---

① ［美］马克·柯里：《后现代叙事理论》，宁一中译，北京大学出版社2003年版，第22页。

② 同上。

③ 同上。

④ 同上书，第23页。

⑤ 同上书，第32页。

⑥ 同上书，第34页。

⑦ 同上书，第31页。

究，它涉及人物的道德情感、价值取向等意识形态要素。因此，在分析小说文本中的叙事形式各要素时，“视角”研究仍然是第一位的，它不仅具有形式研究的重要性和优先性，同时也具有意识形态或内蕴层面的价值和有效性。

在国内，有些学者以传统叙事学理论为支撑，对《法国中尉的女人》的叙事视角进行研究。苏宏斌认为“这部作品采用的是一种介乎于传统的第三人称和现代的第一人称之间的叙述方式：一方面，叙述者对于作品中人物的行为以及心理都十分了解，经常直接出面来分析人物内在的心理动机；另一方面，叙述者又是以‘我’的形式出现的，他经常在情节发展的紧要关头陷入疑惑，似乎拿不定主意该如何安排人物下一步的命运和结局，并且常常对小说的叙述方法本身展开讨论和思考，从这些思考当中我们清楚地发现这是一个有着现代思想和艺术修养的叙述者。正是这种特定的叙述方式使这部小说与维多利亚时代的小说清晰地区别开来了”。刘晓旭在其硕士论文《〈法国中尉的女人〉的叙事策略研究》中指出《法国中尉的女人》的叙事视角是多重的：小说中“多重叙事视角的应用、自然流畅的视角转换，实现了视角和叙述的最佳结合”。

笔者曾经在其硕士学位论文《双重走向的叙事图景——〈法国中尉的女人〉的叙事艺术研究》的第一部分对此作过探讨：“如果要从叙事视角入手解读文本的创新性，本文认为在叙事过程中，小说在启用传统叙事文学中占据统治地位的‘全知全能’的无焦点叙事视角的同时，采用另一种独特的具有‘自我指涉性’的‘评论者及情报交换所的作者式视角’，这种叙事视角恰好体现了后现代主义的叙事理念。它的使用不但消解了‘全知全能’的叙事视角在西方小说叙事中的霸权地位，而且使小说在视角层面呈现出传统与后现代主义的双重图景。”[①] 在之前研究的基础上，本论著将结合叙事学理论的最新成果，在这一部分进一步深入探讨小说的叙事视角问题。

① 《双重走向的叙事图景——〈法国中尉的女人〉的叙事艺术研究》，硕士学位论文，西北师范大学，2005年，中文摘要。

二、叙述者与人物、叙述者与作者

传统叙事学理论的叙事视角研究主要针对“自然叙事”建构的故事世界与现实世界的对应性参照，将故事中虚拟的生命等同于现实世界中的真实人物，不管是讲故事的叙述者，还是被讲述的对象——人物，都被假定为具有思想意识的生命个体。传统叙事文学之所以具有“自然叙事”的特征，主要原因是作者在叙事文本中安排了这样一个“无所不知”的人物“符号”——叙述者，他既在故事内又在故事外，他具体的观察点和视觉由作者编排。德国“不自然”叙事学家鲁迪格·海因策指出：“必须承认的是，大多数叙事作品的叙述者是人类本身或者是投射了人类意识。有些例外的叙事作品便是投射了动物意识和其他一些非人类的实体。但是，我们都无法知道这些意识的真实存在是什么，因此在这些叙事作品中，叙述者被拟人化，以便他们能够为读者所理解，也因此符合投射了人类意识的规约。”①

因此，在研究中学者们针对叙述者与人物的关系展开研究，并赋予叙述者复杂的内涵。在文本的叙事进程中，叙述者无论在故事层面还是在建构故事的话语层面，作为一个具有主体功能的“人”，无论是作为故事的旁观者还是故事中的人物，其存在的合法性都是无可辩驳的。厄尔·迈纳（Miner. E.）说：“‘视点’是有关叙事者状况的一个隐喻，它既是一个事实，也是一个特定的类型（如‘第一人称’）。没有叙述者的叙事是自相矛盾的，叙述者始终存在，他乃叙事连续性的主要特征之一，有时也是叙事实现的主要特征之一。”②

关于叙述者与人物的关系，托多罗夫曾经作过这样的描述③：

> 小说中担任叙述者的人物受到与其他人物不同的刻画：对于一

① ［德］鲁迪格·海因策：《论第一人称叙事小说对模仿认知的违背》，金敏娜译，载唐伟胜《叙事》（中国版）第三辑，暨南大学出版社 2011 年版，第 27—44 页，书中引文出自第 31 页注释。

② ［美］厄尔·迈纳：《比较诗学》，王宇根等译，中央编译出版社 2004 年版，第 256—257 页。

③ 张寅德：《叙述学研究》，中国社会科学出版社 1989 年版，第 72—73 页。

个普通人物，我们既可以读到他的对话，也可以看到叙述者对他的描写，而作为叙述者的人物则只存在于他自己的话语之中。更确切地说，叙述者并不像小说主人公那样讲话，他只是叙述。这样，"讲述"小说的人远没有把人物和叙述者融于一身，他在小说中所占据的位置是绝无仅有的：他既有别于第三人称小说中他应该代表的人物，又不同于作为潜在的"我"而存在的叙述者①。

在巴特看来，叙述者和人物只是纸上的生命，而作者是活生生的人。所以，他反对将一部作品的实际作者与叙事作品的叙述者混为一谈，因为叙述者的符号是存在于叙事作品之内的。② 如果说叙述者只存在于作品之内，那作者则应该既在作品之内又在作品之外。叙事作品是由一个有生命的、具有写作常识的、特定时代的受特定文化影响的、具有某种"前理解结构"的人，即作者"写"出来的。就这一点而言，作者是在作品之内的，他是整个故事的总"施动者"和设计师，叙述者只是其手中的一个棋子而已。作者设计小说的结构、叙事视角等叙事作品所包含的叙事要素，处理人物，安排结局。从这一方面说，作者是作品真正的上帝。但另一方面，对读者来说，面对的是一部由语言建构起来的文本，故事是通过这些语言呈现给读者的，其中包括叙述者以及人物等文本内各要素，读者是看不到作者的。然而，虽然作者只存在于故事的建构期，似乎一旦作品完成，作者就存在于作品之外了，但是，回头再看，文本却是作者写的，作者永远不可能置身于作品之外。传统叙事学理论在叙述者与作者、叙述者与人物、作者与隐含作者等要素的关系问题一直存有争议③。

---

① 这个作为潜在的"我"的叙述者的存在，在早期现实主义小说中比较多见，也就是布斯所说的"小说中作者的声音"，比较明显的例子是菲尔丁的小说《汤姆·琼斯》。在《法国中尉的女人》中似乎也有这种声音，但其性质已有了质的不同，本论文另行命名，在后面将详细论证。当然，这个潜在的"我"，与第一人称叙事作品中内在式叙事视角的作为人物的"我"并不是一回事。

② 张寅德：《叙述学研究》，中国社会科学出版社 1989 年版，第 29—30 页。

③ 李建军在《小说修辞研究》（中国人民大学出版社 2003 年版）一书中曾梳理过西方叙事理论中有关它们之间的关系的争论，并提出他自己的看法，但笔者认为问题的争议性仍没有被解决。

但是众所周知，任何一个叙事文本都是作者所写，文本中的每一个人物不管是叙述者还是其中的人物都是作者虚构出来的，它们就像提线木偶一样，一颦一笑、思想、语言、行为都是作者编排的结果。多利特·科恩在其论文《论虚构性标记：一种叙事学的角度》中论及历史等非虚构叙事中的“叙事者与作者”[①]时指出，在虚构叙事中作者与叙述者的两种叙事情境存在一种功能性差异，两者可以通过存在的空间、存在的层面等要素分割开来，而在两者中间还有一个“隐含作者”站立着。接着科恩在注释中细数了希利斯·米勒、斯特恩伯格、雅各比、保罗·利科、巴赫金等学者对此类问题的相关看法[②]。

笔者认为，作者与叙述者的关系是控制与被控制的关系，虽然作者并不作为人物在作品中存在，但是作者却建构故事及其中的各种组成元素。很多学者指出，作品一旦写完，作者便与作品分离。其实，这种设想是一种天真的理想化观念，作者始终存在于文本之中，虽然因批评视角的差异，批评者在研究具体的文本时可以完全忽略作者而直接阐释文本，但是作者的精神和文化价值观却使得他无法和文本脱离。笔者认为在叙事作品内部作者作为活生生的生命个体，是区别于行走于文字和话语间的纸上生命——“叙述者”和“人物”的，他不是纸上的符号。但是在任何一部作品中，作者的精神和思想，他对作品的权威性统摄力的存在确是毋庸置疑的。故事内外的叙述者和故事层面的人物都和作者关系密切，他安排视角、设计情节、编排人物，建构故事中的方方面面。

第二节 “自然叙事”的关键观察点：现代主义及其之前叙事文学中的“全知式”叙事视角

纵观自古希腊以来的叙事文学，在“模仿论”叙事原则的规约下出现的叙述者大多是“全知全能”的，他们大多被放置在无焦点的视觉全方位观察人物，这也是传统叙事文学的作者，甚至现代主义文学的

① 唐伟胜：《叙事》（中国版）第三辑，暨南大学出版社2011年版，第82—88页。

② 同上书，第83页注释。

多数作者的共同追求。因为，只有在这种情况下，作者才能让叙事文本更接近现实世界，以现实世界作参照叙事显得更“自然”。乔纳森·卡勒曾质疑过“全知”的概念界定，他认为“全知”这个术语一点都不具体，而且“全知理应包括的内容”似乎是“一个巨大无比的知识库，超过语言所能表达”[①]。这种叙事视角在“自然叙事”中有着主要作用，卡勒指出：“当我们自然化叙事中令人费解的细节和行为时，我们通常认为他们源于某个个体意识，当人类无法担当这一角色时，我们便想象出一个近乎神性的全知意识，这样便产生了全知的幻觉，但接下来，我们又觉得这个全知幻觉过于霸道。”[②] 显然，卡勒对“全知式”视角在“自然叙事”中的作用是肯定的，但因为人类意识的局限性，人类不可能具有这种上帝式的“全知性”，这只是人类的幻觉在“自然叙事”文本中的一种投射，它过于霸道，所以用它来表明一种观察点不太合适。卡勒和海因策倡导用“多叙”来代替“全知”这个术语。

但笔者认为，虽然“全知全能”的叙述视角因其神学特性的无所不知而超越了人类意识，但是这种意识确实是自古希腊以来传统叙事文学中遍存、遍用的一种观察点。在“自然叙事”的叙事文本中，站在这种观察点的叙述者确实是存在的。虽然现实世界中的个人意识并无这种“全知全能性”，但是作者在讲述故事时，为了故事和人物的可知性和明晰性，他不得不安排一个能够上天入地，能够进入别人的内心，做一条别人“肚子里的蛔虫”的叙述者去探究人物内心隐秘的、在现实生活中不可能被洞悉的心理和思想。虽然它过于霸道，但它确实存在，我们不能抹杀它在传统叙事作品中存在的合法性。

一、古典叙事文的“全知式”叙事视角

日奈特认为古典叙事文一般都属于零焦点叙事，叙述者的观察点是全知全能的。在“自然叙事”文本中叙述故事时，“叙述者变成一种似乎无个性的全面意识，这种全面意识用居高的试点，即上帝的视点传发故事。因此，叙述者既在人物内部（既然人物内心发生什么他都知

① 唐伟胜：《叙事》（中国版）第三辑，暨南大学出版社2011年版，第30页。

② 同上书，第31页。

道），又在人物外部（既然他从来不与任何人物相混同）”[①]。他始终站在看破高墙的观察点，对故事中人物的一切情况进行编排。此外他不但讲述故事，组织叙事话语，而且不时地对所叙述故事的各个层面进行评述。

《伊利亚特》以“阿喀琉斯的愤怒”为主题开篇，规定了叙述者对故事进程的全面把握。以“赫克托耳之死”一节为例，叙述者先对赫克托耳的神情进行了描述，然后便走进他的心里。叙述者用大段的心理描写，精细地描绘了赫克托耳当时的恐惧以及无奈的心理反应。无论是人物的外部形象或表情，作为旁观者能看到的，还是人物的心理反应，都在叙述者的掌控之下。同时他对自己的这种能力深信不疑，出入于故事人物的各个层面。而且他的观察点是移动的，在赫克托耳、众神以及阿喀琉斯之间变换，安排人物对话，设置故事背景，控制时空变换与人物出场。叙述者就像无所不能的上帝观察他的人物，安排叙事进程，统领全文。

在《小说修辞学》中，布斯曾以人物、读者、叙述者三者的修辞关系为着眼点，对荷马史诗中的叙述进行过研究。他说：“尽管亚里士多德赞扬荷马，说他比其他诗人更少以自己的声音讲话……虽然众神本身时常是不可信的，但是荷马——我们所知道的荷马——却并非不可信。”[②]“虽然在现实生活中，我们永远也不会相信任何这类事物，然而当我们一直和荷马并肩穿过《伊利亚特》时，我们却确信了这类事情，他严格地支配着我们的信念、兴趣和同情。”[③]古罗马史诗《埃涅阿斯纪》无论叙事结构还是叙事视角在很大程度上都与荷马史诗有很大的相似性，虽然在意识形态与文化内涵层面二者具有明显的差异，但就叙事要素而言，它们的相似性则是毋庸置疑的。

中世纪的叙事文学较古希腊叙事文学叙事方式有了一些变化，这源于东方文化，即古希伯来文化的侵入。圣经文学的布道式叙事在很大程

① 《叙述学研究》同前，第29页。

② ［美］W.C.布斯：《小说修辞学》，华明等译，北京大学出版社1987年版，第6页。

③ ［美］W.C.布斯：《小说修辞学》，第6页。很显然，布斯将叙述者与荷马等同，认为叙述者就是荷马。此外，在布斯那里由于引入了读者，所以问题似乎比单纯的视角探讨要复杂一些。

度上影响了西方文学的古希腊特性。但丁的《神曲》代表了当时叙事文学的最高成就，它的叙事视角是内焦点叙事，即叙述者以“我”的身份出现，叙述者就是人物，他知道的和人物一样多。这种叙事视角的运用对后世的叙事文学叙事视角的多样性奠定了基础。近代文学以文艺复兴为起点，文艺复兴时期的文学取得的辉煌成就，像一坐万仞高山无法被超越，尤其是其大胆的想象与超乎常规的幽默。但是，就叙事视角而言，《十日谈》、《堂·吉诃德》、《巨人传》等小说仍未打破古希腊罗马文学“全知全能”的叙事视角。虽然布斯在《小说修辞学中》对《十日谈》的评价远高于荷马史诗，认为它的叙述具有一种“潜藏在效果单一性之下的绝妙而复杂的技巧”①，但它的叙述视角仍是全知的、零焦点叙事②。《巨人传》由于其大胆奇特的艺术想象，受到米兰·昆德拉的青睐③。但就叙事艺术而言，与荷马史诗、《埃涅阿斯纪》相比较，仍有很多相似点④，尤其是其叙事结构的安排，当然其叙事视角也是典型的“全知”式无焦点叙事。昆德拉对《堂·吉诃德》曾给予盛赞，呼吁欧洲小说家应该把它看做宝贵的遗产来加以继承⑤。虽然当代有些学者认为其叙事艺术的独特性具有后现代主义的元小说特征⑥，但是它的叙事视角仍是无焦点叙事的典范。

二、现实主义小说的“全知式”叙事视角

现实主义小说在对现实的拟真模仿与表征，对日常生活中的个人生活观详尽体现，对人类经验进行充分的、真实的记录等方面，较古典叙

① ［美］W. C. 布斯：《小说修辞学》，第11页。

② 托多罗夫认为：“在《十日谈》中，叙述者了解所有人的思想。”笔者也在《〈十日谈〉的叙事视角重探》（见《甘肃社会科学》2004年第3期）一文中，浅谈了对此问题的一些看法。

③ ［捷克］米兰·昆德拉：《被背叛的遗嘱》，余中先译，上海译文出版社2003年版，第3—8页。

④ 笔者在《从比较角度看〈埃涅阿斯纪〉与〈巨人传〉》一文中对两者的叙事艺术以及文化结构进行过浅显的比较研究。见《河西学院学报》2005年第1期。

⑤ ［捷克］米兰·昆德拉：《小说的艺术》，孟湄译，生活·读书·新知三联书店1992年版，第1—20页。

⑥ 滕威：《〈堂·吉诃德〉的元小说性》，《外国文学研究》2003年第1期。

事作品走得远。现实主义小说叙事是典型的“自然叙事”。现实主义文学中的叙事，较古典文学与文艺复兴时期的文学叙事技巧有了一些变化，但变化却不是很大，尤其是深层叙事结构，现实主义文学仍没有走出古典叙事文学的叙事模式。就叙事视角而言，虽然在其发展过程中逐渐引入了“旁观式”人物的视角，即外在式视角，也采用内在式叙事视角，但“全知全能”的叙事视角仍是现实主义小说叙事的主要叙述视角。对于现实主义叙事文学中的视角问题，结构主义叙事理论家已经进行了详细的研究，尤其是日奈特。

在现实主义小说中，“全知的”叙述者不但要出入于人物的内心，设计人物对话，而且要对适合人物性格的时空环境进行精细的选择，人物的各种心境配以各种不同的外部环境描写。而在故事进程中叙述者同时要保持事件之间的逻辑关系与因果关系的前后一致与紧凑，“小说家总是事先制定好工作计划，第一章所预见的未来，得到了第13章不可避免地必定会成为现实”。① 当然，他还有一个任务就是始终保持叙事进程的有序性，虽然事件发生的时间顺序可以以追述、预述等方式进行变更，但其中的情节发展总是环环紧扣，井然有序，什么时候发生什么事，制造悬念等都是通过精心设计的。而这些都与人物的刻画是相辅相成的。所以在现实主义小说中，叙述者全知全能的观察点显得更为主要，做的工作更为繁杂。

现实主义小说被禁锢在现实表征的严密逻辑之中，叙述者像傀儡一样操纵在作者笔下，在叙事文本中建立事件之间的合乎逻辑的链条。亨利·詹姆斯对现实主义小说表征现实的权威进行了形象的言说：“没有任何一个对生活的印象，没有任何一种观察和体验生活的方式是小说家的计划所不能给予一席之地的……”②

三、现代主义小说的“全知式”叙事视角

现代主义小说从现实主义关注对客观现实的表征内转到关注人物形

① 《法国中尉的女人》，第102页。

② ［美］亨利·詹姆斯：《小说的艺术》，朱雯等译，上海译文出版社2001年版，第31页。

象的心理意识、无意识。同时，对现实的关注不再限于客观的外部呈现，而是将世界、现实的支离破碎置于自己的想象之中，赋予本质与意义，使之抽象化。德·扎东斯基说："现代主义奢望绝对的描写真实。而且这种真实似乎不仅涉及事物深藏的本质，而且也涉及事物的表象以及食物的功能和相互作用的机制。"① 因此，现代主义的叙事是基于现实主义模仿现实世界，用文学模仿人类意识的真实世界的极端化"自然叙事"。

虽然在叙事艺术上，现代主义文学注重玩弄技巧，追求精美与独特的风格，但是叙事结构在很大程度上延续了古典叙事的深层结构（隐喻的或转喻的）。就叙事视角而言，呈现各种叙事视角并存的状况。萨特的存在主义小说和意识流小说一样，更多采用的是内焦点叙事，通过既是叙述者又是人物的"我"的观察点来叙述。如萨特的《恶心》、《墙》以及自传体小说《文学生涯》等就是典型的内焦点叙事。《恶心》用日记体的叙事方式，但并不是单一的内焦点叙事，其中也有旁观者的外在式视角，通过主人公"我"——安托万·罗冈丹的视角观察其他人物，如马布利咖啡馆的主管法斯盖尔先生、在图书馆阅览室经常出现的"自学者"等。同时，对这些人物的叙述也采用人物对话来揭示他们的思想与经历，从而部分弥补了外在式视角的有限性。《卧室》的视角是"全知的"叙事视角和外在式叙事视角共同构筑的"全知式"视角的无所不知性。在第一部分，叙述者站在"全知式"观察点，对达贝尔夫妇进行全方位观察与心理渗透，而对他们的女儿与女婿则从人物旁观者视角进行有限的叙述。在第二部分对其女夏娃又通过"全知式"叙述，深入她的思想与情感内部，同时纠正了第一部分由其父母的旁观式视角所造成的对人物夏娃的误解，探析了她本人的一些真实想法。后者弥补了外在式视角的有限观察，从而在文本整体内部建立了统一与和谐。

在现代主义小说中，"全知全能"的叙事视角被广泛使用，在叙述过程中叙述者不但可以进入人物的内心，控制人物的有意识思维，而且能进入人物的无意识领域。乔伊斯的《尤利西斯》堪称这种叙事视角建构的经典。虽然德里达的《尤利西斯的唱机》对《尤利西斯》的解

① 袁可嘉：《现代主义文学研究》，中国社会科学出版社 1989 年版，第 283 页。

构式阅读，让人误认为这是一部早于解构主义运动的解构主义理论小说。马克·柯里甚至认为没有《尤利西斯》就没有德里达的解构主义。但是笔者在阅读《尤利西斯》时发现，小说的叙事视角仍是“全知式”视角主控下的多元视角叙事。在小说的叙述过程中，虽然叙述者的观察点在人物间移动，布鲁姆、斯蒂芬、莫莉，虽然采用多元化视角叙述，如第13章从格蒂的视觉观察布鲁姆、斯蒂芬等人的外貌、言行、品质等，是典型的外在式旁观者的有限视角，但控制整个叙事进程的仍是“全知全能”的无焦点叙事。叙述者有时会启动其所有的感官，听觉、视觉、味觉（第17章）；有时又精心设计人物间的潜意识心理对话，直接进入人物的大脑，进入他们思维领域，通过这些方式对人物进行全方位渗透。除了对人物进行全方位观察和渗透之外，“全知”的叙述者还对都柏林的景象进行生动的、不事雕琢的描写，在对前人文学艺术盘根错节的互文中交织着人物的叙述，在表面的不透明性中演绎现代都市与人物情感的心理真实。可以说，正是“全知全能”的叙述视角才使得故事中人物无意识、潜意识像水一样流动在文本叙事中，如果没有具有神性的上帝式的叙述者的全方位观察，《尤利西斯》对现实世界中人的心理真实的潜意识流动的模仿将无法实现。

虽然与现实主义小说相比，现代主义小说的叙事视角更为复杂，在一部小说中多重复合视角或流动视角频繁出现，前面提到的几部小说都有这种特性。但总的来说，“全知式”叙述视角仍占据重要的地位，大多数小说都有叙述者对人物的无所不在的观察与审视，精心设计人物对话或用其他方式，对有限的叙述视角的不完整叙事尽量的予以弥补，从而满足读者的探秘心理。这种叙事视角所建构的叙事机制信奉严谨整一的古典原则，不但具有完整和谐的深层结构，而且严格遵循真实的原则，使得文学叙事虚构，除了文本内部叙事轮廓的清晰之外，在表征现实生活、挖掘人物主体意识与无意识层面，继续了现实主义小说的严肃性与客观性，尽量保持故事世界与真实世界的可信性参数，具有传统叙事文学重“模仿”的“自然叙事”的特征。如果说现实主义小说追求外在客观世界的自然化叙事，现代主义文学叙事则通过文学表达来揭示“人”作为有意识的生命个体，其内在的“心理”现实的自然化叙事。相对而言，在现实生活中，后者比前者更难表达。因此，后者追求的是以叙事文学中的“人物”的意识表征现实世界中“真人”的心理真实，这种拟真性模仿形成的“自然叙事”，其“自然”性的获得更为难得。相反，其人为的虚假性也就更明显。这也是后现代主义“不自然叙事”质疑和解构的主要领域。

以上通过对西方叙事文学叙事视角的综合考察，可以发现“全知式”的叙事视角在西方叙事文学发展进程中一直保持着旺盛的生命力。它在叙事文学的“自然叙事”模式形成发展过程中，在建构文本统一和谐的结构、引人入胜的故事情节、迂回曲折却又具有严密的逻辑联系的人物历险、生动如现实世界中的人物形象等“自然”方面确实起过巨大作用。甚至可以说，西方文学叙事能在今天被不断地重复阅读、不断地被解释，离不开这种叙事视角所建构的文本“自然叙事”特性。虽然在叙事文本中，除人物之外，还辅以其他的东西，如结构、时空背景等要素，但是其他辅助要素也是“全知全能”的叙事视角建构的，因为这些辅助要素本身也是叙述者作用的产物，所以叙述者的观察点就决定了“自然叙事”文本的所有要素。正是这种至上的地位，正如操纵西方哲学的“逻各斯”一样，“全知全能”的叙事视角在西方叙事文学中始终处于支配地位。当然，这种叙述者“无所不知的”神话在后现代主义叙事文学那里遭到了质疑，在大多数叙事作品中人物的完整统一性变得支离破碎，人物不仅仅只是纸上的生命，同时，其作为“人物”的使命也遭到前所未有的破坏，人物的主体功能被符号功能所代替。叙述者作为“主体”的身份认同不断被否定，它成了不负责任的游戏文字的高手，而叙事结构的完整性更是无处可寻。

第三节 《法国中尉的女人》的叙事视角“不自然叙事”的独特性

在《法国中尉的女人》中，作者与叙述者、叙述者与人物的关系要比传统叙事文学作品中复杂得多，小说的叙述情景包含三个大的层面，第一个是故事外的话语层面，第二个是故事层面，第三个是故事层面内的故事层面。在故事层面内部因为叙事的跨时空性，作者与叙述者的关系是明晰的，20 世纪的作者在讲 19 世纪的故事时安排了一个叙述者。这个叙述者在小说第1章被描述为“当地的密探”，而且他还拿着一个能调焦距的望远镜，他从外部对故事中的人物进行观察，第一次向读者介绍故事中的相关人物：身穿最时髦衣服的年轻女人、蓄着“邓德里雷式连鬓长髯”的男子、全身上下着黑装、纹丝不动站在弯曲的防波堤上的“另一个人的身影”，这三个故事中的人物依次便是欧内斯蒂娜、查尔斯、萨拉。随着故事的进行，他的视角也不时转换，对一些人物他能洞悉全部，而对一些人物又所知甚少，甚至“无法解释”，他的叙述看似是可靠的，但随着故事的推进，他之前讲的故事会被推翻。总之，这个叙述者是一个具有多种视觉且因为故事的不确定性而导致的不可靠叙述者。因此，他和人物的关系也是不确定的。

除了这个叙述者之外，在故事之外的叙事层面还有一个无处不在的“大胡子”，他不是故事世界中的19世纪70年代的“人”，而是20世纪的“人”。叙述者受这个“人”的控制，而且整个故事都受这个“人”的操纵，这个人似乎就是作者，他经常以“我”的第一人称方式出现。在第13章，这个人物彻底现身，“爆料”他如何构思，前12章故事中的人物是怎样被虚构的，等等。但这个人是否就是福尔斯？这似乎不太可能，他应该也是作者福尔斯设计的一个比叙述者更“全能”的人物符号，但他亦不是传统叙事学理论中提及的“隐含作者”。他既存在于故事外又不时出现在故事内，他能够“穿越”。在小说中作者就是通过他来控制叙述者，并设计叙事进程的。因为作者本人无法穿越时空从20世纪到19世纪，坐到人物查尔斯对面的火车座位上，看着沉睡的人物丢硬币来决定如何构思人物下一步的选择和行动。他还随意穿插故事，如当人物之一的格罗根医生谈及萨拉的精神病症状时，叙事的“人”笔锋一转，在第28章将本应是故事层面的埃米尔·拉隆西埃中尉的故事放在和萨拉的故事的平行层面进行讲述，但却不知这个叙述者是萨拉故事层面的叙述者还是故事外的20世纪的具有穿越功能的叙述者“我”。而正是这个具有穿越功能的“符号式”人物的频频出现，才使得这部小说呈现出“不自然叙事”的特征。他似乎是传统叙事文学中的“全知全能”的叙述者，但又不是，他究竟和传统叙事文学中的“全知全能”的叙述者有何联系和不同？它在整部小说中具有怎样的功能和独特性？

一、"评论者及情报交换所式的作者式视角"

与其他后现代主义小说相比，《法国中尉的女人》的叙事视角在对待传统与"先锋"时，显示了一种"双重场景"。其叙事在充分理解前人叙事艺术的基础上进行了自己独特的创新，很好地实践了后现代主义艺术破除"中心"的创作理念。要将"全知全能"的叙事视角驱逐出小说叙事，就要从这种叙事视角的内部开始，这是一种"双重模式"，这是中国古话所谓的"以其人之道还治其人之身"叙事策略，这样的反驳会更为有力，这种策略也就是"旁敲侧击，迂回进攻"。所以，虽然福尔斯对"全知式"叙述者并非知道一切，对那种试图装成无所不知[①]的虚假性甚是反感，但却没有像学术界所说的那样采取决绝的姿态——"拒斥"。

在小说的叙事过程中，大多数人物形象的建构都是故事内的叙述者站在这一观察点上进行观察，然而在这些人物成形的过程中，故事之外的显在的"我"通过不间断的插入议论来拆解故事内叙述者的权威性和"全知性"。叙述者位于故事之内，像维多利亚时代的一个"当地的密探"，通过他的观察与串联，故事的进展才成为可能。而那个始终与故事进程如影随形地不断暴露自身的"我"，则对叙述行为本身进行评述，他随意地出入于故事内外不断地对故事中的人物与场景进行远距离的跨时代、跨文化评论。因此，通过"他"，小说融合了有关维多利亚时代的大量的历史、文化知识，最终与当代的相关知识形成一种视阈融合。

此外，处于故事层面的叙述者却始终受制于显在的"我"。尽管这个"我"与叙述者一样属于纸上的生命，与文本之外的作者福尔斯本人不能相提并论，但他却在遥远的当代遥控着叙述者及其故事的进程。他是神似作者、替作者建构文本服务、大于叙述者却不是作者一个功能体，承载着代理与建构叙事的权力，并以他为载体来阐发作者的虚构指令。因此，这个"我"似乎是一个具有主体意识的符号代码，但是在小说第 45 章有这么一段话，"本书中的'我'，那个以巧妙的虚伪理由

---

① 《法国中尉的女人》，第 101 页。

让萨拉湮没无闻的‘我’，并不是我自己；它只是某种对事物极为冷淡的态度的拟人化……”[①] 这段话应该是福尔斯本人的注解，这用来提醒读者不要把小说中的“我”当做真正的有生命特征的主体意识的作者本人。

实际上，作为文本叙事过程中不可缺少的环节，这个“我”在小说中实际上也具有一个观察点，是区别于“当地密探”式的故事层面的叙述者的另外一个具有穿越功能的叙述者，而且他被作者赋予至高无上的地位。与故事内的叙述者不一样，在故事之外，他既掌控故事，又在评述层面对故事本身进行多种多样的介入，进行议论，适时地插入与故事相关的文化历史知识和别的故事，不断对叙事行为本身进行反思。在故事层面，他虽在故事之外，但往往指引叙述者，安排故事的进程，在故事的进展过程中，又不时地打断故事进程。所以这个“我”实际上在文本叙事中是统筹叙事的总指挥，在很大程度上具有比“全知全能”的叙述者更大的权力。也正是这个“我”的出现才使得“全知全能”的叙事视角的无所不知的特性受到不断的侵扰，使整部小说具有了“不自然叙事”特征。在这里由于论证的需要，笔者引进一个术语，将站在这个观察点的“我”借约翰·巴思对其作品《书信》中第七种声音[②]的界定术语，将它命名为“评论者及情报交换所的作者式视角”。

“不自然叙事”的理论家指出，“非自然的故事世界包括物理上和逻辑上不可能的场景和事件；非自然的心理要求读者反抗连续性的意识框架来建构意识。非自然的叙述行为包括在物理上、逻辑上、记忆上或心理上不可能的话语”。[③] 在《法国中尉的女人》的故事世界中，男性角色“法国中尉”的不在场和女主角萨拉的“不可理解”抵制了“自然叙事”中叙述者与人物的直接交际，因为，这在“自然叙事”的故事世界里和现实世界中都是不可能发生的。就叙述行为而言，故事层面的叙述者的叙述行为因站在未来的“评论者及情报交换所的作者式视角”的“我”的不断插入，以及故事人物的不在场和不充分信息的提

---

① 《法国中尉的女人》，第363页。

② 即作为“评论者及情报交换所的作者式的第七种声音”。

③ ［美］扬·阿尔贝等：《非自然叙事，非自然叙事学：超越模仿模式》，尚必武译，载唐伟胜《叙事》（中国版），第三辑，暨南大学出版社2011年版，第14页。

供造成的“不可靠叙述”而显得逻辑混乱。“我”的跨世纪物理时空的“不自然”穿越，违背了“自然叙事”逻辑链条整一的因果律，人物的不知情和道听途说与当事人的不在场与记忆的不可靠造成故事的前后错位等，都呈现出“不自然叙事”的反模仿、违背叙事规约和交际模式的叙事图景。

二、“评论者及情报交换所的作者式视角”在《法国中尉的女人》中的功能

“评论者及情报交换所的作者式视角”在小说中具有以下几个叙述功能。

第一，具有文学批评家的功能。小说中一些有关维多利亚时代史料知识的提供，对两个时代的文化、人文特征进行的跨时空比较，插入大段与故事有关或无关的背景知识等。这种功能使得《法国中尉的女人》同时具有其他后现代主义小说，如博尔赫斯、约翰·巴思以及米兰·昆德拉等人的“书评式小说”和马克·柯里定义的“理论性虚构作品”的特征。但与他们的“书评式小说”不同，《法国中尉的女人》中对于虚构故事与对虚构故事的评论二者基本上是平衡的，而不是将小说的重心只立足于“评论”，而忽略了建构有生动情节的故事。其中故事的虚构也占有很大的比重，基本上在表层按照传统现实主义小说的构架完成了整一的叙事。而就评论而言，虽然有许多背景知识与史料可以从历史文献中找到其存在的依据，但总的来说“它整体上还是虚构的产物，而不是生活中的真实[①]的书评”[②]。

第二，对小说构思过程的自我暴露与小说自身的自我反思功能。其中最典型的是小说第13章与第55章，“我”似乎就是具有时空穿越功能的“作者”亲历故事现场，对叙事原则、人物、小说形式以及结局等相关要素指手画脚，进行安排。这种功能的存在，使得《法国中尉的女人》一直以来被认定为典型的后现代主义元小说的代表作。但与元小

① 既然历史都是叙事，是虚构，那所谓“真实”的书评实际上也是虚构的产物。而这里说的“生活中真实的书评”，是区别于“书评小说”中靠建构故事来进行评论的“书评”，是真正地对一个文本进行的“专家式”的批评的小说，如福尔斯本人写的《尾数》。——引者注

② 王钦峰：《后现代主义小说论略》，中国社会科学出版社2001年版，第181页。

说有些不同的是，《法国中尉的女人》给我们提供了一个近似传统现实主义小说的大体构架，在看似完整的故事之外进行小说构思的自我反省，暴露这种整体设计的虚假性。这种功能就是站在看破高墙的观察点，向读者揭示小说的虚构性与虚假性。小说一方面虚构故事，另一方面又站在故事之外暴露故事的虚构性及其虚构的过程，并且不时地对所写故事及其人物的存在进行拆解与否定。

对叙事虚构过程的暴露在传统小说中也曾经出现过。《堂·吉诃德》的叙事在某种程度上暴露了小说自身的虚构化过程。爱德华·弗莱德曼认为《堂·吉诃德》“是一部自我阅读的小说，它赞赏着自己的文学性，使讲故事的人成为一个理论家、批评家同时也是辩论家”。[①] 而菲尔丁在《汤姆·琼斯》中对构思过程的直接昭显，“使我们的注意力由记录的内容转移到了记录的技巧上去”。虽然这种对构思过程的不断反思在有些学者看来损坏了叙事的真实性，但在菲尔丁本人看来，这种构思过程的自我揭示就是加强事件和人物在逻辑上与理论上的真实性。然而，在小说兴起之初的这种“作者之言”的插入与《法国中尉的女人》中的“评论者及情报交换所的作者式视角”对小说构思技巧的暴露具有本质的差异。或者说“评论者及情报交换所的作者式视角”是对“作者之言”的移位，在不同时代、不同语境中呈现出不同功能。这种功能不但赋予其在故事之外对创作行为本身进行评论的权利，而且通过对小说的构思过程的暴露，来揭示故事建构的虚假性，从而彰显了后现代主义小说叙事的“不自然叙事”特征。

第三，位于这一观察点的“我”在故事层面之外，指引叙述者，站在叙述者的高处，统筹安排故事进程。在故事的正常进行过程中，“我”会引入许多议论，在“我”评论完之后，有一个故事的交接，从“评论者及情报交换所的作者式视角”的“我”向叙述者移交讲述故事权力的过程，完成从20世纪70年代到维多利亚时代的百年跨越。

以上的三种功能，赋予了“作者式”的“我”以“评论者”以及情报交换所的“情报员”的身份，再加上对故事人物的各种信息清楚或模糊的掌握，使这个“作者式的评论者”具有了对故事的进程、作

① 滕威：《〈堂·吉诃德〉的元小说性》，《外国文学研究》2003年第1期，第77页。

品的构思、人物的发展等各种情报与信息收集者或传播者的功能。所有这些功能构建了这种叙事视角的多重性。

除以上的三种叙述功能外，“评论者及情报交换所的作者式视角”还有一个重要的功能，即解构功能。质疑“全知式”叙述者、质疑“自然叙事”假定表征现实世界的虚假性，从而成就后现代主义小说“不自然叙事”的怪异特征。以上三种叙述功能是这一功能的辅助体，正是这些功能才使得“全知全能式”的叙述者在讲述故事的过程中不断遭遇尴尬，其不知却要装作无所不知的虚假性不时地被揭穿，在叙事文本中“全知”的霸权地位被悬置、拆解。

三、与维多利亚时代现实主义小说及其之前小说中的“作者之言”的区分

“评论者及情报交换所的作者式视角”在小说中的载体“我”作为“作者声音”的代言人，与布斯的《小说修辞学》第二编“小说中作者的声音”相比，具有不同的叙述功能。甚至就叙事的最终效果——真实与虚构两方面的可信度而言，二者几乎是相反的。前者更多地倾向于强调故事“真实性”，而后者则试图努力告诉读者，这个故事“完全是想象的”，其中的人物“在我脑子之外从未存在过”①。

熟悉菲尔丁的小说《汤姆·琼斯》（简称《汤》）的读者，可能对其中的“作者的声音”记忆比较深刻。在《小说修辞学》中，布斯在“小说中作者的声音”中对《汤》中的“作者的声音”进行过详细的研究。布斯对菲尔丁在小说中的可靠议论给读者带来的修辞效果，即“提供事实、‘画面’，或概述”，“塑造信念”，“概括整部作品的意义”以及“直接评论作品本身”等方面都予以肯定。虽然由于文本本身叙事视角的复杂性，使得这种赤裸裸的介入变得复杂。乍一看，与《法国中尉的女人》中的“评论者及情报交换所的作者式视角”的“我”相比，这个故事之外的“我”与故事中的叙述者似乎具有同样的使命，即站在“全知全能”的观察点安排故事与人物。但是在《法国中尉的女人》中是叙述者在故事之内，企图站在“全知全能”的观察点依照传统叙

① 《法国中尉的女人》，第101页。

事方式编排人物与故事进程，而“评论者及情报交换所的作者式视角”的承载者——“我”在故事之外，不失时机的破除这种本来不可能却要装作可能的叙事神话。而且需要强调的是，在《汤姆·琼斯》、萨克雷的《名利场》等传统叙事文学中①以“作者之言”的方式在故事之外进行评论的评论者，与故事之内讲故事的叙述者在文本内部没有身份的差异，叙述者既在故事之内又在故事之外。但是在《法国中尉的女人》中“全知全能”的叙述者与“评论者及情报交换所的作者式视角”的承载者——“我”发生了错位，它们具有不同的身份与功能，位于不同的层面。叙述者存在于故事之内，而评论者“我”则既在故事之内又在故事之外。

很显然，菲尔丁借他创造出来的，以他的名义说话的叙述者在《汤姆·琼斯》中的介入，很大程度上是为了他的故事更真实。对故事本身“真实性”的强调，可以从小说的书名看出来 *The History of Tom Jones*，*A Foundling*（《弃儿汤姆·琼斯的历史》）。“历史”作为对过去之事的记载，在真实性上具有权威。可见菲尔丁让读者把他的这部小说当做历史来读，因而在人物的建构过程中“作者之言”会不时强调人物和事件的真实性。这种真实性的参照就是现实世界，是遵循模仿论建构以真实世界为叙事原型的“自然叙事”。如果说笛福和理查逊的啰唆冗长是为了保证他们记录的真实，那菲尔丁的喋喋不休也是为了他叙事的自然和真实。在萨克雷《名利场》中的“作者之言”不时介入叙事，和《汤姆·琼斯》中的“作者之言”一样为了确保所讲故事及其人物具有某种与现实世界的真实性参数相一致的“自然”属性。

所以传统叙事文学中这种“作者之言”的出现目的是确保故事的真实性，是作者让叙事保持“自然”的叙事策略。虽然在欧洲叙事文学的发展过程中，“作者”介入叙事的方式不断变化，从荷马史诗、《十日谈》、《堂·吉诃德》，以及早期现实主义文学，如菲尔丁、斯特恩等作家小说叙事中作者之言的袒露，到后期现实主义小说中的含蓄与戏剧化。但其存在的修辞效果却永远只有一个，即让读者更相信他们讲的故事的客观性。叙事学理论对这种声音的评价有褒有贬。结构主义叙事学

① 包括在一些叙事诗中，也有布斯所谓的“作者之言”。比如拜伦的《唐璜》。

认为，这种元语言式的叙事视角在叙事行为中的出现是一种违反常规的现象，但作者直接暴露自身会制造一种奇怪的效果，或滑稽，或荒诞。在亨利·詹姆斯看来，作者在作品中故意泄露创作机关，偶尔插进一两句“题外的话”或“一句旁白”，向读者供认不讳“他叙述的那些事情纯属子虚乌有”，“他的故事按照读者所最喜欢的方式而产生改动变迁”，这是“对于一个神圣职业的背叛”，“不啻是一种极大的罪行”①。后现代叙事理论家马克·柯里却对此持肯定态度，他认为作为“理论性虚构作品”②，《法国中尉的女人》将叙事声音带入文本，打破了客观叙述在叙述时装作没有叙述者的“叙述性”，“小说通过叙述性到叙述的转换而产生理论效果”③。

在维多利亚时代的小说中，“作者之言”介入叙事进程比较普遍，马克·柯里对维多利亚时代小说中出现的“作者之言”和《法国中尉的女人》中的“叙事声音”（即笔者命名的“评论者及情报交换所的作者式视角”的“我”的声音）曾作过区分。他指出：“在这本小说中，传统的维多利亚小说的客观声音不断受到来自作者和叙事者的不恰当的干预的颠覆。这种干预在维多利亚时代传统中事实上是可包容的，在叙事声音方面，它允许在显示与讲述之间摇摆，也允许作者声音进入小说，直接与读者说话。但在维多利亚式的干预中，只是作为一种叙事的坦诚以提高其现实性的方式的地方，福勒（即福尔斯，引者注）却将它变为一种打破幻觉的自我反射性，让读者记住正被呈现的这段历史只不过是一种创作。”④

因此，与此前叙事文学中的“作者之言”相比，《法国中尉的女人》中的“我”实践的是一个相反的目标，即通过“我”的不断拆解，暴露故事的虚构性与虚假性，从而让故事显得更不真实。“评论者及情报交换所的作者式视角”的“我”的声音的介入，将叙事者坦诚地暴

① ［美］亨利·詹姆斯：《小说的艺术》，朱雯等译，上海译文出版社 2001 年版，第 6—9 页。

② ［美］马克·柯里：《后现代叙事理论》，北京大学出版社 2003 年版，第 58—78 页“理论性虚构作品”。

③ 同上书，第 75 页。

④ 同上。

露出来，在“叙述和叙述性这两极共同形成一种悖论，将非人称的全知手段暴露出来”，打破了现实主义文学将“全知全能”的叙述者遮蔽起来的客观叙述。

第四节 被悬置的“全知全能”的叙事视角“不自然叙事”的特征显现

一、被悬置的“全知全能”的叙事视角

《法国中尉的女人》在故事层面的人物建构过程中，除萨拉之外，几乎全用了“全知式”的叙事视角。读者看到的人物欧内斯蒂娜、查尔斯及其仆人萨姆、波尔坦尼太太等相关人物的观察点都是全方位、多角度的。此外，为配合“自然叙事”所要求的仿真的现实参照，这些人物的设置都配备了与维多利亚时代相符合的特征。因此，在进入故事层面阅读的开始阶段，读者从这些人物身上获得的阅读期待与现实主义小说中的人物是一样的。但故事内的叙述者站在“全知全能”的观察点建构人物与故事时，站在“评论者及情报交换所的作者式视角”的“我”，不时地打断故事，发表评论，暴露故事的构思过程。正是由于这种插入，“全知全能”的叙述者才不断地被悬置，故事的真实性也大打折扣。

在故事进行过程中，对人物欧内斯蒂娜的全知式观察是一个由远及近的过程。在小说的第1章，叙述者站在远处似乎拿着一个望远镜在遥远的地方作为旁观者来审视这个“年轻女人”①，告诉读者她的装束是1867年最时髦的，并对其装束进行了详细的描写。但在讲完了衣着之后，一百年后的“我”出现了，他说：“年轻女子的衣服颜色在今天看来可能显得有点过分夸张，但是当时的世界尚处在刚发现苯胺染料初期。女性在行为的其他方面受到诸多约束，因此她们在选择颜色的时候偏向艳丽而非沉稳，从中寻求补偿。”②

---

① 《法国中尉的女人》，第3页。

② 同上书，第4页。

在第2章，福尔斯设置了大段的人物对话，这类似于杜拉斯小说的叙事特征。故事内的叙述者进入人物的对话，并通过人物对话交代了"年轻女人"叫"蒂娜"，知道她已经订婚了，对象就是她旁边的男人。而且通过两人的对话，引出了另一个更主要的人物，即外号是"悲剧"的法国中尉的女人。在第5章，叙述者开始毫不客气地掌控这个名叫欧内斯蒂娜的"年轻女人"，对她进行全方位叙述，她的面貌、全名、家庭背景，甚至表情，并不失时机地将她的表情与萨克雷的小说《名利场》中的女主人公作比较："那一丝不易察觉的表情颇像利蓓加·夏波，也许会使正统的维多利亚时代的人顿生疑惑……"① 在故事开始的短短五章中，在有关这个人物的叙述中，叙述者的观察点不断变换，从外在的旁观式视角到全知全能的叙述视角。欧内斯蒂娜的穿着、外貌、家庭、生长环境，一直到她的思想意识，层层递进，不断暴露在读者的阅读视野之中。而在此后的叙述中，叙述者始终站在"全知式"的观察点讲述欧内斯蒂娜的故事。这种讲述方式与《傲慢与偏见》中的叙述者对人物吉英和伊利萨的故事设计一样，没有读者想知道而不能知道的信息。欧内斯蒂娜的外貌、内心想法、个人情况和家庭情况以及社会关系等，它具备了一切传统小说的人物所具备的。

但不同的是，读者在获得她的这些信息的过程中，始终有一个站在更高的观察点的叙述者从"评论者及情报交换所作者式视角"在百年之后的20世纪对此进行一系列相关的跨时空评论。这种评论更倾向于上帝式的评判，在某种程度上似乎弥补了故事内叙述者的认知局限，从更高的观察点让读者对其中的人物理解得更深刻。因此，从这一层面看，站在故事外的这位20世纪的叙述者并没有拆解"全知全能"的视角。

对男主人公查尔斯的叙述在视角变换上与对欧内斯蒂娜的叙述有相似的地方。叙述者先从外部旁观的视角叙述他的装束，然后又通过他与欧内斯蒂娜的对话，简单交代了一些有关他的事情（第2章）。但接着叙述者似乎对他比对欧内斯蒂娜更急于控制，便在第3章对他的信仰、出生、家庭背景、阅历以及他的私生活、思想进行了全方位的、上帝式

① 《法国中尉的女人》，第27页。

的探测。当故事讲到查尔斯的兴趣时，“评论者及情报交换所的作者式视角”打断了故事，插入了下面一个片断：

懒散恐怕是查尔斯最突出的特点。他像他的许多同时代的人一样，感觉到他那个世纪早些时候对自己的责任要求正在向重视自我转变。竞相争得他人尊敬的欲望，取代为行善而行善的欲望，成为推动新英国前进的动力。他知道自己有过分挑剔的毛病。但是麦考利刚谢世，别人怎么好写历史？时值英国文学史上人才荟萃，群星最灿烂的时代，又如何动笔写小说或诗歌？赖尔和达尔文仍然在世，你又怎能成为有创造性的科学家？一切政治空间已被迪斯累里和格莱斯顿瓜分完毕，你又如何能成为政治家？①

在此后的故事进程中，叙述者始终出入于人物查尔斯的各个层面，他的生活、意识、情感变迁等。同时“我”也不失时机地插入故事进行评论，在故事之外提供更多与此相关的人物的参照点，以便于读者的认知与理解。

在第10章，在查尔斯与萨拉偶然相遇前，在安德悬崖驻足时，在查尔斯沉浸在美丽的大自然时，“作者式视角”的“我”由安德悬崖的景色谈及查尔斯对大自然的态度，有一段议论：

他毕竟是维多利亚人。我们现在拥有的知识比他那个时代的知识多得多，而且还有存在主义的哲学思想可供我们使用，我们实在不应该要求他明白我们自己现在才刚刚开始认识到的东西：占有欲与享受欲具有相互破坏性。②

如上所述，叙述者讲故事，“评论者及情报交换所的作者式视角”的承载者——“我”在故事之外不断地评论故事，并给读者提供一些相关的背景资料，那这个“作者式”的“我”的视角应该比全知全能的

① 《法国中尉的女人》，第16页。

② 同上书，第73页。

叙述者更无所不知，其修辞效果似乎更倾向于控制读者对故事的全方位理解。但是这种叙事规范却违背了“自然叙事”的相关要素，维多利亚时代的叙述者怎么能跨越时空站在百年之后反观维多利亚时代的人物呢？这显然违背了“自然叙事”的叙事逻辑。按照“自然叙事”的理性思维，要保证故事世界内一系列要素，如时序、空间、人物的道德理念、价值关怀、同时代的人情风物、文化、历史等，要与现实世界中的相关参数的相一致。故事的时序可以“错时”，故事可以从中段讲，或从故事快要结尾时讲，故事的完整性会通过“追述”、“插叙”等方法来弥补。比如，虽然荷马史诗所讲的特洛伊的故事时间和叙述者的讲述时间相差几个世纪，但是其中的叙述者却假装自己就在特洛伊的战场和奥德赛回家的路上，伴随着战争中的英雄和回家的奥德赛，并没有暴露自己站在公元前8世纪讲公元前12世纪的故事。因此从理性思维角度讲，《法国中尉的女人》中这个“评论者及情报交换所的作者式视角”的叙述者，站在未来一百年后评点正在发生的故事是不可能的，这违背了西方“自然叙事”的理性思维，这样的事也许只有上帝才能做到。因此，在欧内斯蒂娜和查尔斯的故事生成过程中，这个站在故事层面外的话语层面的20世纪的叙述者通过“评论者及情报交换所的作者式视角”赋予故事非理性的“不自然叙事”的特征。

在第13章之前，对查尔斯与欧内斯蒂娜的爱情经历，从相互吸引到订婚过程的讲述中，叙述者采用了流动视角或多重复合视角，外在式视角与内在式视角都被用来建构故事进程，但最终控制叙事过程、结局的似乎仍是“全知式”视角。虽然在这一阶段不时有“评论者及情报交换所的作者式视角”的“我”插入，执行他在自然叙事中不可能实现的穿越式批评功能，但故事的完整性与真实性似乎还是比较符合“自然真实”的。

但在第12章的结尾，叙事语境突然发生了逆转，站在“评论者及情报交换所的作者式视角”观察的“我”突然站出来发问：“萨拉是谁？她是从什么样的阴影里冒出来的”[①]（第101页）。接着在第13章，“我”说：“我不知道。我正在讲的这个故事完全是想象的。我所创造

① 《法国中尉的女人》，第101页。

的这个人物在我脑子之外从未存在过。如果我到现在还装成了解我笔下人物的心思和最深处的思想，那是因为正在按照我的故事发生的时代人们普遍接受的传统手法（包括一些词汇和语气）进行写作：小说家的地位仅次于上帝。"[①]"我不知道"是在回答第12章结尾时的"萨拉是谁?"的问句，之后的言说则解构了此前故事内的叙述者讲的故事的真实性，人物和小说的构思过程本身被置于前台——读者的面前，其虚假性和故事的虚构性也被赤裸裸地暴露出来了。

在随后一段，"我"为这部小说寻找体裁定位，六个"也许"提供了一系列的假设，"易位的自传"、"游戏"，还是"偷天换日的散文集"。这种对小说构思过程不确定性的言说，使此前叙事的合法性遭到破坏。同样，叙述者的全知身份的合法性也不攻自破。虽然在这些"暴露"之后，故事仍继续进行，但此时故事的虚构本质和虚假性已经暴露无遗，故事怎么发展，人物形象如何发展，这对读者来说并不重要。因此，与阅读"自然叙事"的读者不一样，对阅读"不自然叙事"的读者而言，不管人物的道德认同还是情感倾向如何，编造故事的行为和过程似乎比虚构的故事本身更引人注目。这样，"全知全能"的无所不知的叙述者，被悬置在一个看似真实却非真实的真空地带。小说的这种"不自然叙事"特征与菲尔丁直接对小说中的人物、事件不时发表的评论形成鲜明对比。

就查尔斯这个人物而言，在随后的故事进程中，对他的故事的讲述，一方面是传统的"全知式"视角进行全方位的观察和渗透，包括他与其他人物的关系，他的思想意识等。他和任何一部"自然叙事"作品中"全知全能"的叙述者构造的人物一样，如赫克托耳、阿喀琉斯、堂·吉诃德、拉斯提涅。但另一方面，"评论者及情报交换所的作者式视角"的主体"我"则不断地解构查尔斯的真实性。当故事进展到查尔斯不得不放弃继承权，在是否从商这种进退维谷的时刻，"我"开始插入："1267年的查尔斯满脑子是当时流行的法国式贞洁观念，把圣杯作为追求目标；1867年的查尔斯讨厌做生意；今天的查尔斯成了

① 《法国中尉的女人》，第101页。

计算机科学家……"[1] 三个时期的查尔斯分解了故事中作为人物的1867年的查尔斯的形象，解构了"自然叙事"中的人物的"真实性"。这也使以前有关查尔斯的故事变得虚假，假装对此人物无所不知的故事内叙述者也遭到了反讽和背弃，被又一次悬置在虚空中。在第55章，"作者式"视角的观察者与查尔斯出现在同一列车上，面对面而坐，亲自审视故事中的人物：

> 现在我也注视着查尔斯，但是我要问的问题和上面两个问题不大一样。我的问题是，我到底该怎么处置你？我曾经考虑此时此地就结束查尔斯的生涯，考虑永远把他留在前往伦敦的途中。但是维多利亚时代小说的惯常写法，无论过去还是现在，都不允许开放式的、不确定的结尾……小说往往伪装与现实一致：作家把冲突双方放在一个圈子里，然后描绘它们之间的争斗，但是实际上争斗是事先安排好的，作家让自己喜欢的那个要求获胜。[2]

而后，评论者及情报交换所的"我"说，他假装回到1867年，因为"实际上那一年已经过去一个世纪"[3]。与此同时，这个"我"并没有像现实主义小说家那样将其构思故事的结局的过程遮蔽起来，而是在故事的进行中，趁人物查尔斯闭着眼睛的时候，从钱包里掏出一枚硬币"把它弹起两英尺高，让它在空中旋转，然后用左手接住。事情就这样决定了"[4]。这种"不自然叙事"中作者身份的表征符号与人物同时出现的场景，充分暴露了故事和人物的虚构性和叙事的"不自然"性。这个表征符号所呈现的人物身份的非主体化不但使故事中的人物作为纸上的生命失去了现实世界中"人"的主体性，而且将苦心经营故事的故事层面的叙述者再次出卖。因此，"全知全能"的叙述者的意图和作用被肢解，权威性受到冲击与挑战，这种叙事视角则被悬置在后现代语言游戏的语境之中。

---

① 《法国中尉的女人》，第317页。

② 同上书，第435页。

③ 同上书，第436页。

④ 同上。

同样，对另一个人物波尔坦尼太太，“全知全能”的叙述者在故事中有六章对她进行了详细刻画，并在第44章与故事开头相呼应，提前告诉了读者有关她的结局。这位为了死后能进天堂，假装虔诚的伪善女人——波尔坦尼太太在死后差点就和夏布莱托一样进了天堂。但在天堂门口，天堂之门却突然关闭，华丽的马车和仆从随即消失，她去了叙述者设定的恶人该去的那个黑暗的地方。因此，从道德层面，“全知全能”的叙述者给这个人物安排了“恶人有恶报的”结局。在故事内部“全知全能”的叙述者从她的住宅、对待问题的态度、社交谈话、对仆人的态度、宗教信仰等领域，对这个人物进行精细的观察，不时进入她的思想意识，与欧内斯蒂娜一样，将她的所思所想限定在维多利亚时代的价值规范与文化背景之下。

但在此过程中，作者式视角的“代理人”“我”也不时出现，执行其拆解功能，揭露叙述者“全知身份”的虚假性。如在第4章，当叙述者用反讽的语气交代了波尔坦尼太太的一些事情之后，“我”忍不住说话了：“这一引人注目的事件发生于1866年春天，刚好比我写此书写及的时间早一年。”① 当然从这里可以看出“我”与叙述者一样都不能等同于作者福尔斯，因为福尔斯不可能既在1866年又在1966年。第9章，当萨拉被雇用到波尔坦尼太太的府邸之后，“我”又适时出现，说：“让我们来想象一下也许并没有发生的事情：波尔坦尼太太罗列萨拉来她这里的利弊……”② 这种对故事“不确定性”的直接言说在某种程度上解构了叙述者的“独断讲述”功能。在第44章对波太太死的寓言式描写之后，紧接着第45章出现了这么一段话：“我可以保证，他（查尔斯，引者注）不会有那么大的兴趣去详尽的追踪波尔坦尼太太死后的经历。但是他一定希望她去见阎罗王。这样结局也就差不多一样了。”③ 所有的这些插入，使有关波太太故事的真实性大打折扣，讲述这些故事的叙述者的专断性、无所不知性仿佛一下子被置入真空，而这种叙事视角的独断讲述功能也在“我”的语言游戏中不知不觉地被

① 《法国中尉的女人》，第21页。

② 同上书，第58页。

③ 同上书，第364页。

消解。

因此，传统的“全知式”视角的叙述者试图精心打造具有完整统一结构的故事，设置符合叙事逻辑以及有紧密因果联系的人物，而评论者及情报交换所的“我”在故事之外则不断地拆解这种完整性与严密性。就这样在拆与建的夹缝中，“不自然叙事”破坏了“自然叙事”的模仿逻辑。

二、“不自然叙事”的特征显现：人物萨拉的不确定性

对以上人物的设置，虽然叙述者的“全知全能”不断被“悬置”，“自然叙事”中人物的完整性建构过程由于“我”的随意插入而显得曲折，但至少他们的故事却保持了一种与“自然叙事”作品中人物形象类似的完整性与确定性。但对于真正的女主人公萨拉，却充分显示了“不自然叙事”中人物塑造的奇特性。她以及她和法国中尉的故事违背了“自然叙事”的逻辑，法国中尉的不在场似乎预设了她的故事的非逻辑性。在故事推进的过程中，故事内部“全知全能”的叙述者丝毫没有全知的能力建构萨拉和法国中尉的故事，更不可能随意地出入于她的生活、内心和情感等各个层面。因此，萨拉作为人物的特征是不确定的。

其实，纵观整个故事，萨拉是福尔斯精心设计的一个“本来就是这样”的谜一样的“符号”。对她的设置，是作者戏仿维多利亚时代现实主义小说中女性角色的故事和命运时，有意设置的一个破除现实主义小说“自然叙事”中人物主体性建构神话的符号。正如前面提及的，在第 12 章的结尾，在故事内的人物和叙述者围绕她将故事推进到一定阶段的时候，“评论者及情报交换所的作者式视角”的代言人“我”却突然发问：“萨拉是谁？她是从什么样的阴影里冒出来的？”回答是：“我不知道。”[①] 在第 43 章，“我”告诉读者，萨拉“只不过是一种象征，在这个象征周围依附着她失去的所有机遇……她仅仅是个近便的若即若离的人物罢了”。虽然在故事中有关她的观察点始终是外在的，但她与传统小说中外在式视角构造的人物不同，作为旁观者的故事内的人物和

---

① 《法国中尉的女人》，第 101 页。

她本人提供的一系列有关她的故事信息都是虚假的。所以在这里，人物身份和故事的不确定性等“不自然叙事”的特征，将“自然叙事”外在式视角的叙述功能悬置了起来。

纵观叙述者对萨拉的故事设置的全过程，在故事开头的第1章，叙述者像一个密探一样，拿着摄像机从旁观者的视角，让我们看到了萨拉的背影。在第2章，又从查尔斯与欧内斯蒂娜的人物式视角，读者知道了第1章中只出现一个背影的黑衣人，就是故事的主人公——“法国中尉的女人”。从第1章开始，故事内的叙述者对萨拉用多种视角采取了散点式观察，从其他人物的对话和各种猜测中，知道了一些有关她的不确定的信息。而在萨拉与其他人物波尔坦尼太太和查尔斯的对话中，她自己提供的关于她和法国中尉的故事信息也非常有限。在第6章面试的时候，她的话只有很有限的几句。当波尔坦尼太太问及她对法国中尉的感情问题时，她只是以她不想谈及此事来回答。这样，读者和波尔坦尼太太一样，并没有通过她本人的“追述”而确切地知道如小说题目所暗示的“法国中尉”与“女人”的故事“真相”。第16章萨拉在安德悬崖和查尔斯邂逅，当查尔斯和读者一样迫不及待想知道她与法国中尉的故事真相的时候，萨拉自己给查尔斯和读者追述了有关法国中尉与她的故事。虽然和“自然叙事”中人物故事的交代相比较，这个故事真相的获得过程比较漫长，但至少获得了一个确切的有关题目所暗示的人物故事。但是当读者和查尔斯都沉浸于这个故事，查尔斯被他吸引作出了一系列如拜伦式的离经叛道的事情之后，在第47章，故事的进展告诉查尔斯和读者，萨拉之前讲的，读者和查尔斯都认为是“真实”的故事却是虚假的。萨拉与法国中尉的故事的前后矛盾，按照“自然叙事”的叙事逻辑分析，似乎是由叙述者的“不充分报道”引起的。但是在萨拉和法国中尉的故事层面，叙述者和读者一样只是听故事的“受述者”，也是被站在故事之外的“评论者及情报交换所的作者式视角”的“我”所掌控的。从伦理角度阐释，可以说萨拉在故意撒谎，而不是故事内叙述者的问题。因为作者在萨拉这个人物身上，没有赋予叙述者全知全能的观察视角。

在故事的推进过程中，能够彰显“不自然叙事”特征的要素，除了萨拉和“法国中尉”的故事的不确定性以及“法国中尉”自始至终的不在场之外，更不符合“自然叙事”叙事逻辑的是，在萨拉与查尔斯的交往中，对查尔斯而言，萨拉始终是一个谜，无从理解。在安德悬崖两人第一次邂逅之后，在第12章，当查尔斯看着萨拉的背影时，他心里是这样的念头：“这位女子像一个梦中人物，既站立不动，又不断远去。”① 他也告诉萨拉：“你让我困惑不解，伍德拉夫小姐。”② 虽然叙述者赋予他理解一切的特性，但唯独萨拉，他不理解。③ 尽管两人有身体上的亲密接触，但在思想意识、性格等“自然叙事”塑造人物时确定的各个层面，萨拉却没有，因此查尔斯和读者始终不理解萨拉究竟是怎样一个人。格罗根医生虽然认为她是精神病患者，但也属于“不明类”，而最终故事的发展证明格罗根医生的推断也站不住脚。

在整个故事的发展过程中，萨拉自己说得最多的也就是不理解，无从解释，诸如：“你不理解我为什么不愿意同你结婚。这不是你的过错。你是个很善良的人。谁也不可能理解我。”甚至她对自己也无法理解，“我那样说，是要人明白连我自己也不理解自己。我说不清楚这是为什么。但我深信我的幸福正在于我对自己也不理解”，“你别要求我解释我做过的一切。我不能解释，也是无法解释的。”而“评论者及情报交换所的作者式视角”的代言人“我”，这个似乎更靠近作者的代理人，也曾追问萨拉是谁，她是从什么样的阴影里冒出来的？

萨拉究竟是怎样的一个人？她在故事的发展过程中究竟起什么作用？这就是文本叙事提供的有关萨拉的一系列信息所揭示的，接受者与“评论者及情报交换所的”作者的代理人“我”一样，对萨拉的存在问题最终回归到第12章的结尾：“萨拉是谁，她是从什么样的阴影里冒出来的？”

总之，无论是在故事中还是在故事之外，故事中的人物还是叙述者，故事之外不时插话的“我”以及读故事的读者，萨拉一直这样若即若离，始终难以理解。是一个谜团，斯芬克司之谜，后者最终有答案，而萨拉却是无限延异的符号。

---

① 《法国中尉的女人》，第92页。

② 同上书，第152页。

③ 同上书，第175页。

一个堕落的女人。一个爱情的牺牲品，被抛弃者。一个需要救济的弱女子。一个聪明的、为爱设圈套的女人，动机何在？精神病患者。具有“美国性”的现代女子……

所以如作者所言，萨拉只是一个象征的符号，是他创造故事世界时操演的一个语言符号。这个人物只存在于我的“大脑中”，她的存在是“非自然的”，她作为作者虚构的一个人物符号，甚至不具备“自然叙事”中人物形象纸上的生命的任何特征。她是作者破除“自然叙事”对人物的现实关照神话的“不自然叙事”的一个表征符号。如果说前面分析的几个人物是福尔斯授权其代理人“我”帮助叙述者，勾画的一些徘徊于传统与后现代两个场景中的人物的话，“萨拉”就是完全的后现代“不自然叙事”语境中的“非人物”代理符号。所以与小说中的其他人物相比，“全知全能”的叙述者对萨拉几乎没有任何威慑力，因此在这一层面“全知全能”的叙事视角再次被悬置。而“评论者及情报交换所的”作者的代理人“我”也无心去想萨拉究竟是怎样的一个“人”，因为她本就不是具有现实世界中人的“自然属性”的生命个体，她只是小说作家演绎故事的一个人物符号而已。

正是这种双重人物图景的设置，使得“全知全能”的叙事视角不断被悬置，人物的可渗透性不断被肢解。“评论者及情报交换所作者式视角”的采用，一方面打破了现实主义“模仿论”的神话，显示了后现代语境下“不自然叙事”的文学创作趋向；另一方面也肢解了“自然叙事”中“全知全能”的叙述者上帝式的叙事能力，其无所不知的权威性被搁置。

事实上，选用怎样的视角讲故事都是作者的特意安排，在《法国中尉的女人》中，福尔斯启用了如此复杂的视角处理技术，除了他在故意重复与戏仿，同时解构维多利亚时代及欧洲“自然叙事”文学文本中“全知全能”的叙述者的无所不知的上帝式的神性立场之外，他想借叙事技巧的创新来阐发他自己对维多利亚时代历史、政治、文化乃至文学表达的思考与看法。换句话说，他是借小说在书写自己，表达自己的立场和信念。马克·柯里指出故事也是我们自己身份制造的一种方式，一方面，讲述故事是我们解释自身的唯一方法，通过一定的叙事形式原则将故事组织起来，以与他人的说话方式将自己外化，从而达到表现自己的目的。另一方面，在讲故事的过程中，通过与别的人物融于一体的过程学会从外部进行自我叙述。因此，叙述具有一种潜能，“以告诉我们怎样看待自己，怎样利用自己的内在生活，怎样组织这种内在生活”①。

因此，在故事层面的叙述者站在特定的观察点在创造每一个人物时，每个人物都渗透了叙述者和在远处遥控着叙述者的作者的意识形态和价值立场，以及自己的内在生活。波尔坦尼太太的伪善、假仁假义、假虔诚、道貌岸然之下的冷漠与残忍，都是作者指示叙述者在自己的价值立场上，故意重复维多利亚时代的现实主义小说中此类女性形象的人物设计。欧内斯蒂娜、特兰特太太、萨姆、费里曼、查尔斯的伯父等叙述者和“评论者及情报交换所作者式视角”的“我”，则是福尔斯在故事内外以多元化的视角呈现在文本中的纸上生命，“他们”浸透了作者的意识形态和他对维多利亚时代的人性、人的生存境况、等级制度、经济发展情况，以及宗教、伦理等文化观念的看法和理解。当然，在建构这些人物形象的过程中，作者有意模仿并解构此类人物形象在狄更斯、哈代等维多利亚时代的伟大小说家们的作品中的定型模式，以 20 世纪的思想观念和意识形态审视这些人物，在这些人物身上透射出 20 世纪的作家对古老传统的认知立场。这便是叙事视角在叙事文本内蕴层面的意识形态投射。

因此，当面对学者们对叙事学侧重文学作品内部叙事各要素的研究而脱离文化语境和意识形态的质疑与非难的时候，叙事视角的意识形态呈现恰好证明了叙事艺术的研究也以独特的视角关注文本的深层内蕴。对于这一点，布斯早就在其著名的《小说修辞学》中明确地指出了，他认为：“在任何阅读经验中，都存在着作者、叙述者、其他角色与读者之间的一种隐含对话。四者中的每一个在涉及其他任何一个时，都在价值的、道德的、认知的、审美的，甚至身体的轴线上，可以从同一到完全对立而变化不一。”② 马克·柯里在谈及像《法国中尉的女人》和拉什迪的《午夜的孩子》这样的后现代史学性元小说时，肯定了这些

---

① ［美］马克·柯里：《后现代叙事理论》，北京大学出版社 2003 年版，第 21 页。

② Wayne C. Booth, “Discourse and Point - of - View.” *The Theory of the Novel*, Ed. Philip Stevick, New York: The Free Press, 1967, p. 97.

小说将历史作为故事来讲述，在突出叙述性的作用时，以互文的叙事技巧在文本世界里描绘了历史事实、史学意识形态等外在的文化价值。[①]因此，“不容否认，在一定程度上，作品往往成为作者自身意识形态自觉或不自觉的表露。作者也往往借助作品中的叙述者、人物、事件等实现与读者的交流”[②]。因此，《法国中尉的女人》的叙事视角研究意义并不仅仅在于作者的叙述技巧创新独特性层面，更在于重新思考传统叙事学理论关于叙事文本叙事视角研究的文本内外兼顾的研究价值层面。

① ［美］马克·柯里：《后现代叙事理论》，北京大学出版社2003年版，第76—77页。

② 谭君强：《论叙事作品中“视点”的意识形态层面》，载祖国颂《叙事学的中国之路——全国首届叙事学学术研讨会论文集》，中国社会科学出版社2006年版，第48页。

第二章

叙事结构的“不自然叙事”特征

叙事文本深层结构的研究始于索绪尔的语言结构的“共时性”研究，俄国形式主义学派的领军人物雅各布森在索绪尔语言结构分类的基础上，将隐喻与转喻的修辞方式引入了人类思维领域，为研究叙事文学的深层结构提供了理论基础。这种研究在20世纪结构主义叙事学各位理论家那里获得了长足的发展。虽然在21世纪的今天，对包括叙事结构在内的文学作品内部“文学性”诸要素的研究早已被文化研究所取代，但是作为文学作品内部形式研究的主要领域，对《法国中尉的女人》叙事结构的深入研究仍然具有重要意义。而且，《法国中尉的女人》的后现代经典代表作品的盛誉，更让不少学者驻足于其独特的叙事技巧，除了“元小说”（或“历史元小说”）、“理论虚构作品”的特征之外，究竟是怎样的叙事技巧成就了这部小说后现代主义小说的经典定位？除了叙事视角的“不自然叙事”特征以外，在小说的叙事结构层面，福尔斯又是如何抵制传统叙事作品“自然叙事”的宏大叙事机制，成就其小说叙事形式的后现代主义“不自然叙事”技巧呢？下面，将通过《法国中尉的女人》的深层叙事结构的研究，在与传统叙事作品“自然叙事”结构整一性特征的比较中，探寻这部小说“不自然叙事”的非整的、非连贯的结构特征。

在这里，笔者根据索绪尔对语言的历时性和共时性的结构划分，以及在此基础上借鉴俄国形式主义理论的领军人之一的罗曼·雅各布森对诗歌、散文、现实主义作品等文学作品的隐喻与转喻的结构分类原则，将《法国中尉的女人》的深层叙事结构研究放置在隐喻性和转喻性结构模式之下进行研究。虽然列维·斯特劳斯从结构主义人类学角度出发，研究人类文化在结构层面整一性，但是人类族群的多元性导致了人类多元的思维模式，这种多元的思维模式表现在文学领域就是各个民族、各个时代的文学作品内部的各要素也是异彩纷呈的，作品内部的深层叙事结构也是多元的、异质的。虽然对叙事文学作品的深层结构转喻和隐喻的二元划分显得过于呆板，而且仍然深陷于西方逻各斯中心主义二元论逻辑结构的大网中。但是在这个二元结构的研究中，不是肯定一方将另一方压制在边缘，而是肯定二元中的两极，探寻两极是如何在叙事文本的形式层面平等、和谐共存的。

在《法国中尉的女人》中，福尔斯的叙事策略正如之前分析的，在叙事结构层面也呈现出多元化的叙事策略，即小说一方面故意重复西方叙事文学从古希腊一直到维多利亚时代的现实主义小说的历时性结构范式——转喻结构；另一方面，在小说叙事中激活并启用了雅各布森等结构主义叙事学家认为专属于诗歌的共时性隐喻结构模式。而且后者与前者相交织，在交织并存中互相拆解，使小说的结构在表层“自然叙事”的框架下呈现“不自然叙事”的特征。因此，《法国中尉的女人》的深层叙事结构和其他后现代主义小说的“不自然叙事”有不同特点，呈现出复杂的情形，并非随意拼贴、结构模糊，而是在看似故事性很强的明晰的情节的表层结构之下，隐藏着复杂、多元的深层叙事结构。这种复杂性主要表现在以下两个方面：转喻性结构既“整一”又“断裂”的双重场景，文本结构隐喻与转喻二元对立模式的消解。

第一节　深层结构的理论问题与“自然叙事”文本中隐喻与转喻结构的“整一性”特征

一、叙事作品深层结构的理论探析

转喻结构和隐喻结构的二元划分源于索绪尔的语言学理论。索绪尔将语言的结构分为两类：“历时性”的“句段关系”（也译作组合关系）与共时性的“联想关系”（纵聚合关系）。他指出，在话语中，各个词由于是连接在一起的，所以形成了以语言的线条特性为基础的关系，在言语的链条上，各个要素一个挨着一个横向排列，以长度为支柱形成句段关系。前后的线性排列使得句段关系在形成时，除了语言要素间的语法关系之外，还具有一种时间关系。此外，他认为由于句段关系以两个或几个在现实的系列中出现的要素为基础，所以是在场的。比如“如果天气好，我们就出去”[①]，这个句子中按前后顺序排列的各要素，“如果”、“天气”、“好”、“我们”、“出去”都实实在在地存在于句子中，是视觉所能及的。“联想关系”在索绪尔看来是话语之外各个有共同点的词汇在人们的记忆里联合起来，构成具有各种关系的集合。比如“我们步行吧”，可以以“步行”为集结点联想到“我们开车吧”、“我们打车吧”；以“我们”为集结点可以联想到“你步行吧”、“他步行吧”等。所有这些由记忆联想起来的集合在索绪尔看来并不限于把呈现某种共同点的要素聚在一起，“心理还抓住在每个场合把要素联系在一起的种种关系的性质，从而有多少种关系，就造成多少个联想系列”[②]。以前面的“我们步行吧”为例，由“我们”可以联想到“你”、“我”、“他”以及所有与主体即动作发出者有关系的要素，“步行”可以联想到“骑车”、“坐火车”、“吃饭”、“回家”等与“步行”有相似性的所有要素。

索绪尔认为与句段关系的有序性、时间性相比，联想关系没有确定的顺序和一定的数目，具有一种抽象的空间组合关系，节点就是人的大脑与记忆。但“它们在空间上却没有一定的先后次序，语法学家们把它们怎样排列纯粹是任意的：对说话者的意识来说，主格绝不是名词的第一个格，各种要素可以按照不同的场合以任何的顺序出现”[③]。索绪尔认为句段关系的各要素是在场的，联想关系则是由“不在场”的要素联合成的潜在的记忆系列。索绪尔对人类语言“句段关系”与“联想关系”的分类为结构主义对文学作品的深层结构的研究奠定了理论基础。

罗曼·雅各布森受到索绪尔的语言结构分类的影响和启发，一方面认同索绪尔所谓的语言的双重性，同时他也认为与语言一样，文学写作也涉及选择与组合两种作用和关系。所谓选择作用，就是在相似性基础上的置换，“取代物一方面等同于被取代物，另一方面又不同于被取代

---

① ［瑞士］费尔迪南·德·索绪尔：《普通语言学教程》，高名凯译，商务印书馆2003年版。文中例句均出自此书。

② 同上书，第174页。

③ 同上书，第176页。

物”，语素以纵向立体的方式组织，是空间性的，类似于索绪尔的语言的“联想关系”的结构原则。而组合作用则属于语言的横向组合轴，各个语词要素按照句法规则连接成句子，与索绪尔的“句段关系”类似。此外，在雅氏看来，语言的这两种结构原则在思维方式上与修辞术语中隐喻与转喻具有相似的内涵机制，所以他把选择作用称作隐喻，把组合作用称作转喻。不过需要明确的是，“雅氏在这里只是借用了它们的字面义。就其实质而言，它们不再停留于修辞学层面上，而是进入到了思想语言方式的层面。它们指代不再是喻体与被喻体之间或明或暗的修辞关系，而是人们用同类集结的方式或异类拼接的方式组织语素或事物的思想语言结构”。①

在此基础上，雅氏通过对失语症患者的研究，将索绪尔的语言结构的分类移植到文学文本的深层结构研究之中，把文学文本的深层结构分成“隐喻性的”和“转喻性的”两大类。他指出：“在俄国抒情诗歌当中，占据优势地位的是隐喻结构；而在英雄史诗里则以转喻手法为主。”② 以此为契机，雅氏进一步认为，类似于散文的“本质上由连接性所促成的”文学作品往往倾向于转喻，而有格律押韵和强调相似性的诗歌则偏向于隐喻。他还提出现实主义作品是转喻性的，“现实主义作家遵循着毗连性关系的路线，转喻性地偏离情节而转向环境气氛，偏离人物而转向时空背景”③。而隐喻手法则在浪漫主义与象征主义流派中占据优势地位。因此，既模仿现实又是用散文写成的属于“自然叙事”范畴的传统叙事小说在本质上也是转喻性的。

基于上述理论分析，转喻关系在文本内首先应该存在于表层的情节结构层面。按照索绪尔的“句段关系”的结构原则，情节的开头、中部、结尾也遵循了先后顺序式的连接组合规律，因此可以说情节的表层结构是一种转喻性结构。在结构主义叙事理论家的研究范畴中，传统文学理论有关“自然叙事”文学作品开始、中部、结尾的情节模式只是一种表层结构。而在这种表层结构之下还潜藏着所有叙事文学

① 肖丽华：《〈十日谈〉的文学叙事深层结构研究》，硕士学位论文，西北师范大学，2004年，第7页。

② 朱立元：《二十世纪西方文论选》（上），高等教育出版社2002年版，第193页。

③ 同上。

共同具有的深层结构，如在每一部叙事作品中都有各种不同的变体，即人物、情节、环境、描写、事件等，而这些变体在作品中始终按照某种逻辑关系进行各式各样的组合，这样便形成了叙事文本的深层结构。这种深层结构的构成在具有“自然叙事”特征的文学作品中，“转喻性地偏离情节而转向环境气氛，偏离人物而转向时空背景”，各变体按照毗连性连接的组合模式在作品的深层形成转喻性结构。这种结构原则类似于语言的句段关系，也具有句段关系所具有的特征，比如稳定性、在场性。此外，就以上存在于叙事文本中的不同变体而言，组成故事的各个事件也按照一定的关系进行组合，从而在文本内部形成统一的结构。

总之，上述的两种结构方式，无论是“隐喻”的纵聚合结构，还是“转喻”的横组合结构，都具有一个共同的特性，即在空间的记忆联想与时间的线性发展两个层面保证故事的连贯性与统一性。文本内建构故事的各变体之间关系的连贯性、逻辑性和统一性是传统叙事文学“自然叙事”的结构原则，强调各要素具有明晰的因果联系和严密、整一的逻辑链条。转喻结构以先后顺序连接，遵循一定的语法秩序与时间顺序。隐喻结构以相似性替换与选择，依附以大脑为节点的记忆链条，从一件事联想另一件相关性事件，是以逻辑联系的存在为先在条件的结构组合。尽管在隐喻性结构生成的过程中，不在场的要素因其任意性不能确切把握，但是它会以一个落点为参照，形成一个有序的空间结构。所以在古典文学、现实主义文学以及现代主义文学中，这两种结构模式或一个占主导或者二者糅合，最终构建了“自然叙事”故事的完整性和整一性。

二、“自然叙事”文学作品中隐喻与转喻结构的“整一性”特征

在“自然叙事”作品中，源于文本间、文本与文本以及文本与现实世界之间互相模仿与参照的结构原则，在作品内外形成了世界与文本、文本与文本统一且不可分割的由语言建构的整一世界。

1. 古典叙事文学“自然叙事”确立的表层结构[①]：情节塑形的整一性

在结构主义叙事学家们看来，传统意义上的以事件的开端、发展、高潮、结尾为模式的情节结构是表层结构，就叙事文本的结构而言，“自然叙事”文学内部表层的情节结构的动态发展，在某种程度上具有毗连性连接的转喻性特征。

荷马史诗开创的以某一个人物的某一段经历为线索组织事件的叙事模式，对西方叙事文学的发展产生了巨大的影响。无论是18世纪的流浪汉小说，还是现实主义小说，都以这种叙事模式为叙事原型。尽管在现代派小说中，以线性的物理时间为故事进展的时间顺序被心理时间所代替，但是故事内部的结构仍然是转喻性的结构模式，只是将时间的维度和尺度进行了压缩，以“天”、“小时”为单位的小时间叙事代替古典叙事文学与现实主义小说中以“年”为事件发展时限的史诗性叙事。因此，被结构主义理论家们界定为表层结构的情节，是转喻性结构在文本中的最直接体现。所以，要审视“自然叙事”文学的深层叙事结构的整体性效果，首先必须关注它们在情节上的连贯性、整一性构思。

保罗·利科把“自然叙事”中情节的组织和安排称为“塑形”[②]，就是叙述者以情节去综合故事中的人物及思想，把一些零星的事件整合成有意义的故事，以吸引读者以全新的方式去发现另一种与现实世界相对照的可能世界的真相。“情节编排在最形式化的层面上被界定为一种整合动力，他从种种事变中抽出一个统一和完整的故事，或者说把种种事变化为一个统一和完整的故事。”[③] 古典“自然叙事”文学注重情节，即人物行动，也是对事件的“塑形”。这源于亚里士多德的文学理论，在《诗学》中亚里士多德认为在构成悲剧的六要素中，情节是基础和

---

① 当然，以人物经历的线性毗连性发展为依据的情节结构也符合转喻结构的内涵。但在雅各布森那里，以连接性为本质的散文式小说的转喻结构，不仅仅是人物经历为主的情节结构，而且还包括与人物毗连的时空背景、心理意识等同时出现在文本中，交替出现（当然在某一特定的段落总是由人物转向时空背景，由情节转向环境气氛，或由环境气氛转向议论）共同构建叙事的所有要素。

② ［法］保罗·利科：《虚构：叙事中时间的塑形》（时间与叙事卷二），王文融译，生活·读书·新知三联书店2003年版，“前言”第1页，译者注。

③ 同上书，第2—3页。

灵魂。因此他认为艺术的目的在于组织情节[1]，而且情节必须具有整一性。所谓完整，就是有开头、中部、结尾，这样的情节有头有尾，事件按照必要或逼真的原则被串联起来，形成明晰的毗连性转喻结构模式。这种对人物行动逼真性的强调，也是艺术模仿现实世界的“自然叙事”“模仿论”原则在作品中的呈现。

虽然希利斯·米勒曾对亚里士多德的情节三段论进行了经典的解构[2]，但文本之内以文字为标识的“纸上的生命”的开始或完结，与现实生活中“活生生的人生”似乎不能相提并论。而《俄狄浦斯王》自身以神话为原型的叙事策略，更决定了它结尾的不可终结性。在索福克勒斯的《俄狄浦斯王》的剧本中的结尾与希腊神话的结尾，是两个文本、两种叙事模式的较量。叙事文本是有边界的，如果如米勒所言“俄剧不是一个独立自主的整体”[3]，那对于人类的发展而言，个人的生命本体也就不是一个独立自主的整体，而是宏大叙事范畴内的一个原子而已。这样的话，后现代范式对宏大叙事的批判似乎画了个很大的圆圈，从落点又回到了起点，德勒兹与伽塔利等人对宏大叙事的批判，在米勒这里回归了。

荷马史诗的表层结构符合亚里士多德所强调的情节编排模式，因此，亚里士多德称赞荷马组织情节的技艺高明[4]。《伊利亚特》以“阿喀琉斯的愤怒”开篇：阿喀琉斯与阿伽门农争夺女俘，被激怒退出战场；特洛伊主将赫克托耳攻势凶猛，步步进逼希腊联军；阿喀琉斯的好友帕特洛克罗斯劝其参战以扭转战局，阿喀琉斯没有答应；于是帕特洛克罗斯便借了阿喀琉斯的战服与赫克托耳决战，结果战死；阿喀琉斯再次被激怒，重返战场，最终杀死赫克托耳。虽然荷马在故事的进程中穿插了许多事件与人物，但情节始终围绕阿喀琉斯的愤怒这一行动展开，

---

① ［古希腊］亚里士多德：《诗学》，罗念生译，人民文学出版社2002年版，第18—19页。

② 在《解读叙事》第一章“亚里士多德的俄狄浦斯情结”中，米勒将《诗学》放在西方逻各斯中心主义的语境之中，以此为契机来解构“逻各斯”，其中以情节三段论为靶心，集中攻击《诗学》的理性范畴。

③ ［美］希利斯·米勒：《解读叙事》，申丹译，北京大学出版社2002年版，第8页。

④ 同上书，第23—24页。

构建了特洛伊战争即将结束之时，某一阶段的连贯、统一的故事。《奥德赛》也以奥德赛回家的行动为主线组织叙事，虽然在此过程中发生了一系列让人震惊和怜悯的事件，并引入了许多人物与故事，叙事时序也有“错时”特征，但通过“追述”和“插叙”，史诗最终在回家和寻父两条情节的完美结合中形成了具有整一性特征的表层结构。荷马史诗所构建的这种有头有尾的情节编排方式，奠定了西方叙事文学在建构故事过程中追求情节整一性的“自然叙事”原型。

文艺复兴时期的文学在很大程度上延续并继承了这种叙事方式，这在《十日谈》、《巨人传》以及《堂·吉诃德》等叙事作品中都有体现。当然，对情节的强调，在18世纪被流浪汉小说打破，此后产生的教育小说更注重人物性格，故事的推进始终围绕中心人物的成长与经历进行。莱辛在《汉堡剧评》中也曾质疑亚里士多德情节第一的悲剧原则，认为人物性格才是最重要的。虽然这一理论动摇了西方叙事文学中情节第一位的原则，但莱辛也强调情节的重要性，只不过他认为情节随着人物性格的发展向前推进。因此，在欧洲18世纪的理论话语中，“自然叙事”中的“性格非但没有摆脱情节，反倒可以说孕育了情节；小说的主题，即我们适才称作主人公的寻觅，在此引入了一个比以往传统情节更加微妙的次序原则”①。

20世纪出现的意识流小说，继性格小说之后，又一次损害了情节概念。从性格小说关注中心人物的成长经历，转向了关注人性的恶，以及不健全人格、意识、潜意识和无意识等心理层面。这种变革似乎在表面上遮蔽了情节，然而，从广义上讲，对人物精神生活与情感生活的内省，对情绪时间流程的呈现，仍然未脱离人物行动的范畴。既然情节是对行动地模仿，行动的扩张也引起了情节概念的扩张，扩张不等于消亡。所以情节仍然是孕育现代小说“自然叙事”的内在机制，它的整一性特征并没有受到破坏。因此，由古典叙事文学确立的情节编排的整一性原则始终控制着叙事文学的发展，从而构建了西方叙事文学的宏大叙事机制。

---

① ［法］保罗·利科：《虚构：叙事中时间的塑形》（时间与叙事卷二），王文融译，生活·读书·新知三联书店2003年版，第5页注释。

2. 现实主义小说“自然叙事”的深层结构：转喻结构的整一性

情节结构的整一性是现实主义等“自然叙事”文学的一个显著特征，然而叙事作品除了表层结构情节的开头、中间、结尾之外，叙述故事还包括描写（心理描写、肖像描写）、时空背景（环境气氛）、人物、议论等复杂要素，这些要素按照一定的关系和秩序组合，便形成叙事文学的深层结构。

现实主义小说的深层结构按照雅各布森的分类方式是典型的转喻性结构。故事的讲述一般由人物转向情节，由情节转向描写，由描写转向叙述者的议论；或者以描写开始故事，然后由描写转向情节模式，由情节转向人物。不同的小说故事可能采取不同的毗连路线，这取决于作者的个人风格、趣味以及对语言的组织。但与情节的整一性一样，在现实主义小说家故事设置的“自然叙事”中，始终遵循一个核心的原则，即在理性范畴中故事符合理性与整一性原则。这个合乎理性的模仿现实世界的统一体就是“自然叙事”要遵循的“逻各斯”。“逻各斯”的意思不仅有“存在的理由”、“目的”、“内在根据”等，而且在希腊语中还有其他含义，“理智”、“次序”、“安排”、“比率”和“比例”等。“逻各斯中心主义”对现实主义小说“自然叙事”各要素次序编排的限制，在亚里士多德的情节塑形的整一性原则中已经有明显体现。虽然在雅各布森之前，很少有学者对除叙事文本表层人物行动之外的其他叙事要素在文本内的组合方式进行总结，但文学艺术“模仿论”原则对“自然叙事”的限制，叙事文学对整一性、时间有序性的追求，使包括现实主义“自然叙事”在内的叙事文学具有“整一性”的结构特征。为了让故事和现实世界相呼应，让读者充分理解事件的来龙去脉，一切符合“自然叙事”逻辑和规范的文本都摒弃了模糊不清、杂乱无章的叙事策略。

因此，现实主义小说从人物设置、叙述行为、叙事结构等多个层面保持了一种合乎逻辑和理性的叙事规约，尽管其中各要素的组合有可能出现各种构形，但深层结构一般都是整一的、有序的。《简·爱》虽然是内在式视角的“我”在叙述故事，但它的深层叙事结构与同样是第一人称内视角叙事的“我”叙述的《追忆似水年华》的隐喻性完全不同，是典型的转喻结构。故事的建构是一种线性的、毗连性的结构方式。以前四章为例，在盖兹海德府发生的故事序列，在次序安排上从先交代简单的情节——由于天气的缘故不能进行户外活动，转向主人公"我"的心理描写——我很高兴不出气散步，高兴的原因，顺带介绍了"我"在这个家里的一些情况，接着转向情节，"我"溜进早餐室看书，看书时又转向了对书《英国禽鸟史》的精细描写，荒凉的海滩、搁浅的船、凄清的墓地，这种悲惨的景象对当时人物的心理来说是合情合理的点缀。此后，情节继续，另一位这四章中的关键人物约翰·里德打断了对《英国禽鸟史》的描写和以此为背景衬托的人物的心理描写。这其中穿插了对里德的描写，叙事便进入了这四章的高潮——红屋子事件。以前的平衡状态被破坏，情节交代"我"被打。第 2 章开始，"我"被关进了红屋子，由情节转向描写，描写红屋子的环境、"我"的心理感受……

在前四章，叙述故事就这样从情节到人物到描写到环境，采用转喻式的结构原则。叙述环环相扣，具有紧密的逻辑联系与因果关系，各部分形成一个严密的整体。每一转向都有一个发生条件，均为了符合现实主义叙述的客观、"自然叙事"的原则，每一转向都合情合理，原因、结果交代得清清楚楚，逻辑整一性使虚构世界显得和现实世界一样，发生的一切都自然而然。

在第 5 章之后，故事发生的地点依次转换，从劳渥德私立学校到桑菲尔德府，再到沼屋。在每一个地方，转喻结构总是像前四章那样，遵循从人物转向环境描写，由环境转向情节，由情节转向人物对话的毗连性线性顺序组织。人物性格也随着环境变更与时间的线性发展不断变化，逐渐成熟、完善。但无论是哪一种路线，从什么角度叙事，每个层面的各个环节的因果逻辑链，或者有机生长模式都符合"自然叙事"中故事连贯性和整一性。

因此，无论是古典叙事作品的表层结构的整一性，还是未加详细分析的和《简·爱》一样的其他现实主义叙事作品的表层情节的转喻性结构和文本内其他要素的深层叙事结构，均按照因果逻辑关系，在进行毗邻性连接的过程中构建了"自然叙事"的整一性与连贯性。

3. 现代主义小说：结构的二元糅合建构"自然叙事"的整一性

戴维·洛奇认为现代主义小说在偏向于雅各布森分类图式中的隐喻

的同时，也延续着小说的基本形式，即转喻性。在叙事过程中，文本显示了结构形式的二元糅合倾向。“现代小说的特征可以是极端地或守旧地追求自然倾向于小说的转喻性语言，也可以是追求距离小说的相距较远的隐喻性语言。”①

《尤利西斯》的深层结构基于相似性与替换性原则，在与《奥德赛》中的相关人物平行比较的基础上演绎了现代都柏林人“回家”、“寻父”的神话。故事的表层结构，虽然由于人物的意识与潜意识描写的随意插入显得过于松散，但情节的塑形，即人物的行动②依然遵循了毗连性原则。故事从早上八点开始，到次日凌晨两点结束，情节的编排严格限制在这个时间段内。以布鲁姆、莫莉和斯蒂芬三人的行为、意识为主线，其中穿插了一系列与人物相关的事件、评论等，这些或在主要人物的意识之中，或在正在经历的事件中。情节在文本之内保持了完整的发展序列——开头、中部、结尾。因此，《尤利西斯》看似不到一天的叙事历程，却具有完整的转喻式表层结构。然而在表层结构之下却潜藏着人类思维的深层隐喻结构，这与现实主义小说转喻性结构占主体的叙事结构不同。在《尤利西斯》中，因为叙述过程中以人的心理无意识的无序来组织叙事结构，所以在某种程度上给人一种结构的杂乱无章的感觉，它打破了小说基本的线性叙事形式，转喻结构的环境、人物、情节间相互进行毗连性转换的叙事模式被人物潜意识的随意、无序所取代，文本结构偏离了传统小说的“历时性”转喻结构。但是，为了文本结构的整一性，为了延续在《一个青年艺术家的肖像》以及《都柏林人》等早期小说中的“整一”的审美效果，乔伊斯在《尤利西斯》中给每一章都设置了一个神话标题，这个标题一方面暗示了与《奥德赛》的平行与互文关系；另一方面用一个外在的文本结构来为散乱的材料（由人物的无意识展示的）提供一个系统化的框架，以此来保持结构的完整与和谐。这种结构模式在评论界看来虽然有助于解决现代生活的杂乱无章，却带有过多的人为痕迹。为此，乔伊斯本人在后来删掉了

① ［英］戴维·洛奇：《现代主义小说的语言：隐喻和转喻》，胡家峦译，载吕同六《20世纪小说理论经典》（下），1995年版，第354页。

② 笔者注：思想意识代替了冒险经历或者性格的发展历程。

《尤利西斯》的神话标题，但是这种努力营造整体结构的人为性，却在某种程度上体现了现代小说追求整体性的叙事理念。

然而在文本内部看似对转喻结构的离心倾向，却因为无意识的心理暗示充分发挥了记忆联想的相似性替换机制，使得以前只在诗歌中占主导地位的隐喻性空间结构在《尤利西斯》的故事编排中发挥了前所未有的作用。如在小说中斯蒂芬看见接生婆麦凯布太太那样的片段、布鲁姆买猪腰子时的意识片段等诸多的人物及其潜意识的话语建构，都是由心理无意识所引发的相似点间的置换所形成的空间结构，这在《尤利西斯》中占据绝对的优势地位。这与《追忆似水年华》中主人公以玛德兰点心为节点形成的一组对过去时光的追忆的记忆链一样，在打破线性的转喻性结构的同时，获得了一种空间上的整体性。各置换点之间由一种相似性的机制所左右，围绕某一要素而引发其他隐喻项的出场，从而形成一条完整的相互联系的空间结构链，“一个由人生阅历之流交织而成的梦幻轨迹。这条梦幻轨迹或称愿望轨迹像一条线索贯穿于内心独白，把小说结构成一个整体”。

总之，在现代主义叙事作品中，由表层的情节结构的转喻性特征，以及深层的隐喻结构的整一性所建构的文本叙事效果的整体性与和谐性，延续了“自然叙事”文学严谨整一的叙事逻辑与原则。表层结构的时间性线性叙事机制与深层结构的隐喻性相似性替换构建的空间结构，从时间、空间两个层面共同构筑了现代主义小说的整一性特征。

第二节 《法国中尉的女人》的转喻结构的“自然”与“不自然”：“整一”与“断裂”的双重场景

一、《法国中尉的女人》结构的独特性概说

在结构主义者那里，所谓隐喻的或转喻的文本结构的统一性与完整性在文本中的存在似乎是不言而喻的。“没有具有整体统一的情节，也

没有叙事”。[①] 这种目的指向的确定性、机械性与重复性，无论是文本内部的叙事结构，还是传统解读中文本与外界由此引发的所谓人物与作者、人物与环境、人物与同时代或不同时代其他作品中人物的纵向的隐喻联系等，都是在验证一种类似于哲学理论的总体性的统一模式。无论是文本内，还是文本与文本，或是文本与现实世界，似乎都有一种内在的秩序，井然有序。

与传统叙事文学的“自然”相比，《法国中尉的女人》的结构呈现出奇特效果，看似有统一故事情节塑形的表层结构之下隐藏着复杂的深层结构。而表层结构的开始、中部与结尾的整一性也充满了怪异。题目所暗示的故事的主体框架——法国中尉与萨拉的故事显得支离破碎，事件的因果链条的整一性被肢解，“因”与“果”的逻辑关系遭到破坏。深层结构的转喻性因为“评论者及情报交换所”的作者的代码“我”的不断插入，毗连性连接的线性叙事的整一性被悬置；看似有相似要素的选择与替换可能的隐喻性，在文本内部、文本与文本间向批评领域扩展的实际操作过程中，也不断地被干扰。而关于人物“萨拉”的身份认同随着故事的进展，逐渐体现在转喻模式的连接性关系中，被相似性替换的隐喻结构所替待，雅各布森关于转喻与隐喻的二元对立的界限被消解。

但是与其他后现代主义小说的叙事结构相比，《法国中尉的女人》不仅有看似整一的表层结构建构的引人入胜的故事情节；同时，文本内部各要素、人物、环境、描写、评论等的关系也有某种有体系的组合关系，而非其他后现代主义小说的随意拼贴和不加修饰的任意组合。就隐喻结构来讲，虽然人物故事之间的相似性替换因故事的不确定性而失却了结构的“整一性”效果，但是这种由故事中的人物和叙述者，故事外的“评论者及情报交换所的作者式视角”的“我”，这些不具有主体生命特征的“纸上生命”和这些生命的真正创造者作者一起，以众多的叙述声音将众多的看似有相似性替换机制的多个真实事件引入小说内部。如哈代不为人知的家族秘密、埃米尔·拉隆西埃中尉的历史事件、多位女精神病患者的真实案例等，这些事件的相似性替换虽然因萨拉故

① 张寅德：《叙述学研究》，中国社会科学出版社1989年版，第167页。

事的不确定性而失去逻辑关联，但这在一定程度上显示了这部经典的后现代主义小说既区别于“自然叙事”也区别于后现代主义其他叙事文本的“非自然叙事”特征，同时又具有后现代主义小说“不自然叙事”的独特性，由此彰显了后现代主义小说多元叙事的文本策略。

因此，相对于“自然叙事”线性的、毗连性的转喻性组合占主体的结构方式，纵聚合相似联想形成的隐喻性空间结构的叙事结构，以及后现代主义小说逻辑混乱的“非自然叙事”特征，《法国中尉的女人》的叙事结构独特而又复杂。

二、表层情节结构“整一”与“断裂”的“不自然”特征

《法国中尉的女人》的情节塑形似乎遵循了传统叙事作品的有关开头、中部、结尾的线性秩序，讲述了一个“两个女人和一个男人的三角恋故事”。虽然在虚构域内的故事层面，所有的事件，包括查尔斯与欧内斯蒂娜，法国中尉的女人——萨拉的故事的开始都是通过补充性追述进行叙述的，但就事件发生的因果关系而言，“因”与“果”具有封闭的自足性，而且事件的讲述似乎也按照前后有章可循的规律进行。结尾虽然是树形的开放式结尾，但从文本自身显示的信息看，作者也在努力寻找与传统叙事小说一样的结尾设置。虽然依照希利斯·米勒的解读方式，这样的结尾并不能说明什么问题，但至少故事提供了与传统叙事作品相一致的结束方式。当然这种结束方式有更大的选择余地，读者的期待视野不同，就能得到不同的结尾。

但是在这种似乎有着整一性“自然叙事”特征的表层结构之下，问题却并不那么简单。故事从中间开始叙述，然后通过追述（倒叙）的方式对此前发生的故事加以解释。叙述开始的时间与地点在第1章开始都有交代，“1867年”，古老的小镇“莱姆里季斯”。首先出场的人物是一对朝着来姆里季斯的码头方向走去的男女，此外还有一个站在防波堤上着黑装的身影。接着在第2章，通过人物的对话与叙述者的讲述，文本显示了第1章中出现的男女和黑衣人的身份，这对男女分别是查尔斯与欧内斯蒂娜，黑衣人就是故事的主人公——萨拉。如果读者的阅读如笔者的解读一样跳过“叙述者及情报交换所的作者式视角”的介入及其评论，从中挑出利于构件故事整一性的情节、人物以及描写，故事

“叙述行为”可能与“自然叙事”没有什么大的差异。在随后的几章中，“全知式”叙述者通过一系列补充性解释追述了此前的故事，包括查尔斯与欧内斯蒂娜的相识、订婚，查尔斯与欧内斯蒂娜的家庭、经历、性格等“自然叙事”中必须交代的相关叙事要素，都具有详细叙述与解释。有关“萨拉与法国中尉”的故事也作了一系列补充性解释和“追述”的暗示，设置了许多悬念，故事发展的可能性在叙事的开始就埋下了伏笔。

但在故事的发展过程中，即故事的中部，有关萨拉与法国中尉的故事出现了含混之处，本来带给萨拉“悲剧性”身世的法国中尉始终没有现身，仅有的出场也是在其他人物和当事人萨拉之间的对话中。虽然在第20章，事件的当事人之一的萨拉追述了她与法国中尉看似确定的故事，因此在这里文本提供了有关他们故事的较为详细的细节，读者似乎也从中获得了解密的快感。但随着故事的继续，第20章所提供的信息在第47章被证实是虚假的，没有原因，只有“一大堆谜团”[①]。因此，故事到此为止形成了一种“错格”[②] 的结构特征。在第20章，读者从萨拉和查尔斯的对话中知道了事件的“拟真相”，在萨拉的话语中，读者知道了她堕落的原因。但是在第47章，当查尔斯陷入萨拉精心设计的圈套，与其发生性关系之后，事件的真相呈现了另一个与众不同的情景，即萨拉与法国中尉没发生过任何关系，所谓的强奸根本就是萨拉的谎言。可是在第47章以前，小说故事层面的叙述始终按照前一种逻辑展开，即明知道它是虚假的，却仍然在继续这种叙事格局。这种“错格”的结构特征效果，如同巴特对《萨拉辛》的解读，在读者重复阅读的时候，读者阅读的愉悦感被悬置。从伦理层面上讲，正如迷恋赞比内拉女性体征的萨拉辛，突然发现赞比内拉的阉割的男性身份后的惊愕与痛苦一样，读者和故事中的人物查尔斯都被萨拉欺骗，且让其牵着

---

① 《法国中尉的女人》，第380页。

② “错格”的句法修辞是解构叙事理论所关注的。美国耶鲁学派的保罗·德曼和希利斯·米勒都分别在各自的著作《解构之图》（“辩解——论《忏悔录》”）、《解读叙事》（第十章，第138页；第147—154页）中提到这种特征在叙事文本中的存在。而它的存在在德曼与米勒看来是对传统叙事文本的“同一性原则”的破坏，预设了叙事事件的“双重化”，为解构事件的逻辑统一性提供了条件。

鼻子走。而在故事真相似乎大白之后，萨拉不告而别，她与查尔斯的故事情节也在此时被叫停。查尔斯如同忒勒马科斯寻父、布鲁姆寻找精神上的儿子斯蒂芬一样，开始了“自然叙事”中“冒险与漫游”的转喻结构行动。在这里故事情节的完整性因这种“错格”的“不自然叙事”而中断，情节在发展过程中被悬置。

因此，在情节的中部，关于萨拉和法国中尉的故事的完整性显得支离破碎、前后矛盾。由题目赋予的“法国中尉的女人”所具有合乎逻辑的情节暗示，与故事本身名不符实。而法国中尉则始终是一个别人口中的名词符号，其作为人物的“主体性”特征显得无足轻重。一切都是萨拉的谎言，原因是什么？为什么要欺骗？萨拉说：“我不能解释，也是无法解释的。”① 这个回答是不是也是叙述者给读者的一个答复？

事实上，有关萨拉与法国中尉的故事，从开始到中部，看似有望获得的事件真相是凝固的，情节的发展与开始最终凝结于一点，而这种凝结隐含着结构链的断裂。所以，文本叙事有意设置的开始、中部的情节，实际上是一个叙事的谎言，两点一线的线性叙事，实为一个“点”。所以在这种情况下，情节在传统文本中的约束机制被悬置，情节塑形没有形成一条完整的线性序列，而只是空设了有关开始与中部的一系列语言代码。传统叙事作品中强调的“整一性原则”被打破，“事实是这样，这又不是事实”已经成了事件自身的组成部分。表层情节结构的“自然叙事”特征，实际上没有“自然”事件的发展与行动，叙事在没有展开的时候戛然而止。

在这里，事件的“因”与“果”的逻辑联系被破坏，“自然叙事”作品具有的逻辑关系与因果规律的必然性被悬置。情节从开头到结尾的整一性暂时失去了连接的要素。虽然叙述在最后设置了可供选择的开放式结尾，但对于虚构过程的故意彰显，使得结尾与情节的整一性之间生发了不和谐关系。所以有关萨拉与法国中尉、萨拉与查尔斯的事件构筑的情节的整一性的叙事效果不断被肢解，“不自然叙事”特征开始彰显，形成表层结构“整一性”图景的转喻结构在这一层面被割断。

作为辅助线索的查尔斯与欧内斯蒂娜的故事情节，其中的开始、中

① 《法国中尉的女人》，第381页。

部与结局尽管具有较多传统叙事文学的发展模式，但由于主线条断裂，这条线也始终处于瓦解的边缘。其中事件的虚构性也由于“评论者及情报交换所的作者式视角”的不时插入，不断暴露在前台。虽然菲尔丁在《弃儿汤姆·琼斯的历史》中也让其代理叙述者不断地插入叙事，但他的插入并不是要暴露其叙述故事的虚构性特征，有关故事的因果关系链的整体性也没有被破坏。相反，《汤姆·琼斯》的故事由于叙述者的不断插入反而使事件之间的逻辑联系显得更为密切，从而也就没有破坏情节塑形的整一性。

因此，《法国中尉的女人》的看似整体的故事情节在事件发展过程中被悬置，代之以支离破碎的情节模式。这样，情节的“整一”与“断裂”同时出现在文本的叙事过程中，显示了对“自然叙事”整一性迂回曲折的解构策略。

三、深层转喻性结构“整一”与“断裂”的“不自然叙事”特征

《法国中尉的女人》的深层叙事结构按照雅氏的分类，作为小说，与后现代主义的许多小说不同，具有传统小说的散文性特征的“本质上是连接性所促成的”转喻性结构特征。

以每一章为独立的语句单元，在情节、描写、人物、环境的毗连性转向之间似乎保留了现实主义文学的转喻性特征。当然，在进行这种研究的时候，必须抽出许多影响整一性的要素，比如“评论者及情报交换所的作者式视角”的代理人——“我”的一些故事外的议论。这样文本的结构大体上呈现出一种“历时性”的毗连性组合特征。每一章开始都有精心选择的符合该章叙事语境的“题首语”，然后进入正文。以第 1 章为例，故事开始先交代事件发生的时间、地点、人物，虽然为了加强悬念，对这些要素只是点到为止，但这些应该划归到“描写”的范畴。熟悉现实主义小说“自然叙事”的读者，对这种故事开始时的必要交代并不陌生。随后，紧接着的第 2—4 段“评论者及情报交换所的作者式视角”插入冗长的议论，而这种议论却区别于传统叙事作品中的议论成分，与《战争与和平》中的冗长议论不能相提并论。因此，为了防止“我”的议论对连接性深层叙事结构的扰乱，故先跳

过。在第5段，文本接着第1段对人物可能性猜测的提示，对“一对男女”进行猜测。当地的密探即作者设置的故事内的叙述者出场，他并不像传统叙事作品中的“全知式”的叙述者那样迫切地进入叙事的各个层面，而是先调准望远镜的焦距以摄像机式的外在式视角进行观察、猜测。这种猜测应该属于“心理描写”的范畴，因为“他”在发动大脑与心理的运作机制，以心理描写来弥合情节的断裂。猜测有几种，可能是外地人冒着狂风出来欣赏“科布”的美景；“从另一方面说，如果他把望远镜的焦距调得更准确看得更清晰些，他可能会怀疑他们是因为彼此的孤寂才走到一起的，而不是被那里的海边建筑所吸引。从他们的外表看，他一定会认为他们的情趣极为高雅”[①]。此时对“他”进行观察的观察者“评论者及情报交换所的作者式视角”的“我”在作者的安排下，在故事刚开始时并没有赋予叙述者“全知全能”的功能，这种功能的获得是随着故事的进行而实现的。叙述者从对人物“外表”的可能性猜测接着进入下一段，开始外貌与服装的描写，其中“我”不时进行议论。就这样，第1章在设置了大量的悬念之后，草草结束。在第2章，故事的正文大量采用了简·奥斯汀式的人物对话，但这种对话所显示的文本效果更像杜拉斯小说中的人物对话。在人物（查尔斯、欧内斯蒂娜）对话中提供一系列相关信息，情节在这里转向了对话，而对话也促进了情节的发展。

从上述分析可以看出，以第1章与第2章为例，事件的叙述基本上保持了从情节到人物到环境到议论到对话的转喻性连接顺序，句段之间的结构链在这两章范围内并没有呈现出明显的断裂效果，叙事基本上符合现实主义小说“自然叙事”的转喻结构模式。同样，在此后的章节中，这种要素间的毗连性连接特征也尽量保持整一性特征，查尔斯与欧内斯蒂娜的故事，以及除萨拉之外的其他人物的故事尽量按照维多利亚时代现实主义小说的叙事模式前进。这样，区别于被列入后现代主义框架之内的其他小说，福尔斯的《法国中尉的女人》就深层结构的“整一性”而言，可与传统现实主义小说媲美。

如果是这样，那《法国中尉的女人》真应该被划归到维多利亚时代

---

① 《法国中尉的女人》，第3页。

现实主义小说“自然叙事”的框架之内。虽然它是一个怪胎，使维多利亚时代的社会风俗变得模糊、混乱以及缺乏逻辑，小说充满了歪曲，缺乏均衡美，但基本上仍遵循了维多利亚时代的叙事标准。但情形果真是这样吗？如果跳过故事外的“我”的议论，如前面论证的，这种整一性还能说得过去。但作为构成文本叙事的一部分，其中恰好体现了叙事视角独特性的“我”的评论，作为文本内不可缺失的，使小说具有“不自然叙事”特征的这些不合“自然叙事”逻辑和规范的结构要素，在很大程度上破坏了小说深层叙事结构的整体和谐性。但是，这些跳过的评论和盛宁在《文本的虚构性与历史的重构——从〈法国中尉的女人〉的删节谈起》中重点译出的删节部分一样，虽然就“自然叙事”的叙事逻辑而言这些评论的任意插入是“不自然的”，但是正是这些评论对小说虚构和构思过程的暴露，在“不自然”的同时，恰好体现了这部小说叙事的“实验”性和后现代主义特征。这是最值得关注的叙事要素，不能跳过或删除。

当然，在文本的前十二章，这些议论虽然显得有些突兀，在整个故事进程之外频频出现有点不和谐，但如果为了寻求叙事的整一性，暂时故意将它们搁置一旁，其对文本深层转喻结构的破坏也不是很明显。但在第 12 章的结尾，“评论者及情报交换所的”“我”的突然发问：“萨拉是谁？她是从什么样的阴影里冒出来的？”使此前精心设计的故事结构一下子中断了。文本所展示的有关萨拉的事件“自然叙事”的真实性和前面所讲故事的逻辑关系突然受到质疑，从第 1 章到第 12 章的事件的逻辑统一性被肢解。因此，故事的深层结构在这里发生了第一次中断，而中断发生的条件是关于人物“萨拉”在故事中存在的合法性。接着在第 13 章开始，有了这样的答案：“我不知道”，萨拉与所有的故事中的人物以及他们的所思所想一样都是大脑中想象与虚构的产物，“他们”其实作为有主体意识的生命并不存在，“他们”只存在于叙事的想象与文本之中。

因此，到第 13 章为止，以前所有有关人物、情节、环境以及各种各样的描写，包括心理的、外貌的等一系列按照毗连性顺序，为了故事的合理性而连接在一起的结构各要素存在的合法性受到质疑。既然故事只是大脑想象的产物，那么所有故事构成要素的存在，以及由它们共同构筑的深层结构只是一场语言游戏。因此，在这次断裂以后，事件的转喻结构出现了“错格”[①] 特征。虽然在第13章的开头，“评论者及情报交换所的作者式视角”对作品本身的虚构性与虚假性进行了暴露，而且充分地发表对传统小说写作手法的意见，以至于故事的结构在此被迫中断，但在之后的一章中萨拉的故事继续进行。虽然文本没有像卢梭、维吉尔[②]以及普鲁斯特[③]那样明显地用话语来彰显语法上的移动，但是中断的结构为了顺应最终的叙事逻辑，又开始弥合这种断裂。这无疑是说：“虽然不知道萨拉是谁，她也只是虚构的一个纸上符号而已，但是还是继续她的故事吧。”

转喻结构第二次较大的断裂发生在第44章与第45章，在第44章，故事遵循维多利亚时代传统小说的结局设置，为故事中的所有人物设置了一个大团圆式的结尾。但在第45章“评论者及情报交换所的作者式视角”的“我”，就对这种结局设置进行解构。他说：“在给这部小说安排了一个彻头彻尾的传统结局之后，我最好再做一个解释：我在最后面两章所描写的一切确实发生过，但是发生的方式未必和你想象的一致。”并进一步指出故事中的人物查尔斯并不喜欢这个结尾，“他似乎认为，这本写他的故事的书将以一个显然是很糟糕的结尾而告终”[④]。这种结局设置过程虚构性的暴露和空设，又一次打断了结构的“整一性”原则，事件因果的逻辑关联被破坏。结构的整一性在这里又遭到破坏，本来在第13章的时候故事的虚假性已经暴露无遗，但苦于对传统

---

① 德曼和米勒在解构普鲁斯特和卢梭的叙事文本时，其中由语言的句法修辞引发的错格情形成了他们解构的突破点。但在这里，由于错格的修辞方式与《法国中尉的女人》的结构的断裂有着某种内在的相似性特征，与雅各布森将隐喻与转喻修辞延伸到思维领域一样，是从宏观结构层面来解读《法国中尉的女人》文本的“非整一性”特征的。但《追忆似水年华》与《忏悔录》中的句法的修辞错格不能与《法国中尉的女人》的结构的错格相提并论。在前两部作品中，微型的句法错格与整个文本结构的整一性并不矛盾，至少这种错格造成的意义的双重性不是文本特意追求的，而是在解构学者的解读过程中发生的。

② ［美］保罗·德曼：《解构之图》，李自修等译，中国社会科学出版社1998年版，第276页正文与注释。

③ ［美］J. 希利斯·米勒：《解读叙事》，申丹译，北京大学出版社2002年版，第147—154页。

④ 《法国中尉的女人》，第364页。

小说的叙事的认同，读者并不在乎这种断裂，只要有故事看，这种中间的断裂从接受角度看并不能影响什么。然而故事在这里又戛然而止，故事的虚构性再次暴露，显然这种文本叙事的“自我指涉性”又一次中断了此前被中断，后来又逐渐形成的整一性结构。

但是，前两次转喻结构的断裂发生之后，结构断裂仍没有终止。在第55章，“作者式视角”的“我”更加玩世不恭，频频出现，直接彰显虚构过程，并与人物同乘一车，坐在人物的对面，趁他睡觉之时，游戏于结尾的选择。这种抓阄儿的选择方式置故事发展的“自然”逻辑于不顾，按照游戏的不确定性原则设计故事的结尾。因此，故事的线性发展叙事结构的逻辑关系遭到破坏，受逻辑制约的事件序列的结构性再次被悬置。但由于故意对传统叙事文学逻辑制约的服从，故事的深层转喻结构在断裂的同时，又不断地努力顺应最终的叙事逻辑。

于是就文本叙事而言，深层转喻结构的“整一”与“断裂”的双重性交互存在，伴随着《法国中尉的女人》的叙事进程。而这也恰好体现了《法国中尉的女人》的结构特征，游移于传统的结构统一的逻辑关联与后现代主义破除总体性神话的断片结构之中，二者共同构建了《法国中尉的女人》的深层转喻结构的奇特性。

四、萨拉的身份认同：转喻性微观结构的双重场景

在文本内部，事件基本上是依照线性发展的横向模式组织叙事的。有关人物萨拉的叙述，在叙事的表层似乎也遵循了毗连性连接的先后顺序，人物逐渐从背影到面部表情到一些特征的详细介绍等，是以线性的发展过程呈现的。随着故事的进展，萨拉的身份也不断被认定。每一次新的身份信息的获得，总是先通过故事中其他人物之口被告知，然后萨拉本人也肯定了他人的说法，关于她的身份认同的真实性暂时得到了确认。以下是几种关于她的身份认同：

1. “法国中尉的女人”萨拉

这一身份是通过人物欧内斯蒂娜与查尔斯在第2章的对话中呈现出来的。而在第20章，在萨拉告诉查尔斯她与法国中尉的故事的时候，也认同了这种身份，并为此骄傲。她说：“我认为自己享有一种她们无法理解的自由。什么侮辱，什么责难，都触动不了我。因为我已经把自

己置身于社会所不容的境地。我蝼蚁不如，几乎不再是人。我是法国中尉的妓女。”①

2. “精神病患者”萨拉

这一身份的认知先是从人物格罗根医生与查尔斯的对话中获得，她“抑郁成瘾了”“她疯狂了”，是精神病之一的“抑郁症患者”②。但在与查尔斯的谈话中，萨拉自己也说：“我知道这是精神失常的表现。”③而对格罗根医生对她的病况的关心，她说：“我对他并无成见。我也知道他想帮助我。”④ 因此，关于其精神病的诊断，精神病患者的身份认同，萨拉本人同样并不否认，就故事的进程而言，到目前为止是有序进行的。人物的身份界定，并没有随着故事的进展、当事人自己的出现而被推翻。

3. “妓女”萨拉

人物萨拉与后来出现的妓女萨拉虽然是两个不同的人，但这种人物命名的有意重复，妓女萨拉的“当兵的丈夫”、小女孩、怀表等意象，与结尾处查尔斯与萨拉重逢时的小女孩、怀表等一个个意象的重合，碎片的叠加与重复，在某种程度上消解了萨拉身份的封闭性。这种叙事的方式，可以联想到罗伯·格里耶的《橡皮》中人物、行动（侦探瓦拉斯，凶手格力纳蒂）的相似性重复。在第18章，萨拉自己对她将成为妓女的身份进行了暗示，当查尔斯劝萨拉让她离开莱姆的时候，她说过：“如果我到伦敦去，我知道自己会变成什么。”“大城市里丧失廉耻的女人很多，我的下场会跟她们一样。”“莱姆镇上已经有些人说我是那种人了，要是去伦敦，我真会那样。”⑤ 因此，在故事进程中，查尔斯与她最后一次见面前，与一个叫萨拉的妓女偶遇，这种巧合事实上在查尔斯的意识中为萨拉先虚设了妓女身份。

因此，在文本叙事过程中，萨拉的人物身份发展似乎是按照一个接着一个发生的时间顺序，以毗连性连接为特征的结构方式叙述的。这就

① 《法国中尉的女人》，第188页。

② 同上书，第167页。

③ 同上书，第184页。

④ 同上书，第195页。

⑤ 同上书，第149页。

是有关萨拉的事件的表层转喻性结构：

悲剧——法国中尉的女人；精神病患者萨拉；堕落后妓女的预设，妓女萨拉。

然而，与“自然叙事”文本不同，在这些身份内部，每一个萨拉的身份认同都没有因果统一的逻辑联系。“因”与“果”的叙事线条是断裂的。就萨拉本人而言，几乎是人云亦云，说她是“法国中尉的女人”，她自己也会说“是”。而就故事本身的发展来看，所谓的法国中尉始终没有出现，他只是存在于各个人物之口的一个虚设的人物代理符号，他在故事中的作用似乎只是为了一个名称：“法国中尉”的女人。而萨拉因他的缺席，以及所谓的虚假的“事实真相”在第47章的被揭露，“法国中尉的女人”的名分和她自己的认同都被置入了虚空。因此所谓的“法国中尉的女人”的身份显然只是一种虚设，是叙述者或者是作者故意仿照被人诱奸而堕落的苔丝的故事而虚设的，类似于维多利亚时代小说中的女性人物形象。

在另一层面，关于“精神病患者萨拉”的界定，刚开始始终在其他人物形象的口中反复出现，萨拉本人也并没有对此表示异议，只是对别人的说法以她自己的言说进行肯定。这在某种程度上似乎也加强了读者对她这一身份的认同感。并且在第28章，格罗根医生通过一系列具有相似特征的精神病病例，向查尔斯证明萨拉的精神病症状的确定性。在这种情况下，无论是作为人物的查尔斯，还是第一次阅读故事的读者，都被说服了，认定萨拉就是一个有“精神疾患”的病人。然而随着萨拉的消失，直到后来以具有“当代意识”的独立女性的身份出现，精神病患者的身份界定有因无果，逻辑链条再次被中断。格罗根医生认定的精神病患者萨拉对查尔斯的引诱并没有任何结果的支持。因此，“精神病患者萨拉”的微型转喻结构并没有形成一条完整的叙事链条，这一界定最后由于所指的不确定性而不告而终。

至于妓女萨拉的认定，虽然在叙事过程中福尔斯采用罗伯·格里耶式的叙事策略，在故事中设置带有巧合性的人物行动、体貌等外在特征的重复，来破除“自然叙事”中人物形象封闭性的神话，以此肢解叙事结构的整一性。故事的设计似乎从一开始就努力将萨拉虚构成一位因为贫困和生活无着即将堕落的女人，以此在“真正”的妓女萨拉与主人公萨拉之间寻求某种相似点。尤其在第18章，萨拉自己预测她未来“妓女”身份的可能性，加强了读者对这一身份的确定认知。但是，在故事的最后，妓女萨拉的身份认定也是有因无果，萨拉与妓女没有关系，她并没有成为“妓女萨拉”那样的女子。这样，看似具有逻辑关系发展可能性的结构链又一次断裂。

诸如以上列举的，萨拉的身份界定的各个事件序列似乎构建了一条整一的转喻结构链。但通过以上的详细解读发现，在看似整一的结构下面实则潜藏着一个个结构的碎片，这与整个文本的深层转喻结构一样，“整一”与“断裂”的双重性结构模式同样出现在有关萨拉身份认定的微型结构中。

第三节　文本内二元结构的消解：转喻结构和隐喻结构并置

但是到此为止，结构的复杂性还没有完结。在萨拉的各种身份认同过程中，虽然事件本身的发展并没有遵循逻辑联系，没有按照“自然叙事”中人物性格发展的线性顺序发展，也没有精心设计有助于人物性格发展的事件来展示人物的发展历程。其中有关萨拉的人物身份的各种认同潜藏着某种相似性替换的隐喻结构特征。

如前所述，《法国中尉的女人》由于文本“不自然叙事”的后现代特性，其转喻结构出现了错格特征，悬置了现实主义小说“自然叙事”的整一性结构特征，结构内部呈现出“既断裂又整一”的双重图景。然而，在这种复杂的“不自然叙事”的转喻结构内部，同时又潜藏着隐喻的空间结构模式，这就使这部小说的结构显得更为复杂。

小说在人物故事的行进中多次提及哈代和小说以及小说中的人物，所以故事开始读者获得的萨拉“被强奸失贞”的文本信息，可以与《苔丝》中女主人公苔丝的故事进行相似性替换。虽然“法国中尉的女人”命名的由来以及故事中所谓萨拉的堕落没有任何确定事实的支持，但是在维多利亚时代的背景之下，一个和苔丝、简·爱、芳汀、玛丝洛娃有着相似经历的女人，因为和某个男人的关系而改变其作为正常女人的属性，遭到宗教伦理观念和世俗社会的人的歧视的时候，这些女人不可能凭借一己之力，让自己或者家庭成员过上好日子。当时的时代、文化和文学语境，给萨拉预设了要么堕落、要么依附于一个有钱的不嫌弃她的能够养活她的男人的身份认知。因此，萨拉因为法国中尉的女人的“悲剧”称号和她离经叛道的举止，给我们预设了一种即使她不堕落，也会被像波尔坦尼太太这样的维护宗教伦理观的“卫道士”推入绝境，或者会被像格罗根医生那样的科学“绅士”作为“精神病患者”关进医院进行隔离。

因此，在小说中福尔斯故意遵循这种思维习惯，在没有确立人物的任何堕落的事实之前，首先给人物冠以命名上的优先权，将读者推进一个思维定式的陷阱。其次，随着故事的进展，又将萨拉的故事按照传统线性叙事的顺序模式，虚设两点一线的线条，让它有发展的可能。因此，在文本的联想性关系解读中，萨拉的女家庭教师的身份、作为下层阶级而受到教育的女性代表、作为被人引诱失身的堕落女人，她与简·爱、苔丝、包法利夫人等同时代作品中的一系列女性的替换，便构筑了隐喻性的空间结构体系。和包法利夫人爱玛一样，萨拉被父亲送去接受教育，“强迫离开自己原来的阶级，但却没有能力把她提升到更高一个阶级。在她已经离开的那个阶级中的男青年眼里，她变得过于挑剔不可娶，而她渴望进入的那个阶级的青年男子则认为她仍然过于平庸”①。因此，她也被预设成一个类似于爱玛的悲剧女子，寄宿学校的教育、阅读很多小说和诗歌等。虽然她没有沉迷于夏多布里昂的主人公们的浪漫奇情的传奇经历中，但也在沃尔特·司各特和简·奥斯汀的历史小说和爱情小说的主人公那里获取经验。“法国中尉”就是她的包法利丈夫，查尔斯便是她的莱昂和卢道尔夫的混合体。但是在故事快要结束的时候，她似乎比爱玛幸运得多，贵族阶级的查尔斯垂青于她，不惜名誉受损解除婚约要和她在一起。按照维多利亚时代的“自然叙事”逻辑，这是爱玛、伊丽莎白、夏泼等维多利亚时代小说家笔下的女主角们梦寐以求的好事，她可以趁机成功跳跃，跳入上流社会。但在读者认为她比简·爱更幸运的时候，有情人将终成眷属，灰姑娘要和白马王子在一起的时候，她却莫名离开。她不是维多利亚时代英国小说或其他民族现实

① 《法国中尉的女人》，第57页。

主义文学中的任何一个，不是简·爱，不是苔丝，不是玛丝洛娃，也不是爱玛。她是给读者留下莫名惆怅后现代主义小说中的“非人”，让男主角查尔斯像忒勒马科斯寻父一样踏上寻找她的漫长之旅。

但是，就萨拉的出身和她的“被失去童贞”而言，她和苔丝非常相似。她是法国中尉的“婊子”，她的父亲“一方倒退四代，你会发现的确出过得到明确证实的绅士，甚至和德雷克[①]家族还有点远亲关系，这一毫无意义的事实，随着年代的推移，逐渐演化为一个虚妄的臆断：他是了不起的弗朗西斯爵士的直系后裔。他家确实曾经在达特穆尔和埃克斯穆尔之间的荒凉寒冷绿地上拥有过勉强称得上是庄园的财产”[②]。但萨拉的父亲没有像苔丝的父亲一样潦倒而死，而是为了维持绅士的可笑门面，终于生计窘迫，压力过大，精神失常，死在了疯人院里。而就萨拉的结局而言，如前面描述的，她虽然遇上了她的安吉·克莱——查尔斯，但最终也和苔丝的故事南辕北辙。因此，小说对维多利亚时代小说“自然叙事”中人物塑造逻辑模仿中的反模仿，成就了小说“不自然叙事”的文本特征。在萨拉人物身份的确定性遭遇认证的模糊与混乱的同时，她和一系列19世纪现实主义小说中的女性人物形象的相似性替换的隐喻结构，因情节的虚无和人物的不确定性而遭到破坏。《尤利西斯》中斯蒂芬漫游寻找精神之父，最终与同样漫游思念儿女的“精神之父”布鲁姆回家，这与乔伊斯安排的与《奥德赛》中忒勒马科斯漫游寻父，奥德赛携子回家的人物和结构的圆满替换形成了一条完整的隐喻链条。但是《法国中尉的女人》不可能是《尤利西斯》，后现代主义小说的“不自然叙事”的特征在貌似相似性替换的隐喻结构的“整一性”面前显得支离破碎。这恰好就是小说叙事结构的独特性，彰显了后现代主义小说叙事的“不自然”特征。

在萨拉突然没了音信，查尔斯在寻找她的途中偶遇一个名叫“萨拉”的妓女的时候，读者差点因这种联想的相似性替换而彻底陷入“堕落的萨拉”、“妓女萨拉”的结构怪圈，是不是作者在有意暗示萨拉已经成了一个妓女？但是，在小说的结尾，当读者和查尔斯因找不到萨

① 作者福尔斯原注，指弗朗西斯·德雷克爵士（1540—1596年）。

② 《法国中尉的女人》，第57页。

拉而几乎陷入绝望的时候，萨拉出现了，这个时候，她已经不是维多利亚时代的苔丝或简·爱一样的让人同情的女人。在面对苦苦寻找最终找到她的查尔斯的时候，作者让她跨越了时空，她淡定、冷漠，具有现代女性特征，像20世纪60年代的英国女性一样有自己的职场。此时的她已经从维多利亚时代走出，走出了贵族阶层的查尔斯同情和倾慕的“悲剧”女人的身份和地位，摇身一变成了《金色笔记》中的安娜、摩利以及众多当代英国小说中的女性人物，不再是维多利亚时代的苔丝或简·爱。虽然有的学者认为，萨拉最终还是依附于维多利亚时代“拉斐尔前派”的创立者之一的但丁·加百列·罗萨蒂，这个结尾和这个男人让本应是一部女性主义小说的《法国中尉的女人》大打折扣。[①] 但笔者认为，如果我们不被思维定式捆绑，想象她此时已不再依附于那个男人，而是凭借自己的才华和本领以及罗萨蒂需要的技术，这个画室只是她工作的职场，而非她卖身投靠的“家”的时候，由萨拉这个人物形象而引发的一系列相似性替换形成的隐喻结构，是否有着“整一性”，以及有“自然叙事”文本中封闭的、禁止的叙事结构逻辑？因此，在这一层面的结构替换中，对萨拉的相似性替换形成的隐喻结构，不但在“因”和“果”二元关系的逻辑混乱中呈现为多个碎片，而且由这个女性形象所形成的替换结构是开放的，读者怎样阅读便会有怎样的结构呈现。因此，由人物萨拉形成的隐喻结构没有边界，永远延续。

在故事的发展中，“法国中尉的女人”与“精神病患者的萨拉”之间似乎有着某种联系，首先人物自身对于“法国中尉的女人”名称的执着以及不以为耻反以为荣的心理揭示，为精神病患者的萨拉提供了病理的诊断条件。维多利亚时代的女人所处的社会地位，不可能让一个女人以自己与某个男子的“丑闻”来成就自己的美誉。虽然福尔斯将这部小说写成了后现代主义小说，以戏仿来反思那个时代，但是在书写萨拉这个人物形象时，作者首先通过具有维多利亚时代特征的人物和叙述者，从维多利亚时代的观察点和立场来观察她。所以格罗根医生对于萨拉的后现代式的反常表现和离经叛道并没有充分的认识，认为她是因为

① 陈榕：《萨拉是自由的吗？——解读〈法国中尉的女人〉最后一个结尾》，《外国文学评论》2006年第3期。

思念法国中尉而抑郁成瘾的精神病人。按照“自然”叙事逻辑，作为站在旁观者角度的医生，产生这样的误解是正常的，然而萨拉本人也对这种诊断表示认同。

格罗根医生对萨拉是精神病人的分析，在第28章引出了当时医学研究中有关精神病的病例，在格罗根医生看来萨拉与病例中的其他女人具有相似性联系，这种联系似乎具有转喻性的横向连接性特征，二者都出现在文本之中，具有在场性。但另一方面，这些女人的病例是由萨拉的精神病症状联想到，格罗根和故事外的“我”这个叙述者试图用相似性的精神病病例来证实萨拉的精神病病况。因此，萨拉和病例中的女性具有相似性替换的可能，各种意象形成了隐喻性结构模式。她们除了转喻性的结构毗连特征以外，又具有纵聚合的空间结构的相似性替换机制。但是，故事的发展并没有证实萨拉是精神病人。因此，这种暗含着隐喻性特征与转喻性特征的结构链条，最终也呈现出整一中断裂的奇特场景。

对于妓女萨拉的身份认证，事实上也暗藏着一种相似性的替换机制，如前所述，在这种身份认同中两个同名且具有一系列相似特征的女人之间具有各个小意象的重合，而在故事的前部分萨拉自己对自己离开莱姆后前途的预测，都使她与妓女萨拉具有了相似性替换的条件。而且查尔斯对妓女萨拉的态度也与主人公萨拉有很大的联系。所以这两件事看似有按照时间的先后顺序组合的微型转喻性结构，却潜藏着较为明晰的相似性替换机制，从而形成具有隐喻性替换的空间结构。然而故事的发展最终证明，这种结构没有形成统一的叙事链条，二者并没有必然的逻辑关系，因为这一身份认同的“因”并没有成为萨拉离开后的“果”。

这种对“自然叙事”因果必然律的逆向否定，也是叙事过程中故意肢解结构逻辑和谐统一的“不自然叙事”策略。而无论是先入为主的“法国中尉的女人”的身份认同，还是“精神病患者的萨拉”，两者最终都被悬置。而对于成为妓女的萨拉的身份的可能性界定，最终也不了而终。这和现代主义的叙事逻辑一点都不同，尽管阿尔贝等“不自然叙事”的理论家们认为，现代主义叙事和后现代主义叙事都是“不自然叙事”。但是通过详细的文本解读发现，现代主义的叙事文本，如意识流小说的空间结构，是一个不可断裂的环，在开始的地方合并。乔伊斯的现代都市生活中的“个体”的意识流书写，普鲁斯特对过去的追忆，弗吉尼亚·伍尔夫墙上的斑点引发的一系列联想都是一个有机的整体，有始有终。而《法国中尉的女人》中的这些结构链条却是断裂的，而且一个链的出现与另一个链的中断没有任何逻辑上的关联，它们看似相互置换，但真正的置换并没有实际发生，置换倒使得完整的叙事结构显得更加支离破碎。

所以，问题的复杂性昭然若揭，看似线性的转喻性叙事结构，隐藏着隐喻性的空间结构，而转喻的深层结构最终显示出“整一”与“断裂”的双重场景；文本内部，以及向其他文本延伸的相似性替换过程中，有替换的“因”，而没有“果”，隐喻结构链以断裂而告终。故事提供的有关萨拉身份的各种假设，以人物的名称“萨拉”为节点而形成一个个具有相似性替换机制的空间结构被出其不意的结局所肢解。

蒲柏说：“巨大的迷宫，没有指示图。”“巨大的迷宫，不是没有指示图。”弗莱认为这两种说法：“第一种说法认可了人类的处境；第二种说法指的是人类所建立起来的宗教、艺术、科学的架构，因为他们发现认可混乱的处境让人不可忍受。文学是人类面临混乱时表现出的强烈的创作欲望的一个方面。”① 蒲柏的话可以重新阐释，前一句指出了“非自然叙事”叙事文本的阅读困境，后一句可以阐释为面对这种阅读困境的时候，阅读是可能的。这就是换一种思维方式，以“不自然”的解读方式来阐释“不自然叙事”文本，这就是指示图。

福尔斯在小说中设计了迷宫似的结构，每一种结构的迷宫看似有一个出口，但在读者欣喜地觉得即将走到出口的时候，才发现那个出口其实是虚假的。因此，福尔斯在《法国中尉的女人》中设计的结构，看似比博尔赫斯《曲径交叉的花园》的结构简单得多，也没有卡尔维诺的《寒冬夜行人》由多个出口和入口组成的结构混乱，但正是这种结构明晰与模糊的交织，凸显了迷宫的玄妙。如果迷宫没有出口，里面的人自然不会去寻找出口，因为他知道这是一种奢望。然而迷宫似乎在表

---

① ［加拿大］诺思洛普·弗莱：《世俗的经典：传奇故事结构研究》，孟祥春译，上海人民出版社2010年版，第33页。

面设置了出口，这便给了里面的人希望，即使知道有出口是不可能的，也会去绞尽脑汁地寻找出口。当然，这恰好是福尔斯叙事独特的地方，在题目揭示的“一个男人和一个女人的故事”下怪异地隐藏着“一男两女的三角恋故事”，而且在故事阅读的过程中发现，在看似具有明晰的表层结构之下却隐藏着有始无终的多条结构图，三个不同的结局只是这个迷宫的三个可能的出口而已，小说本身的不确定性追求使得小说的结构之图被迷雾所笼罩。这便是“巨大的迷宫，没有指示图”。但是，如果我们走出小说叙事“自然叙事”的神话，不以现实世界为参照去关照和阐释故事，并且努力破解其中迷宫似的叙事结构，而是换一种思维，将这个故事视为作者的一种文字游戏，作者只是借这种迷宫式的故事在进行叙事技巧的超越，故事中的人物只是纸上用语言建构的符号，小说的结构只是将这些纸上生命串联起来的多种形式的组合。因此，走出解读“自然叙事”文本的思维定式，用“不自然”思维去解读《法国中尉的女人》等后现代主义小说的“不自然叙事”，小说呈现的复杂性、怪异性便昭然若揭。这便是“巨大的迷宫，不是没有指示图”蕴涵的深意。

第三章

"不自然叙事"：陌生化与非陌生化的独特布局

《法国中尉的女人》的叙事视角和结构的独特性呈现出与前人叙事文本"自然叙事"模式不一样的"不自然叙事"的反模仿特征。叙事视角的传统与后现代主义的交锋与并置，叙事结构"迷宫"似的复杂性，彰显了"不自然叙事"的叙事风格。而"不自然叙事"叙事策略的彰显，并非来源于对"自然叙事"模仿机制的彻底扬弃，而是采用了重复中逃逸的叙事策略。这表现在两个方面：第一，小说叙事并未彻底抛弃"自然叙事"的叙事逻辑，"全知全能"的叙述者，表层情节结构"一男两女的三角恋"的设置等，就接受主体对维多利亚时代或追溯的更远一点的欧洲小说"自然叙事"叙事模式的理解和认知而言是非陌生化的，因为在这一层面叙事维持了"自然叙事"模式的惯性期待视野。第二，小说在看似重复传统小说"自然叙事"的叙事逻辑的同时，采用了不同于"作者之言"的"评论者及情报交换所的作者式视角"和不同于"自然叙事"小说"整一"的叙事结构的迷宫式断片结构。这种"不自然叙事"策略的实验性，将接受主体纳入了全新的审美视野，传统小说的叙事模式所建构的惯性期待视野的"自动化"程式被消解，从而在阅读过程中产生了陌生化的艺术效果。

第一节 "陌生化"的两个层面

"陌生化"理论从1917年被提出以来一直被广泛运用于文学批评，很多学者对此进行追根溯源式的探寻与研究。[①] 在国内，近年来有许多

① 北京师范大学出版的《陌生化诗学——俄国形式主义研究》（张冰著）一书，从诗学角度深入地探讨了这一理论的产生背景、来源以及发生、发展情况。并且从比较的角度，通过对中西文学的研究来阐发这一理论在文学作品中的重要地位。

文学评论家曾将这一理论作为解读文学作品的理论支撑点，对作品的陌生化效果进行研究。虽然在什克罗夫斯基之前，这种有关艺术独特性的论述也散见于各国各类诗人作家的笔端，但其与文学艺术的内在要素发生联系，并形成一种体系，是从什克罗夫斯基开始的。陌生化的基本意义即诗歌或文学作品中的一切表现形式都不是对现实的严格模仿、正确反映或再现，相反，它是一种有意识的偏离、背反甚至变形、异化。"陌生化"是一般文学作品的主导因素，在文学作品使用的一切创作手法中具有整合与统率功能，其他诗学结构中的一切手法都从属于此。由于创作主体的有意识参与，使得文学作品的结构安排、情节塑形、人物构形、故事场景设置等各个层面都呈现出一种"疏离效果"。

维克托·什克洛夫斯基认为："艺术的手法是事物的'反常化'手法，是复杂化形式的手法，它增加了感受的难度和时延，既然艺术中的领悟过程是以自身为目的的，它就理应延长；艺术是一种体验事物之创造的方式，而被创造物在艺术中已无足轻重。"① 在什克洛夫斯基看来，艺术手法的陌生化即反常化的主要目的是在艺术形象的接受过程中，延长领悟、理解的长度。在艺术创作过程中将机械化、常规化、司空见惯的视觉形象以某种非常规化、反常的艺术形象来代替。什克洛夫斯基以托尔斯泰为例，指出"列夫·托尔斯泰的反常化手法在于，他不用事物的名称来指称事物，而是像描述第一次看到的事物那样去加以描述，就像是初次发生的事情，同时，他在描述事物时所使用的名称，不是该事物中已通用的那部分名称，而是像称呼其他事物中相应部分那样来称呼"②。马尔克斯在《百年孤独》第一章中描述霍塞·阿卡迪奥·布恩迪亚领着孩子们第一次看到"冰"时那段经典描写③，便是以第一次见到陌生事物时的新奇感、陌生感的视觉反应或者触觉、听觉等感官反应描写艺术对象时所带来的艺术效果，读者在看到那种描写时，在谜底揭晓之前，绝对不会像看到"冰"这个词语时获得的视觉形象来得快。

---

① ［俄］维克托·什克洛夫斯基：《作为手法的艺术》，方珊译，《二十世纪西方文论选》（上卷），高等教育出版社2002年版，第187页。

② 同上书，第188页。

③ ［哥伦比亚］加西亚·马尔克斯：《百年孤独》，海平译，时代文艺出版社2000年版，第13页。

因此，所谓的陌生不是绝对的陌生，而是相对于已熟悉的、在人的意识层面已经固化和定型了的描写对象的常规化的样态所作的反常化处理而获得的陌生。或许那个对象是你非常熟悉的，但是作家在创作时用很奇特的、非平常的语言进行了描写，在接受主体阅读时便因为语词符号的阻隔，在很短的时间内无法马上明白这段话究竟在描述什么东西。如果将这种感官反应扩大化，将其从段落、具体的语词符号层面延伸到思维模式层面，陌生化的理论视阈就会更加宽广。因为，就广义的文学创作而言，陌生化过程的获得，不仅仅在文本内部某一个小的段落、某一个具体的描述对象的阅读中，还可以在文学思潮的更替和艺术创作手法的变迁中获得。因此，广义的陌生化，主要针对的是现实世界的本然样态、读者的惯常接受视野以及各个时代在文学创作中占统治地位的审美原则等所进行的艺术创新。因此，这一文学作品内部狭义的创作原则，可以延伸到更为宽泛的批评和接受领域。文学史体裁、风格与流派的演变，实际上也是在历时序列中通过经历一场场陌生化的超越与被超越而形成的。新的原则出台，旧形式衰落，或者二者结合演变成另一种新原则，在这种不断地转变与变形中文学史才得以发展，文学的线性的历时性历史才得以形成。

当然，陌生化和后现代主义小说的“不自然叙事”中的“不自然”是两个具有不同内涵和外延的术语，不可将二者相提并论。当然，小说创作的陌生化若脱离了对现实世界的参照，以非理性的、非自然的反模仿的创作方式进行艺术技巧的创新与实验，给小说叙事艺术带来非常规的艺术变迁时，这种陌生化所带来的艺术革命便是“不自然的”叙事革命。

陌生化效果在文学作品中的体现包括以下两个层面：

第一，文学与现实的关系之间，文学作品对现实自然原生态的“创造性变形”。这里所谓的“现实自然原生态”具有广泛的内涵：不仅包括日常的社会、自然现实；而且也包括历史事实，即以当下的时间段为参照系，已经发生过的真实事件，有些是创作者经历过的，也有许多是其所见所闻；甚至包括已经存在的前人创作的作品文本，这些都应该被纳入“自然原生态”的范畴。文学作品的素材可谓是海纳百川，对于它的选择并不像科学研究的对象一样具有专门性。所以，作品的创作过程中的“创造性变形”也渗透到现实世界的各个层面。

在艺术假定性原则的指导之下，作品通过虚构来展现一种别样的事件发生机制。在作品内部，这种“创造性变形”“可以具有各个不同的方向及维度，并且充斥于作品的各个层面——音响、外形、意象、细节、情节、结构……”① 情节的“发现”、“突转”，“悬念”的设置，结构的整体和谐，事件发生的因果必然律，人物性格的不断完善，场景的变换等，都是作品的创造者进行设计的文本显示效果，以此来拉开欣赏主体与接受客体之间的审美距离。在传统文学作品中一般很少出现现实中的真人真事，即使有，也是经过变形，或者是“典型化”，或者是暗示、“映射”。只有在批评阶段，这种背景资料才会露出水面，作品的创造者通过什么样的手段将自己生活中的所见所闻经过变形幻化，作品中的人物或背景的谜底才会被揭示。然而，在《法国中尉的女人》中，文学与现实间的这种陌生化“变形”被有意识地悬置，真实事件与人物不进行任何艺术处理而直接彰显，甚至创造者的创作过程也被置于前台，直接与接受主体面对面。

这种创作手法有点类似于布莱希特提出的戏剧的“疏离效果说”②：“由于我们被置身于作为真实而再现的东西和我们所想象的真实之间，我们便被分成了两半，即被‘疏离’了。”为了避免观众完全融入剧情而引发不必要的非艺术效果，比如上台对演反面人物的演员作出过激的举动，布莱希特提出了“疏离效果说”。即在演剧过程中，采用暴露技巧的手法，向观众明确地表示，作品是人为制作，是有意为之，是做出来的，以此拉开观众与戏剧之间的距离。事实上，戏剧所追求的疏离效果，通过再现的手段，虚构一种舞台场景或通过一些戏剧化的方式给人物以各种各样的装扮，比如中国的京剧、日本的能剧等，来显示剧中所演与现实的不同。这些戏剧传统中的特殊编码，如脸谱、服饰、舞台道具以及演员的声音效果等，使得观众远离了真实的生活场景，但又能从中感觉到一种愉悦与享受。布莱希特对戏剧疏离效果的强调，就是让观

① 张冰：《陌生化诗学》，北京师范大学出版社 2000 年版，第 191 页。

② 笔者认为，就暴露文学作品的虚构性而言二者有类似的地方，但是在《法国中尉的女人》中出现的暴露写作过程的技巧，对虚构过程自身的揭示在某种程度上要复杂得多。

众摆脱传统的被动接受的模式，通过新奇的疏离效果增强观众的意识，使观众的情绪被真正感染，能融入戏中，但又不至于将现实与戏剧融为一体，在离与合的最佳位置来感受戏剧美。

前人的作品作为已然存在的文本成为历史事实存在于现实中，作品文本间的“互文”现象的存在就是对前人文本的再利用。但在对前人文本的吸收与转化过程中，传统文学作品的创作者无论是风格还是引用前人的文本中的东西，都要对相关要素进行适当的变形。现代主义文学艺术中的“互文性”现象很普遍，在乔伊斯、T. S. 爱略特、萨特等人的作品中都有对前人文本的吸收与转化。可以说对乔伊斯来说，与前文本的互文构成了其作品文本存在的基础与前提。乔伊斯在引用过程中对前人的文本进行了精心的“陌生化”处理，比如《尤利西斯》对《奥德赛》结构的隐喻性模仿，对圣经、萨士比亚戏剧[①]所作的“创造性变形”不仅使作品内部产生了语义的张力，增加了解释的难度，同时也使熟悉这些经典叙事文本的接受主体产生“陌生”感，加强了审美距离。

在与前人文本中叙事要素的互文中，《法国中尉的女人》的叙事艺术与传统叙事文本的艺术处理手段有一些差异，在反陌生化处理的表层潜藏着剧烈的创造性变形，这就使文本呈现出陌生化与非陌生化并置的双重场景。这种处理方式就“陌生化”手法在以往作品中存在的普遍性而言，显示了对“陌生化”手段自身的陌生化处理，消解了传统作品的创作者进行艺术创作必走的“自动化道路”。所以，就这一点而言，既进行陌生化又进行非陌生化的处理方式使《法国中尉的女人》在这一层面具有“双重”叙事效果。

第二，文学史、文学体裁、文学创作风格的变迁所引发的叙事技巧的“陌生化”效果。什克洛夫斯基说过：“不同时代有不同的感受能力，每个时代都有其特有的接受方式。”虽然现实主义、浪漫主义、象征主义等艺术流派的各种命名曾被广泛的质疑，但这种命名的变迁恰好体现了文学创作风格与叙事艺术的变迁过程。旧的艺术形式与文学语言在创作过程中的持续，在读者的接受视野中形成了一种“自动化”体验，从而减弱了作品的陌生化效果。熟悉现实主义小说程式的接受主

① 斯蒂芬对《哈姆莱特》中的“独白”的幻觉式运用等。

体，在阅读同类小说的过程中，大致能猜想到故事的结局、人物的最终命运。所以，他在阅读过程中所产生的审美愉悦，除了故事人物的不同以及事件发生顺序的编排方式的不同而引发的一点点新鲜感之外，可以说是很有限的。

“作家或艺术家全部工作的意义，就在于使作品成为具有丰富可感性内容的物质实体，使所描写的事物以迥异于通常我们接受它们时的形态出现于作品中，借以吸引读者的注意力，延长和增强感受的时值和难度”[①]，使接受主体在接受作品的过程中产生陌生化的体验，克服自动化与惯性化的审美习惯，在很大程度上推进了文学史的演进与变迁。张冰称“陌生化”是“革新艺术观念的酵母”。现实主义小说到现代主义小说的变迁，虽然后者在内容上仍未摆脱对现实的“表征”，但作为对现实主义小说追求真理与客观规律的反叛，现代主义小说转向了追求“真挚”与心理反应的“真实可靠”，不但用感情真挚的语言，而且追求语言的确切达意。意识流小说对结构的精心设计与营造，“是以显微镜般的准确度来反映现代西方文明的矛盾和缺陷的”。因此，为了在作品的整体效果上显示出陌生化效果，现代主义小说家可谓是用心良苦，采用各种表现技巧来加强叙事的陌生化效果。意识流小说不但受弗洛伊德的心理学的启发，在作品中用大量的笔墨来揭示人的潜意识的无序；同时也将诗的技巧引入小说的创作之中。弗吉尼亚·沃尔夫的“《到灯塔去》就传达了两种体验：一种是散文的，另一种是诗的”；而诗的部分更为主要，这源于其隐喻——“灯塔上面”的无限的暗示力量。乔伊斯的所有小说几乎都引进了诗歌的手法，除前面讨论过的《尤利西斯》之外（隐喻性结构方式），其后期代表作《芬尼根的苏醒》也被认为是用一种完全属于诗的手法写成的，“譬如头韵法、半谐音、声喻法、斯普纳式首音误植法，以及一些不太常见的诗的程式等”[②]。这种对诗的手法的借鉴在使现代主义小说的结构呈现出较强的隐喻性特征的同时，也增强了其接受的难度，因而也就产生了明显的陌生化效果。

然而到了20世纪五六十年代，这种占据主导地位很长时间的叙事

① 张冰：《陌生化诗学》，北京师范大学出版社2000年版，第178页。

② 袁可嘉：《现代主义文学研究》，中国社会科学出版社1989年版，第534页。

形式同样遭受了现实主义小说艺术遭遇过的尴尬，艺术原则丧失了其内在张力，审美潜能已经消耗殆尽。所以在这种情况下，风格变迁所要求的“陌生化”重新又被重视，新的叙事艺术的出现成为必然趋势。这样，后现代主义叙事艺术打破常规的叙事技巧，不再将文学艺术的创作紧紧依附在现实物理世界的时空表层和人事机械化的变迁层面，而是以反模仿“不自然叙事”技巧，打破了自古希腊以来西方理性思维“模仿论”规约下的美学思维，在文学叙事中抵制将文学叙事与现实世界进行理性参照的叙事规约。在拉美魔幻现实主义小说所展现的各种“魔幻现实”的启发下，禁锢在西方理性思维枷锁中的具有“现代性”理念的创作者突然发现，文学作品中的人物可以生死不再两隔①，而这也已不是神话或迷信，而成了现实；时间不仅只是线性流动的，不但可以静止，还可以倒退，进行时空穿越②；叙事线条和结构不仅仅像现实生活一样有序地历时发生，它可以让多个人物、多条线条和结构平行展开，且互不干涉③。叙事文本中人物、叙述者、作者、读者不再有界限，叙述者和作者不再偷偷将自己隐藏起来“客观叙述”，而是故意暴露构思轨迹，告诉读者，人物就是这样创作的、结局就是这样选择的④等等。文学叙事不再像现实生活那样秩序井然，生老病死、春夏秋冬、草木荣枯都不再依循现实世界的自然逻辑，一切现实世界中不可能的在文学“不自然叙事”文本中都有可能发生。如果你爱他，他虽肉体消失，但灵魂仍在，并且整日伴你左右，在你思念他的时候会和你相约，就像活着时那样⑤。

因此，传统叙事文本，甚至希腊神话所追寻的“自然模式”⑥ 被后

---

① 如胡安·鲁尔福的《佩特罗·巴拉莫》，莫里森的《宠儿》。

② 如《法国中尉的女人》，拉什迪的《午夜的孩子》。

③ 如莱辛的《金色笔记》，略萨的《公羊的节日》，杜拉斯的《副领事》、《劳儿之劫》，昆德拉的《笑忘录》等。

④ 如《法国中尉的女人》，卡尔维诺的《寒冬夜行人》。

⑤ 如巴西作家若热·亚马多的小说《弗洛尔和她的两个丈夫》。

⑥ 尽管希腊神话中的神可以打破自然规律长生不老，其中的英雄们却免不了如自然般的春秋冬夏，生命陨落，阿喀琉斯、阿伽门农、赫克托耳虽然各有神的庇佑，有神的血统，但因肉体凡胎，神也阻止不了其死的命运。虽然靠神的帮助，但丁可以上天入地，但三界中的鬼魂却都是肉体凡胎。

现代主义小说的“不自然叙事”所打破。当然在现代主义小说中就已蕴涵了“不自然叙事”的前兆，这就是卡夫卡的《变形记》，人可以变成甲壳虫。虽然马尔克斯在卡夫卡的《变形记》里看到文学可以对现实进行这样的魔幻表达，并以此为契机进行他的魔幻现实主义创作。但是卡夫卡的这种“不自然叙事”的意识还是“自然”的，甲壳虫的外壳里裹着非常自然且正常的格里高利的意识，他的思想意识和情感都是再正常不过的“人”的意识。因此，从这里思考，现代主义小说仍不是正统的“不自然叙事”，而是在“不自然叙事”的框架中套着合乎现实世界中正常人的理性的正统的“自然叙事”。因此，以《法国中尉的女人》为代表的后现代主义文学创作，以前所未有的反模仿机制，成就其“不自然叙事”的叙事逻辑和规约，以这种反传统叙事的文学表达实现了后现代叙事的“陌生化”。

第二节 《法国中尉的女人》陌生化与非陌生化的双重场景

一、非陌生化：现实主义叙事风格与历史观的重复

《法国中尉的女人》问世之初，许多评论者就将它置于维多利亚时代现实主义小说的框架之中，认为其是一部现实主义小说的怪胎。而小说在第13章“评论者及情报交换所式的作者式视角”的代理人“我”也袒露他正在按照“故事发生的时代人们能普遍接受的传统手法[①]进行写作”[②]，而在此之前故事就已经交代其发生的时间是1867年。所以在叙事手法上，正如前面两个问题谈到的，《法国中尉的女人》有意保留了现实主义叙事要素：“全知式”叙事视角，结构的整一性；同时，该故事虚设了一个维多利亚时代小说所关注的主题：爱情。故事中人物的语言、服饰以及性格特征与维多利亚时代现实主义小说中人物的相关要素的一致性，在很大程度上使接受主体认同了其具有的维多利亚时代现

① 福尔斯在小说中的原注：包括一些词汇和“语气”。

② 《法国中尉的女人》，第101页。

实主义小说的特性。

在故事内部“全知全能”的叙述者深入人物的日常生活、内心情感以及许多错综复杂的琐事方面，“他”的这种渗透特性与简·奥斯汀、萨克雷、勃朗特姐妹等维多利亚时代的小说家相比毫不逊色。人物欧内斯蒂娜是“一个与维多利亚时代的妇女几乎无任何差别的妇女”①，她具有利蓓加·夏泼的不易被人察觉的表情，也具有《傲慢与偏见》中的女主人公们追逐爱情与绅士的本领，查尔斯被有意地设置为欧内斯蒂娜追到的达西或者查泰莱。而在波尔坦尼太太的身上可以找到潜藏在宗教面具之下的伪善的维多利亚时代女性道德家的特征②。人物的这种特性是构成英国维多利亚时代现实主义小说传统模式的必不可少的“自然”要素，这些要素是现代主义文学创作竭力质疑和批判的过时的“非陌生化”技巧。但是这种被悬置了几十年的叙事规范却在《法国中尉的女人》中被激活。这样，由这些人物所提供的美学场景并没有在艺术革新的道路上发生丝毫变化，它们给予接受主体的感受不是创造性的变形，而是对维多利亚时代现实主义小说的有意重复，具有非陌生化的特征。

同样，故事的结构在表层情节结构的开始、中部、结尾的蓄意设置中，暗示了这一规则的一成不变性：易于阅读、自成一体，在看似复杂的纽结和结局间探求逻辑关联一致的因果关系。而深层结构也有意制造一种“整一”的结构图式，文本内部的各种变体：情节、人物、描写、议论，遵循虚设的毗连性转喻结构模式。与其他后现代主义小说的无序与支离破碎相比，这种结构模式似乎保持了现实主义小说的“整一性”图式。

在与前人文本的互文中，《法国中尉的女人》并没有对引入的前人的资料进行陌生化处理，几乎重现了当时的历史事实。在对萨拉进行精神病病理的诊断过程中，在第 28 章列举了大量的维多利亚时代有关此类精神病的病例资料，比如对埃米尔·拉隆西埃中尉的案件的引入，文

① James Phelan, *Reading People*, *Reading Plots*, Chicago: The University of Chicago Press, 1989, p. 84.

② 简·爱的舅妈里德太太的自私、凶残、虚伪是她们共有的特征。

本并未对其进行任何变形，而像历史叙事一样对历史事件进行原样复制。同时，为了更符合历史事实，小说不惜提到当时的许多著名作家，如雨果、巴尔扎克、乔治·桑等对审判的关注与他们的立场。因此对历史资料的互文，并没有进行艺术的创造性变形，没有对小说中涉及的事件的当事人进行命名上的陌生化处理，这在此前的叙事文学中似乎并不多见。当然，在小说中未经任何陌生化处理的历史资料并不少，为此许多评论者将其称为历史小说。然而这种表面上的非陌生化处理却潜藏着更为复杂的叙事技巧，这将在下一部分进行论述。

此外，就文本所显示的语境而言，许多人物的存在没有剥离19世纪中后期的历史意识。弗里曼父女对贵族的矛盾态度试图反映当时资产阶级的普遍心理，英国批判现实主义小说对此有过不少描写。萨克雷的《名利场》中的“贵人迷”老奥斯本、盖斯凯尔夫人的小说《南与北》中的工业资本家桑顿先生，以及狄更斯笔下的董贝先生等都是弗里曼在文学文本中的前辈，福尔斯在弗里曼身上倾注了他们的价值观念与时代意识。《法国中尉的女人》中的性文化在某一层面依然故意维持清教徒式的禁欲观，这尤其体现在欧内斯蒂娜与查尔斯二人的感情世界中，对他们而言，拥抱与亲吻似乎是亲密接触的最高境界。如福柯在《性史》中谈及的，在维多利亚时代，“性被小心翼翼地约束起来，迁移到室内，禁锢在婚姻家庭之中，让它仅仅起到严肃的繁衍作用。只要一谈到性，沉默变成了常规”①。总之，就文本所揭示的历史、文化意识而言，主宰维多利亚时代现实主义小说“自然叙事”模式和几乎所有主题都被《法国中尉的女人》再次重复。

二、陌生化处理：现实主义叙事艺术与观念的变形

然而，如让·鲍德里亚所说：“系统自身的逻辑是反对系统的最好武器。”②《法国中尉的女人》虚设了“拟”现实主义的“自然叙事”模式，试图将接受主体故意纳入传统叙事的陷阱，与此同时再进行解构。因此，现实主义叙事要素的复归，在作品中产生了移位现象，这些

① 陆扬：《后现代性的文本阐释：福柯与德里达》，三联书店2000年版，第166页。

② 王逢振：《2000年度新译西方文论选》，漓江出版社2001年版，第50页。

旧手法经过创作者的“创造性变形”在小说中被赋予截然不同的功能。看似“全知的”叙述者，在精心设计人物的各个层面的同时，其全知性不断被“评论者及情报交换所的作者式视角”肢解，这在叙事视角一节已经有了详细的论证。而表面上虚设的整一结构实际上潜藏着巨大的断裂，“自然叙事”文本具有的整一与严密的因果逻辑关系不复存在。对小说虚构过程自身的不断反思与暴露构成了故事之外话语的主要组成部分，它在拆解“全知全能”的叙述者无所不知性的同时，为接受主体提供了全新的审美视阈。

看似对维多利亚时代性观念的认同，实则进行迂回曲折的批判。在第35章，小说提供了一系列历史事实，通过与当代性观念的比较，对当时清教徒式的禁欲观进行了深刻的剖析。该章的题首语（节选自1867年的《儿童雇佣委员会报告》）为接受者深入认识维多利亚时代的性状况以足够的暗示，在非公开谈论性的隐秘中实际潜藏着乱伦与性泛滥。在绅士阶层的道貌岸然背后，黄色书刊却产量空前[①]；“伦敦每六十幢房屋就有一幢是妓院（现代的比例是接近六千比一）”[②]。虽然妇女是神圣的，“然而，你花几个英镑就能买到一个13岁的女孩子——甚至只要几个先令，如果你只要她陪你玩一两个小时的话……”[③] 此外，哈代的爱情经历以及创作为这种性文化观念提供了充分的证据。“这种精神的紧张状态——在色欲与克制、无穷地思念与不断地抑制、诗情的宣泄与悲剧式的责任之间，在肮脏地事实与其高尚用途之间所造成的——使当时最伟大的作家之一充满了活力，也诠释了他的创作，还超越作家本身，构造了整个时代。”[④] 因此，维多利亚时代的作家作品中始终以严肃态度对待的性欲，在这里显露出冰山的另一角，“把一向隐秘的事情公开化”。维多利亚时代的性文化在《法国中尉的女人》中又呈现出一种别样的状况，与当时的大多数作品相比，其中所提供的相关信息是未知的。因此，这种非陌生化的近似真实的资料的提供，就接受者的“前理解结构”而言，反而产生了陌生化效果。

① 《法国中尉的女人》，第286页。

② 同上书，第285页。

③ 同上。

④ 同上书，第292页。

前一部分已经提到在与前人叙事文学的互文中，小说文本提供了很多未加任何变形的事实资料，并且通过“作者原注”的形式进行更为详细的说明，对事件的当事人以及历史资料进行非陌生化处理。这种处理方式使接受主体在面对这样一个想象的文本世界时，产生了对维多利亚时代社会历史现实的联想。而这种非陌生化的创作机制就文学艺术革新和接受者的接受而言又是一种创造性变形。因为在此之前，小说文本对于其中涉及的历史事实总是要进行陌生化处理，使之区别于历史叙事文本。而《法国中尉的女人》的这种叙事机制，在某种程度上打破了文学与历史叙事的界限。这在为新历史主义的批评观点提供了依据的同时，在风格更替过程中出现了叙事手法的错位，在这一层面使接收者产生了陌生化的艺术效果。

因此，由艺术革新引发的风格更替，在《法国中尉的女人》中呈现出传统与后现代叙事艺术并存的局面，当然这两者是非排他性的，一方的出现并没有压制另一方的存在。而新、旧两种叙事艺术在同一个叙事文本中的并存，本身就是对“自然叙事”的彻底反叛，这种“不自然叙事”的艺术变形给接受主体的审美视野带来新的冲击。

综上所述，看似叙事的模仿，实则是解构的策略，“以其人之道还治其人之身”应该是这种叙事策略的最好概括。对前人创作风格的彻底变形，在新与旧的对比、“破”与“立”的兼容中成就新的“不自然叙事”的叙事规范。这种风格的更替与后现代主义其他小说叙事相比显然要温和得多。

第三节　法国中尉和萨拉：情节的“加密”与“解密”

如前所述，文学作品对现实世界“自然原生态”的“创造性变形”延伸到文本的各个层面，其中人物的塑造就是一个主要的变形领域。现实主义小说“自然叙事”文本中的人物在虚构的故事世界里被赋予现实世界中人物同样的主体特征。在建构故事的过程中，人物不是静态的，人物的性格要依照情节的线性发展而变化，他们的行动是推动情节发展的主要动力，他们像现实世界中具有主体生命特征的人一样，具有物理的、生理的、情感的属性，具有现实世界中人的成长和情感变化的特性。从情节的开始、发展、高潮，一直到结束，故事的发展一直紧紧围绕人物展开，人物性格在叙述者“全知全能”的驾驭下是明晰和丰满的。在接受过程中，人物的被唤醒是依靠接受主体的不断阅读故事而实现的。这样接受主体才可以对他们从开始的不甚了了，到最终获得对人物的情感与心理的充分理解与认同。然而在这个过程中，怎样才能让读者能够不断地涉足故事，这一问题就涉及陌生化处理的问题。只有不断地变换故事人物的设置技巧来更新读者的接受意识，才可以引起接受者的阅读兴趣。这种设置技巧，其中主要的一种就是对人物与故事情节“加密”[①]，就是在故事的讲述过程中设置种种悬念，吊读者的胃口，使他们不自觉地被情节与人物所控制，产生阅读的欲望。

传统小说“自然叙事”在对人物的经历设置了种种悬念以后，最终在故事发展过程中总要解密，将人物的一切不明要素在故事进行的不同阶段适时地告白于天下。这种故事“加密”与“解密”的过程，在传统叙事中便形成一个固定的模式：情节有头有尾，人物有始有终。但是在《法国中尉的女人》中，人物法国中尉和萨拉的“加密”与“解密”在叙事过程中产生了异化，产生了陌生化效果。在小说的故事层面，题目所提供的“法国中尉的女人”中的男主人公“法国中尉”并不在场，“法国中尉是谁”这个“迷”始终没有被揭开，正如杜拉斯小说中的“直布罗陀水手”一样。他仅仅出现在故事中其他人物的对话之中。

这种人物的设置技巧，看似和《奥德赛》中的许多人物的设置一样。比如在奥德赛的开篇，奥德赛的回家路将接近尾声，接受者获得奥德赛和其他人物的故事信息，是在国王阿尔基努斯招待他的宴会上，盲人抒情歌手德莫多克斯以旁观者“全知全能”的人物视角唱出来的。奥德赛在听自己的苦难故事时，黯然神伤，低声哭泣。阿尔基努斯发现并追问时，奥德赛再次以当事人的身份核实了德莫多克斯口中唱的包括他在内的相关人物的故事信息。在这个过程中，因为故事时序的“错时”，很多次要人物在这时有的早已死去，有的并不在正在发生的故事

① “加密”一说源于维亚·伊万诺夫，在这里笔者借鉴张冰在《陌生化诗学》中的研究成果。

时间内，是奥德赛以追述的叙事方式讲出来的。但这和“法国中尉”的被讲述、被存在还是不一样，因为荷马史诗是以古希腊神话为原型的，阅读过希腊神话的读者，早就获知了特洛伊战争的全部事件信息，《奥德赛》中很多人物身份的“真实存在性”早已得到证实。荷马在史诗中的结构处理和人物设置已经凸显了文学创作的“自然叙事”的构思技巧。为了结构紧凑，人物和情节重点突出，他故意将故事时间打乱，然后再以文学的历时性“自然叙事”技巧进行完整编排。因此，不管故事中事件的编排时序如何变幻，英雄、其他人物在史诗中的存在都不是虚假的，他们的存在的合法性至少在故事内部是得到保障的。“法国中尉”的存在却不一样，对他的设置可以说悬念一直存在，在情节的“加密”中，“解密”一直被“延异”。“延异”的原因便是他和萨拉故事的不确定性，以及“评论者及情报交换所的作者式视角”的代言人“我”对故事虚构过程的暴露。其实在故事中通过人物之口对他的“解密”是很有限的，有限的故事讲述的“解密”最终以他的“不在场”和故事情节的前后矛盾、事件发生的真实性的不确定而被悬置。因此，这个看似是男主人公的角色自始至终都不可能亲自登场为自己“解密”，读者有关他的悬念始终被悬置在虚幻之中。

因此，就“法国中尉”这个人物而言，“自然叙事”中对人物设置的“正常样态”被打破，他的“加密”始终没有“解密”的契机和结果。这种人物设置的“不自然叙事”特征打破了“自然叙事”人物设计的叙事规约，以非常态的“不自然叙事”技巧给接收者带来了全新的审美效果，福尔斯在“法国中尉”这个人物的设置和处理过程中给接收者带来了“陌生化效果”。

对另一个人物“法国中尉的女人”——萨拉的设置同样具有“陌生化”效果。在故事开始时，她就背对着读者与故事中的其他人物，一袭黑衣站在防坡堤上，凝视着大海。这应该是有关这个人物的第一个悬念设置——“这个人是谁?”接着在第2章，在欧内斯蒂娜与查尔斯的谈话中，这个“密”被揭开，她就是法国中尉的女人，被抛弃者，本小说的女当事人。但在这个过程中，随之而来的是一连串的疑问，即为什么叫她“悲剧”?“法国中尉的女人”?她是怎么成为法国中尉的女人的?她究竟是谁?她是怎样的一个女人?她和法国中尉之间到底发生过什么？当然在故事中，关于萨拉的出身、家世、教育背景、经历等在小说中都有显现，但是萨拉究竟是怎样的一个人，她的性格如何，她的道德观、价值观如何都不得而知。只知道她似乎不像维多利亚时代的人那么信奉上帝，但她会以动人且动情的声音给主人朗诵圣经。她会经常无缘由地找一些没人去的地方“透气”，她和查尔斯多次在安德悬崖邂逅，她被跟踪，她故意被发现，故意被解雇。她还很有爱心，对比她更卑微的小女仆“米利”很友善，对波尔坦尼太太和费尔利太太很反感。

在有关她和法国中尉的故事的情节“解密”过程中，她是怎么成为法国中尉的女人的？她和法国中尉之间到底发生过什么？接受者带着急于知道事情真相的心理，带着渴求的心理继续阅读，但似乎叙述者并不急于告诉真相，而“评论者及情报交换所的作者式视角”也不断掺和进来，发表种种评论，故意拖延故事的进程和悬念的“解密”。但是有悬念就有发现，“加密”了一定会“解密”，这是传统小说叙事的套路。在第 4 章，叙述者经过牧师之口稍稍露了一下底，这个女人，“她的名字叫萨拉·伍德拉夫”。紧接着在第 6 章，通过牧师与波尔坦尼太太谈话的只言片语，读者获得了一些有关她与法国中尉的故事的信息，而她本人也在这一章正式“露面”，波尔坦尼太太眼里的“她沮丧不堪、处境狼狈”，“但是脸上显而易见的悔憾表情，说明她是个罪人”①。而当波尔坦尼太太问及她与法国中尉的事时，她除了一句“我不想谈及此事，太太”② 之外，最佳反应就是“一言不发，只是俯首，摇头”③。甚至在第 12 章结束之时，文本设置了这样的疑问：“萨拉是谁？她是从什么样的阴影里冒出来的？”接着第 13 章的回答则是：“我不知道。……我所创造的这些人物在我的脑子之外从未存在过。”④ 这种“不自然叙事”的加密手段以及解密的答案提供，对熟悉现实主义小说“自然叙事”套路的读者而言是奇特的，产生了陌生化效果。看似故事进程之外的小小悬念，却消解了传统小说叙事的内在逻辑。因此看似与现实主义小说相同的悬念设置却呈现出不同的“发现”结果，具有“陌生化”

---

① 《法国中尉的女人》，第 37 页。

② 同上书，第 38 页。

③ 同上书，第 39 页。

④ 同上书，第 101 页。

的审美效果。

在第13章，“评论者及情报交换所的作者式视角”对小说创作过程中的构思行为进行了充分暴露后，故事继续进行。在前十九章，吊足了读者胃口的萨拉与法国中尉的故事，终于在第20章通过萨拉的追述而“真相”大白。这样，有关他们的只言片语的信息终于构成了一个完整的故事，事件的“真相”终于被萨拉自己揭开了。如果故事的进程继续在加密与解密的因果替换中不断推进，这种悬念的设置与现实主义小说应该没什么不同，在情节的发展层面也就无所谓陌生化图景的展示。然而，故事并没有依照“自然叙事”的叙事逻辑讲述。在小说的第47章，在读者与人物查尔斯完全相信了萨拉与法国中尉之间曾经发生的故事之后，第20章的所谓的事件“真相”又被另一种“事实”所替换，萨拉自己讲述的有关他与法国中尉的故事原来是一场骗局，这个骗局的揭穿者是人物查尔斯。第20章提供的故事真相，并没有成为终极事实，对接受者而言，有关萨拉与法国中尉的故事的“真实”状况始终悬而未决。而萨拉自己作为人物却一直被各种身份替换，她没有现实主义小说人物特征的明晰性，她的行为不符合“自然叙事”的叙事逻辑，没有符合人物行动和情节发展的因果支撑。因此，在这一层面的叙事中，小说提供了一种与众不同的场景，“解密”的过程被延异，谜底的封闭性和终极性被打破，这是创作者故意追求的结果。但对于熟悉现实主义“自然叙事”模式的接受者来说，小说在看似现实主义小说的逻辑秩序中引发了逻辑混乱，给读者一种陌生化的效果。

有关小说的结局也在第44章虚设了传统现实主义小说的大团圆结局之后，笔锋“突转”再次设计结局的悬念，而在小说的最后两章，两种结局的设置同样消解了最终答案的确定性，解密的任务终究没有实现。因此，看似简单的情节逻辑并没有获得确定的答案，本该属于解密的结尾，解密的目的并没有达到。这种叙事技巧在打破了现实主义叙事文学“自然叙事”的情节“加密”与“解密”程式化惯例之后，凸显了“自然叙事”到“不自然叙事”技巧的变异。因此这一层面的陌生化效果出现了悖论：将接受主体引入惯性思维的同时，偏离了这种程式化叙事，最终使故事呈现出陌生化场景。

《法国中尉的女人》的叙事风格游移于传统与后现代之间，在重复现实主义叙事模式的同时，用一种全新的反模仿的“不自然叙事”的叙事策略解构了现实主义“自然叙事”的程式化思维，从而使整个故事显示出陌生化与非陌生化并置的双重场景。因此，由艺术革新引发的风格更替，在《法国中尉的女人》中呈现出传统与后现代叙事艺术并存的局面，当然这二者是非排他性的，一方的出现并没有压制另一方的存在。而新、旧两种叙事艺术在同一个叙事文本中的并存，给接受主体的审美视野带来一种新的冲击。

很显然，《法国中尉的女人》所呈现的“不自然叙事”的叙事模式对一世纪前曾占据主流位置的现实主义“自然叙事”艺术的陌生化处理，无疑是一把双刃剑，既解构了“自然叙事”小说里专断叙述者的“无所不知，发号施令”，又用一种新的叙事规范在反省自身的同时，获得了与传统的某种承续性。而这在某种程度上弱化了许多后现代艺术怀疑传统的过激性，在反传统历史与文化过程中直接对传统进行智性的哲学反思。

第四部分

文 化 研 究

叙事学注重文本内部形式各要素的研究,因被质疑“排除了文学中的政治与意识形态问题，妨碍了评论家在社会变革中发挥作用”[①]，在20世纪80年代遭遇身份危机。在面对文化研究质疑和批评叙事学只是一种研究文学内部要素的工具，而忽略了文学之为文学的外在的社会、文化等要素的时候，荷兰的叙事学家米克·巴尔指出，和“符号学一样，叙事学有效地适用于每一种文化现象”[②]，而且“文化包含着许多不同的产物与不同的语言、形象、声音、姿势等有组织的系统。这些并不能自主自立。将其包括在文化之内是一种理论思考、叙述学的思考以及用其他方法所进行的思考。这种思考本身是文化主旨的一部分；确确实实，叙述的人工产品也同样充满着文化”[③]。“叙事是一种文化理解方式，因此叙述学是对于文化的透视。”[④]

文化因其内涵和外延的不确定性，在不同的时代和学者的理解中有不同的定义，社会人类学创建者泰勒（Sir Edward Taylor）从人类学的角度给文化下定义：“文化……就其宽泛的民族意义来讲，是一个复杂的整体，它包括知识、信仰、艺术、道德、法律、风俗以及作为社会成员所获得的其他任何能力和习惯。”[⑤] 很显然在泰勒的定义中，首先强调文化“是一个复杂的整体”，其次强调这个整体包括的内容首先是“社会成员所获得的”。这种定义强调社会层面上的人及其获得的各种习惯，而对于生理学意义上的人及其他物种和自然放置在文化的概念之外。这种将自然和人类对立起来的观点，在基督教神学将自然看做堕落和邪恶的代表的维多利亚时代达到高潮。英国人类学家和生物学家贝特

---

① ［美］马克·柯里：《后现代叙事理论》，宁一中译，北京大学出版社2003年版，第9页。

② ［荷］米克·巴尔：《叙述学：叙事理论导论》（第二版），谭君强译，中国社会科学出版社2003年版，第263页。

③ 同上书，第265页。

④ 同上书，第266页。

⑤ ［美］詹姆斯·皮科克：《人类学透镜》，汪丽华译，北京大学出版社2009年版，第3页。

森（Gregory Bateson）反对将自然和人类相对立的观点，他认为人类和自然都是整体的一部分。皮科克认为泰贝特森的这种观点“是所谓‘生态学’方法的一部分；这种方法强调在所有的生存系统中各个分支之间的相互紧密连接。在生态学研究内，人类学是认可文化的地方性上是独特的。尤其是，人类学已经注意到那些重在强调人和自然之间亲密关系的文化视角”[①]。在此基础上，皮科克进一步指出：“人类学不仅关注从整体上来研究社会生活及自然生活中人们所处的位置，而且尤为关注人们为了使其生活变得有意义而构建文化框架的方式。”

通过追溯人类学家对文化意义的探寻发现，文化不仅包括和人类及其社会密切相关的种种，而且从整体意义上考虑它也包括自然以及“人们为了使其生活变得有意义而构建文化框架的方式”。从这三个层面来看，文化作为一个复杂的整体，既包括“知识、信仰、艺术、道德、法律、风俗以及作为社会成员人所获得的其他任何能力和习惯”，也包括自然以及人类为了某种目的构建文化框架的方式。因此，在文学作品的文化研究中，以上的各个层面都属于文化研究的范畴。不仅对叙事文本的历史、政治、风俗、宗教、艺术，以及信仰和道德的研究、生态学相关问题的研究属于文化研究领域，而且对人类为了某种审美的需要和表达进行的某种文本的生成机制的研究也属于文化研究的一部分。在最后一个点的研究中，米克·巴尔强调的叙事学与文化的密切关系凸显了出来，叙事不仅是文化的一种理解方式，也是文化的建构方式，更是作为文化要素的艺术之一的文学作品的建构方式。因此，通过这么曲折的追根探源式的分析，可以毫不怀疑地认定叙事其实也是文化的一部分。因此，笔者始终认为，文学作品的叙事模式的研究也是文化研究的领域之一，正是这一原因，后现代主义小说“不自然叙事”的叙事机制的多元探索实际上也是人类文化多元特性的一种显现。

《法国中尉的女人》作为一部被奉为经典的后现代主义小说，不仅在叙事要素上呈现出多元叙事的文化特征，而且在文本内部还包含了众多丰富的文化元素，对这些元素的研究并不是阐释者从文本外部强加进

① ［美］詹姆斯·皮科克：《人类学透镜》，汪丽华译，北京大学出版社2009年版，第18页。

去的阐释暴力，而是作者放置在文本中，以后现代主义者独特的关注人类文化的方式，理解并思考英国乃至人类两百多年的文化变迁中的历史、政治、艺术、道德、哲学、生态，以及人类诗性表达的叙事机制等的变迁。

如果如巴特勒所说，“后现代主义理论家们不喜欢单调乏味、政治上的可疑的逻辑，而喜欢带暗示的一语双关的文字游戏，因而建立的理论更加具有文学性而非哲学性”① 的话，后现代主义小说家则以一语双关的文字游戏，在文本故事的“不自然”构建中关注历史和文化等理论话语。“小说以批评而不是怀旧的态度将过去置于和现在的关系中，既向现代读者又向上世纪的社会、文学常规提出了性别、社会不平等、社会责任以及科学与宗教、艺术与世界的关系这些问题。”② 因此，后现代主义小说用反模仿的“不自然”的文学性的表达在思考文化及哲学性话语。前部分叙事形式的研究已经详细探寻了文本叙事的多元性文化建构问题。这一部分将重点探寻小说中呈现出来的历史、政治等文化观念，从人类学视野探寻《法国中尉的女人》是怎样表征维多利亚时代的文化，以及探析小说如何用文学性的表达反思人与自然关系的生态问题的。

---

① ［英］克瑞斯托夫·巴特勒：《解读后现代主义》，朱刚等译，外语教学与研究出版社2010年版，第154页。

② ［加拿大］琳达·哈琴：《后现代主义诗学：历史、理论、小说》，李杨等译，南京大学出版社2009年版，第63页。

第一章

文学的文化表达：《法国中尉的女人》与维多利亚时代的文化

《法国中尉的女人》还原了维多利亚时代“一点真实的事实”，这些真实的事实和作者的虚构与想象一起，在小说中显现了维多利亚时代人类文化的细枝末节。美国人类学家阿尔弗雷德·克罗伯认为：“文化的天性就是被其自身累计起来的过去所深深决定，因此理解文化最卓有成效的态度就是历史主义的态度。”[①]《法国中尉的女人》的历史意识很强，福尔斯不是通过小说“戏仿”历史，他是以严肃的态度反思历史，正如琳达·哈琴所说：“小说以批评而不是怀旧的态度将过去置于和现在的关系中，既向现代读者又向上世纪[②]的社会、文学常规提出了性别、社会不平等、社会责任以及科学与宗教、艺术与世界的关系这些问题。”[③] 这部小说重新挖掘了英国维多利亚时代人们的宗教、时尚、家庭亲属关系、性观念、性别、进化观、社会结构、人与自然关系的生态理念等问题，从另一个侧面书写了在社会生活领域被官方意识形态和主流文化遮蔽的一些文化观念。而这些问题的揭示和文化人类学密切相关。

美国人类学家弗朗兹·博厄斯（1858—1942）和阿尔弗雷德·克罗伯（1876—1960）认为：“文化是由通过技术、社会组织或语言等不同的途径加以表达的、习得性的和共享性的知识和行为组成的。”[④] 虽然

---

① ［美］杰里·D. 穆尔：《人类学家的文化见解》，欧阳敏等译，商务印书馆 2009 年版，第 84 页。

② 哈琴原注：19 世纪。

③ ［加拿大］琳达·哈琴：《后现代主义诗学：历史、理论、小说》，南京大学出版社 2009 年版，第 63 页。

④ ［美］杰里·D. 穆尔：《文化人类学见解》，欧阳敏等译，商务印书馆 2009 年版，第 65 页。

博厄斯的文化观念仍然没有跳出泰勒的窠臼，将文化从自然中剥离出来，只注重其社会生活层面。但是在呈现人类文化的演进方面，社会成员的言行举止、宗教、思想理念、知识、语言、艺术，以及人与人之间的各种关系及其建构方式等都是最直接的领域。皮科克认为文化是真实存在的，它并不仅仅存在于人类学家一直以来在“艰苦的、遥远的，有时则是又艰苦又遥远的环境中完成的”田野调查中，而且也存在于和文化及文明紧密联系的“强光”地带，即“比较舒服的郊区和沙龙中”①。

《法国中尉的女人》中的文化也是真实存在的，它存在于小说中故事的内外两个层面，既存在于故事层面人物的行为、言谈、意识中，也存在于故事外话语层面的“我”的描述、议论中。在小说中维多利亚时代的文化，是通过宗教、时尚、家族亲属的继承权，以及性观念等彰显的。这些文化元素隐没在人物故事之中，对这些元素的有效挖掘，使读者跟着福尔斯这位20世纪60年代现代人的视角与观念，重返一百年前的维多利亚时代。

第一节　宗教的规诫与尴尬：上帝的“全能”遭受质疑

美国人类学家哈维兰指出，“宗教是对超自然力量的有组织的信仰，所有宗教都满足各种各样的社会和心理需求……宗教始终为个体和集体的生活提供意义，从‘创世之初的诸神时代’汲取力量，提供超越死亡的生存连续性”②。宗教从人类诞生以来就伴随着人类，可以说宗教和神话是人类文化产生的最初表征。因此，对一个民族、一个特定的时代的宗教信仰问题的研究，是研究这个民族文化变迁的一个重要因子。在西方，自中世纪以来基督教在意识形态和文化领域的主导地位，使宗教成了西方各民族的一种习得性和共享性的“集体意识”，成了所有社会成员共有的一系列道德范式。基督教从伦理和道德层面对人的规约具

① ［美］詹姆斯·皮科克：《人类学透镜》，汪丽华译，北京大学出版社2009年版，第2页。

② ［美］威廉·A. 哈维兰：《文化人类学》（第十版），瞿铁鹏等译，上海社会科学院出版社2006年版，第390—391页。

体表现在原罪观、七恶、七德、上帝之爱和“爱人如己”、地狱、天堂的神学观等。这些规诫在信仰领域成了欧洲各民族的“社会精神气质——格调、性格，以及他们的生活质量，它的道德及美学风格和模式——以及他们的世界观——他们所认为的事物真正存在方式的图景，他们最全面的秩序观念”①。

基督教的神学世界观逐渐成了欧洲人意识与情感等信仰层面的“无意识”，逐渐“将人的行为谐调进想象中的宇宙秩序并将宇宙秩序的意向投射进人类经验的层面”②。在实际生活中，“其在观念上适应了世界观所描述的事物的实际情况，而世界观具有情感上的说服力，因为它被看成是事情的实际情况的意向，它特别安排为适合这样一种生活方式”③。这种情感与观念“无意识”的获得，是神与人特殊关系的神话想象的象征符号成了人类生活的一个日常标签，人是否是一个在道德和伦理上完善的人，能否在想象中的来世进入想象中的澄明的境界——天堂，便成了信仰者在信仰之途中最终归宿的一个生命终点站。

《十日谈》中第一天的第一个故事中的夏波莱托，虽然生前坏事做尽，但在死的那一刻丝毫不放松向上帝忏悔获得原谅的机会，目的便是死后进入天堂。虽然此时的薄伽丘试图借小说中的故事和人物来揭穿基督教的伪善面目，但是由此可知基督教的伦理规约作为宗教文化的符号表征，其对道德、伦理秩序安排的公平性是值得怀疑的。夏波莱托身上的恶比“七恶”还过，他终究能如愿进入天堂，就是因为他做了临终忏悔，而“全知全能的上帝”似乎失却了“全知全能”的神力，在“圣徒”的甜蜜、虔诚的谎言中迷失了方向，最终让这个恶棍进了天堂。可见，基督教的天堂里的灵魂并不像但丁所描述的全是像贝雅特丽采和他的高祖卡恰圭达一样的圣女和英雄，也不全是信仰坚定、隐匿默想、公正贤明的真圣徒的灵魂的圣殿，其实是一藏污纳垢之地。当然，对此我们可以理解为这是因为全能的上帝的宽容和忍耐的义举，是他要求信徒，别人打你左脸时把右脸也送上去的以德报怨的“爱人如己”，

---

① ［美］克利福德·格尔茨：《文化的解释》，韩莉译，译林出版社2008年版，第95页。

② 同上书，第96页。

③ 同上书，第95页。

甚至“爱仇人”的博大情怀的显现。因此，在我们看来十恶不赦、杀兄娶嫂的克劳迪斯也会去忏悔赎罪，不想在死后因罪恶妒忌、乱伦、欺诈等数罪并罚而落入充满嘶喊与血污的地狱，也不想去位于天堂与地狱中间的那个有望拯救但却需要漫长煎熬和等待的炼狱，而是想直接取得上帝的原谅而进入光明且充满上帝之爱的天堂。幸好哈姆莱特没有成全他，虽然这让其复仇不断延宕，但至少阻止了一个杀死了自己的亲哥哥，占了自己嫂子的床榻，而且预谋杀死自己亲侄子的恶棍进入天堂。文学作品通过形象的人物和故事，让宗教的规约和秩序观念具体化、情景化，以至于更形象地揭示宗教是如何通过文字概念和符号的表征，最终在人们的意识中形成强有力的真实性的情绪和动机，在信徒心里建立起对宗教的各种情感。

由此可见，作为文化的象征符号体系，宗教就是“在人们中间建立强有力的、普遍的和持续长久的情绪与动机，依靠形成有关存在的普遍秩序的概念，给这些概念披上实在性的外衣，它使这些情绪和动机看上去具有独特的真实性”①。这些概念的获得的外在表现是通过对神圣事物的信仰与仪式所组成的统一体系的膜拜与尊崇。在基督教信仰中，因为耶稣基督的殉难让信徒在亚当、夏娃的原罪中获得拯救，因此圣子耶稣便是信徒膜拜的一个被缚在十字架上的偶像。此外，《圣经》作为基督教的宗教经典，诵读圣经也是信徒表示其虔诚信仰的一种重要仪式。

在维多利亚时代，正如安德鲁·朗利揭示的，基督教“尤其是英国国教对英国人民的生活仍然具有重大的影响力，《圣经》被看做是上帝的语录，因此英国民众普遍能够接受教会根据《圣经》教义所宣扬的道德准则。任何违背或是质疑这些准则的行为都被看做是对上帝的背叛”②。而且在当时受到城市贫民普遍欢迎的福音派作为基督教的一个流派，其教义认为“人人皆是有罪之身，只有深刻忏悔自己所犯下的罪行，并且在道德上严格要求自己的人，才能最终免于下地狱的惩罚”③。

因此，在那个时代，基督教的宗教理念作为一种已经固化的思维模

① ［美］克利福德·格尔茨：《文化的解释》，韩莉译，译林出版社2008年版，第96页。

② ［英］安德鲁·朗利：《艺术为证之维多利亚时代》，吴静译，天津教育出版社2011年版，第36页。

③ 同上书，第37页。

式与道德意识，作为一种强有力的伦理和道德秩序观念，在信徒和普通民众的潜意识中已经成了控制他们情绪和动机的真实性存在。虽然也有无神论者，“但是除了极少数例外，绝大多数维多利亚时代的无神论者[①]和不可知论者都有很深的受排斥感，都觉得自己是孤独的天才。在具有相同信仰的朋友中间，他们可以随意取笑教会的愚行、派系纷争、穷奢极欲的主教、富于欺骗性的清规戒律、在外教区长、工资太低的助理牧师、陈旧过时的神学，如此等等，不一而足。然而基督仍然是一个合情合理的令人生畏的怪才。今天我们绝大多数人认为，基督是个完全世俗化的人物，是一个叫拿撒勒的耶稣的人，极富使用比喻的天才，善于创造个人神话，善于用信仰指导自己的行动；但是，在维多利亚时代，无神论者和不可知论者心目中的基督形象不可能是这样的。当时，世上所有人都相信他的神力，因此他对不信仰者的斥责显得更加严厉”[②]。当然，值得肯定的是，这个时期人们的基督教神学观，以及对基督的膜拜已经受到了自然科学研究成果和工业文明发展的大力冲击，造物主的“全知全能”性被质疑。

在《法国中尉的女人》中，波尔坦尼太太便是维多利亚时代英国民众信仰基督教的一个典型的人物符号。从她的一系列作为来看，基督教的仁慈、奉献、地狱和天堂的理念在她的潜意识中是规约她情绪和动机的秩序概念，并且是影响她价值取向和选择的根深蒂固的理念。虽然作者在勾画这个人物符号时充满了鄙夷和讽刺，但是她的宗教观却是我们通过小说反观维多利亚时代文化观念的切入点。小说的开头，作者写到“仁慈”的波尔坦尼太太收留萨拉这件引人注目的事件时指出，作为基督教信徒的波尔坦尼太太之所以仁慈的收留萨拉，并非因为她真的有一颗慈善而悲悯的心，而是因为她有一个很大却简单的秘密，即“她相信有地狱”。[③] 此外，她收留萨拉的另一个动机也和宗教有关，她找萨拉是要她为她在晚祷的时候诵读《圣经》。她对宗教的“虔诚”还表现在对仆人的宗教约束上：“礼拜天必须上两次教堂，每天上午要晨祷——

① 作者福尔斯原注：由布雷德洛领导的一群富有战斗性的精英分子。布雷德洛（1833—1891），英国激进人物、无神论者、自由思想家。

② 《法国中尉的女人》，第387页。

③ 同上书，第21页。

唱赞美诗、《圣经》选读、祷告——这一切都由老太太庄严的亲自主持。"[①] 虽然，故事外的叙述者紧接着便指出，在让仆人服从上帝并向上帝忏悔这件事上，她的目的并没有达到。她的仆人对上帝的信仰不是建立在因为上帝真的全知全能地看到了他们的苦难并拯救他们，他们为此真心地对上帝顶礼膜拜。恰恰相反，这个上帝并没有他们想象中仁慈，"全能"造物主就像给他们施加淫威的波尔坦尼太太一样，只关心他们是否像羔羊一样乖乖服从，而并不真正关心他们的苦难，以及他们是否能通过忏悔而赎罪。因次，在这种情形下，他们"更像一群局促不安的羔羊，而不是悔改的罪人"[②]。

这群在维多利亚时代处于社会下层的劳工阶级的宗教情感，除了日常生活中宗教理念的固化思维和模式对他们的无形约束之外，还有一个约束便是看得见的来自世俗权力的约束，这种权力的直接来源就是类似于波尔坦尼太太这个主人一样的上层阶层。在大多数情况下，神性权利和世俗权利对他人的制约是合二为一的，世俗权力就是在神性权利的幌子下为所欲为的。

玛丽曾经是波尔坦尼太太的仆人，她被解雇的直接原因就是这只"小黄雀"在被小马夫"勾引"，并且奉上一吻的时候，被这个宗教伦理道德的坚定维护者波尔坦尼太太看见了，随即便以"放荡行为失之轻率"[③] 之名解雇了玛丽。追溯这种轻率的行为遭到更轻率地开除的深层原因，除了那个时代劳工阶层的不受法律保护的卑贱地位之外，更主要的是好色与放纵情欲是基督教规诫信徒的"七恶"之一。萨拉的离开也和这个有关，虽然她没有被波尔坦尼太太直接开除，但事件的起因便是因为那个被宗教道学家称为邪淫者的乐园的"韦尔康芒斯"。萨拉曾经几次去那个地方，这让波尔坦尼太太忍无可忍，因为"只要镇上德高望重的长者说一句，某男或某女是'韦尔康芒斯之途'，就可以让他们背一辈子黑锅。从此，男的便是色狼，女的便是婊子"。[④] 萨拉便和玛丽一样被解雇。虽然，这种规诫人的本能欲望的戒律的虚伪性和无人道

① 《法国中尉的女人》，第60页。

② 同上。

③ 同上书，第80页。

④ 同上书，第97页。

性早在文艺复兴时期就受到质疑，作家们对此也进行反讽和批判。但是，作为基督教规诫信徒的秩序性概念及其作为法典的权威地位，让那些维多利亚时代的小姑娘玛丽和萨拉、欧内斯蒂娜或者任何一个张三、李四，和中世纪时但丁笔下的保罗、弗兰采斯卡等众多被打入地狱第二层的犯邪淫罪的灵魂一样，虽然已经时隔几百年，但仍然受其规诫和约束。因此，霍尔用隐喻说，文化是一种“沉默的语言”，宗教便是这种沉默的语言中的一种，不管它的戒律和规约是对是错，自从其诞生以来，就以原初的那种样态遥远地控制着那些声称自己是理性的动物的信徒，并且逐渐成了一成不变的传统和观念。当然，随着时代的变迁和人类认知能力的发展，在信徒的理念中这种规约会发生很大的变化，甚至遭到质疑和批判，但另一些人却仍然有意无意地竭力维护其原初的权威地位。

就波尔坦尼太太而言，她宗教信仰的“虔诚”并不是她真的将上帝视为心中的偶像和信仰的终极神，其中的主要原因便是基督教地狱与天堂的理念。这个在现世中安逸、享乐的灵魂不想在死后进入恐怖的地狱，因此她的信仰是建立在对天堂的无限向往和对地狱的莫名恐惧中的。这个可以在“盖世太保那里任职的”夫人，表面的虔诚和仁慈，以及对《圣经》的宗教感情并不是发自内心地信仰上帝的神性，而是因为她现世的行为可以决定来世能否进入天堂。而且，她对上帝的信仰和进入天堂的信念的坚持并不建立在盲目、盲从的基础上，她对未来有非常精明的算计和实际的想法。她的奉献与仁慈，她行善的程度要和她进入天堂付出的物质奉献成比例，这个精明而功利的女人，对此也能用数学上类似于量的公式计算出来。“她已经奉献给教会多少钱，但是她知道，按规定，诚心想进天堂的人必须奉献出自己财产的十分之一，她和这个标准还有很大的差距。诚然，她已经调整了遗嘱，以保证死后能很好地还清这笔账，可是到宣读遗嘱的时候，上帝也许不到场。”① 因此，她怀疑上帝的公正，且精神焦虑。

可见，随着时代的变迁，上帝对信徒能否进入天堂的标准也在不断调整。如果说文艺复兴时期，一个人能否进入天堂，生平的善恶是无所

① 《法国中尉的女人》，第22—23页。

谓的，只要做临终忏悔，在死的那一刻给足上帝面子，让全能的上帝知道你在乎他，就能在死后进入天堂。在维多利亚时代，在波尔坦尼太太这里，能否进入天堂的标准仍然不是信徒是否真的具有七德或禁欲苦修，而是看奉献和牺牲的数量是否与教会的要求一致。这让人想起中世纪的一则韵文故事《驴的遗嘱》，驴子能否作为圣徒进入教堂墓地，教会人士并不看其是人还是动物，只看它是否留有遗嘱给教会奉献钱物。但是在小说的第44章，这个被波尔坦尼太太看做进天堂的唯一救命稻草的上帝，并未因她的奉献而成全她的天堂梦。因为这个“全能的”上帝此时自命难保，它被一直拆解小说叙事中类似于“全知全能”的上帝的叙述者的合法性的“我”所代替，“我”给波尔坦尼太太安排了该是她这种人应有的结局，“活像一只被猎枪击中的乌鸦，终于跌落到她真正的主人正在等她的地方去”①。

作者的这种安排是一把双刃剑，同时解构了两个“全知全能”的造物主，这两个造物主一位是自中世纪以来在基督教神学领域，控制信徒的信仰以及他们能否进入天堂的直接责任人——“全能的造物主”上帝。虽然波尔坦尼太太给了教会足够的奉献，但是这位全能的上帝却失去了全能的本领，没有让这位假信徒如愿进入天堂。另一位全能的“造物主”是自古希腊以来，直到20世纪还在叙事文本中占据主要地位的“全知全能”的叙述者，它直接被跃过，没能客观自然地叙述故事中他的人物的结局，而是让“我”占了先机，他被“游戏了一把”。在这个过程中，这两位“全知全能”的造物主还有一个共同的特征，就是他们其实都不存在于真实的现实世界中，只是文本虚构和想象的产物，是纸上的生命，是有名无实的非有机体生命，他们没有人类的主体特征。

因此，在这里，作者一方面揭示了他的文学观，另一方面展现了维多利亚时代的人对上帝的“全知全能造物主”身份的质疑。福尔斯在小说中告诉读者，英国19世纪的地质学家赖尔认为，“地球表面特征是在不断缓慢变化的自然过程中形成的，反对灾变论或求助于《圣

① 《法国中尉的女人》，第363页。

经》"[①]。赖尔在1830—1833年出版的《地质学原理》一书，"把世界的起源推至几百万年以前，……他给时代，给其他领域的无数科学家以最富有意义的空间。他的发现犹如一股劲吹的强风，横扫那个世纪的形而上学长廊，……《创世纪》是一大谎言，但同时又是伟大的诗篇"。但是福尔斯承认，在他"写及的那个时代，听说过赖尔的人很少，相信他的理论的更少，接受他的全部蕴含的更是凤毛麟角。"[②] 当然除了赖尔之外，还有一个人和他的科学发现冲击了英国维多利亚时代人们的宗教理念，使得人们对全能的"造物主"上帝造人、造物的神学观念有了质疑。这个人便是达尔文，他的科学论著便是《进化论》。在小说中，查尔斯和格罗根医生都是狂热的"达尔文主义者"，而查尔斯的准岳父欧内斯蒂娜的父亲弗里曼先生则至死反对这种科学理念，觉得说自己是猴子变来的是一种耻辱。可见，在维多利亚时代，自然科学在关于人类诞生、地球生成领域取得的科学研究成果，已经冲击了维多利亚时代人的宗教观念。这种宗教与科学的交锋虽然在哥白尼时代就已开始，但在19世纪的交锋中，相信上帝不得不甘拜下风。

第二节　开启维多利亚时代性观念的潘多拉盒子

人类社会女性和男性的两性构成，使人类文化形成了独特的景观，即在文化认为合适的任何时候，人类的性活动是人类活动的一个主要因子。性活动不仅是人类生息繁衍的纽带，而且不同民族、不同时代的性观念的变迁也是人类学家研究人类文化变迁的主要依据之一。人类学家贝特森认为"性"不像经济制度、亲属制度、土地所有制这类概念具有文化的启示意义，甚至都不能确切地作为行为的类别，但是它可以被看做一种标签，他们标示着某些观点，人们以此为基点来观察所有的行为。[③]"性"作为社会的人的意识和思想以及日常生活中不可或缺的一个术语，除了掌握生命繁衍的生命密码外，它还具有多重的生命内涵。

① 小说中作者原注，见《法国中尉的女人》，第172页注释1。

② 《法国中尉的女人》，第173页。

③ [美] 詹姆斯·皮科克：《人类学透镜》，汪丽华译，北京大学出版社2009年版，第25页。

性观念是一种心理观念，是一种经过社会文化锻造的心理观念。中华性医学词典对性观念的解释是："系指社会的性意向，即社会人群对'性'的心理倾向。"

性观念因其民族和种族的不同而不同，但是在一个民族内部，在某一个时代，人们的性观念具有某种相对恒定的特征。性观念和人类文化的变迁紧密相关，人类学家在研究每一个族群的文化特征时，性观念也是其研究的一个组成部分。弗雷泽在《金枝》中研究中美洲的帕帕尔人、中非的巴尔达人，以及欧洲的某些地方的男女两性关系和对植物的感应影响时，其实将研究的笔触延伸到了这些民族的性观念领域①。列维·斯特劳斯的《亲缘关系的基本结构》，虽然重在研究研究对象的亲属结构和乱伦禁忌，但是在研究中也涉及了研究对象的性观念等相关问题。因此，对性观念的研究是文化人类学家研究人类族群的众多文化因子中的一个无法绕开的文化因子。

性和人们对性的看法、观念、认知在很多民族就像是潘多拉的盒子，既充满打开的欲望，又怕打开后除了"希望"被关在里面之外，各种灾难会接踵而至，人类因此而受其侵害。追溯希腊神话中的神与英雄的故事，包括宙斯在内的众神具有相当开放的性观念。各位天神争相寻花问柳，不惜变成各种动物、植物，遍寻民间美女。虽然私生子遍天下，倒也为希腊民族留下了很多盖世无双的英雄。中世纪被西方人称为"黑暗的世纪"，带来"黑暗"的主要原因，就是基督教的禁欲主义让具有开放的性观念的希腊民族的后裔们痛苦不堪，福尔斯说这是"人类文明最严酷的一个冬天"②。文艺复兴从本质上说是这个冬天生气勃勃的结尾，"它结束了锁链、禁锢和限制。它只有一个主张：凡是存在的，都是美好的"③。但由于开放的性观念导致的情欲泛滥，使得当时的西方人不堪重负。但丁说，人与动物不同是因为人有理性。文艺复兴时的理性只看到人的聪明才智和智慧，因为那个时代在这一层面对人的发现，让人类走出蒙昧主义的禁锢，走向澄明的自我实现的境界，而不是

---

① ［英］詹姆斯·乔治·弗雷泽：《金枝》（上、下），徐育等译，大众文艺出版社 1998 年版。

② 《法国中尉的女人》，第 73 页。

③ 同上。

躲在“全能的”造物主的羽翼下庸庸无为。但是人发挥其聪明才智的最大恶果，便是欲望的不可遏制。而这让文艺复兴后期有思想且从小过惯了中世纪神秘、有序、欢快、恬静的田园牧歌式生活的莎士比亚痛苦不堪。伦敦人放纵情欲，不知餍足地对权力和金钱的追求，让他感觉到世纪末日就要到来。他将他的这种体验写进了四大悲剧。正是在这种情况下，笛卡尔的唯理主义哲学和布瓦罗的理性主义戏剧理论，在思想和艺术层面和宗教一起规诫人们的思想观念，当然也包括性观念。“理智节制情感”让《熙德》中的主人公有情人终成眷属，过于放纵情欲让《安德雷马克》中的主人公大多惨死或发疯，只有始终保持理性的赫克托耳的寡妻安德雷马克和她的儿子得以善终。《伪君子》中，因为女人的理性和聪明才智，才使陷入宗教迷狂的男人终于拨开迷雾，看到了放纵情欲的伪君子答尔丢夫之流的丑恶嘴脸。总之，17 世纪之后的欧洲人在理性与宗教的双重规约下，性观念逐渐开始保守，就如老虎归笼一样，虽然其兽性难以去除，但是毕竟有牢笼的束缚。

英国维多利亚时代的性观念就官方文化所显示的，对上流社会的绅士和淑女来说，性似乎是一个讳莫如深的话题。福柯在《性史》中也指出在维多利亚时代，“性被小心翼翼地约束起来，迁移到室内，禁锢在婚姻家庭之中，让它仅仅起到严肃的繁衍作用。只要一谈到性，沉默变成了常规”①。就上流社会的女性而言，当时的性观念还是很保守的。在小说的第 5 章，欧内斯蒂娜脱光了自己的衣服，站在镜子前的瞬间，她觉得是种罪恶，这不配她这个良家淑女的身份，更像是一个舞女或女伶。虽然当瞥见镜子里床铺的一角时，“性的念头顿时在她脑中闪现，其实只是一种想象，仿佛看见赤裸的四肢相互缠绕，犹如拉奥孔被蟒蛇缠住一样。使她感到恐惧的不仅是她对房事一无所知，而且还因为她似乎预先感到了性行为的痛苦和野蛮……于是她在私下里给自己定了一条戒律。每当涉及女人肉体方面的内容，诸如性、月经、分娩等方面的东西，试图强行进入她的意识时，她都会用无声的语言告诫自己：‘我不可以那样做。’但是尽管你可以把狼群挡在门外，但是它们还是会在外

① 陆扬：《后现代性的文本阐释：福柯与德里达》，三联书店 2000 年版，第 166 页。

面的黑暗中嗥叫”①。这便是小说中故事开始之初，福尔斯让叙述者通过内视角叙述窥见的女主人公之一的欧内斯蒂娜关于性的心理意识。

从这里可以看出，维多利亚时代的淑女大多像简·爱、苔丝一样，性观念还是保守的，失去童贞或者偶尔想象性行为对她们而言都是耻辱和痛苦。“为什么苔丝要受如此多的痛苦?”那是因为她失去童贞。“为什么萨拉装作受如此多的痛苦?”那是因为福尔斯让她反讽、戏仿苔丝。为什么萨拉并未失去童贞却要假装失去，是因为维多利亚时代的性观念让福尔斯不得不模仿，在文本中放置另一个虚假的“苔丝”故事的版本。此外，这也反映出福尔斯对当时性观念的文学表达的真实性产生了怀疑，他想通过一种别样的叙事和表达还读者真相。

当然，在维多利亚时代由于男女地位的不平等，女性对男人的依附关系，以及在法律上男人拥有对女人的专横权力体现在男女两性关系、夫妻关系中。1869年，约翰·斯图尔特·穆勒从自己的阶级立场出发，对维多利亚时代的女性在社会中的屈从地位大声疾呼，写出了著名的女权主义论著《妇女的屈从地位》②。恩格斯曾就妇女解放的问题指出：“在任何社会中，妇女解放的程度是衡量普遍解放的天然尺度。”③如果将恩格斯的话继续延伸，“任何一个社会中，衡量妇女解放的程度，其天然尺度便是人们尤其是女性性观念的开放程度”。在爱情、婚姻关系中男女两性关系的不平等，直接影响女性的性观念。尤其是在上流社会，在两性关系中性别的不平等，直接表现便是在性关系上女性的不平等地位。欧内斯蒂娜的性观念，波尔坦尼太太在男女情感关系上的“极度敏感”，除了宗教的禁欲主义的规约之外，还有一个主要的原因就是维多利亚时代的女性在性关系中的被动和屈从地位。如果像玛丽那样，在被男人挑逗主动迎上去而不是大骂或者愤怒地跑开，在波尔坦尼太太看来，她就是淫荡的女人。因此，轻率而主动“献身”给法国中尉、失去童贞的萨拉，在她眼里更是罪恶深重。可见，在波尔坦尼太太这个

① 《法国中尉的女人》，第30页。

② ［英］玛丽·沃斯通克拉夫特、约翰·斯图尔特·穆勒：《女权辩护妇女的屈从地位》，商务印书馆1995年版，第285—370页。《女性的屈从地位》在小说中福尔斯也有提及，译作《女人的屈从》，见小说第447页。

③ 《马克思恩格斯选集》第3卷，人民出版社1972年版，第300页。

贵族阶层的妇女的思想意识中，性就是洪水猛兽，是要极力克制的。极力克制的途径除了鸦片酊的麻醉作用之外，便是对下层仆人的歇斯底里和森严管制。

穆勒在研究男女体质差异的时候，曾经探讨过造成妇女过于敏感，容易歇斯底里、神经错乱、昏厥的原因。他认为造成这些性格缺陷的原因，一方面是因为“高层阶级的妇女像温室中的植物，全然未经历过空气和温度的变化，未经任何职业的训练，未对循环和肌肉系统进行过刺激和发展的体育锻炼……”① 另一方面，他认为这与有意识和无意识教养有关，是上流社会妇女互相效仿造成的。诸如歇斯底里和昏厥在一个时期比较普遍，但后来几乎绝迹了。② 在小说中，波尔坦尼太太和欧内斯蒂娜都曾昏厥过。其实，穆勒是从男性视角分析女人性格方面的这些特征。虽然他想通过这些问题的探析，促使社会和男人接纳女人，让女人进入社会从事职业或政治活动。但是他的原因分析忽略了女人自身在生理欲望方面的问题。上层社会的女人因为不能有太多的室外活动，幽闭在家庭这一狭小的空间里，活力过剩，欲望又得不到恰当的释放，只能用阅读书籍来排遣无聊而又漫长的日夜。而阅读的结果让爱玛、欧内斯蒂娜等维多利亚时代的高层妇女产生更奇特的性幻想。

因此，不管是外在强加的，还是女性自己内化于心理意识层面的性观念，让这些女性失却了常态，对生理欲望的极度克制让这些女人的神经极度敏感，不能承受过多的压力和打击，是造成她们容易歇斯底里和昏厥的主要原因。正如20世纪法国女权主义者埃莱娜·西苏所言，“在父权社会里，女性在二元对立关系中始终处于被压制的地位，她的一切正常的生理心理能力、她的一切应有的权利都被压抑或剥夺了，她被迫保持沉默，只有写作行为才能改变这一被奴役的关系”。③ 因此，维多利亚时代妇女的写作空前繁荣，这除了她们受到一定的教育和广泛的阅读之外，写作是她们释放自己的激情和欲望的最好途径。

但是，同样是女性，萨拉和玛丽却有着和欧内斯蒂娜完全不同的天

---

① ［英］玛丽·沃斯通克拉夫特、约翰·斯图尔特·穆勒：《女权辩护妇女的屈从地位》，汪溪译，商务印书馆1995年版，第347页。

② 同上书，第347页。

③ 朱立元：《当代西方文艺理论》，华东师范大学出版社1997年版，第352页。

性，在性观念上也要开放一点。萨拉自不必说，她和查尔斯关系的发展证明，在他们二人的性关系中她是处于主导地位的。安德悬崖的邂逅、悬崖边谷仓的告别、埃克塞特旅馆的一夜情等，故事层面的叙述者也在有意无意地泄露机关，萨拉怎样从安德悬崖回来的路上故意被费尔利太太发现，又怎样在埃克塞特旅馆制造脚受伤的假象。虽然这个旅馆在维多利亚时代远早于1867年就是为那些“饱受蹂躏的姑娘和妇女——未婚母亲、情妇”提供避难所的地方，也是“在为普遍的男性贞洁的斗争中，有大量不幸的女性受了伤”[①]的时候，为她们提供立足之地的。但是，在萨拉和查尔斯的故事中，福尔斯故意颠倒过来，在这个接纳失去贞洁的女人的地方，让萨拉设计、引诱查尔斯和她发生关系。在这里，萨拉的故意失贞戏仿了苔丝的被迫失贞，失去童贞的萨拉不但没有像苔丝一样境遇悲惨，而且在她一走了之之后，倒让查尔斯像失去安吉·克莱的苔丝一样失魂落魄，疯狂地到处漫游寻找情人。这种男女地位在性关系发生之后的颠倒，反映出福尔斯在这里确实颠覆了男女两性在性关系上的主次低位，在萨拉的性观念层面作者赋予了她更多现代女性的特征。诸如，在小说话语层面，“我”毫不隐讳地谈及同性恋时，虽然否认了萨拉的女同性恋倾向，但却肯定了在性观念层面萨拉的大胆臆想。“关于女同性恋，她和女主人一样，一无所知。但是她与波尔坦尼太太也有不同之处，她对肉欲并不恐惧[②]。她知道，起码是猜测，做爱一定能带来肉体上的快乐。”[③]

德国后现代主义女作家克里斯塔·伍尔夫的《卡珊德拉》和《法国中尉的女人》在这一层面有相似性，伍尔夫站在20世纪的女性主义视角重新审视古希腊神话中特洛伊战争的起因，破除了男性视角与经验对历史的书写，重写历史，使在男性视角下沉睡几千年的历史呈现不同的面貌。福尔斯将萨拉放置在维多利亚时代，却以当代的性观念颠覆维多利亚时代女性在性方面的屈从属性，破除男性神话，在性观念层面解构维多利亚时代的性文化。萨拉在性方面的主动性就像杜拉斯的小说

① 《法国中尉的女人》，第293页。

② 笔者注：这点她和欧内斯蒂娜也不同。

③ 《法国中尉的女人》，第170页。

《直布罗陀水手》中“直布罗陀水手”的女人安娜一样。安娜主动追求男人，让那么多男人拜倒在她的裙下。

玛丽也是作者刻意安排的颠覆维多利亚时代性观念的一个“尤物”，作为劳工阶层最底层的仆人，她和萨拉一样显得与众不同。她敢爱敢恨，勇于追求属于自己的爱情，和萨姆在灶边、小树林、悬崖边的谷仓约会，足见其在性观念方面具有其祖先爱神阿佛洛狄泰的胆识，却丝毫没有维多利亚时代上层女性的扭捏作态。作者也没有让她像苔丝一样因为失去童贞而沉浸于苦难中，而是让她最终成了小资产阶级暴发户的夫人，不但儿女绕膝，仆人相伴，而且和萨姆爱情圆满。在一百年后作者的时代，她的子嗣不但不是仆人，而且身份显赫，“玛丽的曾孙女在我写这本书的时候22岁。长得很像她的祖先，她那张脸全世界的人都知道，因为她是英国著名的年轻电影演员”①。

维多利亚时代女人的性观念实际受制于男人。安吉·克莱对苔丝失去童贞之事的耿耿于怀，反映出当时的男人很在乎女人的贞操，尤其是上层社会或者是受过教育的男人。在小说的第20章，在安德悬崖边查尔斯第一次听到萨拉给他讲她和法国中尉瓦盖纳的故事，讲到她被引诱而失去童贞时，在他眼里，萨拉“既是无辜的受害者，又是放荡不羁、寡廉鲜耻的女人。在他心灵深处，他对她的不贞是原谅的，而且瞥见了自己也可能对她起淫心的心理阴暗面”②。因为，此时的查尔斯和萨拉的关系不像苔丝和克莱的关系那样亲密，萨拉失身与否和他也无直接关系，所以他似乎并不在乎萨拉是否失身于别的男人。但是，就因为萨拉失贞一事，他便轻率地断言萨拉是一个“放荡不羁、寡廉鲜耻的女人”，这种评价很能说明问题，就女人的童贞而言，查尔斯和克莱的性观念是一样的。

但是，此时上流社会的男人的性观念还是很开放的。查尔斯在大学时代就已品尝禁果，虽然和聂赫留朵夫一样，对自己对女人的罪恶有愧疚之情，但很快便陷入生活洪流和正常人一样生活，在和欧内斯蒂娜订婚前，寻花问柳更是他的家常便饭。但是，作为女人的欧内斯蒂娜在订

---

① 《法国中尉的女人》，第80页。

② 同上书，第190页。

婚前并未追究他是否是处男，这个经常被男人拿来衡量女人是否贞洁的致命问题。而作为女人的欧内斯蒂娜从未怀疑自己的未婚夫是否贞洁。这也是“男权中心主义”在性观念层面的显现。甚至在小说的故事层面，查尔斯在朋友们的蛊惑下，在既有订婚女友，又有思恋对象萨拉的时候，依然去找妓女，去特普西桥大妈那里。而且他有罪恶的理由：“他需要一个女人，他需要性交。他需要最后再放荡一次，就像他有时候需要赎罪一样。”① 在他和萨拉发生性关系前，他也有类似的心理意识，“顿时对男性充满了轻蔑：浅薄、轻信、自私。然而，他自己也是男性，男人自古以来就有的狡猾和怯弱在他心里冒了出来：也许这一次是他最后一次寻欢作乐，最后一次过放荡生活？”②

就查尔斯的性观念而言，他对作为男人的自己虽然有清醒的认识，但在性方面却并不像女人一样受贞操观的约束。和查尔斯一样，维多利亚时代上层阶级的男人，不管是主教的儿子，还是男爵，他们作为英国绅士俱乐部的成员，生活淫乱、放荡。小说在第39章对此有详细的描写。可见，所谓维多利亚时代性观念保守是针对女人的，男人丝毫不受约束。而女人、高层阶级的女人、社会底层的女人（包括妓女）和男人，各有不同的性观念。可见，维多利亚时代的性观念的男权色彩相当浓厚，而且因阶级不同面对性这一敏感的话题时人们的观念和态度不尽相同。

在小说中，福尔斯指出：“哈代是打开维多利亚时代中产阶级性生活潘多拉盒子的第一人，但是，并非最没有趣味的（当然也是最显得矛盾的）是，他却竭力保护自己和他父辈性生活的封条。”③ 他和安德鲁·朗利都指出，包括狄更斯在内的英国维多利亚时代的艺术家的笔下对维多利亚时代生活的描绘与真实的现实生活相比大相径庭④，若想了解客观现实，只有在梅休⑤的著作和各种委员会的报告中才能找到。福

① 《法国中尉的女人》，第324页。

② 同上书，第378页。

③ 同上书，第290页。

④ 见［英］安德鲁·朗利《艺术为证之维多利亚时代》，吴静译，天津教育出版社2011年版，第54页。《法国中尉的女人》，第289页。

⑤ 福尔斯原注：梅休（1812—1887），英国新闻记者和社会学家，创办《笨拙》周刊，著作中以四卷本的《伦敦的工人和伦敦的穷人》最为著名。

尔斯之所以称哈代是打开维多利亚时代中产阶级的性生活潘多拉盒子的第一人，是因为“有关性方面的内容”的客观现实被狄更斯和其他一些与他齐名的作家略去了，而哈代却在其小说中涉及有关性生活方面话题。在《苔丝》中，整个叙事就围绕苔丝的失贞以及失贞后的经历，和两个男人的情感纠葛展开。苔丝的失贞使“她身上已打上了不贞不洁‘这一无法抹去的耻辱的印记’”[①]，而其中性观念和宗教观念之间的冲突是折磨苔丝，也是作者哈代思考的主要议题。此外，就哈代本身的遭际而言，他的情感经历的悲剧就是维多利亚时代家族内部混乱的性生活所导致的，他和他的情人隐秘的叔和侄女的关系这一可怕的家族秘密，使他不得不“在色欲与克制、无穷的思念与不断的抑制、诗情的宣泄与悲剧式的责任之间，在肮脏的事实与其高尚用途之间所造成”[②] 的紧张精神状态中创作出超越他的时代的天才的作品。

究竟当时性观念的冰山一角之下还有多少没被揭示出来，小说的第35章对此有非常详细的书写。在社会底层，尤其是农村，少女如何经常在不经意间失身，类似苔丝的悲剧有多少发生，农舍内部的拥挤不堪又是如何让乱伦现象十分普遍，等等。作者还在这一章，通过两个世纪人们性观念的比较，揭开维多利亚时代性观念方面的众多问题：人的性欲、他们对性高潮看法、性技巧、性生活等。因此，我们可以毫不犹豫地说，在这部小说中，福尔斯继哈代之后又一次打开了英国文学书写维多利亚时代性观念的潘多拉盒子。

“质疑确定性，提出问题，揭示小说的创作过程——这是后现代主义的行动方案。”[③] 福尔斯从性观念这一层面重新审视前人文本中呈现的维多利亚时代的文化，以这种问题探索而非给出某种定论的真理式深描与思考，站在现代，在现代与过去的比较中审视过去，对历史提出问题。因此，这部小说以语言和文本构造的后现代主义小说“理论虚构小说”的“不自然叙事”的文学表达，在看似游戏的空间里，在真实与

---

① ［美］J. 希利斯·米勒：《小说与重复》，王宏图译，天津人民出版社 2008 年版，第 157 页。

② 《法国中尉的女人》，第 292 页。

③ ［加拿大］琳达·哈琴：《后现代主义诗学：历史、理论、小说》，李杨等译，南京大学出版社 2009 年版，第 65 页。

虚构的漫游中，重新思考文化的多元性。伊瑟尔说：“每种文本形式，都可以揭示被限定在一定范围内的人类可塑性的模仿，和人类自我呈现的冲动。这样，文本作为一种游戏空间可能为‘人类为什么需要虚构’这一难题提供了答案。”①

① ［德］沃尔夫冈·伊瑟尔：《虚构与想象——文学人类学疆界》，陈定家等译，吉林人民出版社2003年版，“引言”第7页。

第二章

福尔斯的“文学介入”：维多利亚时代的历史、政治与《法国中尉的女人》

1974 年，萨德·萨卢特福在《纽约时报书评》[①] 中谈到《法国中尉的女人》时，认为这部小说对维多利亚时代的道德行为与人的精神进行了精彩的研究。《当代文学评论》第 15 卷在福尔斯相关研究的引言中，编者指出《法国中尉的女人》不仅通过叙事技巧方面的革新，通过小说审视时间观念层面的新方向，而且“福尔斯在其小说中始终坚持对历史重要性的细微观察……”[②] 前人从反映论、戏仿、互文等多个层面研究《法国中尉的女人》和维多利亚时代历史、政治、文化的关系。福尔斯借小说以文学的形式在相隔百年之后重新思考维多利亚时代早中期（1837—1867）的一系列社会问题。正如赵毅衡所说：“任何一个符号文本，都携带了大量社会约定和联系，这些约定并不显现于文本之中，而只是被文本‘顺便’携带着。可以说，所有的符号文本都是显文本与伴随文本的结合体，这种结合，使文本不仅是符号的形式组合，而成为一个浸透了社会文化因素的动态构造。”[③]

后现代主义反对一切形式的元叙事，包括逻各斯中心主义、欧洲中心主义、男权主义、马克思主义、弗洛伊德主义以及一切形式的启蒙理性，密切关注长期受到压制的“他者的世界”和“他者的声音”，比如非理性、女性、黑人、殖民地的各民族及其自身的历史等。后现代历史

---

① Theodore Solotaroff, in *The New York Times Book Review*, The New York Times Company; Reprinted by Permission, November 10, 1974.

② Sharon Gunton, *Contemporary Literary Criticism*, Vol. 15, Detroit: Gale Cengage, 1980, p. 231 引言（黑体字部分）。

③ 赵毅衡：《反讽时代：形式论与文化批评》，复旦大学出版社 2011 年版，第 40 页。

叙事就是用这样一种视角，将历史复数化，历史不再是单一的，只出现在官方史料中，受到主流意识形态掌控的官方历史，历史有多种可能。历史作为一种叙事，历史事件可能是真实的，但是历史学家写就的历史著作并非是“具体的历史事实”。虽然，很多的历史著作的书写都是建立在翔实的史实、历史事件的描述、开放的体例等基础之上，而且在意识形态领域也赢得了很高的赞誉。但是，正如海登·怀特等后现代历史叙事学家指出的，书写历史的史家都是自足的个体，这些个体因为有着各自的出身、成长经历、受教育的经历等，他们书写历史、编排历史事件的方式方法都是在某种元叙事的话语背景之下，以非常个人的书写方式对历史进行的叙述。这一叙述机制如同小说家写故事一样，有各自不同的书写技巧、方法、结构等。因此，这样说来，根本就没有什么客观的历史，历史也是叙事，对它的书写也有虚构和想象的成分存在。因此，后现代主义学者对待历史不再像以前那样，将其奉为真理。海登·怀特说：“不应该用仅在数学和实验学科里正常使用的批评标准来评价历史判断。所有这些意味着，历史是一种艺术。”①

维多利亚时代是大英帝国的全盛时期，经济、领土空前扩张，文化艺术等达到了前世无法企及的高度。当时的建筑、绘画、雕刻、文学、摄影等艺术对后世了解维多利亚时代人们的生活，为后世了解那个时代提供比较丰富的资料。比如在狄更斯、盖斯凯尔夫人、乔治·艾略特、萨克雷、哈代的小说中，塑造了城镇的、乡间的等各个阶层的人物形象系列，通过他们的故事，给读者虚构了一幅幅生动的维多利亚时代的社会生活画卷。福尔斯通过《法国中尉的女人》一方面确立前人文本中历史、政治的合法性，另一方面则质疑、批判前人文本有关此类问题的真实性书写。在质疑的过程中福尔斯运用了大量的真实史料，如题记中引用的名人名言、注释、穿插真实历史事件或著名作家不为人知的事件真相等。

既然历史是一种艺术，文学亦可以成为真实。一直以来我们总相信文学应该是想象和虚构的产物。“文学”被这样定义，它源于生活但高

---

① ［美］海登·怀特：《后现代历史叙事学》，陈永国等译，中国社会科学出版社 2003 年版，第 33 页。

于生活，传统小说家在小说构思过程中会费尽心思让自己笔下的故事尽可能逼真地再现现实，让读者相信这就是真的。然而却没有一个小说家会像历史学家一样将真实的历史事件写进自己的小说中。亚里士多德早就说过：“诗人的职责不在于描述已发生的事，而在于描述可能发生的事，即按照可然律或必然律可能发生的事”①。历史学家和文学家即诗人的区别不在于一个用散文，一个用韵文写作，“两者的区别在于一叙述已发生的事，一描述可能发生的事”②。“可能发生的事”只能凭借已发生之事的可然性和必然性进行虚构和想象，因此文学不可能像历史一样叙述过去和已发生的历史事件。亚里士多德的诗学理论影响深远。因此，在西方，文学和历史是两个不同的领域，各有自己的叙述对象。当然，在中国古代文史是不分家的，先秦文学的很多经典文本，如《左传》、《战国策》等既是文学经典，又是史学经典。

在20世纪，存在主义小说家、理论家加缪还强调“小说活动意味着对现实的一种否定”③。但是法国的“新小说”作家、理论家娜塔莉·萨洛塔在《怀疑的时代》中认为，因为“现代读者开始怀疑小说家所虚构的事物能否含有真实事物的丰富内容”，因此在小说中：“‘一点真实的事实’要比虚构的故事具有无可置辩的优点，首先它是真实。由于是真实，因而更具有说服力和进攻力，因而能泰然自若，毫不介意的面对着讥笑和粗野的态度；由于是真实，因而具有沉着的勇气，能抱着满不在乎的态度超越各种严格的限制④，抱着这种不在乎的态度，才能使现实的领域极大地扩展开来。”而且萨洛特还强调，“具有真实性的事实可以使我们进入未经探索区域”，而这一区域是“过去没有一个作家曾想到要闯入的境界”。

福尔斯实际上实践了萨洛特的理论，通过小说勇敢地穿越时空，泰然自若地站在一百年后，像历史学家一样重新审视维多利亚时代的历史、文化、政治。“以前人们的小说评论里曾经把历史当作再现中极端

---

① 伍蠡甫：《西方文论选》上卷，上海译文出版社1979年版，第64页。

② 同上。

③ 朱立元：《二十世纪西方文论选》上卷，高等教育出版社2002年版，第482页。

④ 萨洛特原注：在这种限制之下，由于要考虑逼真这个问题，连最有勇气的小说家也感到束手无策。

写实的范式。后现代主义把这一范式问题化，以质疑历史与真实、真实与语言之间的关系。"① 在后现代主义那里"历史并没有被废弃，只是作为人为构建之物重新思考"②。《法国中尉的女人》中引入了一系列维多利亚时代的历史事件，以及精细记录那个时代的人的真实生活状况的报告，并以"一点真实的真实"以后现代主义者的叙事原则质疑和批判维多利亚时代的历史文本和文学。在小说中，一些故事情节和事件的真相，和安德鲁·朗利的历史著作《艺术为证之维多利亚时代》中的历史事实非常吻合，在本节具体论证的过程中，将以此为参照对维多利亚时代的相关历史事件、政治观念等进行研究。

第一节 维多利亚时代历史的还原和再现，质疑与批判

约翰·福尔斯通过《法国中尉的女人》这部小说，站在1967年"鸟瞰"维多利亚时代1867年左右的莱姆，一方面继承前人，尽量遵循、再现维多利亚时代的社会文化观念；另一方面，作为一个受法国存在主义、新小说、结构主义诗学影响的作家，他对传统的技法进行改造，并在此基础上进行新的探索，将"历史真实"引入小说，闯入了一个过去的作家从没有进入的世界。正是在这种情况下，福尔斯一方面和他同时代的很多作家一样试验新的小说技法；另一方面，通过新的技法的探索，对维多利亚时代的社会文化历史中被遮蔽的一些历史、政治、文化进行重写。福尔斯认为"时间是一大假象；生存没有历史，它永远是现在，永远被绞在同一部可怕的机器里。历史、宗教、责任、社会地位等一切五彩斑斓的屏幕，都是人为竖起来的，目的是掩盖现实。它们都是假象，都只不过是鸦片造成的幻觉"③。因此，《法国中尉的女人》作为实验的结晶，在小说中维多利亚时代的历史、文化以文学的形式以某种姿态确立的基础上，反对、质疑、颠覆传统小说对世界的模仿

① ［加拿大］琳达·哈琴：《后现代主义诗学：历史、理论、小说》，南京大学出版社2009年版，第21页。

② 同上。

③ 《法国中尉的女人》，第221页。

观念，体现了后现代主义的历史观。

《法国中尉的女人》通过题记、注释、直接引用历史事实等方法，重审和改造主流历史意识形态，通过历史元小说的自我指涉性，给读者清楚地讲述了政治、历史真相。正如琳达·哈琴所说：“后现代主义致力于正视、质疑现代主义以未来的名义对过去的抛弃或还原。它所提出的不是寻找任何超验、永恒的意义，而是根据现实重新评价过去，与之进行对话。”①

在小说的第 2 章题记中，福尔斯引用了 E. 罗伊斯顿·派克的《维多利亚黄金时代人文资料》里的一段历史史料：“那年（1851），英国人口中十岁以上的女性约有 8155000 人；与之相比，男性仅 7600000 人。显而易见，如果维多利亚时代的少女往后注定成为妻子和母亲，这些男人看来是不够充数的。”②

紧接着在第 4 章的第二个题记中，他又引用了派克在同一本书中的一段话：“英国大部分中产阶级和中产阶级以上的家庭都生活在他们自己藏污纳垢的处所里……”③

事实上，对这两段资料的引用，作者并不是要说明维多利亚时代的性别比例如何，资产阶级的住所如何。作者福尔斯和读者一起分享历史事实，重新审视上世纪（19 世纪）英国社会中的性别平等、等级等问题，通过一种历史语境批评性地反讽历史。维多利亚时代的多部小说中都描写了不平等的爱情关系，男女的婚姻规则和畸形的婚恋观。查尔斯与欧内斯蒂娜的婚约首先不是建立在爱情的基础之上，而是建立在一种等级和经济利益的角逐和权衡之上。《傲慢与偏见》、《呼啸山庄》、《名利场》等小说无不在揭示这种畸形的婚姻和爱情关系。那到底是什么造成了这种社会问题？福尔斯以幽默的引用、反讽的艺术表达重新审视历史，19 世纪小说中男女的不平等和畸形的婚恋观，其原因是男女性别比例的失衡，查尔斯、达西等在上流社会男人之所以比较抢手，就是因为那个时候女人太多而男人太少。而对于其背后深藏的男权主义、等级

---

① ［加拿大］琳达·哈琴：《后现代主义诗学：历史、理论、小说》，李杨等译，南京大学出版社 2009 年版，第 26 页。

② 《法国中尉的女人》，第 4 页。

③ 同上书，第 18 页。

偏见、金钱利益至上等原因则巧妙地掩饰掉了。这种历史观也是琳达·哈琴、海登·怀特等学者坚持的。琳达·哈琴认为，后现代主义“有回归历史的特征，而且也确实将全部历史知识观念问题化。然而，恢复记忆并不意味着缺少评判性或者具有反动性，况且把人文主义的论断问题化并不意味着其遭到拒斥或者面临消亡的命运。与其说后现代主义削弱了我们的历史意识和指涉行为，不如说削弱了我们对历史和指涉的含意坚定不移的认识”①。当后人无原则地接受历史著作中关于历史的言说和书写的时候，是不是应该带着问题意识审视并质疑历史呢？福尔斯在小说中对历史史料的引用削弱了长期以来被认为具有某种宏大的元叙事机制的历史话语。在虚构与想象中重新阐释历史，为历史寻求多种可能。

除了以上历史史料的直接引用之外，在故事的进程中，作者不时地会引入资料从现代人的视角审视维多利亚时代的阶级差异。在第 11 章，叙事进程倒退，追溯查尔斯和欧内斯蒂娜的相识，讲到欧内斯蒂娜的家庭出身时，20 世纪的福尔斯审视了 19 世纪富豪阶层的兴起，“19 世纪中期的伦敦，社会上已开始形成富豪阶层。当然高贵的血统是任何东西都取代不了的，但是人们已经普遍认为：只要有钱，头脑又好，就可以人为地制造出合格可以接受的社会地位。迪斯累里②就是属于这个类型的人物，在当时那个时代他并不是唯一的例子”③。安德鲁·朗利在《艺术为证之维多利亚时代》的“房子与家”中指出，上流社会和中产阶级在乡间修建了大批房屋，这些房屋从外部修建到内部装饰都极其奢华。只有穷人不得不留在“拥挤不堪，街道脏乱，店铺和工厂散布在四周”的拥挤城市里生活。④

城市里的工人生活艰难，生活条件和上流社会、中产阶级的差别甚

① ［加拿大］琳达·哈琴：《后现代主义诗学：历史、理论、小说》，李杨等译，南京大学出版社 2009 年版，第 63—64 页。

② Disraeli，英国保守党领袖，第 39 任、第 41 任英国首相（1868、1874—1880），同时也是一位小说家。他的代表作是政治小说《西比尔，或两国记》（1845）。

③ 《法国中尉的女人》，第 84 页。

④ ［英］安德鲁·朗利：《艺术为证之维多利亚时代》，吴静译，天津教育出版社 2011 年版，第 28 页。

大。在乡村，广大的农民生活更是不堪。在小说中，当福尔斯写到波尔坦尼太太的小女仆米利时，揭示了维多利亚时代乡村生活的真实情形，并对乔治·莫兰等维多利亚时代的艺术家在作品中粉饰现实进行了犀利的批判。在小说第19章有这样一段叙述："米利是个庄稼汉的女儿，兄弟姐妹11个，她排行第四，孩子们与父母生活在一起，日子过得极为艰难，难以言表。荒凉的埃加顿有许多向西辐射的山沟，她家的农舍就在其中的一条山沟里，只有两个房间，十分潮湿，拥挤不堪。那地方现在属于伦敦一个赶时髦的年轻建筑师所有，他常到那里度周末。他喜欢那里的荒芜、人迹罕至、颇有乡村的诗情画意。这也许能驱除维多利亚时代在那里发生过的种种恐怖。我希望如此。乡村体力劳动者一家子心满意足、其乐融融的故事曾经风靡一时，那是乔治·莫兰[①]之流（1867年的时候罪魁祸首是伯基特·福斯特[②]）制造出来的幻象，他们跟我们时代的好莱坞的'现实'生活影片一样，其浪漫化处理既愚蠢又有害，隐瞒了现实真相。只要看一眼米利和她那十个可怜的兄弟姐妹，所谓快乐乡村情郎的神话立即化为乌有，可是愿意看这一眼的人实在太少了。每一个时代，每一个罪恶的时代，都会在它的凡尔赛宫周围筑起高墙。就个人而言，我最痛恨的是用文学和艺术筑起来的高墙。"[③]

通过这段描写和分析，福尔斯揭示了维多利亚时代的艺术对当时现实的歪曲，正如他说过的，艺术或历史首先是上层阶级或中产阶级知识分子的产物。安德鲁·朗利在他的书中也指出同样的问题，他认为在布朗的画作《受雇的牧羊人》（1852）和《迷途的羊羔》等作品中，"营造出一派乐观、祥和、天真无邪的田园景象"。"然而，现实和艺术之间存在着巨大的差距。虽然英国的田园风光和艺术作品中所展现的一样美丽，但是广大农民的实际生活却与艺术作品中所描述的大相径庭。他们租住在窄小、阴暗、潮湿的村舍里，日常主要靠根茎类植物和油腻的培根为生。除了冬天时农活相对少一些，其他时节，不论是严寒还是酷暑，他们都得起早贪黑地在户外工作。如果他们丢掉了工作，就会立即

① 作者原注，乔治·莫兰（1763—1804），英国画家。

② 作者原注，伯基特·福斯特（1825—1899），英国画家、雕刻家。

③ 《法国中尉的女人》，第170页。

失去那份微薄的薪酬，变得无家可归，只能待在当地的贫民习艺所里。”① 但朗利也不否认有一些画家如亨利·瓦利斯和乔治·格劳森的画作，真实地表现了农村生活的贫苦、绝望。前者的著名代表作《碎石工》(1858)，后者的作品《驱鸟人》(1896) 都捕捉到了维多利亚时代乡村现实生活的艰难。当然维多利亚时代农村生活的凄楚景象，在哈代的小说中有真实的揭示，《德伯家的苔丝》中苔丝一家的悲惨命运，苔丝本人的遭际，被安吉尔抛弃后的苔丝为了挣微薄的薪酬，在冬天的荒原上劳作的悲惨景象，是维多利亚时代农民的真实写照。

琳达·哈琴在谈及后现代主义学者们的理论和实践中的显而易见的矛盾时指出：“利奥塔在其显然属于元叙事的理论中提到后现代主义对元叙事的怀疑，福柯早期以反一统的立场将知识一统化，两者都具有典型的矛盾特征；他们以专制否定专制性，以连贯一致的方式攻击连贯一致性，从本质上挑战本质，这些是后现代主义理论的特征。”② 同样，《法国中尉的女人》先是确立继而又颠覆它对维多利亚时代的模仿，它“并不否认过去的存在；它的确提出了质疑——我们是否只能通过过去的文本化残片了解过去”③。

福尔斯在质疑历史的同时，尽可能真实地了解历史，除了以上对社会底层的农民、雇工的关注和书写以外，小说中还关注另一个社会问题，即包括女童在内的女性问题。

在第35章的题记部分，福尔斯引用了1867年的《儿童雇佣委员会报告》中的一段话：

> 在医院里，许多14岁——甚至13岁——到17岁的姑娘受孕了以后，被禁闭在这儿。姑娘们承认，在她们去田里干活或干活回来的时候，她们的大祸临头了……这段年龄的小伙子和姑娘们去干活，得走五六英里或六七英里路，他们沿着大街小巷成群结队地

① ［英］安德鲁·朗利：《艺术为证之维多利亚时代》，天津教育出版社2011年版，第34页。

② ［加拿大］琳达·哈琴：《后现代主义诗学：历史、理论、小说》，南京大学出版社2009年版，第27页。

③ 同上书，第26页。

> 走。我曾亲眼看到14到16岁之间男女少年不堪入目的非理行为。有一次，我看到一个姑娘在路边被五、六个小伙子侮辱。其他一些年长的人们离他们约20至30米，但他们熟视无睹。姑娘大声叫喊，使我停住脚步。[①]

福尔斯紧接着在这章的开头再次重申了维多利亚时代的女性问题，并质疑了当时伪善的社会风气，“那个时候，女人的身体比以往任何时候遮蔽的更严实，然而评判每个雕刻家的标准却是看他雕刻裸体女人的能力；那时候，在杰出的文学作品中，没有一部小说、一出戏或一首诗的性描写超出接吻的范围，人们普遍认为，鲍德勒博士在这方面为社会作出了贡献[②]，然而，那时候的黄色书刊的产量却堪称空前绝后……”[③]福尔斯的这段议论和题记所引相得益彰，这些描述和议论不需再做任何说明，读者已经足够了解英国维多利亚时代的此类问题。

因此，福尔斯既置身其中又置身其外，既参与又保持距离，既确立又质疑维多利亚时代的复杂的历史现状，通过问题和矛盾的揭示，尽可能地还原被前文本遮蔽的历史。这涉及维多利亚时代社会生活的方方面面，人性、宗教、政治、现实生活、妇女地位、性生活、阶级、心理、自然科学等众多问题。这部小说就像一部维多利亚时代的百科全书，完全可以与任何一部维多利亚时代的历史书相媲美。

第二节　书写边缘群体——佣人、雇工，“文学介入”和政治关怀

《法国中尉的女人》中的人物形象有上层贵族、富商及其子女，还有生活在底层的家庭教师、保姆和妓女、女精神病患者等。

福尔斯在讲萨拉和查尔斯的故事时，非常关注处于社会底层的一些小人物，除了萨拉之外，有波尔坦尼太太家的小女仆米利，特兰特太太

---

① 《法国中尉的女人》，第285页。

② 作者福尔斯原注：他去世的年份，1825年，提醒我们，维多利亚时代的精神特质在这一时代的严格起点之前早已存在。

③ 同上书，第286页。

家的女仆玛丽等。但是在维多利亚时代“仆人的地位并不比家具高多少”①。对这一点福尔斯也有清晰的认识，但是他却在小说中塑造了多位仆人的形象，且在他们的身上都赋予了“人”所具有的丰富品格和内涵，书写他们的生活和爱情。其实从文艺复兴时期开始，很多作家都很关注这些处于社会底层的雇佣工人。薄伽丘、拉伯雷、堂·吉诃德、莎士比亚、莫里哀等作家都曾在作品中塑造过机敏、聪慧，且胆识过人又有独到见解的仆人。在文学作品中通过有些贵族之口对那些因为家庭出身不好，不得已被埋没的地位低下的聪明人进行褒奖，“窃据高位的说不定是一些蠢材，酒囊饭袋，只因为他们的家庭出身和所谓世袭的荣耀他们才有了那种特权。而一些真正聪明的、优秀的、有才华的人，则倒被埋没在草莽里”②。

福尔斯在《法国中尉的女人》中给这些地位低下且处于社会边缘的小人物再次正名，从多个层面书写并关注他们。小说中作者对萨姆和玛丽这两个人物形象的塑造便是明证。小说中，作者对他们的出身、经历、所思所想，两人相识、相爱、结婚、生子的过程都有详尽书写。小说中作者的主要叙述对象似乎是法国中尉和萨拉，但因为法国中尉的不在场，使得故事结构呈现断裂和不确定性，两人故事的完整过程被悬置。小说中真正按照线性时间发展的事件则是查尔斯和家庭教师萨拉、富商小姐欧内斯蒂娜的三角爱情。而在这两个显形的结构下面却潜藏着萨姆和玛丽这一对仆人的爱情故事。玛丽具有天真、单纯、温顺、善良的性格和漂亮的外表，她没有萨拉的神秘，也没有欧内斯蒂娜的矫揉造作，“在莱姆镇也算得上是个可爱的性感女郎”③。“起初萨姆爱上她，是因为她像夏季的日子有朝气……” “玛丽的单纯真正打动了他的心。”④ 萨姆是查尔斯的仆人，但“他常常心不在焉，争强好胜，虚荣心强，自以为聪明……” 福尔斯之所以给他取名为萨姆，是要人们想起《匹克威克外传》中的萨姆·韦勒，这个真正的维多利亚时代小说中的

① 《法国中尉的女人》，第227页。

② 在《十日谈》、《堂吉诃德》等小说中类似的观点比较普遍。

③ 《法国中尉的女人》，第42页。

④ 同上书，第140页。

著名仆人形象。而且“现在这位萨姆肯定是从那一背景中发展出来的”[①]。他身上具有伦敦未来高级仆人的新的特点，他是查尔斯的朋友——“他的桑丘·潘沙”[②]。

正如昆德拉所言，堂·吉诃德走到20世纪卡夫卡的笔下就是K，桑丘·潘沙走到20世纪福尔斯的笔下就成了萨姆。桑丘一心一意对老婆和女儿，萨姆自从遇到玛丽后一心一意对玛丽；桑丘对主人堂·吉诃德越了解越爱、越崇敬，最后忠实地为主人奔忙。萨姆对主人查尔斯则越来越失望，最后看不到主人会给他带来憧憬中的幸福生活，便以主人的隐私为“晋升”筹码，非常及时地背叛了查尔斯，得到了他想要的一切。当然，在小说快要结尾时，眼看查尔斯和萨拉将无缘再见，此时的萨姆似乎为了弥补他对主人的愧疚之情，匿名告知查尔斯萨拉的行踪。此外，桑丘被无聊的公爵夫妇捉弄做了一阵子他梦想中的总督，福尔斯却让萨姆真的成了伦敦的小商人，成了新贵。他也雇用了仆人，让他的玛丽成了幸福的女人，他的子女过上了幸福的生活。在小说中萨姆和玛丽的爱情故事结构完整，甚至作者在小说中暗示，长着和玛丽一样的鹅蛋脸的玛丽的曾孙女成了他的时代的著名女星。因此，作者对玛丽和萨姆这对仆人的故事的结构设计，迥异于法国中尉和萨拉、查尔斯和萨拉、查尔斯和欧内斯蒂娜的故事结构。作为一对既无社会地位，又无独立经济来源的家奴式的雇佣工人，福尔斯对这两个人物这样处理，彻底颠覆了维多利亚时代小说中的仆人形象。

任何一个民族、任何一个时代的历史都打上了统治者的意识形态的烙印，英国维多利亚时代的历史是处于社会精英阶层的中上层阶级书写的自己的历史。文学也不例外，狄更斯的小说虽然关注劳资矛盾，但是他笔下的劳工阶层大多具有无望和漠然的特征，他们的默默忍受抵消了劳工们为了改善自己的生活而做的努力。不过狄更斯的小说还是引起了公众对穷人们绝望生活状态的关注。《法国中尉的女人》的创作时代已经不是狄更斯创作的时代，他对工人阶层的书写不是要引起关注，而是重新思考他们的历史地位和价值，以及他们身上具有的维多利亚时代的

---

① 《法国中尉的女人》，第44页。

② 同上书，第46页。

工人所具有的更接近历史事实的特征。

小说中的雇佣工人除了萨姆和玛丽以外，萨拉、费尔利太太都以自己的方式在文本中存在。虽然在小说中萨拉的性格特征，她和两个男人——法国中尉和查尔斯的情感故事没有自足性，萨拉究竟是怎样一个女人没有确定的叙述，她和法国中尉、查尔斯的爱情故事亦不确定。但是小说却在开头以相当多的篇幅写她如何被雇用，又是如何和她的雇主波尔坦尼太太斗智斗勇，最后又是怎样做出让顽固的波尔坦尼太太“厌恶痛绝”的事，故意被发现，之后痛斥了这个自认为是伦理道德模范的女人，辞了工作洒脱的离开。这种雇主和雇工的关系是带有讽刺意味的，福尔斯并不避讳前人小说中的阶级矛盾等政治话题。作为雇工的萨拉首先具有自己思想，其表面上假装虔诚和服从只是福尔斯表达其政治关怀的一种叙事策略。

琳达·哈琴指出：“人们常抱怨后现代主义要么无视历史，要么在使用历史时，以幼稚、怀旧的方式表现历史。”[①] 然而，福尔斯在写波府森严的规矩对仆人的规诫，并戏谑化处理波尔坦尼这个假信徒、假慈善家的道貌岸然和虚伪的技巧，实际上是在揭示另一种被官方历史遮蔽的历史意识。正如福尔斯在小说中指出的：“在每一个时代，大多数见证人和记者都属于受过良好教育的阶级，因此在整个历史发展进程中就产生了一种少数人歪曲现实的现象。我们认为维多利亚时代的人过分拘谨，坚持清教徒式的生活准则，而且还渐渐把这种观点扩大到维多利亚时代的一切阶级，其实那只是中产阶级对中产阶级精神特质的看法。”[②] 在波尔坦尼太太拘谨的清教徒式的生活准则背后，是施虐狂般的歇斯底里和盖世太保的狂暴与残忍。她的府邸的“花园里到处布满了人道的捕人陷阱……”[③] 这位自认为是道德楷模的波尔坦尼太太站在维护正统的道德家立场，具有达尔丢夫之流的伪善嘴脸。

正如小说第 30 章的题记部分引用马克思 1845—1846 年写的《德意志意识形态》中的一段话所揭示的：“统治阶级有意制造的幻

① ［加拿大］琳达·哈琴：《后现代主义诗学：历史、理论、小说》，南京大学出版社 2009 年版，第 26 页。

② 《法国中尉的女人》，第 289 页。

③ 同上书，第 21 页。

想越是显得荒谬，越是违反常识，它们就愈加以信条的方式表达出来，整个现存社会的语言就越有欺骗性，越带说教意味，越显得虚夸。”①

波尔坦尼太太是她的小王国里的统治者，“她像一只胖乎乎兀鹫，永远悠闲，不断盘旋”。“即使在她的府邸之外，她也自以为权力无边。”② 她在星期天会虔心地去教堂晨祷和晚祷，若仆人破坏禁欲主义的原则在她的府邸幽会，或者像萨拉一样去“韦尔康芒斯”，在她眼里那是一件“十恶不赦的事”③。总之，她做善事，让仆人朗诵《圣经》，或者让萨拉出去替她给穷人发放“宗教小册子”，做一个道貌岸然的假信徒，主要是因为“她相信有地狱”④ 而并非因为她真正相信上帝。即使她想象出上帝的具体形象，上帝“的面貌和韦林顿公爵差不多，但是他的性格更像一个精明的律师”⑤，因此，波尔坦尼太太心目中的上帝，并非是精神的上帝，她虔诚的信仰、尊崇宗教的一系列道义和戒律，主要因为她考虑的问题非常实际。她在一切问题上都要求舒适，她未来的归宿同样要舒适，地狱自然不会让她舒适，光明的天堂是她的首选之地，“诚心想进天堂”使她所做的一切都充满了欺骗和谎言，她越制造天堂的幻想，就越信奉教条，以至于她的一切言行举止极度夸张。萨拉去“韦尔康芒斯”在她便是“十恶不赦的事”，听到萨拉诅咒她“你那么肯定到了来世上帝还能听见你说话吗?”，居然“一下子瘫倒在地，昏厥过去了，并不完全是装的”⑥。至于她是否真的如愿在死后进了天堂，作者调动了足够的兴趣观察她的未来。她本来已经坐着四轮马车来到了天国的大门口，但最终“法力无边的神”让她“住到更加炎热得多的地方去了”，活像一只被猎枪射中的乌鸦“终于跌落到她真正的主人正在等她的地方去”⑦。

---

① 《法国中尉的女人》，第259—260页。

② 同上书，第20—21页。

③ 同上书，第97页。

④ 同上书，第21页。

⑤ 同上书，第22页。

⑥ 同上书，第262页。

⑦ 同上书，第363页。

海德格尔说："语言首先使人产生，使他进入生存。"[①] 福尔斯通过小说的语言和表达，区别性的书写而各阶层的人，让他们在文本中产生，然后以各自的轨迹存在、生存，产生故事，最终以各自的结局消失在文本中，要么让他死去，要么活着。以上的各种人物形象在语言中在某种程度上保持了一种历史的持续。福尔斯比维多利亚时代的小说家对这些阶层的各位代表人物形象看得清楚，中国有句古话"当局者迷，旁观者清"。在小说中他不时穿越时空，借助以往的文本和历史史料，通过自己天才的虚构和想象，以及有关文学"介入"的理念和对人类自身有关自由、责任的思考，重新思考维多利亚时代的历史、政治以及各种社会问题。

很多学者在研究《法国中尉的女人》和存在主义的关系时，更多地看到的是有关自由、选择的命题，而对于小说中对历史、政治的密切关注和评说，则没有从福尔斯的政治观念角度入手进行分析。福尔斯的政治观念影响了他的创作，小说中大段的议论是他的有意为之，这种写作技巧除了戏谑的模仿维多利亚时代现实主义小说家们在小说中冗长的议论和描写，以及对当时的历史、文学文本的互文之外，实践了萨特有关"介入文学"的创作理念。

萨特认为纯文体学家犯了一个错误，"即认为语言是在事物表面轻轻吹过的一阵和风，它轻轻地擦过这些事物而没有使他们改观"[②]。海德格尔指出"不是从言说本身来思考言说，而是把它推脱于表达的现象之中"[③]。正如诗歌一样，文学作品一旦言说，便"证明了自己特别适宜于为我们解释语言的试图，提供了一些丰富的暗示"。[④] 福尔斯通过小说这一文学言说的类别，站在旁观者的视角，作为一百年后的知识分子，尤其是20世纪60年代，经历了"五月风暴"的特殊历史时期的知

① 见［德］海德格尔《语言》，彭富春译，载《二十世纪西方文论选》上卷，高等教育出版社2002年版，第442页。

② 见［法］萨特《什么是写作》，程晓岚译，载《二十世纪西方文论选》（上），高等教育出版社2002年版，第463页。

③ 见［德］海德格尔《语言》，彭富春译，转引自《二十世纪西方文论选》（上），高等教育出版社2002年版，第446。

④ 见［法］萨特《什么是写作》，程晓岚译，载《二十世纪西方文论选》（上），高等教育出版社2002年版，第463页。

识分子，在小说中详尽地表达了对维多利亚时代的一系列现象和问题的看法和观念。这些看法和观念叫做“戏仿”也好，“互文”也好，总之，福尔斯以文学的言说在行动，在介入。

据史料记载，“在维多利亚时代初期，只有20%的男性（而不是女性）享有公众选举权”[①]。1867英国颁布新的劳动法案赋予大多数男人选举权，这件事曾经被认为是一件巨大的政治举措载入史册。小说第19章，当查尔斯和格罗根医生谈论政治问题时，格罗根谈及这件事时指出：“可是现在这套新的谎言——什么扩大选举权。跟我毫不相干。我对出身门第是毫不在乎的。一个公爵，甚至一个国王，都可能跟另一个人同样愚蠢。……当一个政府开始害怕群众的时候，这就等于说他是在害怕自己了。”[②] 福尔斯在这里借人物的对话阐明他的政治立场，“人和人不都是一样的吗?”这曾经是英国宪章派运动时工人们喊出的口号，他毫不怀疑这句口号的正确性，因为西方的知识分子从但丁开始就倡导等级平等，等级平等一直以来都是有识之士们关注的问题，经历了文艺复兴的洗礼、启蒙运动的再倡导以及马克思主义理论的深化和工人运动的实践。但是问题依然存在，“关键是我们如何去实现它”[③]，真正实现等级的平等和消除阶级差异。

小说中福尔斯介入维多利亚时代的历史和政治，思考这样的问题，即出生在维多利亚时代前，生活在维多利亚时代的人，对伊丽莎白统治的“新不列颠持怀疑态度，对1850年以后长期经济繁荣中兴起的英国政治家持怀疑态度，并不是完全错误的。许多年轻人，名不见经传者如查尔斯，声名显赫者如马修阿诺德，均与他们所见略同。后来不是还听说被认为已改变了宗教信仰的迪斯累里在临终时还用希伯来语为犹太死者低声祷告吗? 在现代政治史上，尽管格莱斯顿用高尚的雄辩作伪装，但是最后还是落了个专搞模棱两可骗术的大师称号。勇敢的宣言演绎成了怯懦”[④]。

---

① ［英］安德鲁·朗利:《艺术为证之维多利亚时代》，天津教育出版社2011年版，第8页。

② 《法国中尉的女人》，第163页。

③ 同上。

④ 同上书，第164页。

当然福尔斯的介入失却了萨特介入的深沉和严肃，在调侃、戏谑、游戏等多种比较轻松的表达中真实再现维多利亚时代的历史、政治、风土人情，同时又“以史为鉴”，揭示了维多利亚时代的问题，并向反思自己生活时代的问题。正如萨特所言：“在说话的同时，我通过改变一种处境的计划揭示了这一处境；我对我本人和其他人揭示了它以便改变它；我准确地击中了它、穿透它并把它置于众人的目光之下；现在我支配着它，我每说出一个字，都更多地介入了这个世界，而且同时也更多地在这个世界上表现了自己，因为我超越了它而走向未来。”① 在《法国中尉的女人》中福尔斯向我们展示了不同于萨克雷、狄更斯笔下的人物形象，尤其是劳工阶层，他试图质疑历史和“前文本”，通过对这些文本的再思考，通过对其中某些作家的、历史事件中被遮蔽在边缘或暗处的事实地揭示，击中、穿透它们，并把它们置于众人的目光之下。并以自己的言说，更多地介入这个世界，而且同时也更多地在这个世界上表现了他对历史的思考，从而超越了过去而走向未来。

福尔斯以这样的方式“介入”英国维多利亚时代的社会生活和政治领域，以后现代主义者的视角重新审视19世纪六七十年代的英国历史、政治。不再如狄更斯、萨克雷、奥斯汀等小说家那样，仅仅站在中产阶级的立场，而是站在20世纪的具有阶级平等和性别平等意识的普通知识分子的立场，审视已成为历史的和正在进行的人类活动，向所有人揭示如何反观历史、质疑历史，并反思历史，从而更清晰地把握这个本就充满了不确定性和偶然性、复杂性的世界以及人类活动。

福尔斯的“文学介入”在理论和实践上都有萨特的影子，但是作为英国作家，本民族文学传统的影响是无法被忽略的。在英国，作家关注政治是有传统的，远的不说，19世纪早期的浪漫主义作家都很关注政治。雷蒙·威廉斯对此作过精辟的总结：“华兹华斯写过政治小册子，布莱克是汤姆·潘恩的朋友，而且被指控犯有煽动罪而受审；柯勒律治写过政治报道和社会哲学方面的文章；雪莱还不止于此，他甚至在街上散发传单；骚塞是不屈不挠的政治评论家；拜伦则为暴动

① ［法］萨特：《什么是写作》，程晓岚译，载《二十世纪西方文论选》（上），高等教育出版社2002年版，第463页。

发表演说，最后作为支援兵在一场政治战争中殉难。”① 威廉斯指出，这些作家参加政治活动并非是偶尔的热情或边缘活动，而是他们的诗歌创作产生的主要源泉。在小说界，盖斯凯尔夫人、狄更斯、迪斯累里等都关注政治，关心工人的状况，并在小说中对工人的生存境遇进行书写。尤其是盖斯凯尔夫人，在《玛丽·巴顿》（1848）、《北方与南方》（1855 年）等小说中，感同身受地书写了英国劳工阶层的真实苦难，并戏剧性地表现了弥漫在当时中上层阶级中的“恐暴症”，反映了当时激烈的阶级矛盾。

《法国中尉的女人》的故事发生时间稍晚于这个时期，但是作者在小说中也继承了他的文学先驱们关注政治、边缘群体，尤其是劳工阶层的传统。然而福尔斯不是盖斯凯尔夫人们，他的介入是一种类似于萨特的“文学介入”，同时又有一些“新小说”的特点，即对主观性的追求。福尔斯说他的所有小说中只写了一个女人，罗伯·格里耶曾说过：“至于在我们的作品中，相反，只是‘一个人’，是这个人在看、在感觉、在想象，而且是一个置身于一定的空间和时间之中的人，他受着感情欲望支配，一个和你们、和我一样的人。书本只在叙述他的有限的、不确定的经验。”② 这个人就是叙述者，遥指作者。小说文本归根结底便是这一个人的杰作，因此小说并不像现实主义作家宣扬的具有客观性，其实任何一个文本都浸染了作者本人的思考和观念。

第三节　题记，马克思主义，劳工阶级，思考与反思

德里达在《论文字学》中批评列维－施特劳斯对南比夸拉人的“善良本性”的“经验的描述”时，曾调侃施特劳斯，认为作为一个人类学家竟然用这样的感性之词和经验之谈来描述一个种族，而这个人类学家居然以他唯一的导师“马克思和弗洛伊德去对抗研究意识和直觉的

① ［英］雷蒙·威廉斯：《文化与社会 1780—1950》，高晓玲译，吉林出版集团有限责任公司 2011 年版，第 41 页。

② ［法］罗伯·格里耶：《新小说》，董友宁译，载朱立元《二十世纪西方文论选》（上），高等教育出版社 2002 年版，第 543 页。

哲学家的幽灵”[①]。事实上，马克思的幽灵一直出没在西方自他以后的各种学科的思想体系和意识形态中，德里达自己也不例外。在文学创作中亦如此，毋庸置疑，福尔斯也是这个幽灵的影响下进行创作的众多作家中的一个。

作为一位有革新理念的小说家，福尔斯熟读西方经典，虽然他并非全盘接受存在主义的观点，且在牛津学习期间接受存在主义哲学时也是懵懵懂懂，但是萨特“介入”的文学观念和存在主义的哲学理念如自由、选择、责任、人道主义等对他的影响还是很大的。这种影响在他的早期小说中都有体现。国内外学者从这一层面对福尔斯的很多小说都有研究。

《法国中尉的女人》中有五章的题记[②]分别来源于马克思的各种著作。由此可以看出，福尔斯曾经涉猎并阅读马克思的文本，马克思的一些观念对他的创作有深刻影响。特里·伊格尔顿认为，虽然在马克思主义的名义下，数百万人遭受杀戮、迫害和监禁，斯大林主义的残暴使得马克思主义在西方声名狼藉。因此在斯大林和他的接班人的统治下马克思主义已经变成了一种教条。但是应该承认马克思主义关于阶级的理论、对被压迫民族的反抗殖民运动的鼓舞和支持、对劳工阶级等边缘阶层的关注、对资本主义赤裸裸的金钱关系的本质特征地揭露等，在20世纪60年代和70年代，甚至更早，影响了许多文化理论。尽管这其中有批判、质疑，也有接受，但其中的关系是毋庸置疑的。

福尔斯在思想和创作理念上深受法国存在主义作家和其他同时代作家的影响，如萨特、玛格丽特·杜拉斯等。这些作家都曾是共产党，后来又因为不同或相同的原因，要么被开除党籍，要么自己退党。杜拉斯关注底层、关注边缘群体，比如乞丐、麻风病人、犹太人、疯子、女人、同性恋者等，她的小说创作和她自己的生平经历都是明证。萨特一直以来都“身体力行‘介入文学’的原则，在作品中密切联系法国和西方世界的重大政治、社会问题”[③]，20世纪60年代之后基本上停止了

① ［法］雅克·德里达：《论文字学》，汪堂家译，上海译文出版社2005年版，第172页。

② 这五章分别是第7、12、30、37、42章。

③ 朱立元：《二十世纪西方文论选》上卷，高等教育出版社2002年版，第454页。

文学创作，主要从事社会和政治活动。因此，在福尔斯创作初期，这种对政治的关注和介入是其非常主要的创作理念。

列维－施特劳斯、巴特、茱莉亚·克里斯蒂娃、萨特、加缪、玛格丽特·杜拉斯、德里达、福柯、利奥塔等理论家和他们的理论都和马克思主义有密切联系。伊格尔顿对此作了梳理，他指出，虽然马克思对列维－施特劳斯的人类学研究没有多少指导意义，但是施特劳斯是马克思主义学者；巴特在研究符号学时指出，马克思主义对符号学一无所言，巴特的结论是建立在熟悉马克思主义理论的基础上的；克里斯蒂娃研究语言、欲望、人体，这三者每一项都是马克思主义的议题。这几位思想家在当时和马克思主义政治关系紧密。雅克·德里达曾声称，他始终把自己的解构主义理论理解为一种激进化的马克思主义。福柯作为阿尔都塞的弟子，虽然被称为离经叛道的后马克思主义者，但他对马克思主义关于权力、疯狂、性欲问题的研究还是信服的，且马克思主义在他的几本著名的著作中充当了沉默的对话者的角色。这个名单还可以再加长，埃尔·布尔迪厄、雷蒙·威廉斯等学者都可以放在这里。因此，伊格尔顿认为："这些新锐文化思想家是同路人——不过是马克思主义的同路人。"①

福尔斯也是在这个时期走上创作之路的，马克思对他的影响是毋庸置疑的。而且在小说刚开始的第3章，作者借"评论者即情报交换所的作者式视角"的"我"，比较分析维多利亚时代的查尔斯的时间观念和20世纪作者的时代人们的时间观念的不同，谈及19世纪60年代的英国工人们因过上丰足的生活而放弃革命的时候，他毫不隐讳地提到了一个人，即《资本论》的作者卡尔·马克思，以及《资本论》对工人革命的影响。小说中是这样描述的："不用说，查尔斯根本不知道，就在同一天下午，那位蓄大胡子的德国犹太人正在英国博物馆的图书馆里埋头工作；他在那个昏暗的房间里所做的研究工作会结出如此辉煌灿烂的红色果实来。如果你当时对查尔斯奢谈这种果实，或者他此后将产生的横扫一切的效果，他肯定不会相信你的话。尽管如此——其时为1867年3

① ［英］特里·伊格尔顿：《理论之后》，商正译，商务印书馆2009年版，第34—35页

月——仅仅六个月之后，《资本论》第一卷在汉堡出版了。"[①] 可见福尔斯不但熟悉马克思的理论，而且对他的生平也了如指掌。显然他和20世纪的那些理论大师们一样，是马克思主义的同路人。马克思的幽灵的确影响了他。

在《法国中尉的女人》中，福尔斯借萨拉和查尔斯、欧内斯蒂娜的故事，阐发他的阶级论，受马克思主义的幽灵和萨特的幽灵的"蛊惑"，用文学阐发萨特的文学"介入"理论，审慎地思考阶级平等、仆人、性、女人、自由等问题。小说中的阶级平等意识，对萨姆和玛丽这对仆人美满爱情的书写，关注维多利亚时代处于边缘的小人物，如萨拉、萨姆、玛丽、米利、费尔利太太等。在他的笔下，这些角色不仅仅是一个个独立自主的个体，而且他们是维多利亚时代这一阶层的形形色色的劳工代表。

在萨拉在被雇佣前后的这段叙事中，福尔斯写道："男管家、男仆、园丁、马夫、楼上女仆、楼下女仆，他们遭受了那么许多波尔坦尼太太的规矩和习惯，然后逃之夭夭。这是有失风度的事，也是怯懦的表现。但是如果有人要求你早上六点起床，六点半开始干活，干到十一点，从十一点又干到下午四点半，再从五点干到十点，天天如此，每周工作一百小时，你大概也就没有多少风度和勇气好讲究了。"[②] 事实上，据历史记载，在这个故事发生的20年前，英国早在1847年通过了"10小时工作制"，即女工和童工每天的工作时间缩短至10个小时，即每周他们需工作58个小时。[③] 而且据安德鲁·朗利的史料记载，在维多利亚时代工人自己已有相当的地位，有代表工人利益的工会。在1868年，比小说故事的发生时间晚一年，英国工会举行了第一次代表大会。和这些官方的历史叙事相比，福尔斯以自己的文学表达关注工人这个群体中最卑贱的一个群体——家奴式的仆人的生存现状，审视并质问历史和政治的权威与真实。在这里借用海登·怀特对纪德的《败德者》（1902）的评价，对《法国中尉的女人》中的历史观概括如下："对历史意识的反

① 《法国中尉的女人》，第12页。

② 同上书，第19页。

③ ［英］安德鲁·朗利：《艺术为证之维多利亚时代》，天津教育出版社2011年版，第12页。

叛更加鲜明，艺术对活着的现在的反应与历史对已死的过去的崇拜，二者之间的对立更加尖锐。”①

马克思主义理论被称为“无产阶级的理论”，共产党产生之初自认为是工人和农民阶级的政党，代表的是被主流价值观压制在边缘、生活在社会底层的劳工阶层的利益和价值观念。马克思反对和质疑的直接对象便是资产阶级。“资产阶级……迫使一切民族——如果他们不想灭亡的话——采用资产阶级的生产方式；它迫使它们在自己那里推行所谓的文明，即变成资产者。一句话，他按照自己的面貌为自己创造出一个世界。”②

历史事实证明，历史是所有为了自己的利益，不断追求的人们的行动的总和。历史不是资产阶级自己按照自己的面貌创造的，因为没有其他阶层，尤其是劳工阶层的辛勤劳作，资产者所谓的文明不可能实现。在20世纪30年代，马克思主义理论和共产党在西方人眼里，具有先进性和人道主义特征，马克思主义者即共产党人舍己为人，具有博爱精神，他们为别人尤其是工农大众的利益不惜舍弃自己的权益，但因为缺乏了解，认为他们又比较神秘。福尔斯自己毫不隐讳地将格罗根医生和共产党人作比较，认为他“妙趣横生，令人精神振奋，富于博爱精神，为人宽容，不但自己活得好，还学会让别人也像他一样活得好。……用我们这个时代的条件衡量，他和20世纪30年代的共产党人不无相似之处——可以接受，但身上仍然带有魔鬼的烙印”③。

此外，福尔斯在他的人物身上，思考了劳动者和劳动的关系问题。这种关系可以用小说第12章的题记，福尔斯引用马克思的《1844年经济哲学手稿》中一段有关劳动者与劳动的言说来说明：“那么，劳动的外化表现在什么地方呢？首先，对劳动者来说，劳动是外在的东西，也就是说，是不属于他的本质的东西；因此，劳动者在自己的劳动中并不肯定自己，而是否定自己，并不感到幸福，而是感到不幸……因此，劳

① ［美］海登·怀特：《后现代历史叙事学》，陈永国等译，中国社会科学出版社2003年版，第42页。

② 《法国中尉的女人》，第300页。

③ 同上书，第158页。

动者只是在劳动之外才自由存在，而在劳动之内则感到惘然若失。”①

劳动对那些为别人劳动的劳动者而言不是幸福，而是谋生的手段；不是他们的本质特征，而是一种外在的、强加于他们的一种不得已的出路。在劳动之外，即在给别人的劳动之外，他们才是幸福的、自由自在的。劳动之余徜徉在海边和自然之境中的萨拉，忙里偷闲幽会的萨姆和玛丽等。只有走出劳动，他们才真正获得了自我的价值，他们才是幸福的，此时的他们才显出真实的人的特征，爱、自由、互相担当、对自身命运的关注，等等。正如萨姆说的：“我们不是马匹。我们也是人。”②这种控诉在福尔斯生活的20世纪60年代已不是什么过激的言论，20世纪的欧洲阶级压迫随着马克思主义在全球范围内煽起的民族革命和解放战争逐渐走向覆亡。在19世纪六七十年代，劳工阶层不断受到关注，各界的慈善活动开始关注下层工人。如在1862年，一位名叫乔治·皮博迪的美国百万富翁发起创立了一个组织，目的就是为伦敦的工人建造条件好一点的居所；托马斯·巴纳在1867年创办了第一所孤儿院，当时很多有钱人通过慈善事业致力于改善工人的生存条件；1868年英国第一次工会代表大会举行。历史事实说明，此时的英国工人已经在马克思主义“幽灵”的蛊惑下从觉醒走向行动。

福尔斯笔下的费尔利太太，作为一个雇佣仆人的“领班”——管家婆，尖酸刻薄，嫉妒成性，喜欢告密、拍马，并作为“女人贞操的守卫者”监视其他佣人。她是一个类似于《悲惨世界》里的“母夜叉”维克杜尼昂夫人的女性角色，被福尔斯称为“施虐狂早期患者”。但作为一个受雇的女人，一个管家婆，她就像沙威一样忠实。她是典型的被权力和等级差异压制在边缘，但又努力向中心靠拢的一位女性。她是男性作者惯于塑造的一类角色，在其他女人悲剧的身后都有她的不懈努力。尽管这样，作为劳工阶层，劳动对她而言的确不是一种幸福，她的妒忌和告密源于她的出身和不安全感，她要在主人那里获得某种赞赏，这样她才觉得实现了自己的价值。尽管这种价值的实现是建立在别人的痛苦之上的，她也有她的苦衷和不得已，因为她是一位雇工，同时又是个女

① 《法国中尉的女人》，第89页。

② 同上书，第117页。

人，竭力维护上层阶级教条的道德观、贞操观，是她恪尽职守的责任。

正如在第 42 章的题记中，作者引用马克思 1845 年写的《神圣家族》中的一段话所描述的：“历史不像是利用别人来为自己谋利的个人。历史是皆为各自追求利益的人们的行动总和。”① 对费尔利太太、商马第太太和维克杜尼昂夫人而言，她们都是历史进程中的一个小分子，历史如何前行？世道人心如何改变？大多数人的利益如何实现？人和人是否是平等的？这些不是她们关心的问题，她们所关心的便是如何最大化地实现自己的个人目标，如何以最小的付出得到更大的收益。但是，历史是查尔斯、格罗根、弗里曼等上流社会的男性贵族和富商的历史，是波尔坦尼太太、塔尔伯特太太、欧内斯蒂娜等上流社会的女性的历史，同时也是萨拉、萨姆、玛丽、米利、费尔利太太等在当时处于社会底层的劳工阶级的历史。历史是这些为各自的利益不断奔忙的各个阶层的人的行动的总和。在这种情况下，任何个体所做的事情都是合乎生存原则的。因此，若将费尔利太太放置在广阔的历史长河中，她所做的一切是每一个人都做的，只不过地位不同采取的方法不同而已。

在英国维多利亚时代，生活在社会底层和边缘的雇佣工人大多是从农村前往城市寻找工作机会的农民。现代工业也为这些失却了土地，流离失所的贫民提供了就业的渠道。第 7 章的题记，福尔斯引用的马克思《资本论》中的一段话有关雇佣工人的一段描述便是这种现象的恰当概括：“现代工业巨大的能量……可越来越庞大的类似古代家奴性质的非产业性的雇佣工人队伍的存在，而且随着他们的自身繁衍，这支队伍将愈加庞大。他们包括了雇佣女侍和门人老卒等。”

萨特曾在和莱维的访谈中就共产党的某些观念提出自己的看法，他承认他和党的想法不同，但他愿意相信：“党的那些伪观念总还是包含了某些真理，它们总还是具有一个坚实的基础，它们的愚蠢的一面也许只是表面的。事实上，在我心目中留下了很深的印象，因为共产党把自己叫做工人阶级的党。”② 萨特的这种关于党的看法影响了福尔斯，福

① 《法国中尉的女人》，第 345 页。

② ［法］让·保罗·萨特：《存在主义是一种人道主义》，周煦良等译，上海译文出版社 2005 年版，第 47 页。

尔斯通读马克思的著述，对其中有些观点持肯定的态度，但对另一些思想则提出质疑。在小说中，福尔斯一方面把工人阶级当做他的主要描写对象，另一方面在小说中多次引用马克思著作中的原话作为题记，并借小说中人物的对话、故事的情节设计、人物的选择和价值判断，以及他自己的议论来阐发他有关劳工阶层的思想，并思考马克思主义在此类问题上的看法。

除此以外，福尔斯引用当时其他资料关注维多利亚时代劳工阶级的真实生活状况。在第15章的题记中，作者引用了1850年的一份《矿区报告》中的一段话："关于劳工阶级，上一代那种半开化的生活方式已改变了，如今几乎普遍地耽于声色之娱而不能自拔……"①

这段话显然不是从劳工阶级的立场写的，就小说中的各位处于社会底层的雇佣劳工形象来看，繁重的劳动和主人严密的监视使他们很难"耽于声色之娱而不能自拔"。如萨姆，在伦敦，在侍奉查尔斯之余他有时也会找一些乏味的女佣兼业余妓女或者职业妓女，但他自己能够支配的时间却是有限的。在莱姆，他可以找空子和玛丽调情，追求心仪的姑娘，并抽空和姑娘幽会，但是他的大部分时间还是属于主人查尔斯的。他之所以有那么多时间，主要原因是他的主人是位较开明的绅士，把他当做朋友和伙伴，让他享有比别的雇佣仆人更多的自由。而萨拉就不行，和萨姆相比，她是一位家庭教师，虽然也是主人雇用的佣工，但她的工作是固定的，她要在特定的时间给主人朗诵《圣经》，有时主人也会被派去发放宗教小册子，但是她的自由却非常有限，不但不能在心里怀念心上人，甚至去什么地方散心都由不得自己，最后因为犯忌而被解雇。玛丽的处境曾和萨拉一样，她因为天真活泼的性格犯了禁忌，终究改变不了被解雇的命运。直到善良的塔尔伯特夫人收留了她，她才受到尊重，并且被赏识和重用。

因此，在这些地位相同的仆人身上有着不同的命运，他们的命运主要牵系在主人身上，主人仁慈、宽宏大量，且较开明，他们会过得好一点。否则就会像波尔坦尼太太府上忍受不了两个施虐狂的折磨自动离职的所有雇工一样，命运多舛，自己是没有多少自主权的。在这样的境遇

① 《法国中尉的女人》，第113页。

中，作为劳工阶层之一的主要代表雇工是不可能“耽于声色之娱而不能自拔”的。

和小说中写到的雇工阶层一样，城市中产业工人的境况并不比他们好多少，甚至更没有自由。19 世纪 40 年代，棉纺厂的工人从周一到周五每天需要工作 12 个小时，周六要工作 9 个小时。虽然如前面提到的，1847 年工人们实行了“10 小时工作制”，但每周也要工作 52 个小时。工人们每天中午可以休息一个小时之外，“其余时间都得不停手地干活。如果动作慢或是赶不上机器运行的进度，等待他们的就只有罚款或是直接被解雇”①。因此，这些产业工人是没有时间和精力，也没有充足的经济来源供他们享乐，耽于声色娱乐更是不可想象的事情。在维多利亚时代他们是备受压制和歧视的边缘群体。他们不属于社会的法律保护的群体，常常受到社会蔑视和摒弃。因此，在小说中福尔斯借人物的命运和遭际质疑维多利亚时代的某些观念，从而站在这些劳工阶层的视角真正的书写他们，关注他们的命运。

维多利亚时代的劳工阶层，不管是佣工还是工厂里的劳动者，他们都是社会得以运转的中坚力量，但是长期以来他们却是最没有社会地位的、被边缘化的一个群体。虽然工人运动和革命时有发生，马克思主义的“阶级观念”也开始在工人阶层中发挥作用，但在整个社会中，等级差异、性别歧视仍然很严重，1867 年和 1884 年英国两次颁布法案赋予更多的男性选举权，但女性却被排除在外②。虽然在 1867 年英国政府修改法案，赋予更多的男人以选举权，但如小说中的人物格罗根所言，“那只是一个新的谎言”。虽然 1867 年托马斯·巴纳创办了他的第一个孤儿院，但孤儿、女童工的命运并没有多大改观。不过，这些改革和法案以及历史事件的发生，还是有其历史意义的。和 1867 年怀特第一次将生态问题引入文化研究一样，博学的福尔斯在深入思考了相关问题后，才将 1867 年确定为他的故事的发生时间。这明确地体现了福尔斯的政治、历史意识，以及对底层的关注，并通过“文学介入”历史和政治。

---

① ［英］安德鲁·朗利：《艺术为证之维多利亚时代》，天津教育出版社 2011 年版，第 12 页。

② 《法国中尉的女人》，第 17 页。

第三章

《法国中尉的女人》：一部非生态女性主义小说

国内有学者从生态女性主义角度研究《法国中尉的女人》①，认为小说显示了福尔斯对女性解放和环境保护的双重支持：一方面小说塑造了萨拉这个女性主义运动的先驱和女性主义的同情者查尔斯，福尔斯反叛了父权制价值观；另一方面，福尔斯在小说中揭示了女性与自然的亲密关系并试图重建人与自然的和谐关系。

正如笔者在“研究背景”一节，有关《法国中尉的女人》的“女性主义解读”中总结和介绍的，国内外有关该小说的女性主义解读是其研究的主要领域。福尔斯本人承认，虽然他的妻子会说他不是一个彻底的女性主义者，但他很反感男权主义思想，他对女性主义寄予很大的同情。但是他也承认他的女性主义原则和当代的女性主义关系不大。② 事实上，在小说的第 16 章，他有意提及英国历史上和妇女有关的一件事，即：“1867 年 4 月 6 日。仅一个星期以前，英国议会就选举法修正法案进行的一次初期辩论中，约翰·斯图尔特·米尔③曾抓住一次机会，该是赋予妇女平等选举权的时候了。……但是，1867 年 3 月 30 日仍然是我们可以认定的英国妇女解放的开端。”④ 可见，他关注英国历史上任何一件发生在 1867 年的事件，包括妇女解放的话题，他同样关注 20 世纪的女性主义运动。

但是笔者并不认为萨拉是小说中塑造的体现作者女性主义思想的先

---

① 王晓丽：《约翰·福尔斯〈法国中尉的女人〉的生态主义解读》，硕士学位论文，哈尔滨工程大学，2010 年。

② 福尔斯的这段话笔者在该论著中多次引用，详见研究背景一节，“女性主义解读”。

③ 作者原注：约·斯·米尔（1806—1873），英国哲学家，经济学家和逻辑学家。

④ 《法国中尉的女人》，第 122 页。

驱，或者一位女性主义者，正如麦格林·柯妮尔·米歇尔在其论文《“谁是萨拉?”:〈法国中尉的女人〉的女权主义批评》中指出的，小说正是通过萨拉这一形象抵制了有关女性主义的主题①。因为萨拉的观点在文本中是不在场的，萨拉的一切都是通过男性主义视角的男性角色来显现的。如果对萨拉的叙述视角是非男性化的，她有可能成为一个完整的人物形象，且将会从本质上揭示歧视女性的男权中心主义思想的偏见。然而小说中并没有声音表达萨拉的观点和想法，她只是维护了一种想象，始终没有成为一个有自主权的女人或女性角色。她仅仅是一个象征，一种理想，一个神秘的人物。

在维多利亚时代，妇女的地位如何?“在19世纪我们面临的是什么那时候妇女是神圣的，然而你花几个英镑就能买到一个13岁的女孩子——甚至只要几个先令，如果你只要她陪你玩一两个小时的话；那时候兴建起来的教堂比在那之前历史上所造的总和还多，然而，伦敦每六十幢房屋就有一幢是妓院（现代的比例是接近六千比一），那时候，每一个布道坛，每一个报纸社论，每一次公开演讲，都赞颂婚姻的圣洁和婚前的贞操，然而，众多公众的大人物，——地位最高者包括王储——他们的私生活是丑恶可耻的，这类人的数量之多是以前从未有过或者很少有过的……”② 因此，在那个时代，就查尔斯而言，他不会是一个同情女性主义的男性角色。他虽然对萨拉这一“被抛弃者”——“悲剧”有同情心，且多次帮助她。在以波尔坦尼太太和格罗根医生为代表的上流社会歧视萨拉，并认为她是一个抑郁成瘾的精神病患者的时候，查尔斯并没有认同这一官方的权威主流观念，而是给萨拉通风报信，让其逃走。后来又义无反顾地追求萨拉，从而解除了和另一个“良家少女”欧内斯蒂娜的婚约。就萨拉而言，查尔斯是一个女性主义同情者，但也是一个类似于罗彻斯特一样的男人。他爱上萨拉犹如罗彻斯特爱上简·爱，作为贵族看上了一个身份低贱的女人看似有等级平等的思想，但他这种对一个女人的爱是建立在对另一个女人的伤害的基础上的。因此，就这一点而言，查尔斯并不是一个女性主义的同情者。

---

① 详见“研究背景”，第三节。

② 《法国中尉的女人》，第285页。

福尔斯将《法国中尉的女人》故事发生的时间安排在1867年，但在故事讲述的过程中，他在小说中的代言人“我”却不时地提醒读者他在用1967年他生活的时代的视角来写这部小说。1967年，美国历史学家怀特发表了一篇短文《生态危机的历史根源》，从西方占主导地位的宗教传统那里探寻人类对自然界态度的起源，认为正是《圣经·创世纪》中的虚构故事，建立了人类与自然的二元对立关系。英国当代文学理论家凯特·里格比认为怀特的这篇文章开启了从生态学角度进行文化批评的研究视野。里格比进而指出：“在文学批评中，第一次对生态批评的质疑性阐释进行广泛运用的是米克的《生存喜剧》。”① 因此，生态批评走进文化艺术的时间正好是福尔斯设定的他讲这个1867年故事的时间，即和故事内时间相隔一世纪的1967年。安德鲁·朗利对当时的环境问题有过说明，他指出维多利亚时代“工业发展带来的污染和城镇的扩张开始严重影响人们赖以生存的环境”②。福尔斯作为饱学之士和有良知的作家、知识分子，在一百年后，在生态问题和文化开始联姻之时，从自己的维度在小说中思考维多利亚时代的生态问题并不意外，小说的确对生态和自然给予了很大的关注。

福尔斯在《法国中尉的女人》中设计的人物形象福尔斯是一个古生物化石收藏家，他对自然有着由衷的情感。女主人公萨拉，她的第一次现身以及和查尔斯交往的地点，多次被放置在大自然的背景之下，她身上的谜如同自然之谜。小说中毫不遮掩对工业文明的批判，对现实生活中人性及人与人关系的冷漠、金钱对人性的腐蚀等问题的反思和批判，都显示出作者深刻的生态理念。此外，小说用自然界的意象描写美好的风物和人情、人性，对田园和乡间生活的描述等，无不显示出作者对自然的关注。因此，小说的确体现了作者的生态主义观点。但是，若将福尔斯的女性观和他的生态观结合起来，从生态主义的角度研究他笔下的女性和自然的关系时却发现，福尔斯虽然关注自然，但这部小说并不是一部真正意义上的生态女性主义小说，在“生态女性主义”前加上一

---

① ［英］朱利安·沃尔弗雷斯：《21世纪批评述介》，张琼等译，南京大学出版社2009年版，第207—208页。

② ［英］安德鲁·朗利：《艺术为证之维多利亚时代》，天津教育出版社2011年版，第4页。

个字“非”似乎更为恰当。

第一节　女性的非理性、非主体性和自然的相关属性

小说中塑造了多位女性和男性，如果从生态女性主义的角度对其中的女性进行归类的话，大概有这样几类：以萨拉为代表的具有“神秘性”的自然之女，以费尔利太太和波尔坦尼太太为代表的“施虐狂”女人，以欧内斯蒂娜和玛丽为代表的“温柔娴静式”女性。这三类女人具有的共同特征就是非理性。男性人物除了不在场的“法国中尉”之外，查尔斯和格罗根医生代表的是文明、文化，以及科学和理性。他俩的职业也显示出某种巧合性，查尔斯是一位古生物学家，他研究的是大自然的遗迹——古生物化石。格罗根医生是一位心理医生，从他给查尔斯讲的一系列医学案例来看，他研究的多是精神失常的女性，她们都因某种病理原因，对男人的理性造成了威胁和伤害。归根结底，查尔斯的研究对象是自然，而格罗根医生的研究对象是女人，尤其是那种被主流意识形态判定为精神失常的女性。自然和女性在男性主人公这里成了文化的对立面，小说很明显地显示出男人／女人、理性／非理性、文明／自然、文化／野蛮等二元对立的结构模式。这种模式彰显了西方男权文化和人类中心主义的痼疾。

西方男权主义二元论意识形态认为，女性是非理性的、被动的、非主体的。根据亚里士多德的说法：“女性，被认为是女性的，代表被动的事物。”[①] 在希伯来的文化和宗教典籍《旧约·创世纪》中，在“为男人造配偶”一节，写上帝造好了女人，领她到那人跟前。那人说：“这是我骨中的骨，肉中的肉，可以称它为‘女人’，因为她是从男人身上取出来的。”[②] 圣保罗为此嘱咐女人要谦让和克制，因为“起初男人不是由女人而出。女人乃是由男人而出。并且男人不是为女人造的。

---

① ［美］苏珊·鲍尔多：《女性主义、西方文化与身体不能承受之重》，綦亮等译，江苏人民出版社2009年版，第14页。

② 《圣经》，和合本译本，第2页。

女人乃是为男人造的”。女人的存在依附于男人的存在，她是被存在的。在发现夏娃和亚当抵挡不住蛇的诱惑吃了智慧树上的果子之后，耶和华把这一灾难归于女人和蛇，对女人的惩罚就是：“我必多多加增你怀胎的苦楚，你必恋慕你的丈夫，你丈夫必须管辖你。”①

但是上帝对女人的处罚如怀特所言，《创世纪》中的这段言辞为基督教文化建立人与自然、男人和女人的二元对立的古老传统具有奠基性意义。圣·安布鲁斯②指出：“亚当被夏娃引向犯罪，而不是夏娃被亚当引向犯罪。被女人引向犯罪的那个人，她把他当做君主是正确的。”圣约翰·克里索斯托③说：“在一切野兽中，找不到比女人更有害的了。”女人比野兽更有害，是因为基督教原罪观的罪魁是女人，女人在为此承担生育的痛楚之外，还得做那个她“引诱”和他一起犯罪的男人的奴仆。这种看似合乎情理、顺理成章的宗教规约，使女人注定成为非主体的他者的同时，失去生存的主动权，依附于男人，成了男人眼里的“他者”。《圣经》中对女人从属地位的宗教规约成就了男权文化的西方传统，让这种本来是外在的宗教性规诫内化成了女性自身心理的一部分。由此可知，女人的非主体性和依附性，其作为生殖繁衍的工具，应该无私付出的女性特征具有根深蒂固的古老传统。

波伏瓦在谈及《创世纪》中亚当和夏娃的故事时指出，把女人视为奴隶、视为非本质的传统，正是通过基督教延续到了西方文明中，“夏娃没有同男人一起创造出来；她既不是用不同的物质创造的，也不是用塑造亚当的泥巴创造的：她是从第一个男性的肋骨抽取出来的。她的出生本身就不是自主的；天主没有自发地选择为了她本身去创造她，为的是反过来让她直接受到宠爱：天主把她指定给男人；正是为了不让亚当孤独，天主把她给了他，她的因果都在丈夫身上；她是按照非本质的方式创造的他的补充。因此，她像是一种有特权的猎物。她是升至意识的半透明状态的自然，是自然而然顺从的一种意识”④。

---

① 《圣经》，和合本译本，第 3 页。

② Saint Ambrose（约 339—397），基督教米兰主教，《圣经》评注家。

③ Saint John Chrysostom（约 347—407），早期教父、解经家、君士坦丁堡大主教。

④ ［法］西蒙娜·德·波伏瓦：《第二性 I》，郑克鲁译，上海译文出版社 2011 年版，第 201 页。

就自然而言，“作为非人类世界的自然、动物界的自然、在人类自身内部与前者具有延续性的部分、作为地球和生态系统的生命的自然，以及作为我们周围可见的和感觉世界的自然”①。这个自然，柏拉图称之为“大地”，柏拉图认为现实的世界是对理念世界的模仿，我们生存的大地，即物质的大地是对理念世界的大地即“大地的相”的模仿。关于“大地的相”柏拉图是这样描述的：“据说它从上面看时好像一个由十二块皮子包裹的球，呈各种不同的颜色，我们在这里（指现实世界，引者注）看到的颜色只是它们的摹本，像画家所画的那样。”柏拉图指出那个世界，颜色鲜艳，有无比华美的紫色、金色，而且在“这个大地上，各种发荣滋长的事物，如树木、花草、果实之类，是成比例地比这里美丽的；山岳、石头也比我们的光滑、透明、颜色可爱”②。而现实世界中的“大地”和代表逻各斯的理性的“大地的相”相比：“我们这个大地，以及各种石头和我们居住的整个地区，都是损坏了的、腐蚀了的，就像海滩里的东西被盐水泡坏了一样，没有一样比较像样的东西在海里生长，可以说那里没有一样东西是完善的，只有一些窟窿和沙子、一望无际的烂泥和污物，却没有一样可以跟我们世界的美丽事物相比拟。”③ 柏拉图的这种浪漫的自然神秘主义，将现实的自然放置在理念世界的对立面，认为现实世界的自然是破败的，腐朽的，不干净的。这种二元划分通过对必然性理性世界优先性的规定，反对德谟克利特和其他人的唯物主义哲学。柏拉图推崇理念世界中自然的整一性和秩序性，歧视现实世界中“大地”的无序性与混乱性，从哲学层面在文化观上规定了自然的劣等化。普鲁姆德指出：“柏拉图的理论看来代表一种对直觉思维的彻底的颠覆：无生命的理性世界被赋予了永恒的生命，自然的生命世界反而被称为是一个坟墓。”④

当然，在柏拉图的观念里，不仅自然的生命世界是劣等的、破败

---

① ［澳大利亚］薇儿·普鲁姆德：《女性主义与对自然的主宰》，马天杰等译，重庆出版社2007年版，第81页。

② ［古希腊］柏拉图：《柏拉图对话集》，王太庆译，商务印书馆2004年版，第279页。

③ 同上。

④ ［澳大利亚］薇儿·普鲁姆德：《女性主义与对自然的主宰》，马天杰等译，重庆出版社2007年版，第98页。

的，女人也是非理性的、劣等的。他推崇著名英雄，认为女人们是只会代替英雄痛哭的平庸的人，她们和懦夫一样。在谈及模仿问题时，柏拉图借苏格拉底之口说：“我们就不能让我们所要关心的人们，男子们，而且长大要成为好人的男子们，去模仿一个女人，不管是老是少，和丈夫吵嘴，咒天骂神，快活得发狂，或是遭点灾祸便伤心落泪……”① 柏拉图认为女人是非理性的，低等的，和奴隶、坏人、疯人、怯懦者类似，所以不能对她们进行模仿。同样，自然界的牛叫、河流的声音、海啸声和打雷声也不能模仿，因为它们和疯子一样，模仿它们的人和疯人并无二致。因此，“柏拉图的思想全面地对自然进行了贬低，正如它全面地贬低女性一样。自然的劣等化被密切地与女性、奴隶和动物的劣等化联系在一起，也与女性的生活、文化和自我，也就是所谓‘女性特质’联系在一起”②。

柏拉图关于女人和自然的劣等化思想，从文化哲学角度最早对男人/女人、理性/非理性、正常人/疯人、主人/奴隶、好人/坏人进行的二元划分，其中囊括了种种解构主义理论批判的西方中心主义和人类中心主义的霸权机制。普鲁姆德指出：“二元结构对于西方文化的扭曲以及它对妇女和自然的历史性贬低，是基于一套包含着紧密纠缠的多种二元论假设的，尤其是理性—自然的二元论以及人类文化与自然的类似结构。”③ 这种以等级制的逻辑建构差异的二元方法对西方近代思想产生了深刻影响。这和后来的基督教文化中对女人和自然的非主体性和非本质性的思想一起，影响了近代以来的西方文化观念。

自18世纪以来，随着人类控制自然的力量的迅速增长，以唯科技主义和唯理主义为代表的“人类中心主义”的理论观念，和“男权中心主义”将女人放在邪恶的、经不住诱惑的、非理性的一极一样，将自然放置在野蛮的、待开垦的、需要统治的非理性的一方进行“背景化”处理。“人类中心主义”的自然观认为自然本身是无足轻重的，只有它和人类发生关系、为人类所利用的时候它才显示出价值。自然是“非主

① ［古希腊］柏拉图：《柏拉图对话集》，王太庆译，商务印书馆2004年版，第52页。

② ［澳大利亚］薇儿·普鲁姆德：《女性主义与对自然的主宰》，马天杰等译，重庆出版社2007年版，第85页。

③ 同上书，第18页。

体的、被动的，欠创造性和惰性的……” 查尔斯眼里的女人何尝不是这样，当他和欧内斯蒂娜在一起时，他会想：“她毕竟只是个女人。有许多事情他是不会理解的：男人的生活丰富多彩，世界对于一个男人不只是衣服、家庭和孩子，做一个男人是非常困难的。”[①] 而这样的女人应该属于男人，当她属于他的时候，在他的床上，在他的经济生活中时，“就一切都好了”[②]。女人和自然一样，其主体性和男人息息相关，她本身是无足轻重的。女人弱智、愚笨，什么都不理解，在女人那里只有衣服、家庭和孩子，女人不懂生活的丰富多彩和承担更多的生活重担。因此，通过查尔斯反观福尔斯，作者对女人的理解仍然是绝对男权至上的观念。

由上观之，西方二元论的意识形态体系，将女人和自然放置在边缘，认为男人是有理性的，而女人和自然界的其他动物一样是没有理性的，但丁在《飨宴》中论及理性时曾指出，理性是区别人与其他动物的重要标志。在西方古典话语体系中，女人似乎并不比动物高明多少，正如普鲁姆德总结的[③]，在西方的古典著作中总是将女性包含在自然范围之内进行言说，如“女人是一种野蛮而难以控制的动物”；“女人只是一种动物，而且还不是高级的那种”；“我没法把你看做人类，你只不过是一种不比猴子高等多少的物种”。诸如此类的评判将女性和自然放在男人和文明以及理性的对立面，认为女性和大自然中的动植物一样。

第二节 女性与荒野：“无主之地”

在《法国中尉的女人》很大篇幅的叙事中，萨拉多次出现在自然之境中，或站在波涛汹涌的大海旁边的防波堤上，或是行走在韦尔康芒斯的树林里，或是躺在安德悬崖的山坡上，或与查尔斯幽会于安德悬崖的山谷中或是躺在悬崖靠近海边的小隘谷的谷仓里等。莱·桂恩在《妇女

---

① 《法国中尉的女人》，第139页。

② 同上。

③ ［澳大利亚］薇儿·普鲁姆德：《女性主义与对自然的主宰》，马天杰等译，重庆出版社2007年版，第1页。

与荒野》中写道“作为一个女人，我所住之地在某些男人看来是一片蛮荒。但对我来说，那正是家园”。[①]

读者第一次在小说中看到萨拉，就是在海边的防坡堤上，虽然风很大，巨浪拍岸，查尔斯觉得很危险，提醒她远离，而她却无动于衷地站着，凝视大海。且在故事发展的过程中，她经常会像这样站在海边的高地“科布门”墙边远眺大海，或者穿过平静的小港湾来到“科布”的防波堤上像读者第一次见她时那样凝视大海。即使她离开，人们也会看到她“频频回头望大海”[②]。在第10章，当查尔斯第一次在安德悬崖和萨拉邂逅时，萨拉就睡在“高地下面五英尺处的一个岩石突出部，颇宽，成坡状，青草如茵”[③]。在查尔斯眼里：“姑娘仰卧，姿态颇放浪，睡得真香。靛蓝色连衣裙外的上衣敞开着，除了喉部有一个小白领之外，平纹布衫依然现出朴素严谨。”她的脸侧向一旁，“右臂弯在头顶，像孩子一样。一些银莲花散落在手背周围的平地上。她卧姿极为优美，不乏性感”[④]。而且从查尔斯的视角观察，此时萨拉的脸上已没有上次的忧伤，睡梦中的脸是温柔的，甚至还有一丝笑意。

女性主义者认为，荒野代表的是丰富的他者性，因为人类的自然理论看不出荒野的显著特征与价值，即它独立于人类的状态。因此荒野和女人一样被放置在一个分离的、低等的和例外性的空间中。安德悬崖是怎样的一个空间呢？在小说中作者对其进行了详细的描写，安德悬崖十分陡峭，是个人迹罕至的地方，具有“奇异的植物景观——这里的野草莓树、圣栎和其他树木在英格兰是罕见的；这里有巨大的树和山毛榉；绿色的岩石裂缝里塞满了常春藤和野生铁线莲等藤本植物；……它和一切从未开垦过，从未有人居住过的土地一样，有着独特的神秘性、虚幻性和危险性……”[⑤] 而萨拉躺的地方是白垩纪时期形成的屏障前面的天

---

① Ursula Le Guin, "Women/Wilderness", in Judith Plant *Healing the Wounds*. PA: New Society Publishers, 1989, p. 46.

② 《法国中尉的女人》，第67页。

③ 同上书，第75页。

④ 同上。

⑤ 同上书，第71页。

然的小平台，外缘深三四十英尺，底部长满了乱七八糟的刺藤，稍远处就是矗立在海滩上的真正陡峭的悬崖。① 但即使在这样荒僻的平台上，萨拉就像躺在母亲怀抱里的婴孩，居然睡得很深且睡相甜美，没有丝毫忧伤和紧张。在这里，她自由享受着在莱姆镇所享受不到的大自然赋予她的安宁与祥和，福尔斯将她描写成自然的宁馨儿，荒野就是她的家园。随着故事的展开，萨拉的神秘性、虚幻性让查尔斯沉浸其中，甚至不确定她是否真正存在过，或者只是他梦中创造出来的夏娃的化身，充满神秘。萨拉和荒野一样，是有待查尔斯去"发现"和"探险"的"他者"。

普鲁姆德认为："'荒野'在传统上是被排斥为理性与文明的对立面的蛮荒之地，它同时也是一块人迹罕至的废弃之地，等着被人类征服。它被称为'无主之地'，是一块陌生的、可怕的、混乱的，被野兽、女人和蛮族占据的地方，它是人类心智的反面。"② 小说中萨拉被安置在这个地方，这里就像是少女的闺房一样，萨拉占据了这个地方。当查尔斯看到睡着的萨拉并被发现以后，仿佛闯入了一块禁地，慌忙地头也不回地匆匆离开了，更恰当地说是尴尬的夺路而逃了，此时的荒野和荒野中的女人让查尔斯这个文明人不知所措。萨拉身上的荒野特征，她无家可归、无依无靠，是一位被所谓的"法国中尉"遗弃在莱姆镇的"弃妇"，因生计问题不得不受雇于人。她身上除了具有"无主性"之外，从故事中其他人物的言谈中读者了解到她还是一位失去理性、有点疯的女人。她和她所居的这块荒野一样，在具有理性且代表人类文明的男人看来，她肯定被不公平地抛弃了，因为查尔斯无法理解除了绝望，还会是什么力量驱使一个女人来到这块危险的蛮荒之地。

在《苔丝》中，苔丝的活动场所和命运转变的场景也多设置在荒野，不是人迹罕至的林间，就是寒冷萧瑟的旷野。在《呼啸山庄》中，故事的主要发生地呼啸山庄就坐落在荒原上，两位女主人公凯瑟琳和小凯瑟琳就生活在那里，挺立在"风暴"中，活着，死去。福尔斯将萨

① 《法国中尉的女人》，第 75 页。

② ［澳大利亚］薇儿·普鲁姆德：《女性主义与对自然的主宰》，马天杰等译，重庆出版社 2007 年版，第 176 页。

拉放置在荒野中，看似是对维多利亚时代小说的模仿，其实就其本质而言，是受到了西方男权文化的深刻影响。这种看似恒常的处理，其实蕴涵着西方男权文化对女性和自然的歧视。按照现实主义小说创作依循的“典型环境中的典型性格”的原则，荒野的边缘性和非理性恰好能够衬托女人的类似特征。

当“荒野”被人类文明“探险”、“发现”之后，成了未被征服的领地，征服者会以文明决定的模式对它进行开发。在莱姆镇的道学家眼里萨拉就是一块“无主之地”，伪善的波尔坦尼太太以“拯救”的名义收留了她做自己的家庭教师，在这些所谓的文明人眼里，萨拉就是夏娃，身带罪孽。格罗根医生认为萨拉因思念过度，精神出现了问题，得了抑郁症，且抑郁成瘾，疯狂了。因此，他将其作为非理性的治疗对象进行征服。此时的萨拉，在这些所谓的正常人眼里成了一个异类，如同危险而神秘的荒原一样，被边缘化了。在萨拉漫游于大自然，并故意被人发现后，查尔斯在安德悬崖的一个已经破败的小谷仓里找到了酣睡的她。此时，再次成了“无主之地”的萨拉，在荒野中已经废弃好久的破茅屋里“竟然睡得如此安稳”，让查尔斯难以想象。在他看来，幽暗神秘的谷仓“简直就是她的卧室”，萨拉的临时栖息地居然和她一样神秘。而且在萨拉身上“有一股子野劲，但不是精神错乱或歇斯底里的那种野——而是查尔斯在鹪鹩的歌唱声中感受到的那种野……野的清纯，野得近乎热切”①。

因此，就查尔斯来说，作为来自上流社会的代表理性文明的男人，他始终站在文明和理性的一极，审视萨拉以及她多次沉浸其中的野蛮与非理性的另一极——荒野。在对这一非理性的自然私密空间的观察和接触过程中，萨拉和荒野被异质化为他者。在和萨拉的两次邂逅之后，查尔斯不自觉地在欧内斯蒂娜面前忍不住赞美安德悬崖，“安德克利夫那片荒野太迷人了。我原来不知道英格兰还有这样的好地方”②，此时的查尔斯已经对萨拉有点动心，因为她在野地里的睡姿，她的容貌和神态俨然是自然界的一部分，这是受到文明和世俗的社会习俗侵蚀的欧内斯

① 《法国中尉的女人》，第265页。

② 同上书，第94页。

蒂娜等富家小姐所没有的。查尔斯这里所说的“迷人的荒野”实际上是有双关意义的，迷人的荒野和荒野里迷人的女人。欧内斯蒂娜紧接着的反应更是印证了萨拉的这种意味，“好啊，查尔斯，你快快招来，原来你不是去敲打那些可怜的石头的，你是去和山林仙女调情的”[①]。

萨拉是福尔斯塑造的一个谜一样的女人，类似于“幽灵”或“林中女妖”。福尔斯在一次访谈中谈及小说中的神秘女性从何而来时指出：“若要让我说出幽灵从何而来确实有点困难，我不得不像那样进行分析。但是在作品里设置一个女幽灵的想法一直吸引着我，或许这和我一贯喜欢神秘有关，于是像那样设置了一个幽灵。”虽然在《法国中尉的女人》中福尔斯并没有将萨拉明确地塑造成幽灵，但是她的一袭黑衣，她的神秘性，以及她自如地出没于荒野的种种表现，让读者不得不将她和林间女妖和幽灵联系在一起。萨拉如同《麦克白》中出现在旷野的三个女妖，三个女妖的蛊惑让有权力欲望的麦克白内心动摇，以至于最终在这些女妖和其妻子的鼓动下由一个理性的英雄成了杀人如麻的弑君者。莎士比亚是一个典型的男权主义者，在他的意识里，男人的欲望和非理性是女人造成的，而造成男人贪婪的主要原因便是女人。在《法国中尉的女人》中，福尔斯赋予萨拉同样的女性特征，正是她的神秘性和独特性让查尔斯受到诱惑，让本来具有理性精神的查尔斯迷失，做出了疯狂的事情，抛弃未婚妻追求萨拉。这种西方文学世界中典型的女人引诱男人的结构模式，大多发生在旷野和荒原。女人似乎就是林中女妖或午夜幽灵，引诱麦克白、浮士德、查尔斯等本来理智的来自文明世界的男人迷失方向。这种在文学范围内呈现出来的男权主义偏见，将女人归于自然中的荒原，本是一种歧视女性、贬低女性的文化心态。

在小说的最后，当查尔斯再次找到萨拉时，萨拉已经从以前的那个自然之女的形象转变成一个时尚的伦敦女人，她身上所具有的“荒野”属性已经消失殆尽，给艺术家当助手的生活似乎征服了她身上的野性，她具有了某种卖弄风情的姿态。因此，查尔斯感叹：“自然的东西被人造的东西玷污了，纯洁的东西被不纯洁的东西玷污了。”[②] 因此，就整

① 《法国中尉的女人》，第94页。

② 同上书，第480页。

部小说而言，福尔斯始终将萨拉和自然对等放置在男人和理性的对立面，小说的生态女性主义的理念远没有实现。

第三节　查尔斯眼里的他者：萨拉与自然

在查尔斯和萨拉相识、相知、相恋的过程中，一方面作者将二者碰面的地点安置在自然之中；另一方面，在故事的进程中，查尔斯和读者在萨拉面前诸如人类在神秘的自然面前一样，对其特性始终无法用理性获得确切的体认。查尔斯第一次遇见萨拉，是在面海的防波堤上。当时萨拉的"身体显然是靠在一门倒立着像根系船柱的古炮炮筒上。着黑装，风吹处，衣服飘动，但人却纹丝不动，面向大海凝视着什么，很像是溺水者的一座活的纪念碑，一个神话中的人物，不像是微不足道的乡野生活正常景观"①。着黑衣的萨拉背对查尔斯虽然更像是一个神话中的人物，而非乡野自然景观中的女人，但是她确实是在自然之中，面对狂风骇浪，毫无畏惧地站在自然的奇迹面前，"目光死死盯着最远处的地平线"②。尽管查尔斯提醒她"风很大，站在那里不安全"，她仍然一声不吭，盯了查尔斯最多两三秒的时间继续凝视大海。此时，萨拉因查尔斯的提醒而回头时，查尔斯看清了萨拉并不漂亮但让他难以忘怀的脸："脸上的忧伤有如林间清泉自然涌出，十分清纯，无法压抑。那张脸没有狡诈，没有虚伪，没有歇斯底里，没有伪装；……这种情况好有一比：泉水本身是寻常事，但从沙漠里涌出泉水来就有些非同寻常了。"③

萨拉脸上呈现出的与欧内斯蒂娜不同的"美好品质"在查尔斯看来如同沙漠里涌出的甘泉，在他的世界以及人类虚伪的文明时代已经是很少见了，因此查尔斯觉得其"非同寻常"。从这一角度而言，不管是林间清泉还是沙漠里涌出的"非同寻常"的泉水，这是区别于人类文明的自然之物，对查尔斯这位具有理性特质的来自文明世界的绅士来说，

---

① 《法国中尉的女人》，第4页。

② 同上书，第9页。

③ 同上书，第9—10页。

这一方面可以看做萨拉身上有文明社会里的人没有的美好素质；另一方面萨拉是被排除在以查尔斯和格罗根为代表的男性和人类理性世界之外的自然之女。此时的萨拉事实上成了一个“高贵的野蛮人”，“如果从否定意义上理解，他或她被看成是拥有所有的好的品质，而这些品质在‘文明’中已经不存在了；如果从肯定意义上来理解，他或她就会被看成是缺乏所有的社会美德”①。

正如爱默生所言：“我们偎依在大自然的怀抱里，像寄生虫一样靠她的谷物和根茎生存。日月星辰向我们频送秋波，把我们唤至幽静处，给我们预言最遥远的未来。湛蓝的天顶是浪漫与现实的融会点。”爱默生和福尔斯用根深蒂固的西方男权中心主义的视角，站在理性和文化的角度审视自然和女人，自然如女人一样给热爱自然的男人“频送秋波”，诱惑男人在此驻足，寻求浪漫。萨拉几次在“堪称英国的伊甸园”② 的安德悬崖给查尔斯寻找介壳，和查尔斯的接触类似于暗送秋波的自然精灵，在查尔斯眼中萨拉身上具有的自然清泉般清纯的自然性特征似乎吸引并诱惑着他，让他沉迷其中，萨拉是被排斥在文明世界之外的自然精灵和尤物。查尔斯喜欢这种类似于自然的神秘和清纯，“他自认为受到文明的过度娇惯和宠爱，已经不可能再回到大自然中生存了”。然而和萨拉的屡次邂逅和萨拉身上所具有的自然属性让他重新回到了大自然的怀抱。当然，他是一名学者，“是一位很称职的鸟类学家和植物学家”③。当他看到浮光耀金的海面，听到鹬鸟欢快的鸣叫时，他首先想到的是这些自然景物的科学价值。而当眼前突然出现诱人的岩石区潮水潭时，“离经叛道的可怕想法立即在这可怜的家伙脑海中闪现”④。

萨拉身上具有的清纯、坦率和神秘，如同诱人的岩石区潮水潭，也让查尔斯看到她身上类似于潭水的神秘和不可知性。在这里福尔斯似乎故意映射查尔斯和萨拉后来的故事，查尔斯为了萨拉做了他认为是离经叛道的事情。萨拉就像林中女妖和潮水潭，让查尔斯抛弃了门当户对，

---

① ［澳大利亚］薇儿·普鲁姆德：《女性主义与对自然的主宰》，马天杰等译，重庆出版社 2007 年版，第 41 页。

② 同上书，第 72 页。

③ 《法国中尉的女人》，第 52 页。

④ 同上书，第 51 页。

且能给他带来丰厚经济收益的富家女欧内斯蒂娜，不怕被上流社会放逐而选择了身份卑微的萨拉。而且，查尔斯第一次在安德悬崖，这个被称为“英国的伊甸园”邂逅萨拉时，书中非常详细地描绘查尔斯对自然的感受，其实也提前预设了查尔斯对萨拉的类似于对自然的态度和情感。他被吸引，更多的是因为萨拉身上具有的类似于自然的神秘性。波伏瓦说过，在一个男权主义文化框架里做女人，意味着做一个对男人来说是神秘的不可知的源头。因此，在这里查尔斯将自然和萨拉连接在一起。

查尔斯在波尔坦尼太太的府上见到萨拉时，作者是这样描述这个自然之女被放置在所谓文明人居所里的状态，就如一只野性的动物处于被围困的状态之下，完完全全失却了野性而变得逆来顺受了。[①] 可见，福尔斯在勾画萨拉这个人物形象时，强调最多的就是她的动物性特征，非理性（疯癫）、神秘等。然而从生态女性主义者视角看，对“妇女和自然的这种并置本身就是落后与侮辱性的，一看到她，就会想起妇女作为大地母亲，作为被动的、传宗接代的动物，以及作为心满意足的母牛的那些形象，沉浸在自我身体中，过着一种不事思考的经验性生活”[②]。因此，福尔斯将萨拉放置在自然的一隅，明显带有“男权主义”和“人类中心主义”的偏见。

人类对不可知世界的探究，是文明世界里的理性科学者进行科学研究的前提。因此，对于查尔斯已经熟悉的、被上流社会的那一套虚伪本质浸染的欧内斯蒂娜，他看到的是“特别做作，令人讨厌，那副装腔作势的样子”。欧内斯蒂娜因过多地浸染了文明的特质而使查尔斯失去了猎奇与研究的兴趣。如果萨拉是安德悬崖上的常春藤的话，欧内斯蒂娜则是娇贵的紫罗兰。福尔斯在写她的面孔时也是如此形容的：“鹅蛋脸，小小的下巴，紫罗兰般娇贵。”她具有清秀的面貌和优雅的举止，以及维多利亚时代少女所具有的娇羞和矜持，“仿佛一旦有男人敢于开口说话，她马上就会晕倒似的”[③]。她“就像二月里的紫罗兰花的芳香一样

① 《法国中尉的女人》，第109页。

② ［澳大利亚］薇儿·普鲁姆德：《女性主义与对自然的主宰》，马天杰等译，重庆出版社2007年版，第3页。

③ 《法国中尉的女人》，第26页。

淡雅”[①]。显然和萨拉的自然性相比，欧内斯蒂娜具有更多的文明社会中的女性特征。福尔斯在写蒂娜时，同样用自然界的植物来形容她，萨拉和查尔斯的几次比较关键的相遇地点是野外，而和蒂娜的会面则被安排在温室的花房里。虽然这种安排会让读者臆测福尔斯是否有意让萨拉代表神秘、不可知的未经驯服的自然，让欧内斯蒂娜代表那种已经被文明征服的自然，以及接受过都市文明浸染的维多利亚时代的淑女文化？福尔斯一方面在女人身上寻求野性的原始生命力，书写女性身上不被男性理解的神秘性；另一方面又书写了在文明与理性的规约和教化下，男人希望女性所具有的人类才智与矜持。这也同样重复思考了所有男性思考的问题：“为什么女人有双重的、骗人的面孔：她是男人所召唤的一切，又是他达不到的一切。她是慈善的自然和人类之间明智的中介；她是未被制服的自然对付一切智慧的诱惑。”[②]

查尔斯最终抛弃了已经订婚的，被禁锢在男权文化内部的淑女的典范欧内斯蒂娜，选择了对他而言难以理解和不可解释的自然之女萨拉，这种对上流社会婚姻规则的背叛，使他和拜伦勋爵一样不得不为此付出沉重的代价，但他还是义无反顾地放弃了所谓的责任和义务，选择了追求自由。这似乎显示了作者福尔斯的生态理念，他并不看好受到男性文化浸染的男性眼中的文明物一类的圣女形象，而是将兴趣投射到了具有自然神秘特性、野性且不可理解的萨拉身上。这种选择如同萨特在《存在主义是一种人道主义》中所阐释的，一个具有报国理想的青年，无视年老的母亲的哀求而上战场的话，他在获得自由的同时在责任层面却失去了自由。查尔斯亦如此，因为“对一个爱冒险的男人来说，正是这些危险使女人成为一种迷人的玩物。他放弃丈夫的权力，拒绝依靠社会法律，试图在一对一的单挑中战胜她。他力图占有抗拒的女人；他在她要逃避他的自由中追逐她”[③]。但是萨拉不告而别，她“不能分享自由：自由的女人往往要用这种自由来反对男人”[④]。查尔斯不得不像忒勒马

---

① 《法国中尉的女人》，第27页。

② ［法］西蒙娜·德·波伏瓦：《第二性Ⅰ》，郑克鲁译，上海译文出版社2011年版，第271页。

③ 同上书，第264页。

④ 同上。

科斯寻父一样踏上冒险漫游之途，去寻找萨拉。萨拉的莫名离开，事实上是努力寻求男女平等的福尔斯妄图打破男权主义思想，以女性的类似对抗，让男人也成为女人的玩物，以此显示性别的平等。

但最终福尔斯的女性主义思想并没有实现，作为一个男性作者，他不可能像玛格丽特·杜拉斯那样，让寻找直布罗陀水手的安娜永远找不到直布罗陀水手，冒险回归的路永远延异，福尔斯却陷入了男权文化的樊篱，让查尔斯找到萨拉，并看到他们的孩子。这似乎又陷入了传统文学的叙事模式的窠臼，冒险，最终回归。结局虽然有两个，但是男主人公和女主人公最终还是见面了。两人再次相见时，虽然在萨拉身上已经看不到她在莱姆镇时的自然性特征，她已经被城市文明浸染，被艺术熏陶，她具有了文明的城市人特性。但是正如萨拉自己所言："我这个人不可理解。""我的意思是，甚至我本人都无法理解我自己。我无法对你说是什么原因，但是我相信我的幸福依赖于我的不理解。"[①] 萨拉的神秘性是无边界的，不管是在荒原还是在大都市伦敦，她的身上所具有的"非理性"特征，是作为女人的她无法抹杀的，这是男性中心主义文化二元结构模式在小说中的体现。

萨拉除了具有男权主义文化强加在女人身上的"非理性"、"神秘"、"难以理解"等特征之外，格罗根医生还从病理学角度认定她是疯子，是一位精神病人。甚至萨拉自己也毫不讳言："我知道这是精神失常的表现。"[②] 这种认定事实上是对女人自然属性，尤其是兽性特征的再强化，因为疯癫的人不仅仅对文明人、正常人构成威胁，而且在他们身上具有某种兽性的可怕形态，首先就是肆意横行地追求自由。萨拉身上具有的桀骜独立和对自由义无反顾地追求等特性，并不符合维多利亚时代的女性规范。福尔斯用20世纪的女性特征装扮萨拉，而具有20世纪女性特征的萨拉如何放置在维多利亚时代而使其不显得另类，除了"不可解释"以外，可解释的就只有萨拉疯了，精神失常了。福柯说："非理性规定了疯癫的可能范围。"[③] "18世纪，兽性疯人的观念在个别

---

① 《法国中尉的女人》，第484页。

② 同上书，第184页。

③ ［法］米歇尔·福柯：《疯癫与文明》，刘北成等译，生活·读书·新知三联书店2007年版，第68页。

人的尝试中得到实际体现。”[①] 当时治愈疯癫的人，就“像使用牲畜、使用仆人一样使用它们”[②]。“疯癫泄露了兽性的秘密：兽性就是它的真相，在某种程度上，他只能再回到兽性中。”[③]

因此，在小说中福尔斯试图把一位20世纪70年代的女子放置在19世纪70年代，以实现他女性主义的理想，但是一位男性作者塑造这样一位女性主人公，并由这种空间压缩来实现这种理想实属不易。女人所具有的男人所看不到的智慧、主体意识的内在追求等，不是仅凭对女性的同情，而没有对女性深刻体认的男人的福尔斯所能理解的。因此，福尔斯只能让他的男主人公查尔斯看到萨拉可以从外部观察到的神态，而“我们有时候可以在一个现代人的脸上看到一个世纪以前的神态，但是永远看不到一个世纪以后的神态”。19世纪的查尔斯看不到20世纪的萨拉的神态，所以“他很窘”[④]。而具有这种神态的萨拉，19世纪的格罗根医生只能从医学“科学”的理性角度认为她是疯癫者。当他给查尔斯谈及萨拉的疯癫时如谈虎一样惊奇和警觉。正如哈姆雷特、李尔王只有在疯癫时才道出不合他们各自时代的官方文化所推崇的言论，歌德将浮士德身上所具有的非理性特征外化为靡菲斯特一样，他们以这样的方式解释人物的反常和他们身上具有的超越于自己时代的特征。福尔斯借鉴了前人的描述，首先给萨拉冠上了疯癫和某种魔性的特征。萨拉不是女幽灵，但她具有幽灵和动物一样的非理性和兽性，这如同野蛮的未经驯化的自然和动物一样。女人，尤其是疯癫的女人和未经驯化的自然、动物一起被放置在男人、文明的对立面，福尔斯和以文明人自居的男性角色难逃这样的窠臼。

此外，从小说的结局看，小说女性主义的主题同样没有实现。小说最后的结局有两个，幸福的结局自不必言，萨拉像所有女人一样，会在自己的姓名前冠以代表男权至上的丈夫查尔斯的姓氏，成为一个失却了女性主体地位的家庭主妇，和简·爱最终还是回到了罗彻斯特身边一

---

① ［法］米歇尔·福柯：《疯癫与文明》，刘北成等译，生活·读书·新知三联书店2007年版，第75页。

② 同上书，第69页。

③ 同上书，第68页。

④ 《法国中尉的女人》，第194页。

样，依附于男人。另一个结局，作者的设置依然富有男权意味，让查尔斯愤怒地诅咒了萨拉，抛开了萨拉的手，尽管痛苦，但却傲然地离开萨拉和孩子。因此，在这个结局中，没有男人而作为母亲的萨拉和孩子的故事该如何预测，她是依附于另一个男人罗塞蒂，还是自己为罗塞蒂工作而获得工作的机会，养育孩子长大？

事实上，在欧内斯蒂娜和萨拉的身上，福尔斯塑造了女人的两个层面，这正是男人所希冀的。一方面他们希望女人有教养，贤淑文静，作为母亲和家庭妇女能够相夫教子；另一方面作为性伙伴的女人，男人又希望她们具有野性和神秘感，满足男人寻求刺激和新鲜感。男权社会"不可能把女人仅仅看做是一种生产力：她对于男人来说是性伙伴、一个生儿育女者，一个性欲对象，一个他者，通过她男人寻找自己"。①而"他者被认知的程度取决于他被吸纳进自我的程度以及自我欲望和需要体系。他者只能被自我占有，主宰的意识不能忍受不被吸纳的他者"②。

在小说中，福尔斯关于女人和自然的观念延续了自柏拉图以来西方古老文化传统中关于女性和自然的二元结构模式，确立了妇女同自然的等同关系。妇女和自然被排除在人类文化与理性之外，男人则是理性和人类文化的代名词。"妇女是自然的一部分，而男人不是"；"男人是文化的一部分，而女人不是"。查尔斯和格罗根作为文化阶层的男性精英代表了人类文化的文明性、进步性，而萨拉则和自然放置在一起被作为研究的对象，成了人类文化在前进的路上必须进行价值重估的对象。

要彻底解决这种歧视女人和自然的二元结构模式，就不要将妇女纯粹归于自然，男人和女人都是自然和文化的一部分，男女两性同样能与自然和文化共处。不要再将自然作为人类文化征服的对象进行"背景化"处理，应该将其放在与人类文化平等的地位。因此，《法国中尉的女人》还远没有达到这种目标。当然，福尔斯在这部小说中试图呈现一种和传统文学不一样的文化视角，如对女人的自由和独立意识的反思，

① ［法］西蒙娜·德·波伏瓦：《第二性Ⅰ》，郑克鲁译，上海译文出版社2011年版，第82页。

② ［澳大利亚］薇儿·普鲁姆德：《女性主义与对自然的主宰》，马天杰等译，重庆出版社2007年版，第41页。

对自然的书写与关注，将自己的人物放置在自然的大背景之下，尊重自然和生命，对女性也表现出独特的立场。但是作为一位深受西方文化熏陶的作家，他虽努力探索崭新的写作方法，但他无法彻底背离其文化传统，他就像是一只风筝，虽然从传统中幸运地飞了出来，但是那根线还植根于那片土壤。根基坚固且影响深远的古希腊以来的西方文化领域内的非理性与理性、女人和男人、自然和文化的二元结构模式，以及自古罗马以来在中世纪达到巅峰的基督教文化对西方人思想和文化的规约，在西方文化体系内部形成的尊崇后者贬抑前者的文化理念，深深地影响了福尔斯。因此，这部小说不但没有实现其女性主义的主题，同样，它也不是一部真正意义上的生态女性主义小说。

第五部分

影 响 与 比 较

第一章

《法国中尉的女人》和《直布罗陀水手》面对面

任何一部小说都无法摆脱同时代知名作家的影响，也无法摆脱传统。“作家本人，尽管想独立，却还是置身于某种精神文明与文学之中，即已写成的、过去的文学之中。”[①]《法国中尉的女人》也不例外，它既无法剥离本民族文学的传统，同时也受欧洲小说传统以及同时代作家作品的影响。福尔斯在剑桥学习法语时对存在主义的热衷，法国存在主义哲学及其小说创作对福尔斯小说创作的影响已是无可争辩的事实，也是前人研究的一个主要领域。此外，福尔斯曾坦言他生活在巴特和罗伯·格里耶的时代，他并不否认杜拉斯的《情人》对《法国中尉的女人》的创作产生过影响[②]。玛格丽特·杜拉斯作为活跃在那个时期的法国作家，曾在萨特主编的《当代》杂志上发表过小说，且反响强烈。这对关注存在主义哲学的福尔斯来讲，这些小说不可能读不到。因此，杜拉斯的小说对福尔斯小说创作的影响是毋庸置疑的。马克思曾经用生动的语言谈及历史与创造历史的个人之间的微妙关系，他说：“人们自己创造自己的历史，但是他们并不是随心所欲地创造，并不是在他们自己选定的条件下创造，而是在直接碰到的、既定的、从过去承继下来的条件下创造。一切已死的先辈们的传统，像梦魇一样纠缠着活人的头脑。”[③]文学创作何尝不是这样，如果历史是在危机时代的人们创造前所未闻的

---

① ［法］阿兰罗伯·格里耶：《未来小说的道路》，朱虹译，见柳鸣九《新小说派研究》，中国社会科学出版社 1986 年版，第 61 页。

② 张和龙：《后现代语境中的自我——约翰福尔斯小说研究》，上海外语教育出版社 2007 年版，第 195 页。

③ 莱思·芬德利：《另一种观点：后现代主义与对抗历史》，见王逢振主编《西方文论选》（2003 年度新译），漓江出版社 2004 年版，第 77 页。

事物时，战战兢兢地请出亡灵，借他们的名字、战斗口号和衣服给他们以帮助，以此为基础来演出世界历史的新场面的话，文学就是要进行艺术实验的作家，借用已有作家的创作艺术的探索，帮助自己完成新的艺术探索。

玛格丽特·杜拉斯的小说《直布罗陀水手》发表于1952年，这一年也是福尔斯开始学习创作的一年。虽然没有资料证明《法国中尉的女人》和《直布罗陀水手》有直接关联，但两部小说都有小说叙事艺术革新与探索的主要特征，两位作家都通过创作在各自的文化语境和欧洲传统内部探索小说这门文学艺术发展的出路。格里耶在其《未来小说的道路》中指出："小说艺术陷于这样严重的停滞状态——几乎整个批评界都注意到并指出了这种惰性——以至于不能想象，它如果不经过激烈改革还能苟延多久。在许多人看来，解决的办法很简单——什么也改变不了，小说艺术正在衰亡。"① 和格里耶等法国作家尝试新的小说美学原则一样，杜拉斯在欧洲小说内部和新小说的作家们一起探索小说的新的美学原则和创作技巧。福尔斯在存在主义、新小说作家们的影响下，亦在自己的民族传统内部尝试新的技法。

《直布罗陀水手》是杜拉斯早期创作的代表作，这部小说彰显了作者与存在主义哲学和萨特、加缪以及罗伯·格里耶、萨洛特等人的特殊关系，即都在尝试小说艺术的"新生"。《法国中尉的女人》显示了福尔斯小说创作的国际化视野和本土化的双重倾向。小说中既有存在主义哲学相关命题的思考，也有新小说的影子，这种关系在小说中忽隐忽现，福尔斯本人对此也毫不讳言。在《法国中尉的女人》的表层，就文学传统而言，是对维多利亚时代英国现实主义小说传统的反思与革新。因此，在小说发表之初，很多学者都探寻它和维多利亚时期小说的关系，认为这是一部维多利亚时代小说的"怪胎"，此后又有学者从戏仿、互文等视角研究其中的关系。但正如福尔斯所言，他生活的时代已非1867年，而是相隔百年的1967年，是巴特和罗伯·格里耶的时代。两部小说都有欧洲传统和同时代作家、学者的思想的影响，都关注小说艺术何去何从的出路问题，并在创作中探索新路。而小说中除了存在主

① 柳鸣九：《新小说派研究》，中国社会科学出版社1986年版，第60页。

义自由相关命题的探索与思考、小说在对传统创作技法革新的过程中对小说艺术自身的思考与探索、小说设置的故事和故事内部故事的多层次空间结构以外，两部小说题名中人物的在场与实际故事进程中人物的不在场，故事与故事内部故事人物关系的设置，故事及故事内部故事的不可靠性讲述，人物及其故事的不确定性、多种可能性设置，以及两部小说中都有的对抗文学传统和思维方式的节奏和口语化倾向、用人物对话建构人物形象等，无不显示出《直布罗陀水手》对《法国中尉的女人》的影响。

第一节　在对话中“现身”：人物形象的不确定性

《法国中尉的女人》看似有完整情节，但其中有关“法国中尉”和萨拉的故事却支离破碎，没有线性的故事结构，甚至“法国中尉”作为当事人在作品中始终未出现。他始终出现在其他人物的对话和萨拉的回忆性言说中。“法国中尉”这个名称的第一次出现是在第2章，这章从一开始就是大段的人物对话，对话者是“蒂娜”和“查尔斯”，从谈话的内容判断两人应该是恋人关系，因为他们谈及“爸爸”、“婚姻”。当然其中也有一些描写，为读者提供了有关蒂娜的身世和其家庭情况等，并告知读者两人已经订婚。当然，作者精心设置这段对话，关键就是引出绰号为“悲剧”“他们把她叫做法国中尉的……女人”①，但对“法国中尉”和“悲剧”的故事谈话者也是知之甚少、模棱两可。而造成对他俩关系不确定性描述的原因，似乎是谈话女方身份的限制。蒂娜是作者精心设计的维多利亚时代淑女的典范，因此，从她的口里说出这样“伤风败俗”的事应该是有失淑女风范的，谈及此事时她有点害羞且遮遮掩掩。查尔斯和蒂娜的对话是这样的：“你的话倒是引起了我的好奇。你说的法国中尉是谁呢?”“那个男人，据说他曾经……”“爱过她?”“比那更糟。”“他抛弃了她？还有孩子?”“不。我想她没有孩子。都是些闲言碎语。”② 这段对话倒是引出了一些关于“法国中尉”和

① 《法国中尉的女人》，第8页。

② 同上。

“悲剧”女人的一点信息，但不甚了了。在故事此后的进程中，读者始终没看到法国中尉现身。

“法国中尉”在小说中第二次出现，是在第6章，牧师推荐萨拉去波尔坦尼太太府上当家庭女教师时，讲起萨拉谈及她的过去时，牧师提到了“法国中尉”。其中讲到了这个人因何、从何而来，怎么认识了萨拉、是否信仰基督教、他又是如何骗萨拉并试图对她非礼，未得逞后如何逃走、抛弃萨拉。[①] 牧师和波尔坦尼太太的对话给读者一个较为清晰的故事轮廓，即萨拉和法国中尉已经过去了的成为闲人们谈资的故事版本。在小说的第16章，带着很多疑问的读者终于在又一对男女萨拉和查尔斯的对话中，从当事人之一的萨拉口中知道了法国中尉的未来：“他永远不会回来了。”“那位先生已经……”“他已经结婚了。”[②] 他的最后一次出现是在第47章，是在查尔斯和萨拉的对话中[③]，寥寥数语而已。因此，看似小说男主角的“法国中尉”在小说中其实是不在场的，他只是别人言说的对象，他的故事充满了不确定性。小说甚至给读者这样一种感觉，即“法国中尉”是不是根本就没存在过？他只是作者安排的一个诱导读者进入维多利亚时代小说固定的人物关系框架的一个符号，虚拟建构的被引诱失身的女子和负心男子的故事。但事实上，作者并非要单纯地讲20世纪的苔丝和爱玛、玛丝洛娃等穿越时空的女性的故事，他借鉴了杜拉斯《直布罗陀水手》、《副领事》等小说中顾左右而言他的叙事技巧。

《直布罗陀水手》的故事情节同样引人入胜，一个雇用多位水手乘坐豪华游艇周游世界寻找“情人”——“直布罗陀水手”的美国女人的故事。故事刚一开始作者就设置了一个和莫尔索很相似的男子“我”与一个女子雅克琳的故事。故事中的女性雅克琳在故事开始后不久被抛弃，而抛弃的理由很堂皇。福尔斯的另一部小说《巫术师》的开头也有一个类似的故事，男主角在去希腊前抛弃了和自己同居的女友，此外小说中的于尔非的家庭出身，和莫尔索一样的性情特征，他对父亲态度

① 《法国中尉的女人》，第33—36页。

② 同上书，第133页。

③ 同上书，第380页。

的冷漠甚至敌视，以及小说的叙事语气、故事的结构等无不显示出和《直布罗陀水手》相似的特征。但是这绝非巧合，这些要素充分说明，福尔斯在创作时受到杜拉斯的小说创作的影响。

《直布罗陀水手》中“直布罗陀水手”在故事中的不在场和“法国中尉”的不在场非常相像，他的存在也牵系在一个女人的身上，这个女人就是“直布罗陀水手”的女人——安娜。当人们谈及这个女人时，他才被提及，他是被在场的。多米尼克·拉巴泰曾经分析过杜拉斯的这种叙事的特殊机制：“叙述的人，写作的人（这两个动词互相混淆）想象了另一个人，一个第三者，他成为了一个证人，另一个人只在他的目光下变得立体，仿佛成了双重的中间项。然而目光所注视的对象同时也是叙述的对象，其迷人的力量正来自其虚无的性质，这种虚无甚至超越了对象作为幻想的容器的地位，并挫败了这些幻想。”[①] 和“法国中尉”一样，“直布罗陀水手”也是叙述的人和写作的人共同叙述的一个虚无。叙述的“我”在和埃奥罗老人的对话中，直布罗陀水手是这样出现的：“据说她在找某个人，一个她从前认识的男人。一个奇怪的男子。一个奇怪的故事。不过都是传闻……比较肯定的是，他很和蔼。”[②] 在故事的推进中，随着直布罗陀水手的女人安娜和“我”的关系的加深，在和安娜的对话中，安娜讲述了她和直布罗陀水手的故事[③]。直布罗陀水手和法国中尉一样是一个法国军队的军人，他从军队逃脱因涉嫌杀人而被追捕，在海上奄奄一息的时候，安娜供职的游艇老板，即安娜后来的老公和他的水手救了他，并被雇用在游艇上和安娜共事六个月。安娜爱他，但他并不爱安娜。

《法国中尉的女人》中萨拉和法国中尉的故事是这个故事的翻版，军人落难，被救，和女主角发生关系后一走了之，萨拉爱他，但他不爱萨拉。虽然萨拉没有像安娜一样满世界地找这个男人，但她也是天天面朝大海守望他。小说中当“法国中尉”被提及时，关于萨拉和法国中

---

① ［法］多米尼克·拉巴泰：《小说性的悖论》，［法］贝尔纳·阿拉泽：《解读杜拉斯》，黄荭译，作家出版社 2007 年版，第 175—176 页。

② ［法］玛格丽特·杜拉斯：《直布罗陀水手》，金志平译，上海译文出版社 2009 年版，第 59 页。

③ 同上书，第 138 页。

尉的故事，欧内斯蒂娜对查尔斯说“都是些闲言碎语”。因此不管是直布罗陀水手和美国女人安娜的故事，还是法国中尉和法国中尉的女人萨拉的故事都因两位男主角的缺席和不在场而成为“传闻”和“闲言碎语”。这种不确定性源于作者搁置了对故事的控制权，这种叙事技巧彻底打破了作者掌控文本内部各要素的神话。

在寻找的过程中，直布罗陀水手是谁，长相如何，故事内的人始终不知道。甚至连经常给安娜报信的希腊水手埃帕米农达斯也哀叹：“永远不会确定是他”，“总有什么地方对不上。”“不是故事对不上，就是声音对不上，要不然就是伤疤……”① 故事中的水手甚至说：“倘若有人在书里讲述这个故事，没人会相信②。”到故事结束，直布罗陀水手始终没被找到。在这个过程中，读者其实有一种很强烈的感觉，即直布罗陀水手其实始终就没存在过。正如安娜自己所说，那只是她以某个人为原型虚构出来的。“我”说：“有时，我仿佛觉得有十个直布罗陀水手的故事”③，而这十个故事的男主角，有可能是“我”以及现在船上和曾经在船上但已经离开的多位水手，大家都可能被安娜编进了她和直布罗陀水手的故事中，这些男人都是猎取的对象，大家都是直布罗陀水手。这种不确定性衍生了众多分散的故事片段，这也影响了《法国中尉的女人》。

《法国中尉的女人》中萨拉和查尔斯、欧内斯蒂娜与查尔斯、萨姆与女仆玛丽、莫雷尔男爵的女儿玛丽与拉隆西埃中尉的故事等，是法国中尉和萨拉故事的不定量繁殖与生产。“不确定性是意义的播撒，它不聚合在一个整体内，而是分散的片段，它没有固定的数量，而只是无穷地生产与替代；它不受作者的控制，与作者的意图没有什么关系，但又不是作者意图的否定，相反却肯定不定数量的意义的生产。”④ 福尔斯自己说过：“对我而言，我一生中只写过一位女性。我的意思是，我的感觉真是这样。我并没有把‘她’放在所有的小说中，但是在我写小

---

① ［法］玛格丽特·杜拉斯：《直布罗陀水手》，金志平译，上海译文出版社2009年版，第253页。

② 同上书，第179页。

③ 同上书，第271页。

④ 陈永国：《理论的逃逸》，北京大学出版社2008年版，第75页。

说时，我感觉正在写的小说中的女主角和另一部小说中的女主角是同一人。从外在特征上看她们似乎不太相同。但对我而言，在我所有小说中基本的家庭成员仅仅是同一个女人。"[①] 正如福尔斯由欧内斯蒂娜的"嘴角也相应的微微一动"而引起的隐喻性联想，蒂娜就是无数个维多利亚时代的具有统一特征的少女，小说中写道："那一丝不易察觉的表情颇像莉蓓加·夏泼，也许会使正统的维多利亚时代的人顿生疑惑；但是对查尔斯那样的男人，她具有不可抗拒的魅力。她很像一个端庄的小女孩，那一类的名字叫乔治娜，或者维多利亚，或者艾伯蒂娜，或者马蒂尔达的女孩……"[②]

在杜拉斯的小说世界里，只有一个男人，杜拉斯早期生命中的"中国情人"，这个情人在《抵挡太平洋堤坝》里叫若先生，在《直布罗陀水手》里面是"我"和不在场的"直布罗陀水手"。而在《直布罗陀水手》中"直布罗陀水手"也是流动的符号个体，他可能是其中的"我"，或者安娜周围的任何一个水手或其他，格朗，或者杰杰，只要安娜愿意，"皮埃罗就是直布罗陀水手。只要她愿意就行……总有一天，她会这么着。她会说就是这个将是那个，然后就这么定了，谁能提反面意见?"[③] 在这里，直布罗陀水手形成了一个符号的隐喻空间，他就是那个无底的虚无的洞。这些都是由一些对读者而言不可名状的人物符号建构的，驱使女主人安娜及其他人物进行一次次的重复寻找，但是最终每一条隐喻链终究因"错认"而断裂。这就是杜拉斯小说中的不可言说之物的雏形："在一个想象的空间的中心——它也是所有主观陈述的中心——是由此既空缺又意味深长的原始符号挖掘出来的深渊，在此空间即此'空词'的边缘，无止境的繁衍着的，是所有语言的所有词语，是所有句子，是所有作品，然而同样也是写作本身，从起源时被隔离，从

① John Fowles, "in an interview with Susana Onega", in her *Form and Meaning in the Novels of John Fowles*, UML Research Press, 1989. 笔者转译自 Christopher Giroux, *Contemporary Literary Criticism*, Detroit: Gale Cengage, 1995, Vol. 87, p. 142。

② 《法国中尉的女人》，第 27 页。

③ ［法］玛格丽特·杜拉斯：《直布罗陀水手》，金志平译，上海译文出版社 2009 年版，第 248 页。

本质上说无力直接地、最终地抓住它的对象，注定只能永恒地迂回于其周围。"①

在《法国中尉的女人》中，萨拉可以是玛丽、蒂娜以及莫雷尔·玛丽等其他的女人，她们是福尔斯心中的一位女性的综合体，是一个女人的多个侧面。虽然作者没有这样直接将萨拉和多位女性联系起来，但小说对哈代的家世和情感经历的详尽书写和对苔丝的映射，对多位这一时期欧洲现实主义小说中的女主人公如简·爱、爱玛的映射，对蒂娜被抛弃的悲剧结局的描写，以及在小说内部由人物之口所讲的多个故事中多个女主人公的相似书写，和查尔斯寻找萨拉时与一个叫萨拉的妓女的邂逅，等等，可以看出作者类似的构思和《直布罗陀水手》中对直布罗陀水手的故事的重复增值一脉相承。萨拉可以是以上故事中的所有女人，和直布罗陀水手"们"是男人不同的是，萨拉"们"是系列女人。这可以归因于福尔斯是男人而杜拉斯是女人。而就法国中尉而言，他和直布罗陀水手一样，是一个牵系在女人——萨拉身上的男性符号，他也是可重复的，他可以叫法国中尉，也可以叫查尔斯，或者其他，他也可以随着萨拉的变身随时变成拉隆西埃中尉或萨姆等多个符号。总之，萨拉是处于永恒流动和运动之中的生命个体，她和法国中尉的故事的不确定如同直布罗陀水手和安娜的故事一样，具有增值效应。当然，她们和男人之间不确定的故事，以及男主角的不在场赋予人物身份模糊性的同时，其实对抗了传统小说人物身份合乎逻辑性和明晰性的"自然叙事"。正如《直布罗陀水手》中"我"与安娜的故事是安娜和直布罗陀水手或其他多位水手故事的重复，通过重复造成一种外在的断裂一样，法国中尉和萨拉的故事也是由多个片段组成的不连贯、不确定的"不自然叙事"。这种断裂在拒斥整一性的同时，以分散的片段对抗追求明晰性与确定性的传统小说的"自然叙事"。

法国中尉和直布罗陀水手一样只出现在人物的对话里，他们身份的合法性和确定性是值得怀疑的。正如《法国中尉的女人》中有关法国中尉和萨拉的故事的情节前后矛盾、人物关系模糊、人物身份不确定等叙事特征一样，在《直布罗陀水手》中，安娜自己对直布罗陀水手的

---

① ［法］卡特琳娜·布多尔·巴雅尔：《劳尔，或者不可言说》，见［法］贝尔纳·阿拉泽《解读杜拉斯》，黄荭译，作家出版社2007年版，第178页。

身份似乎也不确定。在讲他们的故事的时候，安娜对“我”说：“在某些日子里，我寻思这个人是不是完全由我虚构，以他为原型虚构出来的。他的沉默异乎寻常，是我永远无法描绘的。”① 在这里，对话就是一切，但是直布罗陀水手却是沉默的，他是通过其他人物的对话才得以存在的，话语建构了他的存在。

玛丽埃·莱娜·伯布莱在谈及杜拉斯的小说《广场》和《英国情人》时指出，杜拉斯小说中的对话写作具有特殊的丰富性②。作为杜拉斯早期代表作的《直布罗陀水手》已经彰显了对话在她的小说中的主要地位，这也是她小说实验的一个关键要素。伯布莱说，在杜拉斯的小说中“人物是个多话的人”，“说话在这里成为对正义的追寻，对自我和他者的调查”，③ 而杜拉斯的这种“对话、交谈、疑问只开启了一种不确定的看法，一种不知所措的、受无知啃噬的直觉。在小说和戏剧这两种类型以及诗歌和哲学这两种传统的交叉点上，杜拉斯式的对话活生生地加入了她的特殊性”④。这种特殊的对话使小说叙述失去了活力，人物通过其语言和话语建构自身和他者。福尔斯在其小说创作中借鉴了这种技巧，在《巫术师》中这种技巧就已经被广泛使用，在《法国中尉的女人》中，这种技巧的运用更为娴熟。正是通过对话使得不在场的法国中尉存在于小说的话语和故事中，也对萨拉这个人物形象的模糊性和不确定性特征的建构提供了可能。因此，就这一点而言，《直布罗陀水手》对《法国中尉的女人》曾产生过影响。

第二节　对抗极权、关注边缘

杜拉斯在童年，即她5岁的时候，曾看到过缠小脚的中国女孩，她说：“我看着自己的脚，它们自由，像长了翅膀，在大小合适的凉鞋里，

① ［法］玛格丽特·杜拉斯：《直布罗陀水手》，金志平译，上海译文出版社2009年版，第138页。

② ［法］玛丽埃·莱娜·伯布莱：《过渡：〈广场〉和〈英国情人〉》，见［法］贝尔纳·阿拉泽《解读杜拉斯》，黄荭译，作家出版社2007年版，第215页。

③ 同上。

④ 同上。

我受不了世界上所有小姑娘的脚无法享受同样的自由。”[①] 对自由的理解使她的经历具有传奇色彩，抵抗战争、集中营经历，加入共产党又被开除。她是1968年法国“五月风暴”的亲历者，女权主义者，她支持同性恋运动，同情犹太人、麻风病人、乞丐、流浪汉等边缘群体。杜拉斯始终都在抵制极权统治、关注边缘。

福尔斯曾回忆20世纪30年代的英国郊区文化，认为那种文化是对传统难以忍受的尊崇。他的家庭生活是相对保守的。在童年时代，福尔斯就有这样的想法：“我曾经努力地想逃离。”中学时代，福尔斯被父母送进了寄宿学校，这一经历使得他对极权与管理有着刻骨的体验，他回忆说：“从那以后，我对领导者、组织者和管理者，即任何一个喜欢对他人武断地行使权利的人都强烈地厌恶。”[②] 因此，福尔斯的小说，从《收藏家》、《巫术师》到《法国中尉的女人》及其后来的小说和非小说，他都在努力通过创作对抗极权。虽然和《直布罗陀水手》相比，《法国中尉的女人》不是一部成功的女性主义小说，但福尔斯在小说中同样关注女性这一弱势群体，他曾经说过：“就历史和社会而言，我一直对女性主义寄予很大的同情，我不能很准确地用当代意识来谈女性主义，但是在生活中我有我的女性原则。这和当代的女性主义关系不大。我的妻子会直截了当地否认我是一个彻底的女性主义者。但是因为很多难以说清的个人原因，我厌恶男权主义观点，这就是为什么我在美国的南方和北方都难以忍受的主要原因。我发现那真的令人讨厌。”[③] 萨拉就是他给予了女性主义理想的女人。他真诚地塑造这个女人，因为女人对他而言是神秘的，他没法走进她们的内心和思想中去，因为他是一个男人。他没有像传统的男性小说家那样假装理解这个女人，并以自己的男性视角去处理这个人物，而是始终站在人物的外围审视这个女人，她是“一个非凡的年轻女子，她的确是一个非凡的年轻女子，而且令人困

---

① 杜拉斯未曾公开发表的手稿“中国小脚”，见［法］贝尔纳·阿拉泽《解读杜拉斯》，黄荭译，作家出版社2007年版，第10页。

② Barry N. Olshen, *John Fowles*, New York: Fredlerick Ungar Publishing Co., 1978, p. 5.

③ John Fowles, “in an interview with Katherine Tarbox”, in her *The Art of John Fowles*, University of Georgia Press, 1988. 笔者转译自 Christopher Giroux, *Contemporary Literary Criticism*, Detroit: Gale Cengage, 1995, Vol. 87, p. 158.

惑不解”[1]。此外，在这部小说中福尔斯通过对历史事实的非陌生化处理，还原被官方历史遮蔽的维多利亚时代的种种，包括下层社会的仆人、女精神病人、妓女等那些被社会蔑视和抛弃的弱势群体的生活状况。因此，福尔斯和杜拉斯都抵制极权，热衷探索自由，并通过自己的文学书写来阐释各自理念中的自由。

此外，《直布罗陀水手》和《法国中尉的女人》都在写爱情，两部小说中的爱情有共同点，即从一开始就处于危险之中，伴着绝望，等待或寻找爱人。置于这一爱情中心的都是“被抛弃”的女性。《直布罗陀水手》中的雅克琳，在“我”厌倦了殖民地身份登记处登记员工作的时候也厌倦了这个女人，当“我”在罗卡邂逅直布罗陀水手的女人安娜之后便义无反顾地抛弃了她。雅克琳和《法国中尉的女人》中的欧内斯蒂娜一样，她俩被抛弃的原因都非常相似，“我”和查尔斯都爱上了一个偶然邂逅的女人，并深陷其中不能自拔。而安娜和萨拉也被描写成被抛弃者，被故事中始终没有现身且不在场、具有军人身份的男人直布罗陀水手和法国中尉抛弃了的女人。“我”和安娜相遇初期被她和那个男人的故事所吸引，“我”在不断的追问中和安娜走到一起，并走上她的游艇陪伴她去寻找那个男人。雅克琳就这样被丢弃在了火车上，永远定格，至于后来她何去何从，作者没有续写。但笔者认为雅克琳的故事是直布罗陀水手的女人安娜的重复，雅克琳或许也会和安娜一样走遍天下去找“我”。因此两个女人的故事其实是重合的，雅克琳就是早年的安娜，“我”就是直布罗陀水手，这是一个循环的圆环。

《法国中尉的女人》中的欧内斯蒂娜和查尔斯的爱情因萨拉的出现而告终。她的被抛弃源于另一个先于她被抛弃的女子，这便是萨拉这位让旁观者觉得深陷于对情人的思念中抑郁成瘾甚至精神失常的女子，让具有好奇心和同情心的查尔斯走近她、帮助她，结果深陷其中，爱上了这个女人，帮她逃走和她约会，并为她解除了和蒂娜的婚约。这其实也是一个圆环，萨拉因被法国中尉抛弃而成为“悲剧”，蒂娜虽有有钱有势的父亲主持公道，但她是否会抑郁，会不会又是一个被男人抛弃的“悲剧”？叙述者和查尔斯都丢下她置若罔闻。读者自然不得而知。

---

① 《法国中尉的女人》，第204页。

但换一个角度来看，对被两个不在场的男人直布罗陀水手和法国中尉抛弃的安娜和萨拉而言，她们的被抛弃似乎没有过多的悲情色彩，而且她们被抛弃的事实真相是悬置的。她俩的故事具有女性主义色彩，安娜的故事套路是一个有钱、美貌的女人和多位男人的情感角逐。安娜是一个典型的玩弄男性的女人，在这里男人们像男妓一样围绕在她的左右，为她报信的、陪她漫游寻找情人的、在游艇上给她打杂的，这些人是清一色的男人。这种身份的置换，恰好是对男权社会男权至上的社会痼疾的反叛。虽然安娜的漫游似乎是为了爱情在寻找一个男人，但她的寻找更多的是一种建立在猎艳基础上的消遣，直布罗陀水手只是她旅行的一个幌子。她不是佩罗涅佩或安德雷马克，她不会为任何男人守住贞洁，她也不是包法利夫人、安娜或玛丝洛娃，没有宗教伦理规约她，她不需要忏悔和赎罪，也无须忍受社会的偏见所带来的巨大的心理重负，她就是她，一个名分上被冠以直布罗陀水手的女人，却因直布罗陀水手的不在场而独立和自由的女人。

虽然两部小说都书写女性，书写处于男权社会边缘的被男人抛弃的"弃妇"，具有女性主义色彩。但是《直布罗陀水手》和《法国中尉的女人》一样，也不是一部彻底的女性主义小说，故事中的安娜依附于男人，她周游世界乘坐的豪华游艇，她的资产等都来源于游艇的前主人，即她的丈夫。当然，她最终获得了自由，就如萨拉在和查尔斯的爱情中获得了自由一样，她拥有了一切，然后自由地去漫游找她所谓的的直布罗陀水手。然而，她的自由的获得是建立在对男人的物质依赖的基础之上的。因此，就这点而言，这部小说和《法国中尉的女人》一样虽然以主动追逐爱人和玩弄男人的女子为主角，但最终因这个女人对男人的依附而使得小说的女性主义色彩被淡化。这也和杜拉斯自己的遭际有关，她和中国情人的爱情以及她对女人和男人关系的物质基础的关注等，使她笔下的女性角色始终逃不出世俗的羁绊。《抵挡太平洋堤坝》中的母亲和苏珊，《副领事》中的安娜·玛丽·斯特雷特等，可以说，杜拉斯笔下所有女性身上都有她的影子。

如"研究背景"一节所介绍的，虽然很多学者质疑《法国中尉的女人》的女性主义立场，但作者对萨拉这个人物形象的塑造，她的难以理解性，以及查尔斯为了她到处漫游寻找她等，似乎和安娜不一样。但是《直布罗陀水手》中设置的类似于“弃妇”的女人寻找爱人的故事只是一个假象。因为对安娜而言，找寻那个男人的结果并不重要，对她而言用不着寻找自然会有男人像“我”一样黏着她，她的生命中并不缺少男人。因此，寻找只是她的一种习惯，是她旅行的一个美好借口，也是吸引更多类似于“我”的男人的一个借口。对杜拉斯来说，她只是想以此建构一个没有绝望的“绝望的”爱情故事，因为她的女一号安娜自始至终没有丝毫的无望和抑郁。《法国中尉的女人》里的女一号萨拉在外人眼里是忧郁的，甚至绝望的，站在防波堤上不顾生命危险，遥望大海，似乎对爱人饱含深情，在等待爱人的归来，这是她给查尔斯也是给读者的第一印象。但她“是否真的在等”就像安娜“是否真的在找”一样，则因法国中尉和直布罗陀水手的缺席和不在场而变得扑朔迷离。但是小说后半部分叙述的查尔斯对萨拉的寻找确是尽心尽力的，就如“我”抛弃雅克琳来到罗卡就是为了寻找卡车司机提到过的美丽的拥有豪华游艇的美国女人和她的故事一样。两部小说中，“弃妇”寻找绝情的爱人的表层潜藏着男子执著地追逐女子的故事。

因此，在《法国中尉的女人》中，福尔斯似乎塑造了一位和《直布罗陀水手》中的安娜一样的女子——萨拉，但这位女性与安娜不一样。萨拉表面上具有典型的维多利亚时代现实主义小说中贫寒女子的特征，似乎属于可怜女一类，她无产、无家，但是却以她自己独有的魅力吸引男人。她和法国中尉的故事，与其说是阴影倒不如说是光圈，在这个光圈的映照下展现她独立的女性意识。而且在小说中她以多重不确定的性格与谜一样的身份成了男人不可把握与驾驭的独立女性的符号代码。因此，作为一个代码的萨拉，不管贫穷和富有，她都游离在世俗生活之外，这些物质的、世俗的羁绊于她并不重要。因此，表层的贫穷女的身份只是一个假象，她身上的“谜”让她成为所有男人眼中的女人的代码。女人“谜”一样的特征是作为男人的福尔斯无法解释的。她究竟是谁，究竟如何解释？便成了所有男人对女人的追问。答案究竟是什么，杜拉斯和莱辛在她们的小说中都有深入的解答。

在《直布罗陀水手》中，“直布罗陀水手”的女人安娜因直布罗陀水手的缺失，虽然也是空有虚名，但她却有相当的资产，可以满足她如男性富有者一样的玩乐与消遣。当然，其玩乐的对象却是男人。女人同样可以如男人一样的生活，这点就已经具有相当的女性主义色彩。看似与直布罗陀水手有亲密关系的她，却是一个居在船上，没有确定性身份的女子。漂泊与无根，男性伴侣不定。而其心仪的对象，四处追逐的直布罗陀水手只是一个她心中的男性的幻影。在女权主义时代，男性已不再是女子生存中不可或缺的如亚当一样的另一半，女人可以像男人一样寻找自己心仪的理想男子，以幻影为标准，无休止、无限期地追逐男人。安娜就是杜拉斯笔下塑造的试图逃离男权文化羁绊的女性——女性玩弄者的典型代表，她将女人放置在男权社会中男人的位置，以此挑战男权社会的一系列规约。因此，《直布罗陀水手》和莱辛的《金色笔记》一样，作家以自己的女性视角书写现代女性的多重身份和境遇，以各自的立场关注女性的身份问题，从而关注女性解放的问题。

西方意识形态下的二元对立的性属观认为，在情感和性生活中女子是被动的、呆板的、原始的物质。根据亚里士多德的说法，“女性，被认为是女性的，代表被动的事物”①。但是在这两部小说中，不管是安娜还是萨拉，在故事中对于男人而言，她们是主动的，男人是被控制的，萨拉让查尔斯一步步走近她，艾克赛特小旅馆的一场戏就是萨拉精心设计的。查尔斯在“委身”于萨拉之后被抛弃。此后，查尔斯四处找寻萨拉，为她“坚守贞洁”。这种身份的置换，如同安娜主动猎取男人一样，她们在情感和对性的追寻中是主动的，而男人反而是被动的。这也是两位作者对抗极权，对抗男权主义意识形态的结果，他们设置了谜一样的两个女人安娜和萨拉，这两位女子不但不受故事中男人的控制，同样也不受福尔斯和杜拉斯的控制。杜拉斯塑造了安娜，福尔斯塑造了萨拉，让这两个女子在故事中自己说话，以她们身份和故事的不确定公然对抗男权社会的男权规则，将在男权社会置于边缘的女人放置在了和男人平等对话的位置，并让她们主动地控制男人。

第三节 自由的探寻：人物的自由与读者的自由

两部小说中都有对存在主义自由观等问题的思考，但这种思考不像

① ［美］苏珊·鲍尔多：《女性主义、西方文化与身体不能承受之重》，綦亮等译，江苏人民出版社2009年版，第14页。

巴尔扎克或狄更斯、萨克雷等作家的小说中那样通过议论或哲理性的言说显示小说的思想深度，它是通过人物的行动、人物之间的对话等内部的某些元素来演绎，文本告诉读者一切，读者参与其中并和人物一起建构故事。在这里，“意义是显而易见的，但是这些意义并不独占我们的注意力，而是成了一种外加的甚至多余的东西，因为触动我们的、使我们经久不忘，能展现为基本因素而不能压缩为含混的思想观念的东西，则都是动作本身，是物件、是运动”①。不管是《直布罗陀水手》还是《法国中尉的女人》，小说本身就在试图摆脱禁锢与极权，正如卡尔维诺“避重就轻”一样，这两部小说并不像传统小说一样为了现实的“真实”模仿而重视书写“重”的生命体验，他们以一种重视“轻”为基点的美学理想，赋予小说艺术全新的叙事体验。

约翰·巴特勒认为福尔斯小说中的追求说明了一种转变，而这种转变与其说从存在主义转向了后结构主义，倒不如说是福尔斯对自由的一种坚持。福尔斯说：“自由对我而言是不可剥夺的，这和自我认知密切相关。在这个语境中，我可能会说自由和自我认知有相同的意义。你知道，我们真的应该有一种能力去抵制那些通过媒体传播的骇人的洗人脑的价值理念，从而思考并深入的认识自己。”存在主义是一种人道主义即给人物自由就是给所有遭受巨大的“权力”机构压制的受害者以“真实”的存在空间，让他们可以用非常规的、不被理解的方式说话和行动。因为社会指定的体系本身没有给他们任何话语权和任何位置，“剥夺了他们的权利，最终把他们贬低为非主体”②。给读者自由，就是摒弃传统小说家所具有的无所不知性，在《法国中尉的女人》的第13章有这样一段话：“小说家仍然是一种神，因为他还在创作（即使是最捉摸不定的先锋派现代小说也未能完全排除作者在其中的影子）；已经改变的是，我们不再是维多利亚时代之神的形象：无所不知、发号施令；而是新的神学时代之神的形象：我们的第一原则是自由，而不是权威。”③ 小说家的权威性被剥夺，便赋予了读者和小说中的人物以自由。

---

① 柳鸣九：《新小说派研究》，中国社会科学出版社1986年版，第63页。

② ［法］大卫·阿玛尔：《快乐的绝望之声》，见［法］贝尔纳·阿拉泽《解读杜拉斯》，黄荭译，作家出版社2007年版，第83页。

③ 《法国中尉的女人》，第103页。

《直布罗陀水手》中没有冗长的叙述或描写，情节不是主要的，在小说中情节即人物的行动是通过人物的对话来推进的。对话赋予人物以自由，讲述的自由，这打破了时空的限制和客观事实的约束。因为这样，小说内部不在场的人物才能出现。因此，在杜拉斯的小说中，人物不是叙述者或者人物之外的“他者”建构的，他们是话语建构的人物身份以及他们的故事。作者似乎想通过看着这些人物生活和存在的其他人物的对话建构他们，如安娜给予直布罗陀水手以生命，而这个男人本人却什么也感觉不到，他在哪里，他是谁，都无关紧要，重要的是在人物的对话中，通过人物自由地讲述，给听者和读者以想象的自由。通过人物对话，抛弃了“自然叙事”中的现实参照和“全知全能”的叙述者对故事中讲故事者的描述和控制，用故事中人物的语言建构故事本身。虽然这种用对话构建故事的方式使故事内部人物的真实性和确定性大打折扣，但这种自由地讲述，使故事内的另一个对话者和故事外的读者都可以自由想象和建构。在这里“叙述的人，写作的人（这两个动词互相混淆）想象了另一个人，一个第三者，他成了一个证人，另一人只在他的目光下才变得立体，仿佛成了双重的中间项。然而目光所注视的对象同时也是叙述的对象，其迷人的力量正来自其虚无的性质，这种虚无性质超越了幻想的容器的地位并挫败了这些幻想”①。

直布罗陀水手存在的虚无与不在场为故事情节的增值提供了可能，只因为他不确定，他只是叙述的人或故事中的女人幻想的产物，只要他找不到，他的故事就得以延续，但谁会相信他和安娜的故事是真的呢？对“直布罗陀水手”以及他和安娜的故事，读者和故事中的人物可以一起自由幻想。“直布罗陀水手无真名，这次叫皮埃罗”，下次叫格朗、杰杰或其他。正如游艇上的水手布律诺所说：“我根本就不相信。正像人们所说，这是一个荒诞不经的故事。有人讲得绘声绘色，都可以写小说了。”② 正是这个荒诞不经的故事才使得故事自由地讲述，人物从意大利到非洲以及世界各地的漫游才成为可能，他们始终在船上，在寻找

① ［法］贝尔纳·阿拉泽：《解读杜拉斯》，黄荭译，作家出版社2007年版，第175—176页。

② ［法］玛格丽特·杜拉斯：《直布罗陀水手》，金志平译，上海译文出版社2009年版，第165页。

的路上。故事中的水手和“我”以及读者都跟着漫游，在故事内外，漫游在无限增殖的被编造出来的故事之中，十个或者更多这样的故事，但十个只是一个概数，这十个还可以无限增殖。因此，即使到了小说的结尾，这种无限增殖仍没有停止，寻找的故事没有完结，仍在持续。

《法国中尉的女人》事实上借鉴了这一寻找与漫游的自由讲述模式。在故事的前部分，主要是萨拉和其他人物，如欧内斯蒂娜、牧师等引领读者和作为人物的查尔斯自由漫游在她和法国中尉的已消逝的故事中。情节的断裂与不确定性给了读者自由，读者可以任意填补断裂，并思考如何让不确定性变得确定，尽管这不可能，但作者预设了这种自由。故事的后半部分，查尔斯到处漫游寻找萨拉。在寻找的路上，查尔斯遭遇了多位女人，甚至包括一名叫萨拉的女子，故事中人物和意象重复，与《直布罗陀水手》中安娜的漫游与寻找非常相似。类似于直布罗陀水手的故事引出的多个故事所形成的隐喻空间，萨拉的故事也引出一系列相关的故事而形成一个表面看来相互关联的隐喻空间。在这个空间之外没有恒定的结构与人物塑形，有的只是一个个无限增殖的片段。在这些片段中人物和读者都没有被一种权威的话语和声音掌控，他们可以自由地徜徉在故事内外。

第二章

自由的文学表达：《法国中尉的女人》和《存在主义是一种人道主义》面对面

《法国中尉的女人》与存在主义相关命题的关系研究是学者们关注的一个主要领域，小说在这一层面全面思考了自由、责任、选择的种种问题。因为就“自由”而言，它不可能剥离人类的其他生存语境而获得，这是一个复杂而内蕴丰富的命题。1971年，福尔斯在与丹尼尔·海尔普的谈话中公开承认其小说的中心观念就是自由：“自由……这个字眼始终萦绕在我的心中，我的所有的著作都与它有关。然而问题是，有没有真正的自由意志？我们能自由选择吗？我们能自由行动吗？我们能选择吗？我们将怎样选择？”[1] 1982年，在一次访谈中，在谈及《法国中尉的女人》存在主义主题时福尔斯又指出：“我现在认为存在主义是文学的一种隐喻，一种圆满的愿望。长期以来我已经开始怀疑，很多有关自由的坚守问题是否具有真正的哲学价值。”[2] 可见，自由这一命题是福尔斯一直以来都在思考的问题，从20世纪70年代，有关自由与人生境遇的选择与行动之间关系的思考，到十年后对存在主义自由观的哲学价值性的怀疑，表明福尔斯对自由的思考是复杂的，不是自由与不自由的正反命题的某一元认定的问题。这种复杂性的彰显，和萨特在《存在主义是一种人道主义》[3]中对自由的复杂内涵的思考是密切相关的。

---

① *A Sort of Exile in Lyme Regis*, London Magazine, March 1971. 笔者转译自 Christopher Giroux, *Contemporary Literary Criticism*, Detroit: Gale Cengage, 1995, Vol. 87, p. 179。

② *The Radical Imagination and the Liberal Tradition*, ed. Heide Ziegler and Christopher Bigsby, 1982. 笔者转译自 Christopher Giroux, *Contemporary Literary Criticism*, Detroit: Gale Cengage, 1995, Vol. 87, p. 182。

③ ［法］让·保罗·萨特：《存在主义是一种人道主义》，周煦良译，上海译文出版社2005年版。

第一节　《存在主义是一种人道主义》的解读

《存在主义是一种人道主义》是萨特的一部集大成之作，在这里他将自己一直思考的存在主义的一系列观点进行了详细辨析和总结。这是一部了解萨特存在主义哲学观的精要小文，虽然篇幅不长，但论说透彻、明晰。

在《存在主义是一种人道主义》中，萨特一方面对当时学者们对存在主义的几种责难进行了有针对性的反驳；另一方面，他以这些责难为契机，对存在主义一系列理念进行了总结性的再阐释。其中对有关自由与选择、自由与承担责任等命题的关系进行了深入而又生动的分析和概括。萨特认为存在主义之所以被误解和责难并且被乱用一气，主要是因为这些人并没搞清楚"存在主义究竟是什么呢?"①接着萨特指出，因为存在两种存在主义，所以关于这个问题的回答便显得复杂。两种存在主义，"一方面是基督教的存在主义"，这一流派的代表人是自称为天主教徒的雅斯贝尔斯和加布里埃·马塞尔；"另一方面是存在主义的无神论者，这些人里面得包括海德格尔以及法国的那些存在主义者和我。他们的共同点只是认为存在先于本质——或者不妨说，哲学必须从主观开始"②。

在谈到"从主观开始"是什么意思时，萨特首先举了裁纸刀的例子，"裁纸刀的本质，也就是它的制作和定义成为可能的许多公式和质地的总和，先于它的存在"③。从技术层面讲，就是制作先于存在。萨特的这一论述似乎似曾相识，在《理想国》（卷十）谈及艺术的模仿对象时，柏拉图借苏格拉底和格罗康的对话，通过对"床"三重概念（"理式"的床、"木匠造"的床、"画家画"的床）的解释与区分④，

---

① ［法］让·保罗·萨特：《存在主义是一种人道主义》，周煦良译，上海译文出版社2005年版，第3页。

② 同上书，第4页。

③ 同上。

④ ［古希腊］柏拉图：《文艺对话集》，朱光潜译，人民文学出版社1963年版，第67—71页。

指出包括悲剧在内的艺术世界的模仿是“模仿的模仿”、“影子的影子”。裁纸刀的概念和制作的工艺在工匠而言，正如制造床的工匠对床的概念一样了然于胸，这是因为在他们制作之前都有一个这些物的先在的本质。萨特指出：“当我们想到上帝是造物主时，我们在大部分时间里都把他想象为一个超凡的工匠。”① 萨特认为，在有神论哲学里，人便成了藏在神圣的上帝的神性中的某个概念的体现。这种神性的“人”的概念，到了18世纪的无神论者伏尔泰、狄德罗，甚至康德的哲学里，“神性”逐渐被人性所代替，“人具有一种人性；这种‘人性’，也即人的概念，是人身上都有的，它意味着每一个人都是这个普遍概念——人的概念的特殊例子”②。

在作了这样一番推演之后，萨特回到了他的主要论题，推导出包括他在内的无神论存在主义者关于人的本质的界定、存在主义的第一原则和第一个后果。他首先指出人的本质就是“这个东西就是人，或者按海德格尔的说法，人的实在③。我们说存在先于本质的意思指什么呢？意思就是说首先有人，人碰上自己，在世界上涌现出来——然后才给自己下定义”④。人之所以在之前不能给自己下定义，是因为在一开始人什么也说不上来，在他能给自己下定义时，他就成为他认为的那种人了。因此，人就是人，“人性是没有的，因为没有上帝提供一个人的概念”。人除了自己以外，什么都不是。“这就是存在主义的第一原则”，这也就是人的“主观性”。萨特指出，尽管这个“主观性”是存在主义招致责难的一个主要原因，但正是“主观性”，使人比一块石头或一张桌子具有更大的尊严。也就是说，“人首先是存在的——人在谈得上别的一切之前，首先是一个把自己推向未来的东西，并且感觉到自己在这样做。……人只是企图成为什么时才取得存在。可并不是他想成为的那样”⑤。

---

① ［法］让·保罗·萨特：《存在主义是一种人道主义》，周煦良译，上海译文出版社2005年版，第5页。

② 同上。

③ 原注：human reality。

④ ［法］让·保罗·萨特：《存在主义是一种人道主义》，周煦良译，上海译文出版社2005年版，第6页。

⑤ 同上。

这就是问题的关键点，如果没有一个先在的神性的价值依归，或者没有一个上帝关于来世的罪与罚对现世的人的道德的规约，人就是人，人“想要”或“意图”什么，人想成为什么便去做什么，人仅凭“我的意志”，为所欲为，那谁要对人负责？萨特说：“人就要对自己是怎样的人负责。”“所以存在主义的第一个后果是使人明白自己的本来面目，并且把自己存在的责任由自己担负起来。但是最重要的是，当我们说人对自己负责时，我们并不是指他仅仅对自己的个性负责，而是要对所有人负责。”① 因此，在这一个层面上，人的“自由”如何判断？作为无神论者，如果没有上帝及宗教的戒律规约人的道德，仅凭人的道德自觉和社会法律约束人的各种行为，人的“主观性”可以让人自由选择。但是“人在为自己选择时，也为所有人作出选择”②。“为所有人选择”这是一个宏大的有关责任与担当的议题。对于普通的个体来说，这种担当首先应该建立在自己自由选择时，考虑与自己的选择相关的各方，并权衡利弊，做到让每一个涉及的当事主体不要因自己的自由选择而受到伤害，或者将伤害最小化。

随后，萨特继续对存在主义哲学理论中的一些被人误解的语词和概念，如“痛苦”、“听任”、“绝望”进行了辨析。首先，他指出，存在主义者坦然说人是痛苦的，即“当一个人对一件事承担责任时，他完全意识到不但为自己的将来作了抉择，而且通过这一行动同时成了为全人类作出抉择的立法者——在这样一个时刻，人是无法摆脱那种整个的和重大的责任感的”③。萨特认为很多人并没有这种内疚感，不是他们在自己自由选择时没有考虑对整个人类的这种重大责任感，他们考虑了，但是在真正选择之时故意逃避和掩盖这种痛苦的抉择过程，并且掩盖或者逃避这种痛苦。因此他们自欺欺人，认为自己的所作所为仅仅牵涉到他们本人，和别人无关。因此，他们否定了他所否定的事情的普遍价值。他的痛苦在这一层面而言是欲盖弥彰的，这种痛苦被克尔凯郭尔命

① ［法］让·保罗·萨特：《存在主义是一种人道主义》，周煦良译，上海译文出版社2005年版，第6—7页。

② 同上书，第7页。

③ 同上书，第8页。

名为“亚伯拉罕的痛苦”[①]。这种痛苦建立在对神，或者某种遵循的价值观念的怀疑之上。我们在选择时，谁能证明自己的选择和所作所为有资格让自己成为人类的表率？如果人这样问了，那就证明他并没有掩饰自己的痛苦。因此，萨特在这里所分析的存在主义者的痛苦是一种有所作为的痛苦，“它是一种很单纯的痛苦，是所有那些承担过责任的人全都熟悉的痛苦”[②]。这种在选择之时感到的痛苦“根本不是一幅把我们与行动隔开的屏障，而是行动本身的一个条件”[③]。

其次，萨特谈到“听任”这个海德格尔最爱用的字眼，指出“听任”就是“说上帝不存在，并且必须把上帝不存在的后果一直推衍到底”[④]。萨特认为，如果像法国过激派那样，认为可以把上帝作为一个过时的假设处理掉，上帝不存在了，人类长期以来形成的那些价值，比如说道德的、法律的、诚实的准则、道德准则，那些社会和个人必须遵守的价值和义务、责任等，仍然写在一个理性的天堂上。因此，萨特说存在主义者与此恰好相反，一方面，上帝不存在是一个极端尴尬的事情，因为随着上帝的消失，一切能在理性天堂内找到的价值的可能性就消失了。任何先天的价值都不再存在了。“如果上帝不存在，一切都是容许的，因此人就变得孤苦伶仃了，因为他不论在自己的内心里或者在自身以外，都找不到可以依靠的东西……如果存在先于本质，人就永远不能参照一个已知的或特定的人性来解释自己的行动。”[⑤] 没有了这种决定论，人是自由的，人就是自由。另一方面，没有了上帝这个能够提供价值或命令的终极信仰，没有什么会证明我们的行为是合法的。这就是说，人因为找不到任何为自己辩解或者推卸责任的终极依靠，人变得孤零零了，被逼得自由了，这便是萨特的意思。正因为这样，人必须从投入世界的这一刻起，就要对自己的一切行为负责。但在这种选择的责任感背后，问题却相当复杂，因为没有任何可以依靠的终极理念会确定

① ［法］让·保罗·萨特：《存在主义是一种人道主义》，周煦良译，上海译文出版社2005年版，第8—9页。

② 同上书，第9页。

③ 同上书，第10页。

④ 同上。

⑤ 同上书，第11页。

地告诉你，你的选择是好的或是坏的，一切选择之后的未来后果都由人自己承担。萨特举了一个第二次世界大战时期，他的学生在面临两种选择时难以取舍又顾虑重重的例子，以此说明任何一个选择或行动，都没有一种确定的未来，更没有人会告诉你你的选择正确与否。而且，在选择中，不能把一方当目的，把另一方当手段，也不能依靠感情的深浅和爱的程度决定真正的行动。在这样看似完全自由实则并不自由的状态中，不管人自己作哪一种选择，他都是要承担全部责任的，不可能有上帝或者智者帮助人作选择。因此“听任”的含义，“即决定我们存在的是我们自己。而随这种听任俱来的就是痛苦”①。在这里，萨特将痛苦和听任连接了起来。

至于“绝望”，萨特认为：“它只是指，我们只能把自己所有的依靠限制在自己意志的范围之内，或者在我们的行为行得通的许多可能性之内。”② 这主要指的是未来的行动，正如前面分析的，不可能有上帝或其他终极依靠会告诉人类，在作选择时什么选择是正确或者不正确的，选择之后的未来会如何，人是没办法确定的。因此，人只能在“可能”的范围之内设想选择的“结果”。萨特指出他对俄国革命的结果是不得而知的，因为他所见到的只能让他看到无产阶级在俄国起了好作用，是个好的例子，但他无法肯定这必然会导致无产阶级的胜利，“我只能把我限制在我见到的一切里”③。而就人而言，“凡是自己力所能及的去做，其他的什么都没有把握”④。“一个人不多不少就是他的一系列行径；他是构成这些行径的总和、组织和一套关系。”⑤ 因此，在这一层面上，人只能做他们能做的，在自己的能力范围内，要为自己的行为负责，人类的命运就在人自己的手里。萨特以此来反驳对存在主义是悲观主义的责难，认为这恰好是一种“乐观主义”。因为这种哲学是用自己的行动说明人的性格的，他把人类的命运交在人类自己的手里。

---

① ［法］让·保罗·萨特：《存在主义是一种人道主义》，周煦良译，上海译文出版社2005年版，第12—16页。

② 同上书，第16页。

③ 同上书，第17页。

④ 同上书，第17—18页。

⑤ 同上书，第18页。

萨特进一步指出，存在主义哲学的出发点是个人的“主观性”。因此从这个出发点可以肯定，笛卡尔的“我思故我在”是意识本身找到的绝对真理。首先，从“我思”出发的真理观，就是人直接感到自己。其次，这一理论让人获得尊严，这是唯一使人不会成为物的理论。这恰好和唯物主义理论将人当做物是不一样的。因为存在主义者“恰恰是建立一个价值模式的人的王国，有别于物质的世界”①。因为“那个直接从我思中找到自己的人，也发现所有别的人，并且发现他们是自己存在的条件”②。如果别人不承认他，他就不可能成为什么，这就是“他人就是地狱”的真正内涵。因为，没有别人的介入，我是无法获得关于自己的任何真实情况的。因此，“对于我的存在，别人是少不了的，对于我所能获得的关于自己的任何知识，别人也是同样少不了的”③。

随后，萨特进一步谈了存在主义的核心思想，就是自由承担责任的绝对性质。对存在主义者而言，选择是可能的，而不选择是不可能的。不管存在主义者怎样选择，鉴于他的处境，他是不可能不担当全部责任的。“人是自己造就的，他不是做现成的；他通过自己的道德选择造就自己，而且他不能不作出一种道德的选择，这就是环境对他的压力。我们只能联系人的承担责任来解释他。”④ 就存在主义是否能判断别人而言，萨特指出：“我们是能判断的，因为人是参照别人进行选择的；而在参照别人时，人就选择了自己。”⑤ 但是存在主义的判断不是一种价值判断，而是逻辑判断和道德判断。道德判断主要表现在对自由的追求方面。存在主义者追求自由，是在特殊情况下通过特殊的情况追求的。因此，他们对自由的追求离不开别人的自由，而别人的自由也离不开存在主义者的自由。“我不能把自由当做我的目的，除非我把别人的自由当做自己的目的。”⑥ 因此，“按照自由本身所蕴涵的追求自由的道理，

① ［法］让·保罗·萨特：《存在主义是一种人道主义》，周煦良译，上海译文出版社2005年版，第21页。

② 同上。

③ 同上书，第22页。

④ 同上书，第26页。

⑤ 同上书，第27页。

⑥ ［法］让·保罗·萨特：《存在主义是一种人道主义》，周煦良译，上海译文出版社2005年版，第28页。

我就可以对那些企图无视其自身存在的彻底自动性和十足自由的人，作出判断”①。因此，存在主义者是可以作道德判断的。

最后，萨特指出“人道主义”有两种完全不同的意义。一种是自文艺复兴以来启蒙立场上的“人道主义”，这种人道主义认为“人本身就是目的而且是最高价值”②。在萨特看来这是荒谬的，因为这是“根据某些人最出色的行为肯定人的价值”③。这种人道主义是把别人作为目的。但是存在主义者永远不会把人当做目的，因为人仍然在形成中。因此这种人道主义不是真正的人道主义。萨特认为存在主义的人道主义的基本内容是：“人始终处在自身之外，人靠把自己投出并消失在自身之外而使人存在；另一方面，人是靠追求超越的目的才得以存在。既然人是这样超越自己的，而且只在超越自己这方面掌握的客体，他本身就是他的超越的中心。”④ 因此，在存在主义者那里，主体、客体都是人自身，除掉人和人的主观性宇宙外，没有别的宇宙。而且，这种“主观性”指人并不把自己关闭在自身以内，人永远处在人的宇宙里。存在主义的人道主义便是构成人的超越性和主观性的关系。“所以是人道主义，因为我们提醒人除了他自己外，别无立法者；由于听任他怎样做，他就必须为自己作出决定；还有，由于我们指出人不能反求诸己，而必须始终在自身之外寻求一个解放（自己）的或者体现某种特殊（理想）的目标，人才能体现自己真正是人。”⑤

第二节　能自由选择吗？自己的自由与他人的境遇

在这里，首先从萨特的存在主义的自由观出发，结合西方自古希腊以来文学作品中的众多人物形象，回答福尔斯的一个关于自由的问题，也是困惑我们的问题，我们“能自由选择吗”？这些作品中的人物形

① ［法］让·保罗·萨特：《存在主义是一种人道主义》，周煦良译，上海译文出版社2005年版，第28页。

② 同上书，第30页。

③ 同上。

④ 同上书，第31页。

⑤ 同上。

象，哪一个不是在自由选择与选择的结果间痛苦的徘徊呢？谁又在自己的选择中，“为所有人选择”？古希腊神话中前奥林匹斯神系中的各位神祇，为了权力的获得，不惜父子相残，夫妻火并，兄妹成仇。这就是自己自由选择而不顾及其他人的自由的后果。后奥林匹斯山神系中的各位天神，虽然在主神宙斯和天后赫拉的统治下各有所掌，但是各位天神要么滥用权力，要么情欲泛滥，伤及无辜。宙斯为了自己释放情欲的自由，除了在神界和多位女神有染之外，踏遍凡界，遍寻天下美女，毫不顾及伊娥、欧罗巴、丽达等女子的自由。好在他还有点责任意识，事后会给这些女子以物质的补偿。天后赫拉醋意很重，宙斯的自由选择让这位妻子苦不堪言，她便利用自己神祇的超凡本领和特权自由报复，报复情敌和宙斯在凡间的私生子们。小伊娥和赫拉克勒斯便是明证。爱神阿佛洛狄忒遍洒爱火，天上、凡间，让她的瘸子丈夫备受侮辱，头戴多顶绿帽。这些神就是自己，他们的选择仅仅诉诸自己，在自己之内。他们并没有像萨特提出的那样，在自己选择前仔细思考和审视选择后果的好坏，考虑自己的选择是否为人类的选择作出表率。当然，古希腊神话世界中的神作为人类正常的儿童，他们只会从自我的主观性出发考虑自己，这种天性应该是不追究责任的。

但是，赫拉克勒斯和普罗米修斯的选择则相反。站在人生十字路口的赫拉克勒斯，面临美德女神和享受女神，进行人生的抉择，他并未单纯为自己自由地实现选择享乐女神，而选择了为实现大多数人的自由牺牲自己的美德女神，这就注定他要为人类、为他人的自由而降妖除魔。其实这看似对自己自由的扼杀，实际是自己自由的选择，是希腊英雄在战场上建立功业以实现自己人生价值的体现。这种选择在实现自己自由的同时实现了人类的自由，赫拉克勒斯可谓是人类自由选择的表率。普罗米修斯在面对宙斯和人类的两难选择中，最终选择了为人类谋福利，教人类偷奸耍滑，欺骗宙斯减轻献祭的“牺牲”的分量不说，还自愿为人类盗火。为此，他失却了自己的自由，被狠毒的宙斯缚在高加索山上。我们之所以认为赫拉克勒斯和普罗米修斯的选择所造成的结果是好的，是因为他们在选择时将自己的存在放置在人类的存在之上。但仔细考虑他们的选择，他们是在选择时将一方作为手段，才达到另一种目的的。这其实也有悖于萨特的存在主义观点。因此，萨特的“存在主义是一种人道主义”的哲学观，如同莫尔的“乌托邦”、中国诗人陶渊明的“桃花源”、马恩设想的共产主义社会一样，遥不可及。这种哲学观虽然是无神论的哲学观，但没有上帝的尴尬无法让萨特彻底背离一种他认同的笛卡尔的“我思”一样的终极理念，这种理念虽然不是神性的上帝，却是类似于上帝一样的留存在萨特哲学中，影响人自由选择的人类所具有的先在本质。

荷马史诗可以说是探寻自由与选择的存在主义哲学命题的千古绝唱。《伊利亚特》中的主线“阿喀琉斯的两次愤怒”都和选择与自由有关。自由地驰骋疆场，获得丰厚的战利品的希腊众英雄，终因战利品的分配不公，在一方自由获得的同时妨害了另一方的分配。瘟疫只是一个借口，崇尚自由与自我的希腊人在自己自由选择之时，并未考虑别人的自由。阿伽门农作为联军统帅没有，作为主要将领的阿喀琉斯也没有。他们在作出自己的选择和行动之前，从未想过他们的选择会给别人带来什么样的后果。因此，他们都遭到惩罚，对阿伽门农而言，瘟疫降临他的军队，阿喀琉斯退出战场，希腊联军节节败退，战火烧到了战船边。对阿喀琉斯而言，虽然他的选择是被逼无奈的，中国人也讲“士可杀不可辱”，但他的选择对他而言，也付出了沉重的代价，联军的伤亡自不必说，不仅失去挚友，而且失去了神祇的母亲亲自央求工匠神赫准斯托斯为其打造的盔甲。当然，阿喀琉斯在战前母亲的忠告免于死亡不参战，或为了自己英雄的荣誉死在特洛伊作选择时，他选择了后者。这种选择在考虑自己的自由的同时也间接考虑了希腊联军，这种选择看似自由实则不自由。然而在选择之后，是否应该追问，这种选择是出于一种重大的责任感，还是将这种责任的担当作为手段，去实现自己建功立业的目的？因此，在自由选择之时，考虑哪一方或者将另一方当做目的或手段，关系并非那么透彻和明了。好在古希腊时代的人都信神，神会给他们一个终极的答案。

《伊利亚特》中陷入自由与责任的煎熬中的还有赫克托耳，要么在家里和妻儿苟且偷生，要么为城邦的利益死在阿喀琉斯的刀下。但是不管哪一种选择对他而言，都看不到希望。他面临选择的困境，就像萨特在《存在主义是一种人道主义》中提到的那个青年，在面对参战和在家陪孤身一人的母亲时面临的境遇一样。萨特从存在主义者的立场最终没有告诉男青年，究竟怎样才是对的选择，因为要为青年的选择担当全部责任的不是萨特或者上帝或者爱，而是青年自己。因为，他首先存在于自己之中，并在这个自己之中考虑他人。好在具有泛神论思想的赫克托耳的选择没这么复杂，因为他和无神论的存在主义者不一样，奥林匹斯山上的神给他安排好了一切。他的生命线已到尽头，生命女神不可能再给他接下去。因此，在神祇面前，他的后一种选择似乎是对的。因此，在神祇面前，在神祇和命运面前，赫克托耳选择自由时神的意志为他提供了选择的方向。所以，就这一层面而言，赫克托耳的选择实际是不自由的。《奥德赛》中的奥德赛父子，他的妻子佩罗涅佩，都面临自我自由、选择和责任的几难境地。但最终因神的调停，他们的救赎与自由的获得是澄明的，他们的选择在神性的安排下被确定是对的，但却不是自由的。

中世纪时基督教的戒律、原罪观、上帝的权威性规诫了人们的行为。《神曲》中的众魂灵都没有了自由选择的机会。但丁自己倒是自由选择了，但选择的结果便是永远流放，不得回到自己的故乡佛罗伦萨，甚至累及妻儿。尽管他想以自己的皇皇巨著作为自由选择的筹码，无奈权力过大，他自己无力回天。现实中不可能实现的自由，他在《神曲》的文学世界里实现了。但他的自由选择则以亡灵和活着的教民的不自由为代价。他自由地出入三界，而这些亡灵只能在他的安排下要么在地狱遭受苦难，要么在炼狱净罪，要么在天堂享受荣华。凡界的教民凡读过《神曲》的，谁会将教会的各种戒律当儿戏，为了现世的自由而失却来世的天堂生活的美好？文艺复兴时期的文学巨匠看似让作品中的人物自由选择，但选择的过程具有反讽性。堂·吉诃德自己自由地选择了骑士道，却在行侠仗义的途中因为自己的自由选择让众多的形象备受苦难，甚至殃及那些没“主观性”的风车和羊群。最后，堂·吉诃德的自由选择因他的彻悟而结束，但他的彻悟却告诉读者，自由选择是要付出代价的，尤其是为了自己的自由而不顾及别人是否自由的情形下。莎翁四大悲剧中的“李尔”、“高纳里尔”、“里根”、“奥赛罗”、“克劳迪斯”、“麦克白”及其夫人等角色，他们在艰难的选择境遇中苦苦挣扎，最后以自己“自由”的获得而置别人于灭亡与苦难之中。他们最终亦为此付出了生命的代价。

17 世纪的欧洲文学，法国的理性主义文论家布瓦罗用理性的、自然的、古典的、道德的四原则规约作家的创作，高乃依、拉辛的自我“主观性”受到规约，各自笔下的人物或为了自由招致灭亡，或服从“理性”而明哲保身。莫里哀自己自由选择，放弃贵族身份从事“戏子”的职业，虽然在皇权与教权的权衡中，他差点成为历史的牺牲品，但最终以他的坚持和对路易十四的效忠，走向成功。但是他笔下的崇尚个人自由的人物唐璜、达尔丢夫之流，却因追寻自己的自由之时，牺牲了多数人的自由而为此付出了沉重的代价，被雷劈或锒铛入狱。18 世纪更是一个在追寻自由与选择之时背负太多痛苦的时代，维特、浮士德、玛甘泪、海伦、欧付良翁、老实人、天真汉、朱莉、圣普乐等人物形象在自由与选择的迷茫中徘徊，要么在选择中因为不自由而死去，要么在自由的选择中苦苦追寻，最终仍然逃不脱悲苦的命运。虽然上帝让浮士德得到拯救上了天堂，但浮士德的天堂之路在他自己的自由选择中充满了别人的眼泪和血污。浮士德以一己的自由换来了众多人的不自由，他的目的的实现是建立在把别人当做手段的基础之上的。虽然可以把靡菲斯特这个“魔”的蛊惑作为借口，为浮士德不为他人负责的自由选择寻找托词。但是，这也说明人不管在何种机遇下作选择，都不可能既为自己寻到了好的结果，同时又为人类谋了福利，成为人类的表率。个人自由的实现在大多数情况下都和全体人类的自由的实现是矛盾的。这也和萨特的“存在主义是一种人道主义”的哲学观背道而驰。歌德以自己的天才之笔和良知，以浮士德为依托先于萨特思考这一问题，结果便是，人要不断在迷途中知返，但会永远致他人于困境之中。

19 世纪的浪漫主义作家虽然个个追求文学表达的浪漫，看似追求情感的自由表达，却在政治与权力的夹缝中，在对各自心中自由的获得和抗争强权中失去自由。彭斯的情诗脍炙人口，他的政治诗充满了苏格兰民族对自由的渴望。拜伦自己人生经历从不自由到自由的获得，以“乱伦”的恶名遭到妻子和英国上流社会的放逐，终在为获得希腊民族的自由中失却了自己的自由，死在了客居的异乡。拜伦的恰尔德·哈罗德、唐璜们更是以自己的惨痛的经历诠释了自由与非自由的沉重话题。雨果的爱斯梅拉达为了自己爱的自由，在听任自己的自由意志之时，忽略了别人，弗罗洛、卡西莫多，最终以三方的死换取了永恒的生命担当。

现实主义小说对自由与不自由的诠释更为复杂，在尔虞我诈、金钱、权力至上的社会中，现实世界中人的不自由与自由的状态与抉择，对责任的担当，在小说中集中再现。包法利夫人、于连、拉斯第涅、伏脱冷、希刺克里夫、拉斯克涅科夫，在自己的自由选择中，自己和他人都为他们的选择付出了血与生命的代价。其中只有拉斯克涅科夫在索尼娅为代表的上帝和人的至爱中获得心灵的救赎。这里对拉斯克涅科夫的选择结果是好是坏的评判者还是上帝。现代主义小说家和他们笔下的人物在“物役”、“物化”的非自由人生境遇中，努力选择人生的自由。事实上，《变形记》中的格里高利，以自己之前作为人的不自由换来了作为虫的自由。虽然他的机体不自由了，但他却逃脱了“物役”，虽然这种逃脱有点残忍，但对这样一个备受世俗生活折磨的人而言，卡夫卡给他的安排是最好不过的。因为他自己无法选择，逃离强大的权力不可能，选择自己的自由会置家人于不自由中，因此他作为人的选择比萨特笔下的那个青年还要复杂。最后，卡夫卡帮他作选择，变形成“虫”，因为“虫”不具有主观性。但是最终，虫形的格里高利被选择了，因为它的存在制约了亲人的自由，他的死是他和他的家人自由的最好选择。因为在无爱的世界里，一个备受家人歧视的个体之死，不会给他的家人带来思念的不自由。

在乔伊斯和普鲁斯特、弗·伍尔夫等作家的意识流小说中，人物外在的不自由让位于潜意识的自由，但这种自由的获得并未消除外在的不自由状态，在世俗生活与情感的角逐中，人性更为复杂，获得自由的路更为艰辛，因为选择和不选择都要承担很多。因为，“在某种意义上，选择是可能的，但是不选择却是不可能的，我是总能够选择的，但是我必须懂得如果我不选择，那也仍旧是一种选择”①。

后现代主义小说从语言表达到结构营造，再到内部不具有因果逻辑的各变项，文学内蕴的蕴涵和外在的表征与模仿，在追求自由中思考更为沉重的哲理性话语。历史、文化、哲学、文本的想象与虚构在这里碰

① ［法］让·保罗·萨特：《存在主义是一种人道主义》，周煦良译，上海译文出版社2005年版，第24页。

撞，以更为自由的表达思考不自由的沉重命题。人类如此多元、多态，却在广袤的生命空间中容括不了“他者”，后现代主义创作便深入这些“他者”，自由地述说那些遮蔽的暗角，以自由的一极思考不自由的另一极，让两极打破差异，“可能”和谐地站在一起。

第三节 萨拉的自由与选择，不是存在主义的问题

《法国中尉的女人》中，萨拉似乎是自由之身，作为作品中的人物，我们先假定她具有人的“主观性”。在故事层面，她自由地出入于法国中尉和她的故事内外，在两个故事层面都担当角色。在她和法国中尉的故事中，故事真实性的获得主要源于她的自由表达。其他人物的对话只是这种自由表达的铺垫，是为了让这种自由表达更吸引读者。但她作为当事人的权威话语在故事的两个阶段前后不一，出现了“错位”。因此对她而言，对当事人查尔斯而言，对读者而言，她的自由表达和故事真相的不确定选择，并未考虑对其他人负责，她只对她的自由意志负责。但回过头来看，她敢于这样自由表达，主要原因是没有一个人物或小说中的人物声音会质疑其言论自由背后的故事真相。甚至最爱插话评论的“情报交换所的作者式视角”的叙述者“我”也从未对此发表过质疑的意见。所以，就这一层面而言，她的自由讲述与虚构，没有任何故事中的真实性为依托，没有人约束她的选择，她不但在她自身之中，而且她不可能在自己选择时为他人作选择。她就是一个赤裸裸的自由之身。这里没有神或者某种萨特所说的存在主义的真理左右她的选择，作为一个人物符号，似乎早已存在的普遍的道德价值对她也无任何威慑力。虽然查尔斯好像有资格审视她，但失去童贞与没有失去童贞，事情的实际结果比谎言似乎更有分量。作为男人的查尔斯不但不会被这种谎言伤害，实际上从另一层面来讲是有益于他的。因此，从这一层面来讲，萨拉的撒谎本来将置别人于不自由的境遇却因结果的利大于弊，反而使当事人获得了更大的自由。

萨拉在给查尔斯谈及她和法国中尉的故事时，作者给她设置了存在主义的词汇：“我是个蒙受双重耻辱的女人，既是环境所迫，又是自主选择。”但是查尔斯不明白为什么她选择的“自由”会是宁愿被社会不

容，并嫁给耻辱。而这正是她在法国中尉的故事里自由选择的结果。“我那样做是为了把自己永远变成另一个人。我那样做是为了让人们指着我说，那就是法国中尉的妓女——是的，让他们把这个字眼说出来吧。……我不可能和那个男人结婚，于是我嫁给了耻辱。”[①] 而且，萨拉还告诉查尔斯，是她故意让瓦盖纳占有了她。她可怜上流社会中的女人，“我认为自己享有一种她们无法理解的自由，什么侮辱，什么责难，都触动不了我”[②]。她的自由就是嫁给耻辱，虽然之后的故事告诉我们，她并没有故意被法国中尉占有，而是故意失身于查尔斯。但是，这中间让人不理解的是好端端的女人为什么以给自己获得骂名为自由？她难道在为人类作表率？她的选择距离存在主义的自由选择越来越远。难道真的是疯癫者？答案是否定的，不是，她是一个福尔斯故意设置成这样的一个符号，以此质疑“存在主义是一种人道主义”，因为这个女人在自己自由选择时，并未将超越性和主观性的关系建构和她自己的存在放置于自己之外，她就是她，她的存在是她一己而已。

在萨拉和查尔斯、欧内斯蒂娜的故事中，萨拉似乎也在自由地作各种选择，虽然在故事开始时，她被设置了不自由的困境，贫困、无家可归、雇用家庭教师等。但是在故事的虚构域内，她自由地掌控着其他人物的命运，她的选择从没有考虑道德、真理或者上帝，以及周围其他人的自由。“人是自己造就的，他不是做现成的，他通过自己的道德选择造就自己，而且他不能不作出一种道德选择，这就是环境的压力。”[③] 然而，对萨拉而言，她不用在选择中造就自己，她早已经在别人的言说中被造就，不管是真是假。她似乎需要作出选择，因为环境的压力，“无家可归需要人救助”的事实，让她选择在波尔坦尼太太家里任职。因此，在这里，萨拉似乎是不自由的。别人为她选择，看似她失却了自由，但是恰恰相反，随着故事的进展，读者发现，正是她的自由选择让两个女人失去了自由。就波尔坦尼太太而言，她并不是萨拉的雇主而是她的受益者，此外也是她自由选择的受害者，这个女人在萨拉自由的获

① 《法国中尉的女人》，第188页。

② 同上书，第189页。

③ ［法］让·保罗·萨特：《存在主义是一种人道主义》，周煦良译，上海译文出版社2005年版，第26页。

得中越来越不自由。她还威胁到了米尔利太太在波府的地位。因此，她也让这个女人失却了自由。她的被解雇也是她自由选择的结果，如果不是她自己故意暴露，米尔利太太怎么能知道她到了禁地并告发她？但这一结果同时也让其他两个女人重新获得了自由。因此，在这一层面，萨拉不为他人考虑和担当的自由选择，恰好实现了别人的自由，这和“存在主义是一种人道主义”的哲学观是相悖的。如果按照萨特的观点，萨拉的这种选择是绝对不会让别人获得自由的。因为，她的自由的实现，不但将别人作为手段，不为他人承担任何责任，而且她的选择从未考虑他人，更不用说为人类作表率了。

此外，在她和查尔斯的故事中，她始终自由出现、自由引领两人的故事进展，似乎在她的内心里她已经掌握了查尔斯的所思所想，查尔斯一步步顺着她的设计走进了他们爱情，从而抛弃了欧内斯蒂娜。在这一层面，似乎她的自由意志的实现与选择的结果，将查尔斯和欧内斯蒂娜、弗里曼夫妻等人物置于不自由的境地。萨特指出：“存在主义者坦然说人是痛苦的。他的意思是这样——当一个人对一件事情承担责任时，他完全意识到不但为自己的将来作了抉择，而且通过这一行动同时成了全人类的立法者——在这样一个时刻，人是无法摆脱那种整个的和重大的责任感的。”① 萨特将人的担当上升到了人类的立场，因为无神论存在主义者在否定了神性的普遍价值后，没有什么终极的东西会证明你的选择了，你就是好的或者是不好的。在这种情况下，只有当事人个体，从个人的主观性出发，在自己作选择时，站在人类的立场上思考选择的价值属性，这样的选择才不会流于个人的自由而使大多数人失去自由。而萨拉的选择恰恰与此相反，她的选择不但和人类的自由无涉，反而让更多的人失去了自由。

在和查尔斯的关系发展中，萨拉的选择将查尔斯置于痛苦之中。在两人发生了性关系之后，她选择离开查尔斯，永远消失。这对她而言，她面临走与不走的选择，按照萨特在《存在主义是一种人道主义》中的哲学思考，不管她作出哪一种选择，都将自己置于“绝望”的境地，

---

① ［法］让·保罗·萨特：《存在主义是一种人道主义》，周煦良译，上海译文出版社2005年版，第8页。

这种绝望就是前面提到"把自己所有的依靠限制在自己意志的范围之内，或者在我们的行为行得通的许多可能性之内"[①]。她离开，成全了欧内斯蒂娜和查尔斯，对欧内斯蒂娜而言目的达到了，但对于查尔斯却是不公的。如果她不离开，她将查尔斯作为目的，而把欧内斯蒂娜作为了一种手段。因此，对她而言不离开似乎更好一点。因此，在这里，她似乎陷入了萨特笔下的那个青年的两难选择中。但是，问题就在这里，如果她选择了和查尔斯在一起，谁又能保证她不会成为第二个欧内斯蒂娜？谁又能保证查尔斯在面临像萨拉一样的抉择时，在多种他认为可能行得通的可能性之内，将她作为唯一一种可能的选择呢？因此，就萨拉的选择而言，不管怎样，她都没法在实现自己的自由时，让别人也获得自由。另一方面，她最终选择离开并消失，其实让查尔斯在失去了短暂的自由之后，获得了长久的自由。因此，萨拉在这一层面的选择仍然具有这样的结果，即自己获得了自由的同时，也以她自己的自由成全了别人，甚至包括萨姆和玛丽。因为，只有欧内斯蒂娜和查尔斯在一起，两个人各自的仆人才能有在一起的可能。于是她自由的离开，看似让查尔斯失去了自由，但从大的角度来讲，她的出身与身份可能带给查尔斯的其实是更大的不自由。她以自己的不告而别让查尔斯在陷入短暂的不自由之时，成全了等级社会中所有人的自由，当然也包括查尔斯。因此，在这一层面，萨拉在选择之后，她给予我们的自由命题和萨特的存在主义观并不契合。

因此，就萨拉的选择而言，福尔斯试图用具体的人物形象的选择带来的结果，质疑萨特有关选择、自由与绝望的观点。萨特说人有主观性，人对自己的未来负责，但这是建立在对别人的负责的基础之上的。然而，在现实生活中，有多少人在作出选择的时候，会考虑大多数人甚至全人类的自由？谁会在承担自己的责任之时，为全人类担当？当然在选择为自己担当之时，非主观的给别人带来的道义与责任可以另当别论。事实上，很少有人在作出自己的选择之时，会主动地站在伟大的道德立场上去考虑全人类。萨拉看似是萨特在《存在主义是一种人道主

① ［法］让·保罗·萨特：《存在主义是一种人道主义》，周煦良译，上海译文出版社2005年版，第16页。

义》中提及的《弗洛斯河上的磨坊》中的女子玛吉·塔利弗，和《巴马修道院》中的女子拉·桑赛费琳娜的混合体，[①]一方面，她选择了退让，宁愿放弃她的情人，一走了之。另一方面，则为了满足性欲，宁可不理会和她发生关系的男人先前有婚约。但是，在这种相似性背后，不管那两部小说中的女性角色的道德如何，萨拉自己的选择并未建立在为别人承担责任的基础上，她完全就是一个失却了道德判断的符号而已。她所做的一切并不具有萨特所谓“存在是一种人道主义”的观点立场。她就存在于她自身中，她在小说中的“非人”特征，使她作为人的“主观性”受到质疑，她是被关闭在小说文本的故事域内的一个不具有人的主体性的一个符号。但正是这个符号，控制着其他看似有“主体性”身份的人物。因为她，这些人在自由与不自由间痛苦的选择，其中包括查尔斯。

第四节　我自由吗？查尔斯的自由意志与行动

在小说中，查尔斯被设置成了一位维多利亚时代怀疑宗教的不可知论者，或者是类似于18世纪的伏尔泰的自然神论者，或者泛神论者。在小说刚开始的第3章，上帝作为他一系列选择指令的发出者和其自由选择的道德判断者，首先被福尔斯处理掉了。因此，在故事的发展中，他必然要面对一系列自由与选择的存在主义的命题。但是他的最突出特点是懒散。他已经和他的同时代人一样感觉到“自己对责任的要求正在向重视自我转变”[②]。他具有拜伦的“一切厌倦无聊”，却没有拜伦在文学和情欲方面的放任与自由，即他没有“天才”和“通奸”这两种发泄无聊和厌倦的渠道。在婚姻的选择中，起初他选择逃出婚姻的陷阱。这一最初选择，可以看出他没有像存在主义者那样考虑伯父和上流社会中待嫁的姑娘和母亲们的自由。因此，他背上了“清高和冷漠的名声”。

---

① ［法］让·保罗·萨特：《存在主义是一种人道主义》，周煦良译，上海译文出版社2005年版，第29页。

② 《法国中尉的女人》，第16页。

存在主义的看法是："人发现自己处在一个有组织的处境中，他是摆脱不掉的：他的选择牵涉到整个人类，而且他没法避免选择，他或者仍旧独身，或者结婚而不生孩子，或者结婚并且生孩子。反正，不管他怎样选择，鉴于他现在的处境，他是不可能不担当全部责任的。"① 按照这一观点，查尔斯选择结婚与不结婚，其实都是选择。虽然他的时代还没有存在主义，但他的时代更强调担当与责任。最终他没有在自由的选择中错失作"罗密欧"的良机，他成了比同时代的姑娘们具有更强独立意志的"朱丽叶"——欧内斯蒂娜的未婚夫。在婚姻的选择中，他最终选择了婚姻。在作选择之时，从表面上看，除了他自己，没有一个指令指导他改变以前的态度，作出不一样的选择。但是事实上却是欧内斯蒂娜的一点小阴谋获得了他的"芳心"。

正如奥斯汀在《傲慢与偏见》中写到的，在19世纪的上流社会，类似于查尔斯和达西这样的具有高贵血统的绅士是比较少的。欧内斯蒂娜为了自己能走进她想要的婚姻的自由，以与众不同的"温柔、敏锐"，以及"不太把他当回事"的小伎俩，让查尔斯改变了初衷。但是这似乎抑制了查尔斯的其他自由，旅游和寻花问柳。不过，很快他便顿悟，他需要一个合法的妻子合法地在他的身边。② 显然查尔斯在婚姻的选择中，没有遇到太多让他左右不定的障碍。因为他是无神论者，因此没有上帝告诉他，他选择的结果是好是坏，他自己也没有过多地去设想婚姻的多种可能性，他只是以他自己的一己之能为同时代的男子作出了表率。不管他有没有资格，他首先向急需要婚姻保障的欧内斯蒂娜承担了责任。他就这样被投进了自己的选择和行动中，找不到任何为自己辩解和推卸责任的办法。他"听任"但没有要掩饰的"痛苦"。订婚便是他为对方承担责任的最好体现，在获得自己婚姻的自由选择之时，选择了给对方担当。如果查尔斯就这样选择了，并按照已有的选择去履行和实践，不管对自己还是对欧内斯蒂娜，都将是一种不错的结局。这种选择也符合萨特的存在主义的自由观。但是事情并没有这么简单，查尔斯

---

① ［法］让·保罗·萨特：《存在主义是一种人道主义》，周煦良译，上海译文出版社2005年版，第25页。

② 《法国中尉的女人》，第87页。

遇到了萨拉。这个女人以其“赤裸裸”的自由之身，多次用比欧内斯蒂娜采取的大得多的“伎俩”，搅乱了查尔斯的婚姻美梦。

查尔斯在婚姻与女友“羁绊”中的暂时逃离，便是去安德悬崖寻找他的“古生物化石”——菊石。菊石的确找到了，同时，他也找到了比菊石更宝贵的有生命的“生物”，睡在悬崖一角平台上的萨拉。萨拉的睡姿和那种野性美，让他有了一种原始野性、自由选择的冲动。第二次去安德悬崖，一方面是因为他对化石的爱好，另一方面也源于他再次想自由选择的冲动。因为想起萨拉，他便忍不住前往。当然，这种选择，与其说是萨拉和法国中尉的神秘故事的真相吸引着他，倒不如说是那个在荒野中呈现出自然野性之美的女子让他着迷。他的这些行动都是他自己的自由选择，虽然“当时的多数英国男子对萨拉的真实本质所产生的直觉是厌恶，查尔斯也的确感到有些厌恶，起码是有些吃惊”。查尔斯并没有根据当时的道德标准，对萨拉作出那种让那个时代的男子“根据超我发出的指令”对女子邪恶的判断，他反而认为萨拉这种面相的拥有不应该让她自己负责任，也应该归因于达尔文的进化论证明了的进化的因素。因此，在看到萨拉那种不符合时代的令男人销魂的面相与表情时，查尔斯想到了爱玛·包法利，他被诱惑了。他热心地为这个他觉得应该奉上同情与理解的女子出谋划策，但这个追求自由的女子并没有接受他的建议。他不但没有获得那件困扰他的神秘莫测的事件的答案，而且还将自己也绕了进去，成了法国中尉的替代者。

查尔斯和萨拉在一起时，他是被选择者，他自己并没有自由选择的权利。正如前面分析的，萨拉牵着他，以她的没有任何羁绊和约束的自由让查尔斯一步步陷入。因此，对于欧内斯蒂娜而言他是自由的，对萨拉而言他却是不自由的。萨拉将其作为手段实现自己的自由，达到自己自由的目的，但是这个目的的达成却没有任何先在的指令或道德的约束，只有萨拉自己的行动，她是自由的，她要自己选择。但是她的选择并不像萨特心目中的存在主义者自己自由选择时同时也为别人选择一样，为查尔斯选择。查尔斯像驯服的拜伦一样陷入了困境。欧内斯蒂娜和萨拉是他选择的两极，一个是他订了婚的对象，一个是只邂逅过几次，丝毫不了解的神秘女郎。

为什么查尔斯会选择萨拉？其中似乎能说服读者的原因是：萨拉身

上有欧内斯蒂娜所没有的自由意志和特立独行，以及和自然一样的野性和与众不同。而这些恰恰是受到文明过多浸染，骨子里将自己作为上流社会的一分子，附庸风雅的欧内斯蒂娜所没有的。而欧内斯蒂娜身上所拥有的一切，一些是与生俱来的，一些是她从自己的选择出发，按照某种上流社会的理法规范对女子的规约不自然选择的结果。她的这些特征的获得虽然有不得已，但是，作为想跻身于上流社会的女子中的一分子，这也是欧内斯蒂娜自己自由选择的结果。因此，在这里，她之前的身份、性格、观念等女性特征的自由选择，在这里却成了其失去婚姻的一个“因”。她以前选择正确的“因”和依循的“真理”，一方面是上帝对女人的规诫，另一方面就是上流社会的道德准则，之前并没有人或更权威的声音提醒过她，作出这种选择会带来何种不幸。所以在这里，这一切仿佛并没有萨特在《存在主义是一种人道主义》那里分析的那么简单。看似真理的依循，却没有带来正确的结果。而这仅仅是因为有了一个不像她那样相信上帝，且遵循维多利亚时代文化观念与道德规范等时代特征的“异类”女子——萨拉。欧内斯蒂娜的选择证明，如果是一个有神论者，相信上帝的规约和某种社会准则，就能获得某种保障。但最终，谁都不能确定她的选择是好是坏。因此，在这里，一些被认为是真理的东西却失去了分量，另一些不被正视的人或者是这些人所遵循的价值观反而成了一种真理。这种真理的变动不居让人的自由选择失去了某种保障，将人置于萨特所说的“绝望”中，在自己行得通的范围内提供了选择的多种可能性。

萨特说：“人是自己造成的，他不是做现成的；他通过自己的道德选择造就自己。而且他不能不作出一种道德选择，这就是环境对他的压力。我们只能联系人的承担责任来解释他。”① 萨拉以虚妄的所谓环境的压力，在自己和法国中尉的虚妄故事中，以并不存在的环境压力选择被强奸，以获得一种耻辱的骂名为自由。在自己获得在这种让正常人难以理解的自由之时，却将其他人置于不自由中。查尔斯就是其中之一。因为被萨拉和法国中尉的故事吸引，进而被萨拉吸引。虽

① ［法］让·保罗·萨特：《存在主义是一种人道主义》，周煦良译，上海译文出版社2005年版，第26页。

然查尔斯自己也想过："如果他不娶欧内斯蒂娜而另作选择，也不会选择和她结婚。那是绝对不可能的。说实在的，他现在想到的甚至也不是萨拉——她只是一个象征，他所失去的一切机会，他已经丧失的自由、他永远不会走的路，都和这一象征有密切的联系。"① 但最终，查尔斯却放弃了门当户对且能给他带来巨额财富的合法婚姻和新娘欧内斯蒂娜，即使被上流社会驱逐也在所不惜，他自由地选择了和萨拉在一起。因为萨拉已经作出了她所谓的自由的选择，将自己的童贞献给了他。而这种自由的获得，并非是道德选择的结果。这种道德与不道德的判断，并不是有主观性的人类个体能以"我就是我，我是自由的"，以及倡导"我在为自己选择时也为别人承担了责任"的存在主义哲学就能解释清楚的。但是，查尔斯最终并没有因为对萨拉的选择而获得回报，因为他的选择永远赶不上萨拉的选择。萨拉消失了，查尔斯便在其消失后，自由地选择了在漫游中苦苦寻找。他寻找的结果，以福尔斯戏谑化的游戏方式作结，他见到了萨拉，但情形有二。但不管是哪一种，这仍然是萨拉的自由选择逼迫他不得不作出的选择。但是值得告慰的是，他有了一个女儿。但是归根结底，这一切都是作者福尔斯自由选择的结果。

当《法国中尉的女人》面对《存在主义是一种人道主义》时，萨特的自由选择和其他的一系列命题已经失却了20世纪他创立这一哲学观时的语境，而小说中的人物更不会在存在主义哲学的鼻子底下打转。虽然鉴于自由命题的普范性，福尔斯设置了这样一个框子，但里面的内容却大相径庭。有学者说："《法国中尉的女人》的情节结构表现了自由与权利的辩证关系，这一关系是现代存在主义甚至是马克思主义向维多利亚时期的或者达尔文的决定论作出的回答。"② 但是这种答案在小说中的获得却远远超出了"自由与权力"的二元关系，小说从内部驳斥了这种关系的僵死模式。琳达·哈琴说："后现代文化和我们通常称之为自由人文主义的主流文化存在一种矛盾关系。它不像有些人所说的

① 《法国中尉的女人》，第355页。

② ［加拿大］琳达·哈琴：《后现代主义诗学：历史、理论、小说》，南京大学出版社2009年版，第63页。

那样否定这种文化，而是从其假设的原理内部对其进行驳斥。”[①]《法国中尉的女人》就是这样一种文本，不管是对存在主义理论还是其他，并非是肯定的接纳而是在假设的远离中对其进行驳斥。

附录：约翰·福尔斯生平、创作简介[②]

约翰·福尔斯（Fowles，John，1926—2005），其出生地 Leigh - on - sea 位于伦敦 40 公里外的埃塞克斯（Essex）郡的一个小镇。他曾经回忆 20 世纪 30 年代的英国郊区文化，对传统具有难以忍受的尊崇。他的家庭生活是相对保守的。关于他的童年，福尔斯说：“我曾经努力地想逃离。”可见，童年时代的福尔斯就有对自由刻骨的渴望，《法国中尉的女人》中波尔坦尼太太的府邸是其童年梦魇般记忆的场地再现。虔诚的信仰、森严的道德戒律、严密的等级界限等。福尔斯就读的中学贝特福德（Bedford）是一所专为 13—18 岁孩子上大学做准备的学校，这所寄宿学校以粗暴的教育方式教育学生，校方挑选成绩优异的学生当年级长，福尔斯曾经获此“殊荣”，但这段经历却让他对滥用权力、操控法律等专制体制有着独特的理解。他在回忆中说：“从那以后，我对领导者、组织者和管理者，即任何一个喜欢对他人武断地行使权利的人都强烈地厌恶。”[③] 后来福尔斯考入了埃德伯格（Edinburgh）大学，两年后开始服兵役，短短两年时间就被提拔为中尉。然而，当他能参加战役的时候第二次世界大战已经结束了。

1947 年，福尔斯上了牛津大学，在那里他发现了法国存在主义作家的作品，尤其喜欢加缪和萨特，这两个人的创作观念和他们关于“自我”的认识触动了福尔斯。在《法国中尉的女人》中，他以作者的身份说了这样一段话：“换句话说，如果我自己想获得自由，我就必须让他、让蒂娜、让萨拉，甚至让讨厌的波尔坦尼太太也都自由。关于上帝的完美定义只有一个：允许别人享有自由的一种自由。我必须遵循这个

---

① ［加拿大］琳达·哈琴：《后现代主义诗学：历史、理论、小说》，南京大学出版社 2009 年版，第 7—8 页。

② 在已有的福尔斯的小说研究的论著中，张和龙等学者对福尔斯的生平与创作都有详细的梳理，因篇幅有限，笔者只是简要提及。

③ Barry N. O. lshen, *John Fowles*, New York: Fredlerick Ungar Publishing Co., 1978, p. 5.

定义。"[①] 这种自由观念和萨特在《存在主义是一种人道主义》中有关存在主义自由的哲学观念一脉相承。他曾经在其他小说中借人物之口提及在牛津大学学习期间，"我们对存在和虚无进行辩论，把一种微不足道的行为叫做'存在主义'。……可是我们无法理解，我们读过的法国在存在主义小说中的英雄或反英雄，……我们试图模仿他们，误把复杂情感状态的比喻描写当成明确的行为规范"。[②]

在福尔斯决定献身于创作前，曾从事过以下教育工作：在法国普爱提斯（Poitiers）大学做过一年英国文学的讲座；在希腊斯佩特斯（Spetsai）半岛上的安若格瑞斯（Anargyrios）学院教过两年英语。在《巫术师》的序言中，福尔斯坦言在斯佩特斯这个有幽灵出没的岛上，具有马拉美最优秀的诗篇里的奇特气氛，他的感觉是"在难以言传的事物面前语言显得无能为力"[③]。斯佩特斯岛的这段经历对福尔斯而言意义非凡，"我觉得要把这段经历对我这样一个作家的重要性表达出来，实在太困难了。在我的记忆中，它对我产生的影响，它给我留下的印记，与我更多的社会经历和实在的记忆相比较，要深刻得多"[④]。他和许多想成为作家和画家前往希腊寻找灵感的人一样，觉得这里有一种令人压抑的感觉，这种感觉所引起的忧郁被大家称为"爱琴海的忧郁"。这段经历和他在小说中创造的一系列谜一样的人物，尤其是女性不无关系。

福尔斯在1952—1960年写过若干部小说，但都没有交给出版商。因为他觉得这些小说写的不完整或者太长了。1960年，他仅仅用4个礼拜的时间完成了《收藏家》[⑤] 的第一稿。他一直修改，一直到1962年夏交给出版商。1963年春天这部小说发表。福尔斯突然间成了畅销书作者。评论家的盛赞和商业上的成功，让福尔斯决定献身于创作。1965年，初稿写成于七八年前的《巫术师》[⑥]，这是一部和莎士比亚的

---

① 《法国中尉的女人》，第103页。

② ［英］约翰·福尔斯：《巫术师》，陈安全等译，上海译文出版社2001年版，第6页。

③ 同上。

④ 同上。

⑤ *The Collector*，1965年被改编为电影剧本。

⑥ 1968年改编为电影剧本，1977年重新修订出版。

《暴风雨》、荷马史诗的《奥德赛》相平行的冒险小说。但又和传统冒险小说有不同的内质，情节复杂，前后不一致，面对存在问题时进退维谷、难以确定等。福尔斯还将其与传统侦探小说相比，以此戏弄读者。他说："你说他们将被带入伟大的真相，这其实是一个我希望拴住读者的陷阱。"可见，从《巫术师》开始，福尔斯就试图超越、戏仿传统叙事模式及其经典文本。除以上两部小说和《法国中尉的女人》外，福尔斯的其他小说有《丹尼尔·马丁》、《尾数》、《狂想》，以及短篇小说集《乌木塔》。除小说之外，福尔斯在 1973 年发表了名为《诗歌》的诗集。此外，他还创作了 6 部非虚构作品，包括《智者》①、《沉船》、《岛屿》、《树》、《石林之谜》、《莱姆·里吉斯照相机》，以及 1 部历史著作《莱姆·里吉斯的短期历史》。在《尾数》中，福尔斯对巴特的"作者之死"、拉康关于语言的观点、德里达的"无论在什么情况下作者与文本无关"等《书写与差异》中的理论进行了解构。因此，雷蒙德称这部小说是"攻击后结构主义理论的寓言"。②

---

① The Aristos, *A Self-Portrait in Ideas*, 1964；1968 年重新修订出版。

② Raymond J. Wilson Ⅲ, *Contemporary Literary Criticism*, Vol. 87. Detroit: Gale, 1993, pp. 163-167.

参考文献

一、《法国中尉的女人》相关研究文献

1. 英文文献

Ian Watt, in *The New York Times Book Reviews*, N. K: The New York Times Company; Reprinted by permission, November 9, 1969.

James Aronson, "Reservations", United States: *The Antioch Review*, 1970, Vol. XXIX, No. 4; Reprinted by permission of the editors, in *the Antioch Review*, Winter, 1969 - 1970.

Paul Edward Gray, *Yale Review*, by Yale University, 1970 ; reprinted by permission of the editors, Spring, 1970.

Walter Allen, *The Achievement of John Fowles*, UK: Encounter, August, 1970.

Prescott Evart, "Jr. Fowles The French Lieutenant's Woman as Tragedy", *Studies in Modern Fiction*, Vol. XIII, No. 3, 1972.

Jeff Rackham, "John Fowles: The Existential Labyrinth", in *Critique Studies in Modern Fiction*, Vol, XIII, No. 3, 1972.

Malcolm Bradbury, *The Novelist as Impresario: John Fowles and His Possibilitie*, Essays on the State of the Novel, Reprinted by permission of Oxford University Press, Inc. , Oxford University Press, 1973.

Sharon Gunton, *Contemporary Literary Criticism*, Detroit: Cengage Gale, 1973, Vol. 1.

Ronald Binns, "John Fowles Romancer", in *Critical Quarterly*, Winter, 1973.

Sharon Gunton, *Contemporary Literary Criticism*, Detroit: Cengage

Gale, 1974, Vol. 2.

William Palmer, *The Fiction of John Fowles*, Columbia: University of Missouri Press, 1974.

Jon Howard Sarri, *Freedom and Nemo in the Fiction of John Fowles*, Ph. D. Dissertation, Bowling Green State University, 1974.

Sharon Gunton, *Contemporary Literary Criticism*, Detroit: Cengage Gale, 1975, Vol. 3, Vol. 4.

Sharon Gunton, *Contemporary Literary Criticism*, Detroit: Cengage Gale, 1976, Vol. 6.

Dwight Eddins, "John Fowles: Existence as Authorship", in *Contemporary Literature*, by the Board of Regents of the University of Wisconsin System, Vol. 17, No. 2, Spring, 1976.

John Gardner, "In Defense of the Real", in *Saturday Review*, by Saturday Review Magazine Corp, Reprinted with permission, October 1, 1977.

Barry N. O, Ishen, *John Fowles*, New York: Fredlerick Ungar Publishing Co., 1978.

Bryfonsky, *Contemporary Literary Criticism*, Detroit: Cengage Gale, 1978, Vol. 9.

Karen M. Lever, "The Education of John Fowels", in *Critique: Studies in Modern Fiction*, by James Dean Young, Vol. XXI, No. 2, 1979.

Sharon Gunton, *Contemporary Literary Criticism*, Detroit: Cengage Gale, 1979, Vol. 10.

Sharon Gunton, *Contemporary Literary Criticism*, Detroit: Cengage Gale, 1980, Vol. 15.

Robert Huffaker, *John Fowles*, Boston: G. K. Hall, 1980.

Mansfield Elizabeth, "A Sequence of Ending: The Manuscripts of The French Lieutenant's Woman", *Journal of Modern Literature 8*, No. 2, 1980 – 1981.

Theodoor Louis D'Haen, *Text and Reader: A Communicative Approach to "The French Lieutenant's Woman" by John Fowles, "Letters" by John Barth, "Librode Manuel" by Julio Cortazar, and "De Kapellekensbaan" by Louis*

Paul Boon, University of Massachusetts Amherst, Ph. D. Dissertation, 1981.

Deborah Byrd, "The Evolution and Emancipation of Sarah Woodruff: The French Lieutenant's Woman as a Feminist Novel", International Journal of *Women's Studies*, September-October, 1984.

Terry Lovell, "Feminism and Form in the Literary Adaptation: The French Lieutenant's Woman", in *Criticism and Critical Theory*, edited by Jeremy Hawthorn, 1984.

Bruce Woodcock, *Male Mythologies: John Fowles and Masculinity*, NK: Harvester, 1984.

SimonLoveday, *The Romances of John Fowles*, London : The Macmillan Press , 1985.

Jean Stine, Daniel G. Marowski, *Contemporary Literary Criticism*, Detroit: Cengage Gale, 1985, Vol. 33.

Jr. DonaldA Dechert, *John Fowles: The Craftof His Fiction: A Critical Study of Technique in Four Novels*, The Florida State University, Ph. D. Dissertation, 1986.

Magali Cornier Michael, " 'Who is Sarah?' : A Critique of The French Lieutenant's Woman's Feminism", in *Critique Studies in Modern Fiction*, Vol. XXVIII, No. 4, Summer, 1987.

Jean Marie Merriell, *Variations on a theme: The Monomyth in John Fowles's The French Lieutenant's Woman*, University of North Texas, 1988.

Katherine Tarbox, *The Art of John Fowles*, Georgia: University of Georgia Press, 1988.

Frederik N. Smith, *The Endings of The French Lieutenants Woman*: Another Speculation on the Manu-script, Journal of *Modern Literature 14*, No. 4, 1988.

Hutcheon, Linda, *A Poetics of Postmodernism*, New York and London: Routledge, 1988.

Mary Ann Wimsatt, *The French Lieutenant's Woman Confronts The Age of Innocence*, *John Fowles's Response to Edith Wharton*, Papers from the 1988

PAC conference , Edited by Debra C. Boyd, Winthrop University.

Susana Onega, *Form and Meaning in the Novels of John Fowles*, UMI Research Press, 1989.

James Phelan, *Reading People , Reading Plots*, Chicago: The University of Chicago press, 1989.

UrsulaLe Guin, "Women/Wilderness", in *Judith Plant Healing the Wounds*, Philadelphia, PA: New Society Publishers, 1989.

John Butler, "John Fowles and the Fiction of Freedom", in *the British and Irish Novel since 1960*, edited by James Acheson, Macmillan Academic and Profession Ltd. , 1991.

Frederick M. Holmes, "History, and the Dialogic Imagination: John Fowles's A Maggot", in *Contemporary Literature*, Vol. 32, No. 2, Summer, 1991.

Lance St John Butler, *John Fowles and the Fiction of Freedom*, in *the British and Irish Novel since 1960*, edited by James Acheson, Macmillan Academic and Profession Ltd. , 1991.

SalamiMahmoud, *John Fowles's Fiction and the Poetics of Postmodernism*, London: Associated University Presses, 1992.

Harding, " Comparative Metafictions of History: E. L. Doctorow and John Fowles", *Comparing Twentieth-century British and American literature*, London & New York: Longman, 1994.

Christopher Giroux, *Contemporary Literary Criticism*, Detroit: Cengage Gale, 1995, Vol. 87.

Wendy Perkins, "Critical Essay on the French Lieutenant's Woman", *Novels for Students*, Vol. 21, Thomson Gale, 2005.

2. 中文文献

(1) 专著

[英] 约翰·福尔斯:《法国中尉的女人》, 刘宪之等译, 百花文艺出版社 1985 年版。

盛宁:《文学: 鉴赏与思考》, 三联书店 1997 年版。

陆建德: 《现代主义之后: 写实与实验》, 中国社会科学出版社 1997 年版。

阮炜：《从社会和历史的视角读〈法国中尉的女人〉》，见其论著《社会语境中的文本二战后英国小说研究》，社会科学文献出版社 1998 年版。

王钦峰：《后现代主义小说论略》，中国社会科学出版社 2001 年版。

［英］约翰·福尔斯：《法国中尉的女人》，陈安全译，上海译文出版社 2002 年版。

罗刚：《后现代主义文学作品选》，高等教育出版社 2002 年版。

刘象愚：《从现代主义到后现代主义》，高等教育出版社 2002 年版。

苏宏斌：《现代小说的伟大传统：从卡夫卡到卡尔维诺》，浙江文艺出版社 2004 年版。

蒋承勇：《英国小说发展史》，浙江大学出版社 2006 年版。

张和龙：《后现代语境中的自我——约翰福尔斯小说研究》，上海外语教育出版社 2007 年版。

［加拿大］琳达·哈琴：《后现代主义诗学：历史、理论、小说》，南京大学出版社 2009 年版。

王卫新：《福尔斯小说的艺术自由主题》，复旦大学出版社 2009 年版。

梁晓晖：《叙述者的元小说操控：〈法国中尉的女人〉的认知诗学研究》，北京大学出版社 2012 年版。

（2）论文

刘若端：《神秘的莎拉——评福尔斯的女权主义思想》，《外国文学评论》1989 年第 3 期。

侯维瑞、张和龙：《论约翰·福尔斯的小说创作》，《国外文学》1998 年第 4 期。

王松林：《别有洞天的叙述——谈〈法国中尉的女人〉的叙述结构》，《江西师范大学学报》（哲学社会科学版）2000 年第 8 期。

谭青松：《元小说与〈法国中尉的女人〉的后现代性》，硕士学位论文，湖南师范大学，2003 年。

赵小勇：《〈法国中尉的女人〉中的后现代叙事》，硕士学位论文，江西师范大学，2003 年。

孟海英：《〈法国中尉的女人〉存在主义特征解读》，硕士学位论文，河北师范大学，2005 年。

任红红：《双重走向的叙事图景——〈法国中尉的女人〉的叙事艺术研究》，硕士学位论文，西北师范大学，2005 年。

陈榕：《莎拉是自由的吗？——解读〈法国中尉的女人〉最后一个结尾》，《外国文学评论》2006 年第 3 期。

曾燕冰：《〈法国中尉的女人〉的原型解读》，硕士学位论文，江西师范大学，2006 年。

张琳：《试论〈法国中尉的女人〉的叙事艺术》，硕士学位论文，吉林大学，2007 年。

王海辉：《后现代主义视角下的〈法国中尉的女人〉》，硕士学位论文，河南大学，2007 年。

朱经伟：《约翰·福尔斯小说〈法国中尉的女人〉中的多重对话》，硕士学位论文，扬州大学，2007 年。

陈瑞红：《论〈法国中尉的女人〉和〈德伯家的苔丝〉的互文关系》，硕士学位论文，山东师范大学，2007 年。

吴政义：《朝向“纯粹的独特”：约翰·福尔斯〈法国中尉的女人〉中的自然》，硕士学位论文，国立成功大学（台湾），2007 年。

蒋海鹰：《解构与颠覆——浅析〈法国中尉的女人〉的叙事艺术》，《安徽文学》2007 年第 10 期。

李燕秋：《〈法国中尉的女人〉的女性主义解读：析福尔斯笔下不平等的两性关系》，硕士学位论文，上海交通大学，2007 年。

陈静：《〈法国中尉的女人〉的存在主义解读》，《外国文学研究》2007 年第 5 期。

孙雯：《萨拉：受争议的女性形象》，硕士学位论文，上海师范大学，2008 年。

白爱娃：《反抗，颠覆与重构——透过〈收藏家〉和〈法国中尉的女人〉用福柯的理论阐释福尔斯的女权思想》，硕士学位论文，南昌大学，2008 年。

陈静：《从维多利亚时代看〈法国中尉的女人〉中的女主人公形象》，《甘肃社会科学》2009 年第 1 期。

乔雪冬：《女性主体性悖论——〈法国中尉的女人〉中萨拉形象之

解读》，硕士学位论文，对外经济贸易大学，2009 年。

刘婷婷：《〈法国中尉的女人〉：一部非女性主义小说》，硕士学位论文，云南师范大学，2009 年。

李春：《消费时代的文学经典——〈法国中尉的女人〉的后现代主义特质》，硕士学位论文，山东师范大学，2009 年。

李丹：《从“历史编撰元小说”的角度看〈法国中尉的女人〉》，《外国文学研究》2010 年第 2 期。

刘晓旭：《〈法国中尉的女人〉的叙事策略》，硕士学位论文，黑龙江大学，2010 年。

李玲玲：《引文与正文的对话——从互文性看〈法国中尉的女人〉中引文与正文的关系》，硕士学位论文，华中科技大学，2010 年。

吕迎迎：《追寻自由之路——神话原型视域下的〈法国中尉的女人〉中的男主人公形象》，硕士学位论文，曲阜师范大学，2010 年。

王晓丽：《约翰·福尔斯〈法国中尉的女人〉的生态女性主义解读》，硕士学位论文，哈尔滨工程大学，2010 年。

邱国红：《多重视角的虚构与解构——试析〈法国中尉的女人〉的后现代主义特色》，《新教师教学》2010 年第 11 期。

吉燕飞：《〈法国中尉的女人〉中人物的存在主义解读》，硕士学位论文，郑州大学，2011 年。

靳丽丽：《〈法国中尉的女人〉叙事的空间形式》，硕士学位论文，河北大学，2011 年。

姜玮：《女性自我与自由的追寻——〈觉醒〉与〈法国中尉的女人〉的对比研究》，硕士学位论文，华东师范大学，2011 年。

二、其他参考文献

［古希腊］柏拉图：《文艺对话集》，朱光潜译，人民文学出版社 1963 年版。

《马克思恩格斯选集》第 3 卷，人民出版社 1972 年版。

伍蠡甫：《西方文论选》（上卷），上海译文出版社 1979 年版。

柳鸣九：《新小说派研究》，中国社会科学出版社 1986 年版。

崔道怡：《“冰山”理论：对话与潜对话》，工人出版社 1987 年版。

[美] W. C. 布斯：《小说修辞学》，华明等译，北京大学出版社1987年版。

[法] 萨特：《想象心理学》，光明日报出版社1988年版。

张寅德：《叙述学研究》，中国社会科学出版社1989年版。

袁可嘉：《现代主义文学研究》，中国社会科学出版社1989年版。

[荷] 佛克马、伯顿斯：《走向后现代主义》，王宁等译，北京大学出版社1991年版。

[美] 伊恩·P. 瓦特：《小说的兴起》，高原等译，生活·读书·新知三联书店1992年版。

[捷克] 米兰·昆德拉：《小说的艺术》，孟湄译，三联书店1992年版。

吕同六：《20世纪小说理论经典》，华夏出版社1995年版。

[英] 玛丽·沃斯通克拉夫特、约翰·斯图尔特·穆勒：《女权辩护妇女的屈从地位》，商务印书馆1995年版。

[法] 艾柯：《诠释与过度诠释》，生活·读书·新知三联书店1997年版。

盛宁：《人文困惑与反思——西方后现代主义思潮批判》，三联书店1997年版。

朱立元：《当代西方文艺理论》，华东师范大学出版社1997年版。

[美] 乔纳森·卡勒：《论解构》，卢扬译，中国社会科学出版社1998年版。

[英] 詹姆斯·乔治·弗雷泽：《金枝》（上、下），徐育等译，大众文艺出版社1998年版。

[美] 保罗·德曼：《解构之图》，李自修等译，中国社会科学出版社1998年版。

王守仁、吴新云：《性别·种族·文化》，北京大学出版社1999年版。

[法] 萨特：《萨特文集》（小说卷1），人民文学出版社2000年版。

汪民安等：《后现代性的哲学话语——从福柯到赛义德》，浙江人民出版社2000年版。

［德］尼采：《论道德的谱系·善恶之彼岸》，谢地坤等译，漓江出版社 2000 年版。

［英］多丽丝·莱辛：《金色笔记》，陈才宇译，译林出版社 2000 年版。

陆扬：《后现代性的文本阐释：福柯与德里达》，三联书店 2000 年版。

［哥伦比亚］加西亚·马尔克斯：《百年孤独》，海平译，时代文艺出版社 2000 年版。

张冰：《陌生化诗学》，北京师范大学出版社 2000 年版。

［法］让·弗朗索瓦·利奥塔：《非人——时间漫谈》，罗国祥译，商务印书馆 2001 年版。

［意］卡尔维诺：《美国讲稿》，见《卡尔维诺文集·寒冬夜行人等》，译林出版社 2001 年版。

［法］雅克·德里达：《书写与差异》（上），张宁译，生活·读书·新知三联书店 2001 年版。

［英］约翰·福尔斯：《巫术师》，陈安全等译，上海译文出版社 2001 年版。

［美］亨利·詹姆斯：《小说的艺术》，朱雯等译，上海译文出版社 2001 年版。

［美］戴维·赫尔曼：《新叙事学》，马海良译，北京大学出版社 2002 年版。

［美］J. 希利斯·米勒：《解读叙事》，申丹译，北京大学出版社 2002 年版。

［法］胡塞尔：《纯粹现象学通论》（节选本），倪梁康选编，李幼蒸译，商务印书馆 2002 年版。

［法］雅克·德里达：《声音与现象》，杜小真译，商务印书馆 2002 年版。

朱立元：《二十世纪西方文论选》，高等教育出版社 2002 年版。

［荷］米克·巴尔：《叙述学：叙事理论导论》，谭君强译，中国社会科学出版社 2003 年版。

［美］马克·柯里：《后现代叙事理论》，北京大学出版社 2003

年版。

［捷克］米兰·昆德拉：《被背叛的遗嘱》，余中先译，上海译文出版社 2003 年版。

［美］苏珊·桑塔格：《反对阐释》，程巍译，上海译文出版社 2003 年版。

［瑞士］费尔迪南·德·索绪尔：《普通语言学教程》，高名凯译，商务印书馆 2003 年版。

［法］保罗·利科：《虚构：叙事中时间的塑形》（《时间与叙事》卷 2），王文融译，生活·读书·新知三联书店 2003 年版。

［德］沃尔夫冈·伊瑟尔：《虚构与想象——文学人类学疆界》，陈定家等译，吉林人民出版社 2003 年版。

［美］海登·怀特：《后现代历史叙事学》，陈永国等译，中国社会科学出版社 2003 年版。

李建军：《小说修辞研究》，中国人民大学出版社 2003 年版。

滕威：《〈堂·吉诃德〉的元小说性》，《外国文学研究》2003 年第 1 期。

［美］厄尔·迈纳：《比较诗学》，王宇根等译，中央编译出版社 2004 年版。

叶舒宪：《文学与人类学——知识全球化时代的文学研究》，社会科学文献出版社 2003 年版。

肖锦龙：《德里达的解构理论思想性质论》，中国社会科学出版社 2004 年版。

王逢振：《2000 年度新译西方文论选》、《2001 年度新译西方文论选》、《2002 年度新译西方文论选》、《2003 年度新译西方文论选》，漓江出版社 2001—2004 年版。

［古希腊］柏拉图：《柏拉图对话集》，王太庆译，商务印书馆 2004 年版。

肖丽华：《〈十日谈〉的文学叙事深层结构研究》，硕士学位论文，西北师范大学，2004 年。

［法］莫里斯·布朗肖：《文学空间》，顾嘉琛译，商务印书馆 2005 年版。

［法］让·保罗·萨特：《存在主义是一种人道主义》，周煦良等译，上海译文出版社 2005 年版。

宋兆霖：《诺贝尔文学奖获奖作家访谈录》，浙江文艺出版社 2005 年版。

［美］威廉·A. 哈维兰：《文化人类学》（第 10 版），瞿铁鹏等译，上海社会科学院出版社 2006 年版。

祖国颂：《叙事学的中国之路——全国首届叙事学学术研讨会论文集》，中国社会科学出版社 2006 年版。

［美］弗拉基米尔·纳博科夫：《堂·吉诃德讲稿》，金绍禹译，三联书店 2007 年版。

［法］贝尔纳·阿拉泽：《解读杜拉斯》，黄荭等译，作家出版社 2007 年版。

［澳大利亚］薇儿·普鲁姆德：《女性主义与对自然的主宰》，马天杰等译，重庆出版社 2007 年版。

［法］米歇尔·福柯：《疯癫与文明》，刘北成等译，生活·读书·新知三联书店 2007 年版。

［加拿大］阿尔维托·曼古埃尔：《恋爱中的博尔赫斯》，王海萌译，华东师范大学出版社 2007 年版。

［美］J. 希利斯·米勒：《小说与重复》，王宏图译，天津人民出版社 2008 年版。

［美］克利福德·格尔茨：《文化的解释》，韩莉译，译林出版社 2008 年版。

［英］特里·伊格尔顿：《理论之后》，商正译，商务印书馆 2009 年版。

［美］詹姆斯·皮科克：《人类学透镜》，汪丽华译，北京大学出版社 2009 年版。

［美］杰里·D. 穆尔：《人类学家的文化见解》，欧阳敏等译，商务印书馆 2009 年版。

［秘鲁］马里奥·巴尔加斯·略萨：《公羊的节日》，赵德明译，上海译文出版社 2009 年版。

［美］苏珊·鲍尔多：《女性主义、西方文化与身体不能承受之

重》，綦亮等译，江苏人民出版社 2009 年版。

［法］玛格丽特·杜拉斯：《直布罗陀水手》，金志平译，上海译文出版社 2009 年版。

［英］朱利安·沃尔弗雷斯：《21 世纪批评述介》，张琼等译，南京大学出版社 2009 年版。

［加拿大］诺思洛普·弗莱：《世俗的经典：传奇故事结构研究》，孟祥春译，上海人民出版社 2010 年版。

［英］克瑞斯托夫·巴特勒：《解读后现代主义》，外语教学与研究出版社 2010 年版。

唐伟胜：《叙事》（中国版）第三辑，暨南大学出版社 2011 年版。

［英］安德鲁·朗利：《艺术为证之维多利亚时代》，吴静译，天津教育出版社 2011 年版。

［英］雷蒙·威廉斯：《文化与社会 1780—1950》，高晓玲译，吉林出版集团有限责任公司 2011 年版。

［法］西蒙娜·德·波伏瓦：《第二性 I》，郑克鲁译，上海译文出版社 2011 年版。

赵毅衡：《反讽时代：形式论与文化批评》，复旦大学出版社 2011 年版。

《圣经》，和合本译本。